Diogenes Taschenbuch 24247

ANDREJ KURKOW, geboren 1961 in St. Petersburg, lebt seit seiner Kindheit in Kiew und schreibt in russischer Sprache. Er studierte Fremdsprachen, war Zeitungsredakteur und während des Militärdienstes Gefängniswärter. Danach schrieb er zahlreiche Drehbücher. Seit seinem Roman *Picknick auf dem Eis* gilt er als einer der wichtigsten zeitgenössischen ukrainischen Autoren. Sein Werk erscheint in 42 Sprachen. Kurkow lebt als freier Schriftsteller mit seiner Familie in der Ukraine.

Andrej Kurkow

# *Der Gärtner von Otschakow*

*Roman*

*Aus dem Russischen von Sabine Grebing*

Diogenes

Titel der 2010 im Folio-Verlag, Charkow,
erschienenen Originalausgabe: ›Sadownik iz Očakowa‹
Die deutsche Erstausgabe erschien 2012 im Diogenes Verlag
Covermotiv: llustration nach Fotos von
Steve Taylor / Getty Images (Wand mit Radio) und
Glasshouse Images / Wildcard Images, UK (Uhr)



Veröffentlicht als Diogenes Taschenbuch, 2013

info@diogenes.ch · www.diogenes.ch
In Fragen zur Produktsicherheit (GPSR):
truepages UG (haftungsbeschränkt)
Westermühlstraße 29, 80469 München
info@truepages.de
ASR/22/852/3
ISBN 978 3 257 24247 8

## I

Mama, da hat die Nachbarin dir wieder so einen verdächtigen Kerl gebracht!«, rief Igor durch die offene Haustür hinein.

»Was schreist du so?!« Elena Andrejewna kam ihm im Flur entgegen. »Er hört es doch! Und ist gekränkt!«

Elena Andrejewna schüttelte den Kopf und betrachtete kritisch ihren dreißigjährigen Sohn, der in seinem Leben noch immer nicht gelernt hatte, leise zu reden und zu flüstern, wenn es nötig war.

Ihre Nachbarin, Olga, sorgte sich tatsächlich ein wenig zu viel um Elena Andrejewnas private Angelegenheiten. Kaum war Elena Andrejewna mit dem Sohn aus Kiew nach Irpen gezogen, hatte sie die Fürsorge Olgas gespürt, die auch fünfundfünfzig war und auch ohne Mann lebte. Elena Andrejewna hatte sich von ihrem schon vor der Pensionierung getrennt – allzu sehr hatte er sie allmählich an ein Möbelstück erinnert: reglos, schweigsam, ewig unzufrieden und untätig im Haus. Olga selbst hatte überhaupt nie geheiratet. Aber davon sprach sie leichthin, ohne Bedauern. »Einen Mann an der Leine brauche ich nicht!«, sagte sie einmal. »Du bindest ihn fest, und er wird wie ein Hund! Dann bellt und beißt er!«

Elena Andrejewna trat ans Gartentor und sah neben der Nachbarin einen sehnigen, glattrasierten, vielleicht sechzigjährigen Mann mit ausdrucksvollem Gesicht, energischem Kinn und grauem Igelschnitt, einen ausgebleichten Leinenrucksack auf dem Rücken.

»Lenotschka, hier, das ist Stepan! Er hat mir den Kuhstall repariert!«

Elena Andrejewna betrachtete diesen Stepan mit freundlicher Ironie. Kuhstall hatte sie ja keinen, und zu reparieren gab es bis jetzt auch nichts. Alles war heil! Und einfach so einen unbekannten Mann ins Haus zu lassen war nicht ihre Gewohnheit.

Obwohl Stepan am Blick der Frau sah, wie wenig ernst sie ihn nahm, neigte er freundlich den Kopf.

»Vielleicht brauchen Sie einen Gärtner?«, fragte er mit Hoffnung in der heiseren Stimme.

Gekleidet war Stepan sorgfältig, schwarze Hosen, schwere Stiefel mit dicken Sohlen, geringeltes Matrosenshirt.

»Aber Gärtner stellt man doch am Ende des Winters ein?«, fragte Elena Andrejewna verwundert.

»Ich mache es umgekehrt, fange jetzt an und höre im Spätwinter auf. Ich beschneide die Bäume, bringe alles in Ordnung und ziehe weiter. Bäume brauchen das ganze Jahr Pflege! Und zahlen müssen Sie mir nicht viel. Geben Sie mir hundert Griwni im Monat, plus Nachtlager und Essen. Ich koche auch gern selbst …«

›Hundert Griwni im Monat?!‹, dachte Elena Andrejewna. ›Wie denn, so billig?! Von außen wirkt er ja nicht schlecht, und kräftig!‹

Sie sah sich nach ihrem Sohn um, hätte sich gern mit ihm beraten. Aber Igor war nicht im Hof. Und vielleicht war das auch gut so. Sonst sagte er noch, die Mutter würde im

Alter närrisch, wenn sie ernsthaft überlegte, für hundert Griwni im Monat einen Gärtner einzustellen!

»Unser Haus ist klein«, seufzte sie und rang sich, ohne den Sohn, zu keiner Entscheidung durch.

»Ein Haus brauche ich gar nicht. Ich kann auch in Ihrem Schuppen schlafen. Hauptsache, es gibt im Winter was zum Zudecken. Wodka trinke ich keinen, stehlen tu ich auch nicht ...«

Fragend sah Elena Andrejewna zu ihrer Nachbarin. Olga nickte, als würde sie diesen Stepan seit Jahren kennen.

»Ja, bleiben Sie erst mal.« Elena Andrejewna hatte sich ergeben. »Unser Schuppen ist aus Stein und ist leer, wir halten kein Geflügel. Dort steht ein Bett, mit Matratze. Eine Steckdose gibt es auch. Ich muss noch mit meinem Sohn reden ...«

Stepan hatte den gemauerten Schuppen, der hinterm Haus hervorsah, schon entdeckt, nickte und ging gleich hin.

»Kennst du ihn schon lange?«, fragte Elena Andrejewna die Nachbarin Olga.

»Er war so vor zwei Jahren schon mal da. Hat nichts gestohlen, alles repariert und im Gemüsegarten geholfen. Was soll ich sagen?! Ein nützlicher Mann ...«

Elena Andrejewna zuckte die Achseln und lief ins Haus, um Igor zu suchen.

Igor reagierte gleichgültig auf den unerwartet aufgetauchten Gärtner. Er rauchte gierig eine Zigarette, als seine Mutter ihm die Neuigkeit verkündete.

»Soll er die Kartoffeln ausgraben!«, sagte Igor. »Zu zweit schaffen wir es sowieso nicht.«

Die Kartoffeln hatte Stepan schnell ausgegraben. Allein

grub er sie aus, allein schüttete er sie zum Trocknen hinten in den Hof. Da freute sich Elena Andrejewna das erste Mal still an seiner Hilfe. Sie gab ihm gleich hundert Griwni, als Vorschuss für einen Monat. Und am Abend kochte sie ein Essen, aus eben jenen Kartoffeln und Schmorfleisch.

Morgens weckte Igor ein frohes, munteres Prusten, das durchs offene Fenster zu ihm hereindrang. Er sah hinaus und erblickte Stepan, der sich, in nichts als schwarzen Boxershorts, am Brunnen mit kaltem Wasser übergoss.

Igor bemerkte, dass auf Stepans linkem Oberarm verwischte bläuliche Flecken waren, als hätte jemand ungeschickt eine alte Tätowierung ausgebrannt oder sonstwie zu entfernen versucht.

Da wurde Igor neugierig. Er ging in den Hof hinaus und bat Stepan, auch über ihn einen Eimer Brunnenwasser auszuleeren.

Die Kälte brannte, brannte angenehm. Er prustete selbst laut und froh. Und dann fragte er Stepan nach den bläulichen Flecken.

Zuerst musterte Stepan den mageren, blassen Sohn der Hausherrin zweifelnd, als überlegte er, ob es sich lohnte, mit ihm zu reden. Aber Igors Augen, hellgrün und aufmerksam, lockten einen aus der Reserve.

»Es ist so«, begann Stepan leise, »ich wüsste ja selbst gern, was da ist! Ich war vielleicht fünf oder vier. Es hat weh getan, ich weiß noch, wie ich geweint habe. Sieht so aus, als hätte mein Vater mit dieser Tätowierung irgendeine Botschaft verschlüsselt. Ob für mich oder für sich, mein Onkel aus Odessa hat es mir nie erklärt. Mein Vater hat mich mit dem Zug zu ihnen nach Odessa geschickt und ist dann selbst verschwunden. Ich sah ihn nie wieder, wuchs bei Onkel Ljowa und Tante Marussja in Odessa auf. Sie haben mir erzählt, dass meine Mutter meinem Vater weglief, als ich etwa drei war. Mehr habe ich von meinem Onkel zu Lebzeiten nicht erfahren. Von ihm weiß ich nur, dass mein Vater kein einfacher Mann war. Saß dreimal in Lagern in Sibirien. Keine Ahnung, wofür. Vielleicht hat er mit der Tätowierung etwas Wichtiges für mich codiert?! Aber ich bin ja gewachsen, die Haut hat sich ausgedehnt und das Bild so verwischt, dass man jetzt nichts mehr erkennt!«

Auch Stepan betrachtete nun die bläulichen Spuren seiner Tätowierung.

Igor trat näher und besah sich Stepans linken Oberarm, viele blaue Pünktchen, die weder Bild noch Text ergaben. Er wurde nachdenklich.

»Wo ist denn dein eigener Vater?«, fragte plötzlich Stepan.

Igor sah dem Gärtner in die Augen und schüttelte den Kopf. »Irgendwo in Kiew. Meine Mutter hat ihn längst verlassen. Und recht hatte sie.« Igor seufzte. »Er hat uns nicht gebraucht.«

»Du triffst dich nie mit ihm?«

Igor zögerte mit der Antwort, überlegte, schüttelte dann wieder den Kopf. »Wozu? Mir geht es auch so gut. Zum Andenken an ihn sind mir ein paar Narben geblieben.«

»Er hat dich geschlagen?« Kurz wurde Stepans Miene grimmig und böse.

»Nein. Meine Mutter hat ihn manchmal mit mir in den Park und zum Rummelplatz geschickt. Er hat mich allein gelassen, ist mit Freunden Bier trinken gegangen. Einmal hat mich ein Radfahrer umgefahren und mir den Arm gebrochen. Beim zweiten Mal war es schlimmer …«

Der Gärtner schnitt eine Grimasse. »Na gut.« Er winkte ab. »Zum Teufel mit ihm! Vergessen wir ihn!«

Stepans Reaktion belustigte Igor. Er lächelte und vertiefte sich wieder in die von der Zeit verwischte Tätowierung.

»Man könnte ja versuchen, den Code zu lesen«, sagte er langsam.

»Wie willst du das denn lesen?«

»Man muss es fotografieren! Mit einer Digitalkamera. Und dann die Daten durch den Computer laufen lassen. Vielleicht kommt etwas dabei heraus! Ich habe einen Freund, ein Super-Computermann. Der könnte helfen!«

»Wenn du es lesen kannst, gibt es eine Flasche von mir!«, sagte Stepan, auf dessen Gesicht in diesem Augenblick außer gutmütiger und harmloser Belustigung über den Sohn der Hausherrin nichts weiter zu erkennen war.

Igor brachte seine Digitalkamera aus dem Haus und schoss ein paar Bilder von diesem Oberarm.

## 2

Nach einem Becher Kaffee mit Milch setzte Igor sich vor den Computer und lud die Bilder aus der Kamera darauf hinüber. Er vergrößerte und verkleinerte, drehte sie hierhin und dahin, aber die mit den Jahren verwischte Tätowierung blieb unverständlich. Die verstreuten bläulichen Punkte wurden zu keiner Zeichnung und keinem Wort.

»Na gut.« Igor fand sich mit seinem Misserfolg ab. »Ich fahre zu Koljan nach Kiew. Wenn er damit nichts machen kann, dann ist die Sache hoffnungslos. Dann gibt's keine Flasche vom Gärtner!«

Er lud die Fotos auf einen USB-Stick und schob ihn in die Tasche seiner Jacke.

»Mama, ich fahre in die Stadt!«, sagte er zu Elena Andrejewna. »Am Abend bin ich wieder da. Soll ich etwas mitbringen?«

Elena Andrejewna riss sich von ihrer Bügelarbeit los und dachte nach.

»Schwarzbrot, wenn es frisches gibt!«, sagte sie endlich.

Die Sonne war schon aufgegangen. In der Luft hing noch immer der angenehme, warme Duft des Sommers. Der Herbst machte sich nicht bemerkbar, als hätte er nicht auf den Kalender geachtet. Deshalb auch war das Gras noch grün, und Laub hing in den Bäumen.

Fünf Minuten stand Igor an der Haltestelle, dann nahm ihn der Kleinbus nach Kiew auf und schoss so los, als säße Schumacher am Steuer, nicht der unrasierte Alte mit Baseballkappe, der Ehemann der örtlichen Apothekerin.

Der Fahrer schaltete Radio Chanson ein und sah sich rasch nach hinten um, ob von den Fahrgästen auch keiner protestierte. Fahrgäste gab es ja sehr verschiedene! So, zum Beispiel, die frühere Schuldirektorin – sie war regelrecht allergisch auf Chanson. Wenn der Fahrer sie sah, machte er das Radio ganz aus. Aber heute hatte sie in Kiew anscheinend nichts zu tun, da konnte man mit Musik unterwegs sein.

Igor dachte über Stepan und seine Tätowierung nach und tastete mechanisch, ob der USB-Stick noch am Platz war.

Für einen Augenblick fragte er sich, ob dieser Stepan nicht log. Vielleicht waren dort in Wahrheit irgendwelche Sträflingsrangabzeichen tätowiert, und er hatte sie einfach entfernen wollen, um die Leute nicht mit seiner Gefängnisvergangenheit zu verschrecken? Er musste ihn fragen, ob er nicht selbst gesessen hatte. Sein Vater saß nach seiner Aussage ja dreimal! Und der Apfel fällt doch nicht weit... Allerdings, was wusste er, Igor, denn von seinem eigenen »Stamm«? Nichts Gutes! Gebe Gott, dass er selbst nicht so wurde.

Passend zu seinen Gedanken erklang auf Chanson eine traurige Häftlingsballade über eine Mutter, die ihren Sohn aus dem Lager zurückerwartet, und brachte Igor ganz aus dem Konzept.

So blickte er die halbe Stunde bis Kiew einfach aus dem Kleinbusfenster und dachte an nichts mehr.

Weiter ging es mit der Metro bis zum Kontraktowa-Platz.

Igors Kindheitsfreund Koljan arbeitete als Programmierer bei einer Bank. Vielleicht nicht direkt als Programmierer, doch hatte er mit Computern zu tun, reparierte sie oder überwachte Programme. Unter Igors Bekannten und Freunden war er jedenfalls der einzige Computerspezialist und tat sich, wie viele seiner Berufskollegen, durch manche Eigenart hervor, als hätte er sich selbst eines Tages mit einem Virus infiziert. Er konnte unvermittelt das Thema wechseln oder, statt einer Antwort auf eine konkrete Frage, eine völlig unpassende Geschichte beginnen. Auch vor zehn Jahren war er schon so gewesen, und vor zwanzig. Sie hatten Glück gehabt, waren gemeinsam aufgewachsen, zur selben Schule gegangen, und nicht einmal die Armee hatte sie getrennt – sie waren in derselben Truppe bei Odessa gelandet. Für Koljan war der Dienst zu einem Fest geworden. Dem Kommandeur ihrer Einheit hatte man gerade einen Computer ins Arbeitszimmer gestellt. Koljan brachte ihm schnell die Hauptsache bei: wie man auf dem Computer Spiele spielte. Und dann schickte der Oberst ihn jede Woche nach Odessa, neue Spiele holen. Koljan, nicht auf den Kopf gefallen, hatte nie mehr als ein Spiel aufs Mal mitgebracht.

Igor schaute oft bei Koljan vorbei, wenn er in Kiew war. Einfach so, ohne Anlass, ein wenig Reden und Biertrinken. Koljans Arbeitszeiten waren nicht sehr streng. Nur ein einziges Mal hatte man ihn übers Handy zurückgeholt, irgendein Programm war abgestürzt.

›Er ist dort so eine Art Bereitschaftsarzt‹, hatte Igor damals gedacht.

Aus den Tiefen der Bank tauchte Koljan mit einem Regenschirm in der Hand auf.

»Es regnet doch gar nicht!«, sagte Igor mit verwundertem Blick auf den Schirm.

»Jetzt nicht«, stimmte Koljan ihm zu, als wäre nichts. »Aber in einer halben Stunde kann alles sich ändern! Unser Wetter ist doch jetzt wie der Dollarkurs. Wechselt mehrmals am Tag!«

Sie gingen zur Chorewaja und setzten sich in ein kleines gemütliches Café.

»Was nimmst du?«, fragte Koljan. »Heute gebe ich aus.«

»Du bist Banker, da gehört sich das Ausgeben auch. Na, ein Bier.«

»Kein Banker, nur ›bei der Bank‹, also rechne nicht mit Kaviarhäppchen zum Bier!«

Nach einem Schluck frischem Zapfbier aus einem vorrevolutionären Halbliterglas zog Igor den USB-Stick aus der Tasche, legte ihn auf die Tischplatte und erzählte Koljan von der Tätowierung und von Stepan.

»Kriegst du das hin?«

»Ich werd es versuchen.« Koljan nickte. »Spaziere du ein Stündchen hier durch Podol. Ich hab heute einen ruhigen Tag, alle Maschinen laufen. Wenn was dabei rauskommt, rufe ich dich gleich an. Wenn nicht, dann auch!«

Als sie aus dem Café traten, begann es vom Himmel zu tröpfeln. Koljan warf dem Freund einen Siegerblick zu, spannte den Schirm über seinem Kopf auf, winkte zum Abschied und schritt los, in Richtung Bank.

Ohne Schirm im – wenn auch nicht starken – Regen herumzulaufen, hatte Igor keine Lust. Er ging zum »Oktober«-Kino und kam gerade richtig, um sich *Shrek* III anzusehen. Da saß er und lachte von Herzen. Und merkte irgendwann, dass kein einziges Kind im Saal war. Nur Rentner und Rentnerinnen. Einen Augenblick lang wunderte er sich, jedoch nur einen Augenblick, weil der Esel in dem Zeichentrickfilm wieder etwas Lustiges anstellte.

Als er nach dem Film ins Foyer hinaustrat, erfuhr Igor den Grund der seltsamen und spezifischen Zusammensetzung der Kinobesucher. An der Wand hing eine Bekanntmachung: »Rentner und Ivalide aller drei Gruppen sind zum kostenlosen Besuch unseres Kinotheaters für die Dienstagsvorstellung um 12:00 berechtigt.«

Draußen hatte der Regen aufgehört. Nur die dicken Wolken am Himmel waren geblieben. Ohne Hast steuerte Igor die Bank an, in der sein Freund arbeitete, und hoffte, dass ihn

Koljan in den nächsten zehn, fünfzehn Minuten anrufen würde. Gerade, als er das vertraute Logo der Bank erblickte, klingelte sein Handy in der Jacke.

»Na, also, komm her!«, sagte Koljan fröhlich.

»Ich bin schon da!«

»Soll heißen …?«

»Gegenüber vom Eingang.«

Kurz darauf kam Koljan heraus. In seiner Hand entdeckte Igor ein zusammengerolltes Blatt Papier.

»Na, zeig schon«, bat er den Freund, vor Neugier brennend.

»Aha! Du meinst, ich zeige dir alles sofort!«, antwortete Koljan hinterlistig. »Nein! Geduld! Du schuldest mir jetzt was. Zufällig bin ich gerade hungrig. Und wenn ich Hunger habe, bin ich böse. Oder wenigstens nicht besonders nett …«

Koljan zog Igor mit sich zu einem Café, und unterwegs kamen sie am Club ›Petrowitsch‹ vorbei.

»Oh, guck mal!« Koljan war stehengeblieben und wies auf einen Aushang links vom Club-Eingang.

»Jeden dritten Freitag RETRO-PARTY. Unter allen Besuchern in Retro-Kostümen verlosen wir eine Fahrt nach Nordkorea, eine Reise nach Kuba und einen Ausflug nach Moskau mit nächtlichem Besuch des Mausoleums.«

»Cool!« Koljan wandte den glänzenden Blick zu Igor. »Stell dir vor: Nacht im Mausoleum, Dunkelheit, du und … Lenin! Hm?«

Igor zuckte die Achseln. Er dachte an etwas ganz anderes.

»Zeigst du es mir jetzt vielleicht?«

»Nein, auf hungrigen Magen zeige ich dir gar nichts!«,

seufzte Koljan und warf einen letzten Blick auf den Aushang, ehe er weiterging.

Fünf Minuten später betraten sie das Café ›Borschtschik‹.

»Was soll ich dir bestellen?«, fragte Igor, der begriff, dass Koljan ihn jetzt genüsslich hinhalten und dabei seine freundlich-gereizte Miene beobachten würde, auf der die nach sofortiger Befriedigung verlangende, heiße Neugier zu lesen sein musste.

»Also! Hauptstadt-Salat, Okroschka-Suppe und Kompott!«, listete Koljan all seine Wünsche auf.

Igor gab das gleich an die Bedienung weiter. Für sich bestellte er nichts. Er setzte sich Koljan gegenüber.

»Was ist mit dir, isst du nichts?«, fragte Koljan verwundert.

»Ich bin schon von deinem Hunger und meiner Neugier satt!« Igor lächelte angespannt. »Na? Zeigst du es mir?«

»Gut, nimm.« Koljan reichte ihm das papierne Röhrchen.

Igor entrollte es. Der Ausdruck war schwarz-weiß, genauer: grau-weiß, aber ganz deutlich. Stepans Schulter war darauf nicht zu sehen, dafür Worte und eine Zeichnung. Die Buchstaben waren unregelmäßig, zittrig, bereit, jeden Moment wieder in unverständliche Anhäufungen von Punkten zu zerfallen.

»OTSCHAKOW 1957. JEFIM TSCHAGINS HAUS«, las Igor. Unter den Wörtern war ein Anker abgebildet. »Wo ist denn Otschakow?«

»Was, das weißt du nicht?«, sagte Koljan verwundert. »Am Schwarzen Meer, zwischen Odessa und der Krim. Dort in der Nähe liegt auch die Insel Beresan, auf der sie Leutnant

Schmidt erschossen haben! Hast du etwa auch nie von Panzerkreuzer Potemkin gehört?«

Igor nickte, als er sich die ungefähre Lage des Städtchens auf der Karte der Ukraine vorstellte.

»Wusste er wirklich nicht, was für eine Tätowierung man ihm da gemacht hat?«, fragte Koljan.

Igor lächelte. Jetzt hatte die Neugier eindeutig auch seinen Computerfreund ergriffen.

»Nein, er wusste es nicht.«

Eine halbe Stunde später verabschiedeten sie sich.

»He, vergiss nicht, dass ich in zwei Wochen Geburtstag habe! Ich erwarte dich mit einem Geschenk!«, rief Koljan seinem Freund hinterher.

»Erinner mich daran, dann komme ich!«, versprach der und drehte sich ein letztes Mal zu ihm um.

Bevor er in den Kleinbus stieg, kaufte Igor noch ein Darnitza-Brot.

Im Kleinbus sah er immer wieder auf den Ausdruck der im Computer restaurierten Tätowierung. Die Phantasie wühlte seine Gedanken auf, und nicht einmal Radio Chanson konnte ihn jetzt von diesen Wörtern und dem Anker ablenken. Nach Kiew war er mit einem Rätsel gefahren, nach Irpen kehrte er mit einem anderen zurück. Genauer, mit demselben Rätsel, das aber jetzt konkreter und deshalb interessanter und spannender geworden war.

Vom Gartentor ging Igor sofort hinters Haus, zum Schuppen. Stepan saß auf einem Hocker an der Wand, saß da und las ein Buch.

»Was lesen wir denn?«, erkundigte sich Igor.

»Nur so, über den Krieg«, antwortete Stepan und stand auf.

Das Buch klappte er zu und legte es mit dem Umschlag nach unten auf den Hocker, als wollte er nicht, dass Igor Titel und Autor erfuhr.

»Ich habe Ihre Tätowierung entziffert!«, platzte Igor kindlich stolz heraus.

»Na sowas!«, sagte der Gärtner erstaunt. »Und was steht da?«

Igor reichte ihm das Blatt Papier.

»Otschakow 1957, Jefim Tschagins Haus«, las Stepan langsam vor und erstarrte. Sein Blick blieb an dem Ausdruck hängen.

Igor stand da und wartete auf irgendeine Reaktion des Gärtners.

»Geh du mal lieber«, sagte Stepan unerwartet kühl zu ihm. »Ich muss ein wenig allein sein! Nachdenken!«

»Ein Denker!«, brummte Igor kaum hörbar und machte kehrt. Er ging ins Haus, legte das Paket mit dem Brot in die Küche und warf einen Blick auf die alte Waage mit den zwei Messingschalen, die auf dem Fensterbrett stand. Die eine Waagschale war gefüllt mit kleinen Gewichten, vom leichten Zwanzig-Gramm-Stück bis zum 2-Kilo-Klotz. Auf der oben schwebenden zweiten Waagschale lag das Abrechnungsbüchlein für die Stromzahlungen, ebenfalls von einem Gewicht beschwert, als könnte das Büchlein sonst fortfliegen. Diese Waage war eine Art privater Arbeitstisch der Mutter. Auf die Waage legte sie alle Papiere und Dokumente, die sie gerade brauchte, zudem, wenn sie kochte, die Lebensmittel, obwohl sie bestimmt auch ohne Abwiegen exakt hundert

Gramm von der Butter abschneiden oder zweihundert Gramm Mehl in die Schüssel schütten konnte.

Igor goss sich ein Glas Milch ein und setzte sich ins Wohnzimmer vor den Fernseher. Im »Neuen Kanal« wurde gerade ein Krimi gezeigt. Gewöhnlich hätte Igor den Film bis zu Ende angesehen, aber heute schien alles ihm uninteressant zu sein. Außer der geheimnisvollen Tätowierung. Nachdem er sich eine Viertelstunde vor dem Fernseher herumgedrückt hatte, zog Igor die Schuhe wieder an und ging nach draußen. Er lief zum Schuppen und spähte hinein. Doch Stepan war nicht da. Stepan war auch nicht im Garten und nicht beim Gemüse.

Igor trat ein, um nachzusehen, ob etwa die Sachen des Gärtners verschwunden waren. Aber sein Rucksack hing am Haken über dem Bett, und seine Kleider lagen, gefaltet wie aus der Wäscherei, auf dem alten Holzregal neben dem Hobel und sonstigem Tischlerwerkzeug.

## 3

Abends, vor dem Schlafengehen, sah Igor nochmals im Schuppen nach, in der Hoffnung, Stepan wäre zurückgekehrt. Der Gärtner war jedoch noch immer nicht da.

Beunruhigt über sein Verschwinden legte Igor sich ins Bett und konnte lange nicht einschlafen. Er wälzte sich von einer Seite auf die andere und schloss die Augen, aber die Aufregung der Fahrt nach Kiew oder eine andere dunkle Unruhe hielt seinen Körper in Spannung. Ein paarmal hörte er von draußen Geräusche wie Schritte. Dann stand er auf und trat vor die Haustür, aber Stille erwartete ihn dort. Eine Stille, die angefüllt war mit den gewöhnlichen nächtlichen Klängen und Geräuschen. Irgendwo oben am dunklen Himmel flog ein Flugzeug. Irgendwo schrie ein betrunkener Obdachloser von seiner Einsamkeit. Irgendwo schoss mit wahnsinniger Geschwindigkeit ein dicker Wagen durch Irpen.

Um nicht mehr abgelenkt zu werden, schloss Igor fest die Lüftungsklappe im Fenster, und schließlich überfiel ihn der Schlaf.

Am Morgen gesellte sich zu seinem nach der kurzen Nacht keineswegs munteren Zustand noch Kopfweh. Nicht stark, aber aufdringlich. Den Schmerz kannte er seit seiner Kindheit. Er hatte sich beinahe an ihn gewöhnt, und manchmal beachtete er ihn auch überhaupt nicht.

»Du bist schon auf?«, rief seine Mutter aus der Küche. »Komm frühstücken!«

Igor aß ein Rührei, trank einen Becher Milch, und dann kochte er sich einen starken Tee. Beim Trinken bemerkte er, dass in der schwebenden Waagschale die Quittung für die bezahlte Telefonrechnung lag, von einem Gewicht beschwert. Er lächelte, nahm noch ein Gewicht aus der zweiten Schale und setzte es auf die Quittung dazu.

»Mach für Stepan auch einen Tee, und ein Wurstbrot!«, bat ihn Elena Andrejewna.

Igor nickte mechanisch. Der gestrige Abend fiel ihm ein.

›Vielleicht ist er schon zurück?‹, dachte er. ›Und wenn, dann werden Tee und Wurstbrot ihn sicher nur freuen. Dann ist er, nebenbei, wohl auch gesprächiger …«

Das Darnitza-Brot, das er am Abend zuvor mit heimgebracht hatte, war über Nacht nicht hart geworden. Brot packte

Elena Andrejewna stets in einen Plastikbeutel. Igor schnitt zwei dicke Scheiben ab, strich nach Bauernart großzügig Butter darauf und legte ein Stück Kochwurst auf jede. Die Wurstbrote legte er auf einen Teller, und in die andere Hand nahm er den Becher mit Tee.

Die Tür zum Schuppen war zu. Igor wusste nicht mehr, ob er sie am Vorabend geschlossen hatte, und klopfte für alle Fälle. Es kam keine Antwort.

Igor stellte den Teebecher neben die Tür und trat ein. Alles war wie gestern. Stepan war nicht zurückgekehrt.

Igor nahm den Tee von der Schwelle, schloss die Tür des Schuppens von innen und starrte jetzt auf den Rucksack des Gärtners. Das eigenartige Halbdunkel im Raum – Licht kam hier nur durch das Fensterchen rechts von der Tür herein – schuf eine etwas geheimnisvolle Stimmung. Er konnte natürlich den Schalter drücken und sich an dem munteren Schein der Hundertwattbirne freuen, die von der Decke hing. Er konnte auch eine Tischlampe herbringen, wo doch drei Steckdosen freien Zugang zu Strom boten. Alles war hier eingerichtet für bequemes Heimwerken unter Einsatz von elektrischem Werkzeug. Und auch das Werkzeug selbst lag da, auf einem Regal und in zwei hölzernen Kisten.

Aber Igor gefiel die geheimnisvolle Stimmung besser. Vielleicht, weil Stepan selbst so geheimnisvoll verschwunden war, nachdem er gelesen hatte, was man einst in seinen Oberarm gestochen hatte. Vielleicht, weil auch ohne den Gärtner ein Teil des Geheimnisses hier immer noch irgendwo anwesend war und er versuchen konnte, es zu finden. Nur wo? Im Rucksack?

Nein, Igor hatte nicht vor, jetzt den Rucksack auf dem

Betonboden oder dem alten Läufer auszuschütten. Die gute Erziehung ließ ihn Eigentum achten, bewegliches ebenso wie Immobilien, und selbst solches, das einfach herumrannte und bellte, wie zum Beispiel Nachbarsköter Barsik. Aber die Neugier, drängend und unerbittlich, hielt Igors Blick an diesem halbleeren Rucksack fest. Außerdem war der Rucksack nicht zugeschnallt, obwohl er dafür zwei Riemen besaß.

Schließlich spähte Igor vorsichtig hinein, konnte aber nichts erkennen. Er knipste das Licht an. Da lag, auf dem Grund des Rucksacks, eine Schachtel mit einem aufgemalten Elektrorasierer, daneben Kleidungsstücke, Socken, Stoffschuhe.

Nachdem er kurz auf die Außenwelt gelauscht hatte, zog Igor die Pappschachtel aus dem Rucksack und klappte sie vorsichtig auf. Es war tatsächlich ein altmodischer Elektrorasierer mit Gebrauchsanweisung und einer Sammlung von runden Ersatzrotierklingen. Igor drehte ihn hin und her. Ihm kam es seltsam vor, dass Stepan so eine Antiquität benutzte. Andererseits war auch Stepan selbst, verglichen mit Igor, eine Antiquität, ein nicht besonders auffälliger, aber auf seine Art typischer Vertreter des vorigen, zwanzigsten Jahrhunderts. Solche Leute sind konservativ und bewahren gern, woran sie sich in der Jugend gewöhnt haben.

Als er den Rasierer zurück in die Schachtel legte, entdeckte Igor noch ein Papier, das unter dem dünnen Gebrauchsanweisungsheftchen hervorsah. Er schob einen Finger unter das Heftchen und zog einen Briefumschlag heraus, auch er aus dem letzten Jahrhundert. Auf dem fetten Stempel, der die Briefmarke knapp verfehlt hatte, war das Datum leicht zu lesen: »19.12.99«.

Plötzlich drang Lärm von draußen herein. Vor Schreck, der Gärtner könnte ihn bei seiner unfeinen Betätigung antreffen, packte Igor die Schachtel mit dem Rasierer zurück auf den Grund des Rucksacks und begriff erst dann, dass er den Brief noch in der Hand hielt.

Schnell schob er den Brief in die Hosentasche, knipste das Licht aus und ging hinaus.

Am meisten fürchtete er jetzt, mit dem Gärtner zusammenzustoßen. Aber Stepan war nicht im Hof. Der Lärm, der Igor erschreckt hatte, kehrte wieder. Es war der Nachbar, der mit der Motorsäge einen alten Kirschbaum zerlegte, sich mit Holz für den Winter versorgte. Das Brennholz brauchte er für die Sauna, nicht zum Heizen, sein Haus hatte, wie auch das Igors und seiner Mutter, einen Gaskessel.

»Wie geht's, wie steht's?«, rief der Nachbar Igor zu und hob seine Säge von dem Stamm der schon gefällten Kirsche.

»Alles klar«, antwortete Igor laut. »Alles in Ordnung!«

»Ja, bis jetzt ist alles in Ordnung. Aber ab nächster Woche wird es kälter«, verkündete der Nachbar und nahm seine Arbeit wieder auf. Die Säge kreischte wieder los.

Igor nickte und ging eilig ins Haus.

»Wie geht es Stepan, friert er nicht?«, fragte die Mutter, als sie den Sohn kommen sah.

»Er ist gar nicht da, er ist weggegangen. Schon gestern, wie es scheint!«

Zu Igors Erstaunen reagierte Elena Andrejewna überhaupt nicht auf das Verschwinden des Gärtners. Wobei, überlegte Igor, was war das auch für ein Verschwinden, wenn seine Sachen dageblieben waren?

Und er beruhigte sich. Zu seiner Freude merkte er, dass

das Kopfweh verflogen war, und er goss sich noch einen Becher Tee ein.

Elena Andrejewna kam drei Minuten später wieder in die Küche, jetzt fein zurechtgemacht.

»Wenn er wiederkommt, sag ihm, dass er die Kartoffeln noch mal ausliest. Und er kann sie schon langsam in den Keller runterschaffen.«

»Wohin gehst du?«, erkundigte sich Igor.

»Auf die Post, für die Rente, und danach zum Schuster, es wird Zeit, dass er die Winterstiefel flickt.«

Igor folgte seiner Mutter mit dem Blick, das Küchenfenster ging direkt aufs Gartentörchen hinaus. Dann zog er den Umschlag aus der Hosentasche. Eine Glückwunschkarte zum Neuen Jahr steckte darin: »Lieber Papa! Möge das neue Jahrtausend Glück und Freude in Dein Leben bringen! Bleib gesund! Deine Aljonka.«

Igor senkte den erstaunten Blick von der Karte auf den Umschlag. Absender: Sadownikowa Aljona, Lwow, Grüne Straße 271.

Empfänger: Sadownikow Stepan Josipowitsch, Kiewer Gebiet, Browary, Matrosow-Straße 14.

›Sadownikow arbeitet als Gärtner?!‹ Igor lächelte. ›Sadownik‹ war das russische Wort für Gärtner.

Er trank seinen Tee, sah wieder aus dem Fenster und bemerkte, wohl zum ersten Mal, die gelb gewordenen Blätter der jungen Apfelbäumchen, die sie vor drei Jahren vors Haus gepflanzt hatten. In den Zweigen der Bäumchen hingen rote Äpfel, eine Wintersorte. Solche lagert man ein, die halten sich auch bis April unversehrt und frisch.

Am Himmel flogen halbdurchsichtige Wolkenfetzen. Hin

und wieder drangen weder sehr helle noch warme Sonnenstrahlen hindurch und fielen auf die herbstliche Erde.

Igor war es nach einem Spaziergang. Aber zuerst schrieb er sich beide Adressen auf einen Notizblock und legte den Umschlag mit der Postkarte wieder an seinen Platz, in die Schachtel mit dem Elektrorasierer.

Ein kühler Wind wehte ihm ins Gesicht. Igor ging bis zum Busbahnhof, nahm am Kiosk für eine Griwna einen Kaffee ›Drei-In-Eins‹ und blieb dort gleich stehen. Der dünne Wegwerfbecher brannte angenehm an den Fingern. Jetzt hieß es drei, vier Minuten warten und erst dann trinken. Gleichmütig folgte Igor den vorüberfahrenden Autos mit dem Blick.

Am Busbahnhof hielt der Kleinbus aus Kiew. Igor betrachtete die aussteigenden Passagiere, und plötzlich erblickte er unter ihnen Stepan. Stepan stieg vom Trittbrett des Busses, blieb stehen, holte eine Zigarette heraus und steckte sie an. Er sah nachdenklich aus, sogar bedrückt. Ein paarmal schüttelte er betrübt den Kopf, seine Mundwinkel hingen herunter. Als er zu Ende geraucht hatte, warf er die Kippe auf den Boden, trat sie mit der Stiefelspitze aus und machte sich auf den Weg zu ihrem Haus.

Igor trank ohne Hast seinen ›Drei-In-Eins‹ und ging dann ebenfalls nach Hause. Unterwegs fiel ihm ein, dass er die Wurstbrote und den Teebecher im Schuppen hatte stehenlassen. Der Tee war natürlich längst kalt. Er würde Stepan gleich frischen kochen und ihm bringen. Und die Wurstbrote, was sollte aus denen schon in ein, zwei Stunden werden? Hauptsache, die Mäuse hatten sie nicht gefressen!

Zwanzig Minuten später klopfte Igor mit einem Becher heißem Tee in der Hand an die Tür des Schuppens.

»Wieso klopfst du?«, fragte Stepan verwundert, als er öffnete. »Du bist hier doch der Hausherr, nicht ich!«

Aber über den Tee freute er sich. Und auch die Wurstbrote aß er, genüsslich schmatzend.

»Ich war bei einem alten Bekannten«, erzählte Stepan. »Wollte ihn um Geld für die Reise bitten, er schuldete mir was. Ich habe ihm mal das Leben gerettet. Tja, er hat es mir nicht mehr vergelten können, er ist gestorben. Hatte sich vor zehn Jahren bei einer guten Frau in Bojarko niedergelassen. Sie hat aufgepasst, dass er nicht trinkt, er hatte da so eine Schwäche früher. Und trotzdem ist er gestorben. Das Herz! Aber ich brauche Geld, ich muss doch dort hinfahren …«

»Wohin?«, fragte Igor.

»Na, nach Otschakow! Das Haus ansehen. Mein Vater war auf jeden Fall dort. Vielleicht gibt es auch noch Verwandte … Kannst du mit Geld vielleicht aushelfen?«

Igor dachte nach. Geld hatte er, er sparte behutsam für ein Motorrad. Aber ein Motorrad zu kaufen hat nur im Frühjahr Sinn. Was macht man damit im Winter?

»Nehmen Sie mich mit?«, fragte er.

»Wenn du willst, dann los! Zu zweit ist es lustiger. Und vielleicht finden wir dort einen Schatz?!«, antwortete Stepan lächelnd. »Dann teilen wir Hälfte Hälfte! Nein, das wäre nicht anständig! Wir sind ja nicht gleich alt! Du bist zwei Drittel jünger. Ich gebe dir ein Drittel!«

Auf Stepans unrasiertem, hagerem Gesicht lag ein listiges Lächeln.

»Viel Geld brauchen wir ja nicht!«, fuhr er fort. »Für die Fahrkarten bis Otschakow, und dort dann für Obdach und Brot.«

»Gut.« Igor nickte. »Wann fahren wir?«

»Wir könnten gleich morgen …«

Igor schüttelte den Kopf. »Mutter hat gebeten, dass wir die Kartoffeln verlesen und in den Keller schaffen. Und überhaupt müssen wir Garten und Beete in Ordnung bringen, damit sie keine Sorgen hat.«

»Das ist in ein, zwei Tagen gemacht«, versprach Stepan. »Und ich komme ja auch zurück zu euch. Solange ihr mich nicht fortjagt! Wenigstens bis zum Frühling bleibe ich.«

»Gut.« Igor sah Stepan aufmerksam in die Augen. »Ich rufe an und bestelle die Zugfahrkarten. Man muss ihnen nur die Namen der Fahrgäste nennen …«

»Sadownikow ist mein Name«, sagte Stepan.

Igor konnte ein Lächeln nicht unterdrücken. Ein kindli ches Gefühl stieg in ihm auf, als hätte er jemanden überlistet. Ja, er hatte Stepans Namen schon gewusst! Na, und?

»Warum lachst du?!«, fragte Stepan gutmütig. »Jeder Mensch sollte in Harmonie mit seinem Namen leben. Heißt du Tschebotar, dann sei Schuhmacher, heißt du Sadownikow, dann wirst du am besten Gärtner. Das ist alles. Wie ist denn dein Nachname?«

»Wosnyj.«

»Na, Fuhrmann, und du hast weder einen Wagen mit Taxischild auf dem Dach noch ein Pferd!« Jetzt lächelte Stepan.

»Ich kaufe mir im Frühling ein Motorrad«, erklärte Igor ganz ernst. »Oder früher, wenn wir in Otschakow einen

Schatz finden!« Bei den letzten Worten unterdrückte er mit Mühe ein Lächeln.

»Ein Motorrad ist eine gute Sache«, bestätigte Stepan, der auf einmal ebenfalls ernst geworden war, nur, im Unterschied zu Igor, wirklich ernst.

## 4

Von der Reise nach Otschakow erzählte Igor der Mutter drei Tage später, am Freitag.

Elena Andrejewna war – ob einfach so oder weil alles in Haus und Hof aussah, wie es sich gehörte – guter Laune. Als sie von den Plänen ihres Sohnes und Stepans erfuhr, wunderte sie sich nur ein ganz klein wenig.

»Was wollt ihr denn dort machen, im Herbst?«, fragte sie. »Das Meer ist schon kalt!«

»Stepan hatte in Otschakow früher Verwandte«, antwortete Igor. »Er will ihr Haus finden. Vielleicht lebt noch jemand!«

»Und wann geht der Zug?«, fragte die Mutter.

»Morgen Abend um sieben.«

»Na, dann sag Stepan, dass wir heute hier im Haus zu Abend essen! Ich habe ein Hühnchen gekauft.«

Zum Abendessen kam Stepan frisch rasiert und in blankgeputzten Stiefeln. Seine Erscheinung war, trotz der zerknitterten Hosen und des sackartigen schwarzen Pullovers, fast feierlich.

Elena Andrejewna breitete ein gelbes Tuch auf dem runden Tisch aus, verteilte Teller und Gläser, holte aus dem Schrank eine angebrochene Flasche Wodka und ein Fläschchen hausgemachten Wein, den die Nachbarin ihnen geschenkt hatte. Dann brachte sie aus der Küche eine tiefe Tonschüssel, in der das im Ofen gebackene, mit kleinen Dampfkartoffeln garnierte Hühnchen lag.

Sie zerlegte das Hühnchen selbst und verteilte es auch selbst auf die Teller.

»Bedienen Sie sich«, sagte sie zu Stepan und deutete mit dem Kinn auf den Wodka.

»Danke, ich trinke nicht«, sagte er leise.

»Vielleicht Wein?« Sie sah ihn freundlich an.

»Für mich überhaupt lieber ohne Alkohol«, sagte Stepan ein wenig lauter. »Ich habe, wie man so sagt, mein Fass längst ausgetrunken! Das Gleichgewicht von Körper und Geist ist mir jetzt wichtiger …«

Igor wiegte erstaunt den Kopf: Eine schöne Ausdrucksweise war das! Genau wie ihr Bekannter, der Baptist, der drei Häuser weiter wohnte.

Elena Andrejewna brachte ein Literglas mit Kirschenkompott vom letzten Jahr.

»Gießen Sie sich nur selber ein«, bat sie Stepan.

Ruhig goss Stepan sich ein und wandte sich dann zu Igor. Igor hielt sein Glas hin. Elena Andrejewna hingegen beschloss, sich trotzdem ein bisschen hausgemachten Wein zu gönnen.

Nachdem sie allen einen guten Appetit gewünscht hatte, widmete sie sich ihrem Teller und sah nur manchmal aus dem Augenwinkel nach, ob die Männer auch mit Genuss aßen.

»Also fahrt ihr für lange?«, fragte sie nach einer Pause.

»Na, ein paar Tage bleiben wir schon«, Igor zuckte die Achseln. »Wir rufen dich an!«

Ihr Blick heftete sich auf Stepan, der plötzlich nervös wurde, sich mit der Hand über die frischrasierten Wangen strich.

»Ich arbeite es anschließend ab, nicht dass Sie denken ...«, sagte er. »Also, falls wir länger bleiben müssen ...«

»Ach, nicht doch.« Elena Andrejewna winkte ab. »Das meine ich ja nicht. Es ist nur traurig, allein im Haus ...«

Am nächsten Tag nach dem Mittagessen fuhren Stepan und Igor im Kleinbus Richtung Kiew. Zu Füßen des Gärtners stand sein halbleerer Rucksack. Auf Igors Knien lag seine Tasche, dazu sein Pullover und ein Esspaket, das Elena Andrejewna ihnen für die Reise gepackt hatte. Im Kleinbus sang laut Radio Chanson.

Igor sah kurz hinüber zu Stepan, der am Fenster saß. »Und wo übernachten wir dort?«, fragte er ihn.

Der Gärtner zuckte mit den Schultern. »Wir finden etwas! Übernachten ist kein Problem. Die Hauptsache ist Hinkommen.«

Nachdem sie in dem Glaskasten auf dem Bahnhofsvorplatz jeder ein Glas Tee getrunken hatten, saßen sie noch zwei Stunden auf einer harten Bank des Wartesaals.

Endlich rief man ihren Zug aus. Stepan schwang den Rucksack über die Schulter und sah sich nach Igor um.

Ihr Abteil war noch leer, als sie eintraten.

›Wenn man nur so zu zweit reisen könnte‹, dachte Igor, während er seine Tasche unter das Tischchen schob.

Leider erfüllten Igors Hoffnungen sich nicht. Schon drei Minuten später fielen in ihr Abteil zwei Dienstreisende ein, beide um die vierzig. Sie baten Igor aufzustehen und zwängten zwei identische Koffer in den leeren Raum unter der unteren Pritsche. Eine voluminöse Tasche mit klirrenden Flaschen stellten sie auf den Boden.

»Also, Leute, ihr fahrt bis Nikolajewo?«, fragte der eine.

Stepan nickte.

»Na, dann wird uns nicht langweilig!«, versprach der Dienstreisende. »Unser Bier reicht für alle, und reicht es nicht, kann man bei den Schaffnern auch Stärkeres beschaffen! Ich kenne hier alle beim Vornamen.«

Igor entging nicht, wie Stepan finster geworden war und sich zum Fenster gewandt hatte.

Die Dienstreisenden zogen flink aus ihrer Tasche vier, fünf Flaschen Bier, eine Halbliterflasche ›Nemirow‹-Wodka, eine Stangenwurst, ein Brot und einen Beutel mit Salzgurken. Im Abteil roch es sofort nach Volkskantine.

»Hör mal, hol uns doch Gläser beim Schaffner!«, bat der zweite Dienstreisende Igor.

»Aber wir müssen doch sitzen bleiben, bis er die Fahrkarten kontrolliert.«

Der Mann kniff listig die Augen zusammen. »Keine Angst, er ist noch draußen, und die Fahrkarten kontrolliert er, wenn der Zug losfährt!«

Widerstrebend machte Igor sich auf zu dem Dienstabteil. Die Tür war offen, drinnen war niemand, und Igor nahm vier Gläser vom Regal.

»Na siehst du, und du sagst, er kontrolliert Fahrkarten!«, sagte der zweite Dienstreisende erfreut.

Plötzlich schien es Igor, die beiden müssten Brüder sein, so sehr glichen sie sich in ihrer Unauffälligkeit und dem

Fehlen jeglicher Merkmale in den Gesichtern. Beide waren schnurrbärtig, beide hatten je ein Paar Augen und Ohren, Nase und Mund. Das war's! Und ihre Gesichtszüge wirkten so eigenschaftslos, als hätte man sie operiert und alles aus ihnen entfernt, woran der Blick hätte haften bleiben können. Oder war es das Resultat ständiger Dienstreisen mit chronisch kurzen, betrunkenen Nächten?

Einer der Männer hatte schon ein Bier geöffnet und füllte die Gläser. Die Bewegungen seiner Hände waren geübt und exakt, auf seinem Gesicht lag erstarrter Eifer.

»Ich nicht«, sagte Stepan knapp und hob den Kopf.

»Was, bist du krank?«

»Schlimmer.«

»Na, Saufen lässt sich nicht erzwingen!« Der Dienstreisende winkte ab und wandte sich an Igor. »Und du?«

»Für mich ein kleines bisschen«, sagte Igor. »Wir müssen morgen früh arbeiten …«

»Und wir gehen tanzen, oder was!« Der Mann lachte. »Wir fahren auch nicht gerade in Urlaub. Zwei Tage Untersee-Schweißen, dann ein Fläschchen pro Kopf zum Aufwärmen, und zurück!«

Das »Untersee-Schweißen« imponierte Igor.

Der Dienstreisende reichte Igor die Hand. »Wanja«, stellte er sich vor. »Und das ist Schenja.« Er wies mit dem Blick auf seinen Kollegen.

»Ich geh raus, eine rauchen.« Stepan erhob sich und verließ das Abteil.

Der Zug fuhr an. Schenja goss sich und seinem Kollegen Wodka ins Bier. Mit dem Blick bot er Igor denselben Cocktail an, aber Igor lehnte ab.

Kurz sah der Schaffner ins Abteil herein und sammelte die Fahrkarten ein. Die Dienstreisenden begrüßte er wie alte Bekannte.

»Nur singt heute Nacht keine Lieder«, bat er sie beim Hinausgehen freundschaftlich.

Als er sein Bierglas geleert hatte, beschloss Igor, Stepan suchen zu gehen.

Der stand auf der Plattform am Ende des Waggons.

»Hätten Sie doch aus Höflichkeit einen Tropfen getrunken«, sagte Igor zu ihm.

»Wenn ich trinke, dann macht der ganze Waggon kein Auge mehr zu.« Stepan lächelte. »Und zum Frohsein reicht mir auch Tee!«

»Und wenn wir dort, in Otschakow, Ihre Verwandten finden? Ziehen Sie dann um, zu ihnen? Oder bleiben Sie bei uns?«, fragte Igor und wurde verlegen, so plump hatte seine Frage geklungen.

»Wer weiß?!« Stepan zuckte mit den Schultern. »Wenn ich welche finde ... Aber was wollen die schon mit mir? Ich bin ja ein Mensch ohne Geld und Meldeschein. Ich bitte um nichts, weder Hilfe noch Freundschaft. Habe gelernt, von meinen Händen zu leben. Ich mache ihre Bekanntschaft, und das war's ... Dann weiß ich, dass meine Tochter und ich nicht allein auf der Welt sind. Aber ich glaube nicht, dass da jemand von der Familie ist ... Seine Verwandten findet man auch ohne Tätowierung. Nein, dort gibt es etwas anderes.«

Zu ihrer Verwunderung standen, als sie von der Plattform ins Abteil zurückkehrten, alle Flaschen leer auf dem Tisch, die Dienstreisenden selbst lagen schon auf den oberen Pritschen.

»Da sind noch Gurken übrig, bedient euch«, sagte einer von ihnen von oben.

Auf dem Bahnhofsvorplatz von Nikolajewo wartete eine Reihe Kleinbusse. Schilder hinter den Windschutzscheiben gaben ihre Endstationen an. Und Igor entdeckte sofort bei einem von ihnen: »Otschakow – Nehrung«.

»Wann fahren Sie?«, fragte er den Fahrer.

»Wenn wir voll sind, dann fahren wir«, antwortete der und kaute geräuschvoll seine Sonnenblumenkerne.

Über ganz Otschakow schien die Sonne. Sie beleuchtete die grauen Fünfzigerjahre-Wohnblocks rings um den gesichtslosen, zweistöckigen Glaskasten des Busbahnhofs, drei Kioske und ein paar alte Frauen, die direkt auf dem Asphalt Äpfel verkauften.

Stepan hatte sich umgesehen und steuerte sofort auf diese Großmütter zu. Igor eilte ihm hinterher.

»Was kosten die ›Semirenko‹?«, fragte Stepan eine von ihnen.

»Zwei Griwni das Kilo«, antwortete sie. »Wenn Sie ein ganzes nehmen, geb ich es für anderthalb …«

»Wissen Sie vielleicht, wo wir billig für ein paar Tage ein Zimmer mieten können?«, wechselte Stepan das Thema, womit er die Alte jedoch gar nicht erstaunte.

»Wieso kommen Sie denn so spät im Jahr?« Sie breitete mitfühlend die Arme aus. »Im Meer baden bloß noch Betrunkene und Kinder …«

»Wir lieben Eisbaden«, sagte der Gärtner lächelnd. »Wir wollen nicht baden, wir wollen uns die Stadt ansehen.«

»Was gibt es denn bei uns zu sehen?!«, fragte sich die alte Frau. »Doch, es gibt schon was! Wir haben eine Kirche, und ein Museum mit Bildern, im Zentrum … Es soll anscheinend interessant sein …«

»Da gehen wir hin, ins Museum gehen wir auf jeden Fall.« Stepan nickte. »Nur bräuchten wir erst ein Dach über dem Kopf!«

Die Alte musterte die beiden von Kopf bis Fuß. »Ich habe ein Zimmerchen … Aber für weniger als zehn Griwni pro Tag geb ich es nicht her. Essen ist natürlich extra …«

»Gut, feilschen wollen wir nicht«, sagte der Gärtner, als willigte er nur zögernd ein.

»Mascha, verkaufst du meine eine Weile?«, wandte sie sich an ihre Nachbarin auf dem kleinen Straßenmarkt. »Ich komm gleich wieder!«

Die andere nickte.

Sie ließen den Busbahnhof und die Wohnblocks hinter sich. Die Alte führte die Neuankömmlinge zwischen frei stehenden Häusern hindurch.

»Und Sie, woher kommen Sie?«, fragte sie unterwegs.

»Aus der Hauptstadt«, antwortete Stepan.

Bald betraten sie den Hof eines alten Backsteinhauses. Igor ging gleich auf die Haustür zu.

»He, Junge, nicht dorthin!«, rief die Hausherrin, die sich noch am Gartentörchen zu schaffen machte. Und sie führte die Gäste hinters Haus, wo sich zwei Backsteinanbauten befanden.

In einen davon ließ sie die Männer hinein, nachdem sie das Vorhängeschloss von der Tür genommen und es zusammen mit dem Schlüssel Stepan übergeben hatte. Drinnen standen zwei Eisenbetten, sorgfältig bezogen. Am kleinen Fenster gab es einen Tisch und zwei Stühle, und an der Wand genauso ein altes Holzregal wie in Igors Schuppen.

»So, richtet euch ein«, sagte sie. »Und ich gehe weiter verkaufen.« Im Gehen drehte sie sich noch einmal um. »Vielleicht bezahlt ihr im Voraus?«

Igor reichte ihr zwanzig Griwni. »Wenn wir länger bleiben, zahlen wir nach!«

Nachdem Stepan eine Zigarette geraucht hatte, begaben er und Igor sich auf einen Spaziergang durch das Städtchen. Die Straße, die sie entlanggingen, erschien Igor endlos.

»Ich dachte, Otschakow wäre nicht größer als Irpen«, seufzte er.

»So oder so, in diesen Städtchen kennen sich alle, das ist das Wichtigste!«, sagte Stepan überzeugt. »Und nicht das Angenehmste. Sie sehen sofort, wer fremd ist!«

Die alte Frau, ihre Wirtin, hieß Anastassija Iwanowna. Am Abend klopfte sie an ihr Fenster und rief sie zu sich zum Essen.

In Anastassija Iwanownas Haus hing der Geruch alter Kleider. Igor war dieser Geruch aus der Kindheit vertraut, seine Großmutter auf dem Dorf hatte eine Kiste mit Kleidern, Mänteln und Kopftüchern gehabt. Manchmal hatte Igor hineingeschaut, und sofort war ihm dieser eigenartige, muffige Geruch in die Nase gestiegen, den man dennoch nicht unerträglich, nicht einmal unangenehm nennen konnte. Er hatte etwas Süßes und etwas von fauligem Herbstlaub.

Die Alte bewirtete sie mit gedünstetem Kohl und Pilzen. Alkoholisches stellte sie nicht auf den Tisch, dafür schenkte sie den Gästen sofort Tee aus einer großen Porzellankanne ein.

»Leben Sie hier schon lange?«, fragte Stepan sie.

»Ja, ich bin Otschakowerin, hier geboren«, sagte ihre Gastgeberin.

Stepans Augen begannen zu glänzen. »Haben Sie vielleicht mal von Jefim Tschagin gehört?«, fragte er langsam und deutlich.

»Von Fima? Wie denn nicht! Jeder Zweite kannte hier früher Fima!«

Auf ihrem Gesicht erschien ein versonnenes Lächeln. »Fima war ein schöner Mann, und geschickt. Er hat dem Frauenvolk sehr gefallen. Schade, dass man ihn umgebracht hat …«

»Wie, umgebracht? Wann?«, entfuhr es Igor.

Die Wirtin dachte nach.

»Das muss noch zu Chruschtschows Zeiten gewesen sein … Genau! Gleich nachdem Chruschtschow Gagarin ins Weltall geschickt hatte. Oder früher? Nach dem Sputnik, den auch Chruschtschow ins Weltall …? Ich weiß noch, beim Begräbnis flüsterten alle bloß vom Weltall.«

»Und das Haus, in dem er gelebt hat?«, fragte Stepan vorsichtig. »Steht das Haus noch?«

»Ja, sicher«, bestätigte die Alte. »Wo soll es denn hin sein?«

Stepan betrachtete Igor vielsagend, und seine Lippen verzogen sich zu einem kaum merklichen Lächeln.

## 5

Igor schlief in dieser Nacht nicht besonders gut. Das Drahtgeflecht unter seiner Matratze knarzte, sooft er sich umdrehte, und weckte ihn jedes Mal. Wenigstens weckte das Knarzen nicht Stepan, der auf dem Nachbarbett schnarchte.

Schließlich lag Igor auf dem Rücken, lag so mit offenen Augen und blickte zur niedrigen Decke, die in der Finsternis kaum zu sehen war. Er dachte an den vergangenen Abend und das Essen bei ihrer Wirtin. An ihr fast kindliches Lächeln, als sie an Fima Tschagin gedacht hatte, und dieses Lächeln nahm sich auf ihrem verwelkten Gesicht so merkwürdig aus! Gegen Ende des Gesprächs hatte sie sogar ausgeplaudert, dass auch sie selbst in diesen Fima verliebt gewesen war, genau wie noch viele andere Mädchen in Otschakow. Fima Tschagin war eine auffallende Erscheinung gewesen, dünn, lang und mit spitzem Adamsapfel. Und auch einer spitzen Nase. In Otschakow war er ganz plötzlich aufgetaucht, seine Großmutter, die in einem großen Haus lebte, war auf einmal krank geworden. Das war nach dem Krieg. Da schickten die Eltern ihn aus Kachowka zu ihr, damit das Haus nach ihrem Tod niemand anderem zufiel. Die Großmutter wurde gesund und lebte, in den Worten der Wirtin, noch an die zehn Jahre einträchtig und munter mit ihrem Enkel zusammen. Der hatte sich, kaum war er angekommen, gleich mit allen Otschakower Raufbolden geprügelt und seine Gewandtheit gezeigt. Danach achteten sie diesen Fima, und er galt als einer von ihnen, als Otschakower. Er ging fischen, schlich mit den anderen Jungs in den Hafen, um zu stehlen, nahm auswärtigen Fischerbooten die Anker ab und verkaufte sie auf dem Markt weiter. Manchmal wurde er geschnappt. Aber er entkam wieder und rannte davon. So rannte er durchs Leben, bis ihn für irgendeine Kleinigkeit der Bezirkspolizist zwei Jahre ins Gefängnis schickte. Und als Fima herauskam, war er erwachsener und schweigsam geworden. Er hatte zu rennen aufgehört und schritt fortan langsam und bedeutungsvoll. Von überall reisten die verschiedensten Leute zu ihm an, aus Taganrog, Rostow, Odessa. Manchmal wohnten sie ein paar Wochen lang in seinem Haus und verschwanden dann, aber an ihrer Stelle kamen andere. Und alle waren sie ausnahmslos mager und sehnig. Auch Geld gab es bei Fima immer. Der Bezirkspolizist grüßte ihn auf der Straße und fragte ihn nie wieder etwas. So ging das fünf, sechs Jahre oder länger, bis man ihn erstochen in seinem eigenen Haus fand.

Igor dachte daran, wie die Augen der Alten geleuchtet hatten, als sie von Fimas Ermordung erzählte. Fima lag da, sagte sie, mitten im Wohnzimmer auf dem Rücken. Aus seiner Brust ragte ein Messer, und neben ihm fand man, mit Bindfaden verschnürt, einen dicken Packen Rubel. Mit einem Zettel: »Für ein prächtiges Begräbnis«.

Die Alte hatte versprochen, ihnen am nächsten Morgen das Haus zu zeigen.

Als sie wieder in ihrem Zimmer waren, hatte Stepan sich, ohne ein Wort, ausgezogen, hingelegt und sofort losgeschnarcht. Für Igor jedoch wurde es in dieser Nacht nichts mit Schlafen.

Gegen Morgen döste er ein. Nicht für lange, denn auf einmal sangen ihm Vögel direkt ins Ohr, und seine Augen öffneten sich vor Schreck von selbst. Stepan hatte das Fenster ihres Anbaus geöffnet, und draußen kam mit der aufgehenden Sonne ein tönender Herbstmorgen in Gang.

Stepan nickte zur Begrüßung und lief, nur in seinen Boxershorts, hinaus in den Hof. Draußen quietschte ein Eimer,

Wasser ergoss sich aus dem Brunnen, dann prustete der Gärtner laut und kam gleich darauf zurück in ihren Anbau gelaufen, den Oberkörper klatschnass.

Nachdem er sich rasiert hatte, lief Stepan ein weiteres Mal hinaus und kehrte mit zwei großen Äpfeln wieder. Einen warf er Igor zu.

»Hier, Frühstück!«, sagte er und biss genüsslich und krachend in seinen Apfel.

Nach einer Weile rief sie von draußen die vertraute Stimme der Alten. Weder für die Pässe noch für die Namen ihrer Gäste hatte sie sich am Vorabend interessiert. Deshalb sagte sie, als sie jetzt ans Fenster klopfte, einfach: »He, ihr Lieben!«

Die ›Lieben‹ traten nach draußen. Stepan hängte das Vorhängeschloss an die Tür, schloss ab und prüfte noch zweimal, ob es hielt.

»Fimas Haus ist in der Kosta-Chetagurow-Straße«, sagte Anastassija Iwanowna unterwegs. »Nicht weit von hier. Da gibt es jetzt irgendein Büro. So eine Pensionskasse oder noch was anderes.«

Nach einem kleinen Laden bogen sie links ab. Sie kamen an zweistöckigen Backsteinhäusern vorbei, dann an einem Stück Brachland mit einem abgebrannten Holzhaus. Und jenseits davon, hinter einem niedrigen Eisenzaun, stand ein unansehnliches einstöckiges Haus auf einem hohen Sockel. Die hölzerne, braungestrichene Flügeltür unterstrich das abweisend Amtliche der Einrichtung. Zu beiden Seiten der Tür hingen Schilder: »Organisation der Veteranen der Arbeit in Otschakow« und »Öffentliche Sprechstunde des Abgeordneten des Nikolajewer Gebietssowjets, Wolotschkow A.G.«

»Da ist es.« Die Alte blieb stehen. »Unverändert!«, sagte

sie versonnen. »Früher, zu Fimas Zeiten, gab es dort vier große Zimmer mit Öfen, aber jetzt haben sie an die zehn draus gemacht! Ich bin mal hingegangen, zu den Veteranen. Dachte, sie helfen mir, einen Zuschlag zur Rente zu bekommen.« Sie winkte betrübt ab. »Und vor vielleicht fünf Jahren hab ich hier auch Jegorow noch gesehen, den Bezirkspolizisten, der Fima eingesperrt hat. Bestimmt ist er schon gestorben ...«

Stepan wurde hellhörig, sah Anastassija Iwanowna aufmerksam an.

»Bezirkspolizisten leben gewöhnlich lange«, sagte er nachdenklich. »Vielleicht sollte man das überprüfen ... Kennen Sie seine Adresse?«

»Die genaue Adresse weiß ich nicht, aber sein Haus kenne ich noch. Es ist da unten.« Sie wies die Straße hinunter. »Zum Meer hin. Früher hatte es einen roten Zaun ...«

»Wollen wir vielleicht bei ihm vorbeigehen?«, schlug Stepan vor. »Wir würden ja gern mit ihm reden, wenn er am Leben ist.«

Sie mussten Anastassija Iwanowna noch fünf Minuten lang überreden, bevor sie sich ergab und sie zu Jegorows Haus führte.

Die Tür in dem kleinen verputzten Haus hinter dem roten Zaun öffnete ein sommersprossiges, etwa sechsjähriges Mädchen.

»Ist der Opa zu Hause?«, fragte die Alte sie.

»Opa!«, schrie das Mädchen nach hinten. »Das ist für dich!«

Ein schmächtiger Alter im blauen Trainingsanzug mit ›Dynamo‹-Emblem sah in den Flur heraus. Zunächst starrte er ein wenig erschrocken auf die beiden Männer in der Tür, erst dann bemerkte er neben ihnen die kleine, unter dem Gewicht des gelebten Lebens gebeugte Anastassija Iwanowna. Seine Miene wurde weicher.

»Nastja, bist du's?«, fragte er, ohne den Blick von der Alten zu wenden.

»Ja, weißt du, sie haben mich sehr gebeten, dass ich sie zu dir bringe. Meine Sommergäste.« Sie deutete mit dem Kopf auf Stepan und Igor. »Können wir reinkommen?«

Der Alte nickte.

Er führte sie ins Zimmer und versuchte unterwegs, mit den Händen eine durch den Flur fliegende Motte zu erschlagen. Er wies seine Gäste an einen Tisch, der mit einem plüschigen Tuch bedeckt war.

»Womit kann ich dienen?«, fragte er, nachdem er sich ihnen gegenüber gesetzt hatte.

»Also, es geht um Folgendes«, begann Stepan zu erklären. »Fima Tschagin war entweder mein Verwandter, oder ein Freund meines Vaters ... Und das wollte ich eben herausfinden ... Deshalb bin ich nach Otschakow gekommen.«

»Und was habe ich damit zu tun?«, fragte der Alte verwundert.

»Na, Sie haben ihn doch ins Gefängnis gesteckt, das heißt, irgendetwas wussten Sie von ihm!«, sagte Stepan. »Zum Beispiel, mit wem er befreundet war? Denn er war hier doch mit irgendwem befreundet?«

»Befreundet?!«, fragte der Alte zurück. »Vielleicht, ja. Ich weiß nicht. Aber er befasste sich mit ... wie soll man das erklären?! Mit allem befasste er sich! Verkaufte Gestohlenes, empfing verdächtige Gäste. Sein Haus war so eine Art

Postfach. Man gab ihm alles Mögliche zur Aufbewahrung, für ein Jahr, für zwei ... Dafür hat man ihn natürlich bezahlt. Immer wieder wurde er der Miliz angezeigt, die kam mit Durchsuchungsbefehlen, hat aber nie etwas gefunden. So hat er hier gelebt, bis er umgebracht wurde. Möchten Sie vielleicht einen Tee?«

Anastassija Iwanowna wurde munter und nickte für alle.

Beim Tee versuchte Stepan noch Näheres zu erfahren, doch erzählte der Alte nichts Neues mehr.

»Offenbar war auch mein Vater bei ihm«, überlegte Stepan am Abend, als sie schon in ihrem Zimmerchen auf den Betten saßen. »Hat dort gewohnt und wahrscheinlich etwas zur Aufbewahrung hinterlassen ... Das heißt, er war wohl doch ein Dieb ...«

Am nächsten Tag gingen sie zu zweit auf den Markt, wo Stepan ein Brecheisen und zwei Taschenlampen kaufte. Igor bezahlte jedes Mal und fühlte sich nicht wohl dabei – gar zu spezifisch waren ihre Einkäufe.

Seine Ahnung trog ihn nicht. Am selben Abend nahm der Gärtner Brecheisen und Taschenlampen und führte Igor nach draußen.

»Erst gehen wir spazieren, sehen uns ein bisschen um«, sagte er leise unterwegs. »Und dann schauen wir dort, bei Tschagins Haus vorbei. Wofür sind wir sonst hergefahren!«

Der dunkle südliche Himmel hing über ihren Köpfen, in der Nase kitzelte der Geruch des Meeres, irgendwo lärmte ein Radio und sendete Lieder auf Türkisch.

Nachdem sie ein paarmal an Tschagins Haus vorbeigeschlendert waren, betraten sie schließlich das Grundstück und versteckten sich hinter einem Baum rechts von der Haustür.

»Dafür kann man doch ins Gefängnis kommen!«, sagte Igor erschrocken, als er begriff, wie es jetzt weitergehen würde.

»Wofür?! Dafür, dass ich meine Kindheit erkunden will? Wir tragen hier doch keine Safes raus!«, versuchte Stepan ihn zu beruhigen.

Zwanzig Minuten lang horchten sie in die Stille. In dieser ganzen Zeit fuhr nur ein einziger Wagen durch die Straße. Die Stadt schlief früh ein.

Gekonnt riss Stepan mit dem Brecheisen das Vorhängeschloss herunter, hob mit demselben Brecheisen die Tür unten so an, dass die Schlossfalle innen heraussprang und die Tür aufging.

Schnell trat Stepan ein, Igor ihm nach. Sie schlossen die Tür hinter sich und standen in undurchdringlicher Finsternis.

Stepan knipste seine Taschenlampe an, Igor die seine.

»Die Miliz ist nicht blöd«, flüsterte Stepan. »Wenn sie hier Durchsuchungen gemacht haben, dann haben sie auch unter den Dielen und auf dem Dachboden gesucht. In den Öfen haben sie sicher auch gewühlt... Nur gibt es hier anscheinend keine Öfen mehr...«

Stepan fuhr mit dem Strahl seiner Lampe über die Wände, über die gusseisernen, weißgestrichenen Heizkörper. Er trat zur Tür mit dem »Sprechstunden«-Schild und stand im nächsten Moment schon drinnen und leuchtete an Wänden und Boden entlang.

»So«, sagte er. »Wir müssen das systematisch angehen, sonst werden wir bis zum Morgen nicht fertig! Bleib du hier stehen, ich öffne alle Türen, und dann beginnen wir im Uhrzeigersinn...«

Igor knipste seine Lampe aus und erstarrte im Dunkel, während er zuhörte, wie die vom Brecheisen angehobenen Türen beim Aufgehen knackten.

Bald war Stepan wieder da, tippte Igor an die Schulter und bedeutete mit einer Kopfbewegung, ihm zu folgen. Sie wanderten durch alle Zimmer, beleuchteten mit ihren Lampen Böden, Wände, hässliches Büromobiliar vom sowjetischen Typ. Und kehrten wieder ins Sprechzimmer des Abgeordneten Wolotschkow zurück.

»Also«, überlegte Stepan laut. »Dachböden und Dielen lassen wir aus. Öfen gibt es keine. Weißt du, wie man abklopft?«

»Nein, wie?«, fragte Igor.

»Wie ein Arzt! Du klopfst mit den Fingerknöcheln, und wenn es dumpf tönt, gehst du weiter, wenn es plötzlich lauter klingt, nach Hohlraum, dann machst du halt und rufst mich! Wir klopfen beide. Ich von der Tür nach rechts, du nach links!«

In der dunklen Stille gingen sie daran, die Wände abzuklopfen: aufwärts bis zur niedrigen Decke, abwärts bis zu den Holzdielen. Schon im dritten Zimmer, rechts von einem massiven, mächtigen Safe, kam es Igor vor, als klänge die Wand anders unter seinen Schlägen.

»Stepan!«, flüsterte er. »Ich glaube, hier ist was.«

Stepan kam her und prüfte nach. »Hier scheint ja alles hohl«, sagte er zweifelnd. »Ich gehe und klopfe von der anderen Seite!«

Aus dem Nebenzimmer kehrte er erfreut und verblüfft wieder.

»Das wäre ja ein sehr dickes Stück Wand!« Er packte mit der Rechten sein Brecheisen fester. »Na dann, mit Gott!«

Heftig schlug er das Brecheisen in die Wand, das Eisen stieß erst auf etwas und drang dann tief ein, als fiele es ins Leere.

»Interessant«, flüsterte Stepan, während er sich mit der Lampe leuchtete.

Er verbreiterte das Loch. Unter dem Verputz ragten Stücke von altem, dunkel gewordenem Sperrholz heraus.

Zehn Minuten später hatten sie das Wandstück zerlegt und leuchteten hinein.

»Sieh mal einer an!«, entfuhr es Stepan, als die Strahlen der beiden Taschenlampen auf drei altmodische, von Staub und feinem Bauschutt bedeckte Lederkoffer fielen. »Hier hast du die Gepäckaufbewahrung, die vor uns keiner finden konnte!«

Stepan hob die Koffer einen nach dem anderen heraus, pustete Staub und Schutt von ihnen, dann klopfte er seine Kleider ab und knipste die Taschenlampe aus.

So leise sie konnten, schlichen sie hinaus, geräuschlos schloss Stepan die Eingangstür wieder hinter sich.

Zu ihrem Erstaunen begegnete ihnen auch auf dem Rückweg zu Anastassija Iwanownas Haus kein Mensch. ›Ist doch ein feines Städtchen‹, dachte Igor beim Gehen.

Im Zimmer stellten sie die Koffer auf den Boden. Stepan rieb sie mit dem Lappen ab, der für die Füße an der Tür gelegen hatte.

»So, und jetzt müssen wir früh abfahren, bevor der Markt öffnet!«, sagte Stepan entschieden.

»Wollen wir nachsehen, was drin ist?«, schlug Igor vor.

»Wir schauen bei dir zu Hause, in Ruhe. Erst müssen wir sie heimbringen!«

Igor widersprach nicht mehr. Bis zum Tagesanbruch blieben an die zwei Stunden. Stepan packte schon seinen Rucksack. Für einen Augenblick unterbrach er sich und sah seinen jungen Partner an. »Lass der Frau noch zwanzig Griwni auf dem Tisch! Soll sie sich gern an uns erinnern!«, sagte er.

## 6

Kiew empfing die Reisenden mit einem Platzregen. Der Himmel hing tief und düster über dem Bahnhof. Stepan, den Rucksack auf dem Rücken und einen alten Lederkoffer in der Rechten, eilte im Laufschritt zu den Vorortzügen. Igor, der außer seiner Tasche noch zwei Koffer zu tragen hatte, kam dem Gärtner kaum hinterher. Nur gut, dass die Koffer nicht schwer waren. Allerdings weckte dieses Leichtgewichtige der Koffer auch Zweifel am Wert ihres Inhalts.

In den Pfützen von Irpen spiegelte sich die Sonne. Hier war der Regen anscheinend schon früher vorbeigekommen.

»Los, wir nehmen ein Auto!«, schlug Stepan vor und sah sich um. Er fühlte sich hier, im Zentrum von Irpen, mit den drei großen alten Koffern sehr unbehaglich. Gar zu sehr stachen einem die Koffer ins Auge. Auch Igor bemerkte die verwunderten Blicke der Passanten.

Vor dem kleinen Bahnhof standen fünf, sechs Wagen in Erwartung von Kunden. Stepan und Igor wählten einen alten braunen Mercedes Benz Universal und brauchten für den Weg zu Igors Haus nicht mehr als fünf Minuten. Der schnauzbärtige Fahrer im tarnfarbenen Jagdanzug half ihnen, ihr Gepäck aus seinem Wagen zu laden.

Als Erstes brachten sie dieses Gepäck in Stepans Schuppen.

»Geh und ruh dich ein bisschen aus!«, sagte der Gärtner fürsorglich. »Komm in einer halben Stunde wieder, und dann sehen wir nach, was drin ist!«

Igor zögerte, sah Stepan an, warf einen vorsichtigen Blick auf die Koffer, die jetzt auf dem Betonboden unter dem alten Regal standen. Und ging ungern hinaus.

»Wie war es?«, fragte die Mutter zur Begrüßung. »Habt ihr die Stadt besichtigt? Habt ihr jemanden gefunden? Du hast sicher Hunger?«

»Einen Tee hätte ich gern!«, bat Igor und ließ die Fragen der Mutter an seinem Ohr vorbeiziehen. Aber sie erwartete anscheinend auch keine baldigen Antworten.

Igor ging ins Bad und wusch sich. Betrachtete im Spiegel sein Gesicht, bleich und verquollen nach der harten Eisenbahnpritsche. Er fuhr mit der Hand über die unrasierten, stacheligen Wangen, und sein Blick wanderte von selbst zur Ablage unter dem Spiegel, wo Zahnbürsten und Einmalrasierer aus einem Plastikbecher ragten.

Igor rasierte sich und putzte sich die Zähne. Jetzt fühlte er sich schon etwas munterer, aber gleichzeitig packte ihn immer stärker die Aufregung. ›Was macht wohl Stepan jetzt?‹, dachte er nervös.

»Kind, der Tee ist fertig!«, rief seine Mutter aus der Küche.

Igor füllte noch einen zweiten Becher mit Tee, gab einen Löffel Zucker in seinen und zwei in den für Stepan.

»Oh! Danke!«, sagte der Gärtner überrascht, als er Igor mit den Teebechern erblickte. In den Händen hielt Stepan das vertraute Brecheisen. Der Gärtner legte das Werkzeug auf den Betonboden zu seinen Füßen.

Den Tee tranken sie schweigend. Sie saßen auf Hockern, die Tür nach draußen hatten sie geschlossen. Von der Decke leuchtete die helle Glühbirne. Igor plagte die Neugier, und von Zeit zu Zeit warf er einen Blick auf die Koffer.

Endlich griff Stepan wieder nach dem Eisen und beugte sich über einen der Koffer. Eigentlich hätte man ihn auch mit einem einfachen Schraubenzieher aufbekommen. Nur zwei mickrige, mit der Zeit dunkel angelaufene kleine Schlösser, man mochte nicht glauben, dass sich dahinter etwas Kostbares versteckte!

Der erste Koffer öffnete sich geräuschlos. Drinnen lagen zwei Pakete, mit Bindfaden verschnürt. Festes braunes Packpapier. Jedes Paket von der Größe einer Frauenstiefelschachtel – in solchen Schachteln verwahrte die Mutter Fotos in ihrem Schrank, und stricknadelgespickte Wollknäuel.

Stepan zog das erste Paket heraus, wog es in der Hand und biss sich nachdenklich auf die Lippen. Er drehte es um und starrte auf drei große Buchstaben: »JSS«, mit Kopierstift geschrieben.

Stepan seufzte tief, aber sein Gesicht drückte nicht Erschöpfung aus, sondern eine gewisse nachdenkliche Versöhnung. Als hätte er das gefunden, was er sein ganzes Leben gesucht hatte.

»Josip Stepanowitsch Sadownikow«, sagte er nach einer Pause und fuhr mit dem rechten Zeigefinger über die Kopierstift-Initialen.

Gleich darauf ging er in die Hocke, legte das Paket auf dem Boden ab und begann es auszuwickeln. Zum Vorschein kam ein dickes, großformatiges Notizbuch. Stepan lächelte schief, hielt es in den Händen und schien nicht zu wissen, was er weiter damit tun sollte.

»*Buch vom Essen*«, las er laut den akkurat mit Füllfeder geschriebenen Titel auf dem Umschlag.

Stepan legte das Buch auf den Boden und nahm das zweite Paket aus dem offenen Koffer. Der ruhige, versöhnte Ausdruck verschwand von seinem Gesicht. Es war, als erwartete er keine erfreulichen Überraschungen mehr. Im zweiten Paket mit denselben Initialen fand sich jedoch ein Dutzend kleiner Papiertütchen. Er öffnete eines von ihnen, hielt den Atem an. Und dann schüttete er sich vor den Augen des staunenden Igor durchsichtige, geschliffene Kristalle in die Hand.

»Diamanten?«, fragte Igor flüsternd.

Stepan löste den Blick von seiner Handfläche und sah den Fragesteller an.

»Weiß der Himmel«, sagte er, schüttete die Steinchen zurück in das Tütchen, faltete das nächste auf und spähte nur hinein. »Das kann bloß ein Fachmann sagen …«

Igor dachte an sein Geld, für das er vor ihrer Reise nach Otschakow ein Motorrad hatte kaufen wollen. Natürlich, so viel hatte er für diese Reise nicht ausgegeben, aber ohne sein Geld wären sie ja überhaupt nirgends hingekommen!

Stepan hatte inzwischen den ganzen Inhalt zurück in den Koffer gelegt, er schloss ihn und schob ihn in eine Ecke. Und öffnete gekonnt mit dem Eisen den zweiten.

Im zweiten Koffer lagen ein paar in weißes Tuch eingenähte Pakete, auch sie mit Kopierstift angeschrieben. Die Initialen waren überall verschieden, aber die Schrift blieb dieselbe.

»Das hier gehört wohl nicht mehr dem Vater?!«, bemerkte Igor vorsichtig.

»Was macht das für einen Unterschied?« Stepan lachte ein wenig angespannt. »Mein Vater hatte einen Sohn, und die hier hatten vermutlich keinen ...«

Er riss ein Paket an der Naht auf, zog eine Pappschachtel heraus ans Licht der Lampe und schüttelte sie, aber drinnen klang nichts. Er öffnete sie, und da lagen, in Taschentücher gewickelt, fünf alte goldene Taschenuhren mit Kette.

»Such dir eine aus!« Stepan hob einen listigen, aber schon leicht müden Blick zu Igor.

Igor erstarrte und begriff nicht, ob der Gärtner nun scherzte oder seinen Vorschlag ernst meinte.

»Da, nimm die hier.« Stepan tippte mit dem Finger auf die Größte von ihnen.

Igor nahm sie in die Hand und klappte den Deckel auf, der das Zifferblatt schützte. Die Uhr war tatsächlich wunderschön. Er drehte den kleinen gerillten Knopf zum Aufziehen und hob die Uhr ans Ohr. Die Uhr schwieg.

»Sie geht nicht«, sagte Igor traurig.

»Der Uhrmacher repariert sie dir.« Stepan nahm schon das zweite Paket in Angriff.

Jetzt beobachtete Igor Stepan aufmerksam, sah zu, wie er aus dem einen Paket goldene Zar-Nikolaj-Tscherwonzen herauszog, aus dem anderen Fingerringe mit Edelsteinen und goldene Armbänder mit Smaragden.

Schließlich war der Inhalt des zweiten Koffers vollständig untersucht und ebenfalls an seinen Platz zurückgelegt.

Jetzt, als Stepan den dritten Koffer öffnete, glühten seine Augen vor Erregung.

Igor fühlte sich plötzlich unbehaglich. Ihm schien, dass Stepan ihn schief und nicht besonders freundschaftlich ansah. Es war klar, dass sie in Otschakow echte Schätze gefunden hatten, die viel wert waren, für die man auch töten konnte. Und vielleicht hatte man für sie ja getötet, und mehr als einen. Viel Gold zu besitzen oder sich auch nur in seiner Nähe aufzuhalten ist zu allen Zeiten lebensgefährlich, ob im Jahr 1957 oder 2010.

Mühelos öffnete Stepan ihren letzten Koffer aus Otschakow und blickte betreten auf eine ordentlich zusammengelegte alte Milizuniform. Auch Lederstiefel, ein Gürtel mit Schnalle und eine Uniformmütze lagen dabei.

Stepan fuhr mit den Händen über den Boden des Koffers, ohne die Uniform herauszuziehen. Plötzlich erstarrte wieder ein ungutes Lächeln auf seinem Gesicht, und er verharrte reglos, die Lippen angespannt. Ein solches Gesicht haben Jungs, wenn sie im seichten Flusswasser blindlings nach Krebsen haschen.

Endlich zog Stepan die Hand aus dem Koffer und mit ihr eine Pistole im Halfter. Danach holte er zwei Bündel mit, im Vergleich zu den ukrainischen Griwni, riesigen sowjetischen Banknoten heraus.

»Na, sowas«, seufzte er enttäuscht und warf beide Bündel zurück in den Koffer auf die Uniform, daneben legte er vorsichtig das Halfter mit der Waffe. »Das kannst du dir nehmen! Zur Erinnerung an Otschakow!«

Igor betrachtete den Gärtner, fragte sich: ›Er will sich doch nicht etwa mit dieser Uniform und einer Uhr von mir loskaufen?‹ Wobei die Uhr ja vermutlich mehr wert war, als er für die gemeinsame Reise ausgegeben hatte. Andererseits hatten sie doch wirklich einen Schatz gefunden. Und auch, wenn sie ihn nicht halbe-halbe teilten, sondern so, wie Stepan im Scherz gesagt hatte, wenn also Igor ein Drittel des Gefundenen erhielte, dann war das immer noch ungeheuer viel Geld! Igor lächelte angespannt und fühlte, wie eine erregte Wachheit in ihm aufkam.

In der Miene des Gärtners spiegelte sich inzwischen ein ständiger Wechsel von Stimmungen und Gedanken. Sein halbes Lächeln verriet Bitterkeit.

»Ich gehe mal und ruh mich aus!«, flüsterte Igor.

»Nimm, nimm das Köfferchen! Die Schlösser repariere ich dir später, kein Problem!«

Stumm nahm Igor den Koffer mit der Milizuniform und dem Pistolenhalfter und ging hinaus.

Die Mutter staunte, als sie den Koffer sah, und schlug die Hände zusammen. »Zwei solche hatten wir vor fünfzig Jahren im Haus! Hast du den etwa vom Flohmarkt?«

»Nein, ich habe ihn geschenkt bekommen«, antwortete Igor knapp und schlüpfte in sein Zimmer.

Der frühe Herbstabend kam unerwartet schnell an diesem Tag. Stepan und er waren ja morgens eingetroffen und hatten mit Koffern und Inhalt eigentlich nicht lange zu tun gehabt, und doch war da schon die Dämmerung, Müdigkeit in den Händen und ein Drang zum Gähnen.

Igor schmierte sich ein Brot, aß es auf und legte sich, ohne das Abendessen abzuwarten, mit dem seine Mutter schon zugange war, aufs Bett. Aus Aufstehen wurde nichts mehr, die Erschöpfung riss ihn fort, in jenen Zustand, der tiefer ist als gewöhnlicher Schlaf und in dem einem weder Farbträume noch schwarz-weiße begegnen.

Als Elena Andrejewna ihre Kartoffeln gekocht und das Rindfleisch mit Gemüse geschmort hatte, sah sie ins Zimmer ihres Sohnes hinein, um ihn zu Tisch zu rufen, brachte es aber nicht über sich, ihn zu wecken. Auf dem Nachttisch erblickte sie die goldene Uhr mit der Kette, auf einem Taschentuch ausgebreitet, nahm sie in die Hand und besah sie neugierig und beunruhigt. Sie seufzte.

Allein zu Tisch setzen wollte sie sich nicht, und sie beschloss, Stepan einzuladen. Sie zog Schuhe an und ging nach draußen, klopfte ein paarmal an die Schuppentür und machte auf. Da traf sie der erschrockene Blick von Stepan, der anscheinend gerade erst vom Bett aufgestanden war, um die Tür zu öffnen.

»Ich hab Abendessen gekocht, und Igor ist eingeschlafen ... Vielleicht leisten wenigstens Sie mir Gesellschaft?«, fragte sie und sah dem Gärtner in die Augen.

»Ich?«, fragte er verwirrt, als würde er sich widerstrebend aus wichtigen Gedanken reißen. »Ja, das kann ich natürlich. Danke. Man müsste nur abschließen ...« Er sah sich rings um und blieb mit dem Blick an dem Regal hängen, auf dem das Werkzeug und seine Kleider lagen. Er nahm ein Vorhängeschloss vom Regal und warf sich seine Jacke über.

Interessiert beobachtete Elena Andrejewna, wie er sorgsam die Tür mit dem Vorhängeschloss zusperrte – früher hatte er sie doch immer offen gelassen.

»Und, haben Sie Verwandte gefunden?«, fragte sie, als sie einen Teller mit Kartoffeln und Schmorfleisch vor Stepan auf den Tisch stellte.

»Noch nicht.« Er schüttelte den Kopf. »Aber wir haben Leute gefunden, die sich an sie erinnern ... Auch nicht schlecht. Haben auch ein paar Sachen aufgetan … Sachen von meinem Vater …«

»Na sowas!«, sagte Elena Andrejewna erstaunt. »Dann hat jemand sie so viele Jahre aufbewahrt!«

»Jawohl.« Stepan nickte und überlegte, wie er das Thema ihres Gesprächs wechseln konnte. »Und hier? Was gibt es Neues?«

»Was gibt es hier in ein paar Tagen schon Neues?« Die Gastgeberin zuckte mit den Schultern. »Alles beim Alten. Na, den Kiosk beim Busbahnhof haben sie nachts ausgeraubt, und anscheinend gab es eine Schlägerei bei der Zollakademie, sonst nichts … Tja, Igor ist eingeschlafen … Soll ich ihn vielleicht wecken?«

»Nein.« Stepan winkte ab. »Soll er sich ruhig von der Reise ausschlafen! Ist er eigentlich schon lange ohne Arbeit?«

»Schon lange«, bestätigte die Hausherrin.

»Wieso das? Findet er keine?«

»Er sucht ja keine«, seufzte Elena Andrejewna. »Er hatte als Kind eine schwere Verletzung. Da war er fünf Jahre alt. Ich habe ihn mit meinem Mann auf den Rummelplatz geschickt. Mein Mann hat einen von seinen Freunden getroffen, nicht aufgepasst, und Igor ist zum Karussell gelaufen. Das Karussell hielt gerade an und schlug ihm einen Eisensitz an den Kopf. Geschlossenes Schädel-Hirn-Trauma. Darauf zwei Monate Krankenhaus. Ich war immer bei ihm. Der Arzt sagte, er wird nicht mehr normal … Wir haben uns aufs Schlimmste gefasst gemacht, aber dann ging es ganz gut. Nur Kopfweh. Er hatte Glück. So hab ich ihn all die Jahre wie meinen Augapfel gehütet. Später, nach der Schule, habe ich ihn losgeschickt, dass er sich Arbeit sucht. Einmal sagte er, er hätte eine gefunden. Fing an, morgens aus dem Haus zu gehen. In die Möbelfabrik, hier in Irpen. Selbst die Straße hat er mir genannt. Erzählte von der Arbeit, von den Freunden, brachte von dort sogar Hocker mit, sagte, er hätte sie umsonst gekriegt, die wären ein bisschen beschädigt. Da, auf denen sitzen wir jetzt ja!« Elena Andrejewna blickte nach unten. »Nach drei Monaten musste ich ihn tagsüber mal dringend sehen. Ich ging in diese Straße, aber dort war keine Möbelfabrik. Ich wollte ihn ausschimpfen, wollte mit ihm zum Arzt, zu einem Psychiater … Jedenfalls habe ich ihm gesagt, dass ich seine Fabrik nicht gefunden hatte. Und er hat auch sofort aufgehört, zur Arbeit zu gehen … Tja, so ist das … Geld zum Leben haben wir bis jetzt, ich bekomme Rente …«

Sie verstummte und senkte den Blick. Jetzt fühlte auch Stepan sich ein wenig unbehaglich, denn zu dem Stimmungswechsel seiner Gastgeberin hatte ja doch seine Neugier geführt. Aber Elena Andrejewna war nicht lange traurig. Sie sah ihren Gärtner an, und in ihrem Blick erschien wieder Munterkeit.

»Ist es denn eine schöne Stadt?«, fragte sie und leckte sich die ausgetrockneten Lippen.

»Otschakow?! Ach, nein, gewöhnlich … grau. Dort ist es im Sommer sicher schön. Aber jetzt nicht.«

Sie bot Stepan ein Gläschen Wodka an, aber der lehnte höflich ab.

»Wissen Sie, Elena Andrejewna, ich fahre heute Abend für ein paar Tage weg …«, sagte er nach einer Pause. »Machen Sie sich keine Sorgen! Ich muss Bekannte hier in der Nähe von Kiew besuchen. Und wenn ich wieder da bin, bringe ich

Ordnung in Ihren Garten und die Gemüsebeete! Es wird Zeit, alles winterfest zu machen!«

»Oh, ja«, stimmte Elena Andrejewna zu.

Ihr war es, als wäre Stepan über etwas beunruhigt. Und er aß auch nervös, ohne den Geschmack der Speisen zu beachten. Dabei schmeckte das Abendessen gut, Elena Andrejewna freute sich selbst darüber, wie weich und würzig das Fleisch mit dem Gemüse geworden war. Nur der Gärtner lobte ihr Abendessen nicht!

Wenn es nichts zu loben gab – na schön. Aber gegessen hatte er alles bis zum letzten Krümel, und er tunkte auch noch das Weiche vom Brot in die übriggebliebene Fleischsoße.

## 7

Igor erwachte gegen drei Uhr nachts, knipste das Licht im Zimmer an, saß eine Weile nachdenklich im Bett und beschloss dann, nach draußen zu gehen.

Er trat zum Schuppen und sah zu seinem Erstaunen ein Vorhängeschloss an der Tür.

›Er wird doch nicht mit allem abgehauen sein?‹, dachte er.

Er versuchte sich zu erinnern, wo sie all ihre Ersatzschlüssel hatten, aber es fiel ihm nicht ein. Die Mutter wusste es sicher, aber er konnte sie ja nicht wecken, mitten in der Nacht!

Igors Stimmung war verdorben. Er kehrte ins Haus zurück und ging auf Zehenspitzen ins Wohnzimmer. Im Haus war es ungeheuer still. Die Mutter schlief, und die Mäuse wuselten hier drin nur im Winter, wenn sie vor dem Frost

Zuflucht unter den Dielen suchten. Bis zum Frost war es noch eine Weile hin, zwei Monate bestimmt.

Im Büfett stand schon lange eine Flasche Walnussschnaps bereit. An die dachte Igor, als er die obere Büfetttür öffnete. Es war, als würde die Schnapsflasche ihm im Halbdunkel mit einem besonderen Glitzern zuzwinkern. Er zog sie sorgsam heraus, nahm noch ein kleines Gläschen mit, ging hinüber zum Tisch und setzte sich auf den Stuhl mit dem bunten, von zwei Bändern gehaltenen Häkelkissen auf der Holzsitzfläche. Er füllte sein Glas und versank in Nachdenken, dachte an die nächtliche Schatzsuche in Otschakow, das Abklopfen der Wände, das Herausziehen der Koffer. Wie man es auch betrachtete, gegen das Gesetz hatten sie eindeutig verstoßen! Aber wer verstieß heute nicht gegen die Gesetze?! Vielleicht nur seine Mutter! Übrigens hatte er selbst bis zu ihrer Reise nach Otschakow nie etwas Ungesetzliches getan. Der Wunsch war einfach nicht aufgekommen. Auch damals, in der Otschakower Nacht, ließ etwas ihn zögern. Stepan jedoch überlegte anscheinend keine Sekunde, hatte keinerlei Zweifel. Eher im Gegenteil, von Anfang an war er zu allem bereit gewesen. Nicht umsonst hatte er Igor ja als Erstes zum Markt geführt und dort für sein, Igors, Geld ein Brecheisen gekauft. Und wie gekonnt er es handhabte, Türen aufhebelte und große und kleine Schlösser knackte. Ob er wirklich, wie sein Vater, gesessen hatte? Und dann, als er rauskam, hatte seine Tochter ihn zu Hause nicht reingelassen! Da hatte er das Wanderleben aufgenommen!

Igor nippte an dem Schnaps. Er war stark, stark und bittersüß. Er legte sich angenehm schwer auf die Zunge, und sofort schalteten die Gedanken um. Genauer, sie knipsten sich aus. Igor rührte sich nicht mehr. Fuhr sich plötzlich mit der Hand über die nackten Schenkel und spürte an den Beinen die Kälte seiner Hand. ›Soll ich mich anziehen?‹, dachte er, reagierte aber nicht auf den Gedanken. Er trank ohne Eile das Glas aus, stellte die Flasche wieder ins Büfett und kehrte wie zuvor auf Zehenspitzen zurück in sein Zimmer.

Am Morgen weckte ihn der leise Vorwurf seiner Mutter.

»Trinkst du jetzt etwa schon nachts Wodka?«, fragte sie, als sie in sein Zimmer hereinschaute. »Da, nimm dir an Stepan ein Beispiel! Der Mann trinkt überhaupt nicht!«

»Er hat ja sein Fass schon ausgetrunken!«, antwortete Igor verschlafen, schlug die Augen auf und sah zur Uhr – halb acht. »Ist Stepan denn wieder da?«

»Ich hab ihn nicht gesehen! Willst du frühstücken, dann steh auf! Schau, die Leute gehen schon zur Arbeit!« Sie wies mit dem Blick zum Fenster.

Igor seufzte. ›Jetzt fängt sie gleich an, von Arbeit zu reden!‹, dachte er.

»Woran fehlt es uns denn?«, fragte Igor, während er vom Bett aufstand.

»Und wenn ich keine Rente hätte?« Die Stimme der Mutter klang lauter als gewöhnlich.

»Was für eine Rente hast du denn?! Tausendfünfhundert Griwni! Zinsen von der Bank aber hole ich zweihundert Dollar im Monat! Ist das etwa wenig?«

»Das ist Parasitentum«, sagte die Mutter leiser. Sie hatte Angst, dass dieser Streit über den Sinn der Arbeit mit dem üblichen Krach und den zwei Tagen gegenseitigen Ignorierens enden würde. »Dafür haben sie einen zu sowjetischer Zeit ins Gefängnis gesteckt!«

»Deshalb ist die Sowjetunion auch zusammengebrochen!«, brummte Igor und schaltete ebenfalls einen Gang zurück. »Reicht das Geld uns denn nicht? Bis jetzt reicht es! Und wenn eine interessante Arbeit auftaucht, dann sehe ich sie mir auf jeden Fall an!«

Sie lebten tatsächlich von den Bankzinsen des nicht geringen Preisunterschieds zwischen der Immobilie, die sie in Kiew verkauft, und jener, die sie in Irpen gekauft hatten. Genau einmal pro Monat fuhr Igor bei der Bank vorbei und hob das Geld ab. Er brachte es nach Hause, legte es vor seiner Mutter auf den Tisch, und dann nahm er sich eine Hälfte und überließ der Mutter die andere. Er hatte sich schon so an dieses Dasein gewöhnt, dass er ebendiese Fahrten zur Kiewer Bank als seine Hauptarbeit betrachtete.

Elena Andrejewna beruhigte sich schnell, häufte ihrem Sohn heiße Buchweizengrütze auf den Teller, legte ein Stück Butter obenauf, und es schmolz sofort und zerlief.

Igor aß den Brei ohne Hast, mit einem großen Löffel. Dabei sah er aus dem Fenster.

»Ich werd mich umschauen«, versprach er auf einmal mit einem schuldbewussten Blick zu seiner Mutter. »Vielleicht ist ja schon eine interessante Arbeit aufgetaucht… Mir ist ja selbst langweilig, so ohne etwas zu tun.«

Elena Andrejewna nickte. »Es wird doch alles teurer!«, sagte sie. »Da kostet der Käse schon 60 Griwni das Kilo! Aber die Rente erhöhen sie mir nicht, und unsere Zinsen sind nicht gewachsen…«

Igor hielt es für sinnlos, dieses traurige Gespräch weiter in Gang zu halten. Er aß seinen Brei auf, schenkte sich Tee ein und überlegte, womit er sich beschäftigen könnte. Aber seine Gedanken wanderten von selbst zu Stepan, genauer, dessen Abwesenheit. Dann dachte er an den alten Koffer mit der Milizuniform und den Packen sowjetischer Rubel, dachte an die Pistole im Halfter. Da hatte Stepan ihm etwas Schönes geschenkt! Obwohl, in Kiew am Andreashügel konnte man Touristen so eine Uniform für gutes Geld verkaufen! Vielleicht sollte er sie dort hinbringen?

Igor seufzte. Er kehrte in sein Zimmer zurück, klappte den Koffer auf und holte die Milizuniform heraus, befühlte die Taschen und fand in einer den Dienstausweis eines Leutnants der Miliz, Sotow I.I.

»Was, auch ein Igor?« Er lächelte, während er das kleine Schwarzweißfoto betrachtete. Der Bursche darauf war vielleicht fünfundzwanzig, nicht mehr!

Die zwei Packen sowjetischer Hundertrubelscheine fühlten sich in Igors Hand sehr gewichtig an. Igor versank in Nachdenken. Was wusste er von damals, als in dem Land, das es nicht mehr gab, dieses Geld umlief, für das man ebenfalls schon lange nichts mehr kaufen konnte? Praktisch nichts. Natürlich war er noch in diesem Land geboren worden, zur Zeit des letzten sowjetischen Fünfjahrplans, wie seine Mutter gern sagte.

›Was hat der Fünfjahrplan damit zu tun, und überhaupt, was ist das?‹ Igor verzog den Mund. Die Schule hatte einen Zehnjahrplan gehabt, das ja! Aber ›Fünfjahrplan‹?

Er zuckte die Achseln und warf das einstige Geld zurück in den Koffer.

»Gehst du heute einkaufen?«, ertönte die Stimme seiner Mutter aus dem Wohnzimmer.

»Ja, ich wollte gerade losgehen!« Sorgfältig legte Igor die Milizuniform in den Koffer, obenauf den Ausweis von I. I. Sotow, verschloss den Koffer und schob ihn unters Bett.

Vor dem Fenster tröpfelte ein leichter Regen los. Igor ging unterm Regenschirm. In seinem Kopf drehte sich, unklar, warum, das Lied über die *Fünf Minuten* aus dem alten Neujahrsfilm. Ihm war seltsam nostalgisch zumute. ›Was soll denn das jetzt?‹, dachte Igor und blieb am ersten Kiosk stehen, der ihm begegnete.

Er kaufte ein Päckchen Zigaretten und steckte sich eine an. Und da erschien neben ihm ein Bursche ohne Regenschirm, mit nassem, an der Stirn klebendem Haar, in Parka und hohen Soldatenstiefeln.

»Chef, geben Sie mir eine!«

Igor hielt ihm das offene Päckchen hin und betrachtete den Jungen ironisch. »Halte wenigstens die Hand drüber, sonst löscht sie der Regen!«, sagte er.

»Ich rauch sie hier, unter dem Dach«, antwortete der Junge ruhig, zündete sich bei Igor seine Zigarette an und blieb wirklich unter dem kleinen Vordach des Kiosks stehen, links vom Verkaufsfenster.

»Wo hast du denn die Stiefel gekauft?«, fragte Igor scherzhaft. »Zur Zeit macht man solche nicht mehr!«

»Ich hab sie im Schuppen bei meinem Alten gefunden, sind von der Armee!«, antwortete der Junge völlig ernsthaft, ohne auf die Ironie in Igors Stimme zu achten.

»Dann trag sie und freu dich dran! Früher verstand man noch Stiefel zu machen! Nicht wie jetzt!« Und er sah hinunter auf seine rumänischen Stiefel, die er schon zwei Mal dem Schuster zur Reparatur gebracht hatte.

»Sie sind ein bisschen groß«, klagte der Bursche. »Mein Alter hatte Größe dreiundvierzig, ich bloß einundvierzigeinhalb … Gibst du mir vielleicht noch eine?«

Igor zog die Zigarette selbst aus dem Päckchen und streckte sie dem Jungen hin, dann nahm er, ohne sich zu verabschieden, seinen Weg wieder auf. Er ging bis zum Busbahnhof und sah sich rings um – von hier bot sich doch eine ernstzunehmendere Auswahl an Straßen und Richtungen. Er trat vor ein Anzeigenbrett, überflog die angeklebten handgeschriebenen und gedruckten Zeilen. Die Welt drehte sich um »verkaufen« und »kaufen«.

›Vielleicht kann ich zur Miliz gehen? Die Milizpistole habe ich schon!‹, spottete Igor über sich selbst. Auch an die Uniform dachte er wieder.

Er seufzte, versank in Nachdenken. Auf die Zigarette hin war ihm nach einem Kaffee. Die Zigarette war echt gewesen, doch echten Kaffee gab es hier nirgends, nur löslichen. Aber was soll's, er betrat ein Geschäft, nahm einen ›Drei-in-Eins‹ und trank ihn – statt hinaus in den Regen zu gehen – direkt an der Theke, unter deren Glas verschiedene Sorten Würste und gebackenes Huhn lagen. Da fiel Igor die Bitte seiner Mutter ein, er sollte ja einkaufen. Er prüfte den Inhalt seiner Taschen – es gab keinen Grund, sich über Armut zu beklagen. Er kaufte ein frisches Weißbrot, ein halbes Kilo Kochwurst, Butter, Sprotten, dann heftete er im schönsten Kaufrausch den Blick auf die junge Verkäuferin und sagte fest und bestimmt: »Plus eine Flasche ›Koktebel‹! Nein, nicht die. Fünf Sterne!«

Als er mit seiner schweren Tasche wieder draußen im Regen stand, lachte Igor über sich, über diese Pose des reichen

Lebemanns, in der er sich so gefallen hatte, als er den Kognak kaufte.

Seine Stimmung hatte sich gehoben. Auf dem Heimweg dachte er über eine neue Erkenntnis nach: Er hatte auf einmal entdeckt, dass er Kognak öfter trank oder trinken wollte, wenn Regenwetter war.

Das Mittagessen rückte näher, und im Magen meldete sich eine leise Hungermelodie.

Die Mutter wies ein Gläschen Kognak auch nicht zurück. Sie aßen zu zweit in der Küche, saßen sich am regennassen Fenster gegenüber. Allerdings schenkte Igor sich schon das dritte Gläschen ein, während Elena Andrejewna noch am ersten nippte.

»Komisch, dass Stepan nicht da ist.«

»Er ist ein erwachsener Mensch.« Die Mutter zuckte die Achseln. »Er ist ja nicht bei uns gemeldet! Er ist gekommen, und er ist gegangen, er ist sein eigener Herr!«

»Er ist nirgendwo gemeldet«, sagte Igor. »Nach solchen Leuten sucht gewöhnlich die Miliz …«

»Beschrei es nicht! Im Leben kann es alles geben! Verhüte Gott, dass du mal in seine Lage gerätst! Und überhaupt sieht man doch, dass er ein ehrlicher und ernsthafter Mensch ist, beim Reden wägt er jedes Wort ab. Nicht so wie du!«

Igor schwieg. Er warf einen missmutigen Blick zu der Waage auf dem Fensterbrett, goss sich ein viertes Gläschen ein und dachte weiter an den Gärtner.

Gegen Abend klingelte sein Handy.

»Hallo!«, erklang Koljans Stimme, fröhlich wie immer. »Was machst du gerade?«

»Ich sitze zu Hause.«

»Und, willst du nicht zu meinem Geburtstag kommen?«

»Ist der etwa heute?«

»Aber ja! Deshalb rufe ich an! Komm in zwei, drei Stunden zum Club ›Petrowitsch‹! Weißt du noch, die Retro-Party! Hast du ein Pionierhalstuch oder Ähnliches? Dort ist ewige Sowjetunion. Der Besitzer muss ein Ex-Komsomolze sein ...«

Igor warf einen Blick aus dem nassen Fenster. Ihm war überhaupt nicht danach hinauszugehen und erst recht nicht, nach Kiew zu fahren, aber das konnte er dem Geburstagskind nicht sagen, es wäre gekränkt! Sich eine Ausrede auszudenken, in der Art von Erkältung oder Durchfall, dafür war es zu spät. So etwas erzählte man am Anfang eines Gesprächs.

»Gut, ich überleg mir was, ich habe hier schon begonnen, Kognak auf deinen Geburtstag zu trinken«, seufzte Igor. »Und was möchtest du für ein Geschenk?«

»Geschenk?! Du weißt ja, ich bin kein reicher Mensch, ich freue mich über alles! Außer Blumen! Die kann ich nicht ausstehen, das ist verwelktes Geld! Also bring lieber das Geld!«

»Nimmst du auch Rubel?«

»Ob Rubel, ob Dollar, das ist mir egal!«

Igor lächelte, als er an die zwei Packen alter sowjetischer Rubel in seinem Koffer dache. »Abgemacht! Dann bekommst du einen Packen Rubel! Bis dann!«

## 8

In Igors Kopf brummte leise der Kognak. Er stand vor seinem Bett und betrachtete die auf der Bettdecke ausgebreitete Milizuniform. Die Lederstiefel, die glänzten und sich hervorragend aufrecht hielten, standen auf dem Boden. Daneben, auf dem Nachttisch, lagen die beiden mit Banderolen versehenen Packen sowjetischer Hundertrubelnoten.

›Ich könnte auch alles mitnehmen und mich dort auf dem Klo umziehen‹, dachte Igor und seufzte. ›Was soll's! Ich ziehe die Jacke über die Uniform, auf der Straße ist es ohnehin finster! Wer wird da genau hinsehen!‹

Igor stieg in die Stiefel – das Milizionärsschuhwerk war mindestens eine Nummer zu groß. Er holte dicke Wollsocken, zog sie über seine dünnen und probierte die Stiefel wieder an. Jetzt war es den Füßen bequemer.

Er nickte entschlossen. ›Also, heute Abend bin ich Retro-Miliz! Und zahlen werde ich alles mit Retro-Geld!‹

Das Halfter mit der Pistole legte er aufs Bett, zog die reithosenartigen Uniformhosen und das Uniformhemd an, zurrte den Gürtel fest und trat vor den Spiegel. Auf seinem Gesicht erschien ein Lächeln, er gefiel sich in dieser Uniform.

»Super!«, entfuhr es ihm munter. »Das wird die Mädchen umhauen!«

Einen Augenblick überlegte er, zog die Pistole aus dem Halfter, drehte sie in den Händen. Trotz des Kognakrauschens in seinem Kopf warnte ihn der gesunde Menschenverstand: Mit einer Waffe spaßt man nicht!

Er schob die Pistole unter die Matratze und verschloss das leere Halfter, nahm vom Tisch die goldene Uhr und steckte sie in die linke Tasche der Uniformhose. Er würde vor dem Geburtstagskind ein wenig damit prahlen, falls es sich gerade so ergab. Er sah aus dem Fenster. Es regnete nicht.

Leise ging er hinaus in den Flur, die Mutter sah im Wohnzimmer fern.

Er zog die Jacke über, betrachtete sich noch mal und war zufrieden. Die Stiefel sprangen nicht besonders ins Auge, und überhaupt zog das Volk aus dem Umland doch an, was es wollte. Er war heute ja auch dem Jungen mit den Armeestiefeln begegnet und hatte sich nicht gewundert!

Den Blick auf den Boden geheftet und den Pfützen ausweichend, trat er aus dem Gartentörchen und wandte sich Richtung Busbahnhof. Unterwegs fuhr er mit den flachen Händen über die Hosentaschen – beide Rubelpäckchen wölbten sich angenehm hervor. Ja, wenn es Griwni gewesen wären, oder noch besser, Dollars! Der Abend ringsum schien ihm finsterer als gewöhnlich. Er sah zum Himmel, der dunkel und tief über ihm hing. ›Macht ja nichts‹, dachte er, ›dafür wird es im Petrowitsch lustig.‹ Das Wichtigste war, dort nicht hängenzubleiben und es zur letzten Bahn zu schaffen. Auf einen Kleinbus brauchte man nachts nicht zu zählen!

Für kurze Zeit schien die Dunkelheit Igor einzuhüllen, es herrschte undurchdringliche Finsternis, als hätte sich etwas in seinen Augen verdüstert. Und in diesem nachtschwarzen Augenblick fiel Igor ein, dass sein Onkel an gepanschtem Kognak gestorben war. Erst war er blind geworden, hatte geschrien: »Ich sehe nichts!«, dann war er verstummt, hatte sich auf dem Sofa ausgestreckt und war gestorben. Das hatte Igor erzählt bekommen, er selbst war natürlich damals, zu Hause bei dem Onkel, nicht dabeigewesen. Aber seither schnuppperte er immer lange an jeder frisch geöffneten Flasche Kognak.

Die Füße spürten festen Boden, immer noch, wie es schien, denselben Gehweg. Deshalb blieb Igor nicht stehen, obwohl er ein wenig erschrocken war. Er ging weiter, und plötzlich gab die Dunkelheit ihn frei, und vor sich sah er ein paar Lichter. Er blickte zurück und versuchte zu begreifen, ob mit seinen Augen etwas nicht stimmte oder die Straßenbeleuchtung erloschen war. Das kam ja oft vor. Man saß abends zu Hause, guckte fern, und plötzlich – zack! Vollständige Finsternis. Manchmal fünf Minuten lang, manchmal ein paar Stunden.

Hinter ihm war alles dunkel und nichts zu sehen, nur vor ihm gab es die Lichter. ›Der Strom ist ausgefallen!‹, sagte Igor sich, nickte und ging weiter.

Plötzlich freute er sich, als seine Gedanken in die Stiefel schweiften: Es lief sich so leicht in ihnen! Als hätte ein Schuster sie für seine Füße maßgefertigt! Dabei waren sie doch etwa anderthalb Nummern zu groß gewesen! Aus der Freude wurde auf einmal Misstrauen. Er blieb stehen und sah auf seine Stiefel, konnte sie aber kaum erkennen. Verwundert beschleunigte er die Schritte, um schneller die Lichter zu erreichen.

›Der Busbahnhof hätte doch auch schon kommen müssen, und der ist hell erleuchtet! Und davor gibt es Kioske, und die Bierbude!‹ Igor sah starr geradeaus, die Unruhe in ihm wuchs: Die seltsamen Lichter entsprachen nicht dem, was man hier zu sehen erwartete.

Von diesen Überlegungen und einem merkwürdigen körperlichen Unbehagen war ihm heiß geworden. Kalter Schweiß trat ihm auf die Stirn. Er zog die Jacke aus und warf sie nervös über die Schulter, einen Finger in den Aufhänger gehakt.

»He, Leutnantchen! Wohin so eilig?«, hörte er in der Nähe eine weibliche Stimme. »Sagst du uns die Uhrzeit?«

Igor erstarrte und sah sich um. Es war stockfinster.

»Nein«, sagte er argwöhnisch und fixierte weiter die Dunkelheit. »Eine Uhr habe ich, aber die ist kaputt. Sie ist stehengeblieben.«

»Dein Glück.« In der weiblichen Stimme schwang der Hauch einer Drohung.

»Manja, du Närrin! Siehst du denn nicht, der ist kein Soldat. Miliz!«, flüsterte eine Männerstimme. «Wir verschwinden! Schnell!«

Und Igor hörte eilige, sich entfernende Schritte. Er bekam es mit der Angst zu tun und rannte los, so schnell er konnte, auf die Lichter zu. Endlich kamen sie näher. Vor einem gut beleuchteten Tor, hinter dem graue Fabrikgebäude aufragten, machte er halt. Rechts am Tor hing ein Schild.

»Otschakower Kellerei«, las er und sah sich um.

Etwas regte sich in seiner linken Tasche, und er erschrak. Er griff hinein, und da pochte in seiner Hand das Uhrwerk – das Herz der goldenen Uhr hatte begonnen zu schlagen. Erstaunt zog Igor die Uhr heraus, hob sie ans Ohr und hörte das laute Ticken.

›Was für Teufelsspuk‹, dachte er. ›Die Uhr geht wieder … Und woher kommt hier plötzlich die Otschakower Kellerei, sowas gibt es nicht bei uns in Irpen … Oder vielleicht haben sie eine Filiale aufgemacht … Es sind doch bewegte Zeiten, jeden Tag bauen sie was Neues, reißen Altes ab …‹

Hinter dem Zaun erklang plötzlich eine bekannte Melodie, worauf eine Männerstimme verkündete: »In Moskau ist es Mitternacht. Wir senden die Signale der exakten Zeit …«

Igor schüttelte den Kopf, kniff die Augen zusammen. Er klappte den runden, goldenen Deckel mit der Gravur auf, der das Zifferblatt schützte. Beide Zeiger wiesen einträchtig nach oben zu der schwungvollen Zwölf.

In diesem Augenblick polterte etwas, hinter dem Tor ertönten Schritte. Igor eilte schnell zur Seite und sah aus dem Tor einen Kastenwagen herausrollen – ein altes Modell, wie er sie nur aus dem Fernsehen, aus Filmen über die alten Zeiten kannte. Der Kleinlaster wendete auf dem Vorplatz, bog nach rechts ab und fuhr langsam weiter, fort von Igor, sich mit den Scheinwerfern den Weg leuchtend. Das Tor hatte sich wieder geschlossen. Und dann kam kein Laut mehr.

Igor sah sich um. Der Wagen war schon in der Dunkelheit verschwunden, hell war es nur noch über dem Dach des Pförtnerhäuschens und den grauen Fabrikmauern.

›Vielleicht klopfe ich und frage den Pförtner, wo ich hier bin?‹, kam es Igor in den Sinn.

Es blieb ihm keine Zeit, auf den Gedanken zu reagieren, denn da öffnete sich eine Torhälfte ein wenig. Igor hörte angespanntes Flüstern, dann schaute ein Kopf aus dem Tor heraus und lauschte einen Moment.

»Na los, geh schon!«, drang eine lautere Männerstimme zu Igor, der wieder ins Dunkel zurückgetreten war.

Ein junger Bursche mit einem merkwürdigen, schweren Sack über der Schulter kam heraus, sah sich um, winkte dem Wächter nochmals zu und tat ein paar ungeschickte Schritte, worauf er stehenblieb und den Sack zurechtschob. Das Tor hatte sich hinter ihm wieder geschlossen. Eisen klirrte, der Wächter legte offenbar einen gewichtigen Riegel vor.

Igor trat aus dem Dunkel und ging mit forschem Schritt

auf den Burschen zu, um ihn nach dem Weg zum Busbahnhof zu fragen.

Der Bursche erblickte den munter hermarschierenden Milizionär, ließ den Sack sinken und rührte sich nicht mehr. Der Sack fiel fast geräuschlos nieder, bewegte sich aber auf der Erde wie lebendig.

»Ich habe … zum ersten Mal …«, stammelte der Bursche erschrocken. »Nehmen Sie mich nicht … Bitte! Wenn meine Mutter es erfährt, das bringt sie um, sie hat ein schwaches Herz … Mein Vater war an der Front, kam als Krüppel zurück … Ist vor einem Jahr gestorben …«

»Was ist los?«, fragte Igor erstaunt. «Was hast du?«

Die unverständliche Angst des Jungen machte Igor sofort gleichsam zum Herrn der Lage.

»Wein«, seufzte der Bursche und senkte den Blick auf den Sack.

»Sag mir: Ist es weit zum Busbahnhof?«

Der Bursche schwieg, sah dem jetzt direkt vor ihm stehenden Menschen in der Milizuniform misstrauisch ins Gesicht und verstand nicht ganz, was der fragte.

»Na … vielleicht zwanzig Minuten zu Fuß …«, sagte er ein wenig selbstsicherer.

»Und was ist das?« Igor stieß mit der Stiefelspitze gegen den Sack, der leicht nachgab und im nächsten Augenblick seine seltsame Form wieder annahm.

»Ich habe doch gesagt, es ist Wein … zum ersten Mal. Rkaziteli … Einen einzigen Schlauch habe ich in all der Zeit genommen … Verhaften Sie mich nicht …«

Auf einmal begriff Igor den Grund für die Angst des Jungen und lächelte.

Der Bursche bemerkte dieses Lächeln und straffte sich. «Ich bringe ihn sofort zurück!«, erklärte er und sah dabei den Sack an.

»Warte, reden wir ein bisschen!« Igor versuchte den Tonfall des Weindiebs nachzuahmen, der sprach ein wenig seltsam, nicht wie einer aus Irpen. »Woher kommst du?«

»Von hier, aus Otschakow ... Meine Mutter verkauft auf dem Markt, ich arbeite in der Kellerei ...«

»Von hier? Aus Otschakow?«, wiederholte Igor betreten. »Irgendwie gefällt mir das nicht ...«

»Was?«, fragte der Bursche vorsichtig.

»Alles.« Igor sah sich um. »Dunkel ist es bei euch ... Wie alt bist du?«

»Einundzwanzig ... Samochin heiße ich, Iwan, mit Vatersname Wassiljewitsch.«

»Und wann bist du geboren, Iwan Wassiljewitsch Samochin?« Igor sprach langsamer, sprach jedes Wort deutlich aus, und da kam es ihm so vor, als redete er selbst schon anders, mit anderem Tonfall.

»Im Jahr 36 ... am siebten Mai ... Es hat nicht viel gefehlt, und ich hätte am Tag des Sieges Geburtstag ...«

Igor wurde nachdenklich. 36 plus 21 Jahre, das fügte sich alles zum Jahr 1957. Unsinn! Igor hob den Blick zu dem Dieb. Dann sah er wieder auf den Schlauch mit dem Wein.

»Trinkst du so viel?«, fragte er.

»Nein, wo denken Sie hin! Ich habe früher auch Sport getrieben, bin für unseren Bezirk gelaufen ... Das ist für den Markt, zum Verkaufen!«, sagte der Bursche und unterbrach sich sofort, schlug sich mit der Faust an die Stirn, bereute, dass er sich so restlos verraten hatte.

»So, so.« Igor nickte.

»Wie viel bekomme ich denn jetzt?« Der Bursche war zum Flüstern übergegangen. »Zehn Jahre Gefängnis? Oder mehr?«

»Sag, was ist heute für ein Tag?«, fragte Igor, ohne dem Dieb zu antworten.

»Der dritte Oktober.«

»Also, gehen wir«, sagte Igor versonnen und wies mit dem Finger auf den Weinschlauch. »Nimm, und los!«

Samochin hob den Schlauch auf, schwang ihn über die Schulter und sah sich nach dem Milizionär um.

»Wohin?«, fragte er niedergeschlagen.

»Erst mal zum Busbahnhof!« Mit einer Geste bedeutete Igor dem Burschen, dass der, wie ein echter Verhafteter, vorausgehen sollte.

Wanja Samochin ging langsam. Er trug eine unbequeme und schwere Last. Wenn man das Eigene schleppte, das war die eine Sache. Aber jetzt war es ja nicht mehr seins! Gern hätte er angehalten, sich umgedreht und noch einmal diesen Leutnant angefleht, ihn laufenzulassen und zur Erinnerung an seine Güte den Weinschlauch an sich zu nehmen! Doch war dieser Leutnant, wie es aussah, ein regeltreuer! Nichts in Blick und Stimme verriet, dass man sich mit ihm einigen konnte.

Fünf Minuten schritten sie schon durch die Dunkelheit. Nur das Kopfsteinpflaster schlug an die Stiefelsohlen. Samochin blieb stehen.

»Was ist los?« Von hinten traf ihn die Stimme des Milizionärs.

»Ich bin müde.«

»Ist es noch weit?«

»Zehn Minuten ...«

»Na, ruh dich aus«, sagte Igor leichthin, ganz menschlich, und da regte sich Hoffnung in Wanja Samochin. Es war der erste Satz, den der Milizionär so gesprochen hatte, als trüge er keine Uniform.

Sorgsam ließ Wanja den Weinschlauch sinken und verschnaufte. »Darf man eine rauchen?«, fragte er.

Igor nickte.

»Bloß habe ich nichts zu rauchen«, gestand Wanja Samochin.

Igor zog ein Päckchen Zigaretten heraus, öffnete es und hielt es ihm hin.

»Das sind keine von unseren«, entfuhr es dem Burschen erstaunt. »Und Sie sind wohl auch nicht von hier?«

»Nein.« Igor schüttelte den Kopf.

»Woher denn?«

»Aus Kiew.«

»Aus der Hauptstadt!« Furcht war in die Stimme des Burschen zurückgekehrt. »Heißt das, Sie kommen extra hierher? Zur Kellerei?«

»Wie denn, steht es dort so schlimm?« Igor verzog die Lippen zu einem halben Lächeln. »Alle klauen? Ja? Schleppen alles weg?«

»Nein ... na, im Kleinen vielleicht ... Aber die Leitung ist ehrlich ...«

»Nein, nicht wegen der Kellerei.« Igor beschloss, das Spiel mitzuspielen. »Wegen einer anderen Sache.«

»Eine andere?«, wiederholte Samochin, der schon den Tabakqualm einsog. »Wegen der Banditen?«

»Mhm«, bestätigte Igor und sah dem Burschen direkt in die Augen.

»Ja, davon gibt es jetzt viele hier. Wegen Tschagin, vielleicht?«

Igor zuckte zusammen, als er den vertrauten Namen hörte, und da zuckte auch der Bursche zusammen, als hätte ihn die Reaktion des Milizionärs erschreckt. ›Es werden jetzt doch nicht alle solche Angst vor Fima Tschagin haben‹, dachte Wanja, ›dass schon Milizionäre aus der Hauptstadt bei seinem Namen zittern!‹

»Kennst du ihn?«, fragte Igor.

»Alle kennen ihn ... Na, vom Sehen ... Aber sonst, nein, wir kennen uns nicht ... Was habe ich mit ihm zu schaffen? Ich bin ehrlich ...«

Igor musste lachen. Leise, aber heftig. Es schüttelte ihn vor Lachen, während er auf den Weinschlauch wies.

»Aber ich raube doch keinen aus ... ich bringe niemanden um«, sagte Samochin weinerlich. »Ein einziges Mal habe ich etwas Fremdes genommen ...«

»Irgendwie glaube ich dir nicht.« Igors Stimme hatte wieder die Milizuniform angelegt und erschien sogar ihm selbst ein wenig fremd, kalt. »Die Mutter verkauft auf dem Markt ... Du schleppst Wein aus der Kellerei fort ... Was verkauft denn deine Mutter?«

Es war, als verschluckte Wanja Samochin sich an dem Wort, er bekam Schluckauf und ließ die Zigarette los. Sie fiel funkensprühend zur Erde. Wanja bückte sich nach ihr, hob sie hicksend auf, rieb mit den Fingern den Filter ab und steckte sie wieder in den Mund.

»Verkauft sie Wein?«, fragte Igor wieder und lachte.

»Wein, ja.« Der Bursche senkte den Kopf. »Eigenen! Wir machen doch welchen, unser Hof hängt voller Reben ...«

»Eigenen und geklauten«, sagte Igor ruhig.

Dabei merkte er, dass der Blick des Burschen umherflog, als hätte Wanja Samochin beschlossen, sich aus dem Staub zu machen.

»Nimm den Wein!«, befahl Igor ihm.

Und die Unruhe verschwand aus Wanjas Blick. Mit einem tiefen Seufzer hob er den Weinschlauch auf, legte ihn auf seine Schulter, sah sich zu Igor um.

»Weißt du was«, sagte Igor. »Ich werde dich nicht einsperren.«

Der Mund des Burschen klappte auf, und wieder fiel ihm der Zigarettenstummel vor die Füße. Doch bückte Wanja sich jetzt erst gar nicht danach, hing nur mit dem Blick an Igor.

»Du unterschreibst mir ein Papier und hilfst mir. Mit Informationen. Abgemacht?«

Wanja zögerte mit der Antwort, kaute auf den trockenen Lippen.

»Du bist doch ehrlich? Das hast du gesagt? Und die Ehrlichen helfen der Miliz!«

Wanja nickte.

»Ich bin hier mit einem Spezialauftrag«, fuhr Igor fort, dem das Spiel gefiel. »Dein Wein«, er deutete mit dem Kinn auf den Schlauch, »interessiert mich nicht. Nimm ihn mit nach Hause und gib ihn deiner Mutter ...«

»Und was interessiert Sie, Genosse Leutnant?«, fragte Wanja Samochin vorsichtig, doch schon ein wenig schmeichelnd.

»Tschagin. Und sein Umfeld… Sogar mehr sein Umfeld als er selbst…«

Wanja nickte wieder. »Ich tue, was ich kann…«

»Also gut. Und… kann ich bei dir übernachten?«

»Sie wollten doch zum Busbahnhof?«

»Fahren nachts denn Busse?«, fragte Igor und lächelte kaum merklich.

»Nein«, antwortete Wanja verwirrt.

»Na, siehst du, wozu brauche ich den Busbahnhof? Kann ich bei dir übernachten?«

»Ja, natürlich! Dann…«

Und ohne den Satz zu beenden, schritt Wanja munterer aus, schon weniger beugte sein Rücken sich unter der flüssigen Last. Igor hielt gewissen Abstand, blieb zwei, drei Schritte zurück. Unbemerkt zogen sie in die nächtliche Stadt ein. Seitlich tauchten Zäune auf, hinter denen man schwarz in grau die Umrisse freistehender Häuser sah. Otschakow schlief. Irgendwo in der Ferne funkelten Lichter, doch in den Fenstern der Häuser war alles dunkel. Kaum eine halbe Stunde später betraten sie einen mit Weinreben überwachsenen Hof. Wanja brachte den Weinschlauch in einen Schuppen, dann öffnete er vorsichtig die Haustür und ließ Igor ein.

»Hier, Sie können auf das Sofa«, sagte er und wies im Halbdunkel auf ein antikes Polstersofa mit hoher Rückenlehne, in die ein Spiegel eingelassen war, samt einem kleinen Regal für allerlei Nippes.

»Ich weiß bloß nicht, wo die Bettlaken…«

»Nicht nötig, eine Decke ist wichtiger«, flüsterte Igor. »Und wo schlafen deine Eltern?«

Wanja wies stumm auf eine hölzerne Flügeltür.

Dann sagte er: »Meine Mutter dort, links, und ich – geradeaus.«

Er verschwand irgendwo und kehrte mit einer wattierten Decke zurück. »Kann ich auch schlafen gehen?«, fragte er flüsternd. »Ich unterschreibe morgen früh, ja?«

»Ja, leg dich hin! Morgen früh unterschreibst du«, stimmte Igor zu.

Wanja verschwand. Kehrte aber eine Minute später zurück.

»Hier, Genosse Milizionär, nehmen Sie, trinken Sie auf die Nacht, für einen tiefen Schlaf!« Er reichte Igor ein volles Glas Weißwein. Säuerlicher Geruch stieg Igor in die Nase. Er unterdrückte eine Grimasse, nahm vorsichtig das randvolle Glas und nippte daran.

Er nickte Wanja zu. Der jedoch nickte zufrieden zurück und rührte sich nicht vom Fleck.

»Stammt der aus der Kellerei?«, fragte Igor.

»Ja«, sagte Wanja. »Unser eigener ist noch nicht so weit… Trinken Sie aus bis auf den Grund, sonst erfassen Sie den Geschmack nicht!«

Um nicht mit Wanja Samochin darüber zu streiten, wie der Wein richtig zu degustieren sei, leerte Igor mit drei Schlucken das Glas und gab es seinem Gastgeber zurück. Erst darauf verließ Wanja das Zimmer.

Igor streifte die Stiefel von den Füßen, schnallte den Gürtel ab und zog sich aus, legte die Uniform sorgsam auf einem Stuhl zusammen und kroch schnell unter die Decke. Und dann saugte es ihn wie in eine seltsame Schwerelosigkeit hinaus. Er erschauerte gerade noch, verlor jedes Gefühl von oben und unten, und fiel in einen Abgrund.

## 9

Mit schmerzendem Kopf wachte er auf. Der Kopf tat nicht einfach weh, er brummte, als wären ein paar Bienen hineingeflogen und versuchten jetzt erfolglos, den Ausgang zu finden, wobei sie von innen mal an die Schläfen, mal an den Hinterkopf, mal über den Augenbrauen anstießen.

Er schlug die Augen auf, fuhr sich mit der Hand über die schweißnasse Stirn, stemmte sich recht mühsam hoch und setzte sich im Bett hin.

Vor dem Fenster war es grau, aus dem Nachbarzimmer klang das monotone Murmeln der Fernsehstimmen herüber.

»Mama!«, rief Igor, und sofort verstärkte die eigene Stimme das unangenehme, schmerzhafte Dröhnen im Kopf.

Elena Andrejewna sah ins Schlafzimmer zu ihrem Sohn herein. »Was ist, Kind?«

»Haben wir Aspirin? Mein Kopf platzt.«

»Hast du gestern getrunken, oder sind das die alten Schmerzen?«, fragte die Mutter kritisch, wenn auch mitfühlend.

Igor nickte. »Ich hab getrunken.«

Sie lief in die Küche, wo in dem Schränkchen, in einer Schuhschachtel, kunterbunt die Medikamente lagen.

Igor stand auf und trat ans Fenster. Er sah sich um. Sein Blick fiel auf die sorgsam gefaltete Milizuniform, auf der die alte Uniformmütze lag.

»Es war ein Traum! So ein Unsinn! Oder etwa doch …?«, fragte Igor sich, als ihm das in der vorigen Nacht Erlebte oder Geträumte einfiel.

Er seufzte, zog seinen Trainingsanzug aus der Kommode, schlüpfte hinein und rief Koljan an.

»Oh, hallo!« Das gestrige Geburtstagskind wurde lebhaft, als es Igors Stimme hörte. »Wie geht's, wie steht's?«

»Hör zu.« Igor sprach langsamer, überlegte jedes Wort, um nicht irgendeinen Unsinn vom Stapel zu lassen. »Ich … gestern … war ich doch bei dir?«

»Na, du bist gut!« Koljan lachte laut. »Du bist ja schön versackt, wenn du nichts mehr weißt! Du warst bei mir! Und wie! Kamst in einer alten Uniform, schon sturzbetrunken, und hast dich mit den Türstehern angelegt. Nachher konnten wir dich kaum von ihnen loseisen, die wollten dich rauswerfen, und es hat aus Kübeln geschüttet!«

»Mhm … Was haben wir denn bei dir getrunken?«

»Alles. Du persönlich hast dich vor allem an Kognak gehalten. Anderthalb oder zwei Flaschen gekippt, bevor wir dich in einen Wagen gesetzt haben, damit er dich nach Hause bringt! Zweihundert Griwni haben wir dem Mann in die Hand gedrückt, du warst ja schon jenseits! Also, gib sie uns bei Gelegenheit zurück!«

»Mhm«, wiederholte Igor langsam und hörte wegen des Dröhnens in seinem Kopf die eigene Stimme nicht. »Und was war sonst noch los …?«

»Im ›Petrowitsch‹? Ha! Du erinnerst dich wohl an nichts!«

»Nein«, gestand Igor. »Und der Kopf platzt mir …«

»Was los war? Wir haben getrunken, gelacht, zu alter Musik getanzt …«

Plötzlich spürte Igor auf der Zunge die Säure billigen trockenen Weißweins.

»Habe ich auch Wein getrunken?«

»Wein? Wein hast du probiert, richtig! Hast den französischen Chablis einen sauren Fusel genannt und gleich mit Fünfsterne-›Ararat‹-Kognak nachgespült.«

»Gut, ich rufe später wieder an«, seufzte Igor erschöpft.

»Kurier dich aus, Bruder!«, hörte er Koljans muntere Stimme zum Abschied.

Gegen Mittag hatte sein Kopf sich beruhigt, und die Gedanken sammelten sich endlich zu einer Art Ordnung. In allen Einzelheiten erzählte Igor sich selbst nochmals den gestrigen Traum oder Wahn. Dabei hörte er sich aufmerksam zu und versuchte, in der Geschichte die kleinsten Beweise für ihre Wahrheit oder Wahrscheinlichkeit zu entdecken. Gern hätte er, zur Beruhigung der aufgeregten Seele, festgestellt, dass alles die Frucht seiner betrunkenen und daher wilden Einbildung war. Aber so sehr er auch lauschte, so sehr er sich in seine Erinnerungsbilder vertiefte, alles kam ihm ungeheuer real und wahrscheinlich vor. Sowohl die Uhr, die plötzlich lostickte und die »Moskauer Mitternacht« anzeigte, als auch Wanja Samochin, und die Otschakower Kellerei, und das Wasserglas mit dem trockenen Weißen, gefüllt bis zum Rand. Und – das war das Wichtigste – dass Wanja Fima Tschagin erwähnt hatte, als möglichen Anlass dafür, dass ein aus der Hauptstadt abkommandierter Milizionär in Otschakow erschien. Das Einzige, was man auf die andere Schale der Waage legen konnte, mit der Igor versuchte, seinen klaren Verstand auszutarieren, das waren die paar Gläser Kognak, die er gestern Abend noch vor Koljans Anruf geleert hatte. Ja, und überhaupt! Diese ganze Feierei im Club ›Petrowitsch‹ in Podol! Igor erinnerte sich an rein nichts von dem Geburtstagsfest. Mehr noch, er wusste nicht einmal mehr, wo dieser Club gewesen war und wo dieses Retro-Party-Plakat!

Plötzlich griff Igor in die Tasche der Milizhose und zog die goldene Uhr heraus. Er hob sie ans Ohr – Stille. Er klappte sie auf, die Zeiger waren auf halb zwei erstarrt.

»Ja«, sagte er mit einem verlorenen Seufzer.

Erschöpft von all den unbeantworteten Fragen, trank Igor einen Kaffee und ging hinaus, hinters Haus. Der Schuppen war nach wie vor verschlossen. An der Tür hing das Vorhängeschloss. Stepan war also nicht da.

Vom düsteren Himmel tröpfelte es. Dicke Tropfen. Igor warf einen Blick nach oben und eilte gleich wieder ins Haus – die schwarze Wolke, die über Irpen hing, war kurz davor, in den nächsten Platzregen auszubrechen.

Kaum war er drinnen, trommelte auf dem Schieferdach das Unwetter los.

## 10

Der Wolkenbruch, der um Mittag begonnen hatte, zog sich mehrere Stunden hin und stellte, als er plötzlich aufhörte, die Bewohner von Irpen vor die einfache und unverrückbare Tatsache, dass der Abend da war. Ein Herbstabend ist nie lang, auf ihn folgt schnell, fast unmerklich, die Nacht. Diese anbrechende Nacht, von einem sternenlosen, bleiernen Himmel zugedeckt, versprach finster und undurchdringlich zu werden.

Igor legte das Buch weg, über dem er drei Stunden am Stück gesessen hatte, sah aus dem Fenster und dann auf die

Uhr. Wieder versank er in Nachdenken, wieder stellte er sich die Frage: War es nun ein betrunkener Traum oder eine andere, jenseitige Wirklichkeit gewesen? Er dachte an den Abend, der dem seltsamen Erlebnis vorausgegangen war. Dachte daran, wie er Kognak getrunken hatte, ehe Koljan anrief. Und was, überlegte er, wenn er nochmals dasselbe machte? Was, wenn er ein paar Gläschen Kognak trank und dann, später, wieder die Milizuniform anzog und in Richtung Busbahnhof loslief? Menschen wären bei diesem Wetter und um die Uhrzeit keine draußen, und wer würde schon auf ihn achten?!

Igor ging hinüber in die Küche, schenkte sich einen Kognak ein und trank ihn ohne Hast, darauf sofort ein zweites Gläschen. Nebenbei bemerkte er, dass auf der schwebenden Schale der mütterlichen Waage ein Fläschchen mit Herztropfen stand. Mit dem dritten Kognak kehrte er in sein Zimmer zurück. Trank einen Schluck, stellte das Gläschen weg und sah nach, ob die zwei sowjetischen Rubelpäckchen an ihrem Platz waren. Sie lagen in den Taschen der Uniformhose. Er trank noch ein Schlückchen. Im Mund wurde es warm, und die Wärme wanderte nach oben weiter, in die Nase, in den Kopf. Leichter Schweiß trat ihm auf die Stirn. Wieder streckte Igor die Hand nach dem Gläschen aus, aber es war schon leer. Er begab sich in die Küche und füllte es.

Eine halbe Stunde später wogte wilde Kühnheit durch Igors Gedanken. Er lächelte sich selbst zu und trat mutiger zu der Milizuniform. Er zog sie an, streifte die Stiefel über, schnallte den Gürtel um und vergaß diesmal auch das Halfter mit der Pistole nicht, platzierte die Unifommütze auf dem

Kopf und griff nach dem runden Handspiegel. Er sah sich an, und noch heiterer wurde ihm zumute. ›Macht was her!‹, dachte er.

Kaum hatte sich das heimatliche Gartentor hinter ihm geschlossen, kaum wandte er sich Richtung Busbahnhof, da wurde es schon dunkler um ihn. Als wäre die Dunkelheit lebendig und versuchte, Igor in sich einzuhüllen. Aber an die Sohlen seiner Lederstiefel schlug vertraut der Asphalt, und die Beine gingen von selbst geradeaus, als brauchten sie keine Augen, die sie führten.

Ein paarmal beschlich Igor Furcht. Mal von hinten, mal von der Seite, worauf er stehenblieb und sich umsah, mehr auf sein Ohr vertrauend als den Augen. Aber ringsum war es still.

Nach einer Weile tauchte vor ihm ein kaum sichtbarer Lichtschein auf, ein Orientierungspunkt. Und nach weiteren zwanzig Minuten erkannte Igor das beleuchtete Tor der Otschakower Kellerei. Unter den Bäumen, zwanzig Meter davor, blieb er stehen. Was passierte jetzt wohl? Es würde sich doch nicht alles wiederholen? Wie in dem amerikanischen Film, in dem derselbe Tag sich endlos von Neuem abspielte und den Helden in den Wahnsinn trieb?

Und als würde die Wirklichkeit sich über Igors Befürchtungen lustig machen, ging das grüne Tor auf. An Igors Ohr drang das Kollern eines Motors, und er sah, wie ein alter, schon vertrauter Kleinlaster das Gelände der Kellerei verließ. Er fuhr heraus, bog nach rechts und fuhr weiter, von Igor fort, sich mit den Scheinwerfern den Weg leuchtend. Das Tor ging zu, und allmählich kroch die Stille unter das Licht der mächtigen Fabriklampen zurück. Genauer, die Lampen strahlten hinter der Betonwand und dem grünen Tor, den Platz vor dem Tor erhellte eine Straßenlaterne.

Plötzlich knirschte das Tor wieder, öffnete sich ein wenig, und heraus schaute, genau wie gestern, ein Bursche mit einem seltsamen Sack auf der Schulter.

›Jetzt kommt er heraus, winkt dem Wächter zu, dann schließt sich das Tor und ein schwerer metallener Riegel klirrt!‹, sagte Igor sich vor. ›Darauf trete ich unter den Bäumen hervor und gehe auf den Jungen zu, er erschrickt, lässt den Sack zu Boden fallen und bittet mich, ihn nicht zu verhaften …‹

Und wirklich, der Bursche winkte dem Wächter zu, der Riegel klirrte und verschloss das Tor. Und unter den dunklen Bäumen trat Igor in der Milizuniform hervor, ging mit gespielt strengem, entschlossenem Schritt zu dem Burschen hin.

»Oh!«, sagte der da, und ein Lächeln erhellte sein Gesicht. »Wohin sind Sie denn heute Morgen verschwunden? Ich hatte Ihnen Tee mit Wurst gebracht!«

Igor trat noch drei Schritte auf den Burschen zu, nur fehlte diesen letzten Schritten schon die Strenge und Entschlossenheit. Er blieb vor Wanja stehen und drückte dessen ausgestreckte Hand.

»Oder mussten Sie zu Ihrem Auftrag?«, erriet der Bursche und rückte seinen rutschenden Weinschlauch zurecht.

»Und du, schon wieder?« Igor wies mit einer Kopfbewegung auf den Wein.

»Also … wir hatten uns doch … geeinigt … ich kann auch jetzt gleich die Unterschrift …«

»Schon gut!« Igor winkte ab, verstimmt und aus dem Konzept gebracht sowohl von dieser seltsamen Parallelwirklichkeit als auch von seinen eigenen, nicht ganz erfüllten Erwartungen.

»Gehen wir zu mir, ich habe schon etwas Interessantes für Sie gefunden!«, fuhr der Bursche, freundschaftlich lächelnd, fort.

»Du bist doch Wanja Samochin?«, fragte Igor, um sich endgültig davon zu überzeugen, dass das, was jetzt mit ihm geschah, die Fortsetzung der letzten Nacht war.

»Eben der! Kommen Sie!«

Und sie schritten durch die Dunkelheit, wie beim letzten Mal. Nur sah Igor sich nicht mehr überall um, sondern ging ruhig hinter Wanja Samochin her, der auf der Schulter mühelos seinen Schlauch mit dem gestohlenen Wein trug.

So leise sie konnten, betraten sie Wanjas Haus. Wanja führte Igor in dasselbe Zimmer mit demselben altmodischen Sofa.

»Ziehen Sie sich aus, machen Sie es sich bequem, ich bin gleich wieder da!«, flüsterte er.

Zwei Minuten später kehrte er mit einem Glas Wein zurück, wieder bis an den Rand gefüllt.

»Hier, auf die Nacht!«, sagte er leise. »Für einen tiefen Schlaf!«

Igor saß, noch angezogen, auf dem Sofa. Nur die Mütze hatte er abgenommen.

Etwas flüsterte ihm ein, dass diese Parallelwirklichkeit, sobald er sich hinlegte und einschlief, verschwinden würde, und dann fände er keine Antwort mehr auf die Fragen, von denen es mit jeder Minute mehr gab.

Er nahm Wanja Samochin das Glas aus der Hand, trank den Wein aus und hatte auf der Zunge wieder denselben scharfen, säuerlichen Geschmack. Dann bedeutete er Wanja mit einer Kopfbewegung, sich zu ihm aufs Sofa zu setzen.

Wanja setzte sich.

»Was wolltest du mir also Interessantes erzählen?«, fragte Igor ihn.

»Aber ich … habe ja noch nichts unterschrieben!«

»Dann nimm ein Papier und schreib!«, sagte Igor.

Wanja erhob sich, verließ das Zimmer und kam gleich darauf mit einem Heft und einem blechernen Tintenfässchen wieder, in dem ein Füllfederhalter hin- und herschwankte. Er setzte sich an den ovalen Tisch mit dem Tischtuch.

»Diktieren Sie, Genosse Leutnant!«, bat er.

Igor zögerte. Dieses Mal fand er irgendwie nur allzu langsam in die Rolle eines Milizleutnants des Jahres 1957 hinein.

»Gut, schreib!«, sagte er nach einer Pause. »Ich, Iwan, Vatersname, Samochin, bin einverstanden, freiwillig zusammenzuarbeiten …«

Wanja Samochin beugte sich über das Heft und kratzte mit der Feder, die er hin und wieder in das Tintenfässchen tunkte.

Igor wartete, bis das Kratzen aufhörte. Wanja hob den Kopf und sah den Milizionär fragend an.

»Freiwillig zusammenzuarbeiten mit den Organen der Miliz«, fuhr Igor fort. »Und bin bereit, ihnen, unter Einsatz meines Lebens, im Kampf gegen verbrecherische Elemente zu helfen …«

Wanja sah plötzlich auf, Bestürzung und Verlegenheit im Gesicht.

»Stimmt was nicht?«, fragte Igor.

»Mein Leben einzusetzen habe ich nicht versprochen«,

sagte Wanja leise. »Also, helfen kann ich, aber das mit der Lebensgefahr – nein-nein. Meine Mutter hat ein schwaches Herz…«

»Gut«, seufzte Igor. »Schreib ohne die Lebensgefahr, einfach helfen…«

»Ihnen zahlt man für die Gefahr ja einen Zuschlag und gibt Ihnen eine Waffe!« Wanja warf, ehe er sich wieder seinem Blatt zuwandte, einen vielsagenden Blick auf das Pistolenhalfter des Milizionärs.

»… ihnen im Kampf gegen verbrecherische Elemente zu helfen«, wiederholte Igor. »Ort, Datum, Unterschrift.«

Nachdem er unterschrieben hatte, riss Wanja das Blatt sorgsam aus dem Heft, faltete es doppelt und reichte es Igor.

Sachlich nahm Igor die Erklärung an sich und schob sie in die Brusttasche seines Hemdes.

»Dann gehe ich jetzt schlafen?«, fragte Wanja.

»Ach, vielleicht…«, überlegte Igor laut.

»Was ›vielleicht‹?«, fragte Wanja vorsichtig.

»Vielleicht spazieren wir ein bisschen durch die Stadt. Und du zeigst mir die Sehenswürdigkeiten?«

»Was für Sehenswürdigkeiten?«, fragte Wanja betreten.

»Zum Beispiel das Haus dieses Fima Tschagin.«

»Wie, Sie kennen es nicht?« In der Stimme des Burschen klang mehr als einfach Verwunderung – eine plötzliche Herablassung, als hätte er auf einmal erkannt, dass er keinen Leutnant der Miliz vor sich hatte, sondern irgendeinen Dorftrottel.

»Doch, doch, ich kenn es. Aber es wäre gut, sich das noch mal anzuschauen… mit zwei Paar Augen!«

Wanja hörte das Vertrauen heraus, das ihm entgegengebracht wurde, die Achtung vor seiner Person, und widersetzte sich nicht mehr. Bereitwillig erhob er sich und wandte sich zur Tür.

»Gehen wir«, sagte er. »Ich zeige Ihnen eine Abkürzung!«

Wanja führte Igor auf die unbeleuchtete Straße hinaus. Nach etwa dreißig Metern bogen sie links ab, überquerten einen verlassenen Hof, einen alten Obstgarten und landeten in einer anderen Straße. Diese Straße, das sah man, war bedeutender, auf ihren Kreuzungen standen Laternen nicht nur der Ordnung halber, sondern machten Licht. Und Häuser gab es hier massivere, gemauerte, einstöckige. In ihren dunklen Fenstern spiegelte sich die Nacht.

»Da ist es!«, flüsterte Wanja und wies auf ein unansehnliches Gebäude mit ungewöhnlich hohem Sockel. Als Igor die Stufen sah, die zu der zweiflügeligen Holztür hochführten, erinnerte er sich sofort an seine Reise nach Otschakow mit Stepan.

Sie blieben stehen. Von irgendwo aus der Ferne drang das wilde Brüllen eines Motorrads herüber. Igor lauschte.

»Bei Fima schlafen sie nicht!«, sagte Wanja mit einem Blick hinters Haus.

Igor schaute verständnislos zu den dunklen Fenstern der Fassade. »Wie kommst du darauf, dass sie nicht schlafen?«, fragte er Samochin.

Wanja wies zur rechten Hausecke. Als Igor genauer hinsah, bemerkte er, dass es dort, hinter der Ecke, irgendwie heller war, als fiele aus einem von hier aus unsichtbaren Fenster Licht auf die Erde.

Mit einer Handbewegung befahl Igor Wanja, ihm zu folgen. Am Gartentörchen machten sie halt.

»Hat er einen Hund?«, fragte Igor flüsternd.

»Nein! Der würde sonst tagelang bellen…«

»Wieso?«

»Er hat viel Besuch… Hunde mögen so ein Treiben nicht.«

Igor nickte. Und da ließ ein leiser Knall ihn erstarren, er spitzte die Ohren. Männerstimmen erklangen irgendwo in der Nähe. Igor sah sich nach Wanja um und wies auf den ausladenden, niedrigen Apfelbaum, der fünf Meter weiter gleich am Zaun wuchs. Schnell liefen sie hin und krochen unter seine Äste, an denen noch ein paar Früchte hingen.

Tschagins Haustür ging auf. Zwei Männer traten heraus und zündeten sich eine Zigarette an.

»Wann kommt er zurück?«, fragte der eine.

»In zwei, drei Jahren, vielleicht vorher. Wenn sie die Haft verkürzen.«

»Das wäre gut! Soll er dann von dir einen Gruß schicken!«

»In Ordnung«, sagte der zweite, schwang einen Armeesack über die Schulter, kam die Stufen herunter und ging zum Gartentor.

»Josip!«, rief der, der an der Haustür geblieben war, warf den Stummel zu Boden und trat ihn mit der Stiefelspitze aus.

»Was?« Josip wandte sich um.

»Und wenn er in drei Jahren nicht zurückkommt?«

»Und wenn er kommt, und du bist weg? Oder das Haus ist abgebrannt?«

»Beschrei es nicht, Josip! Was sagst du denn da! Wenn das Haus abbrennt, dann verbrenn ich lieber gleich mit…«

»Na, na!«, brummte Josip. »Du malst den Teufel selbst an die Wand! Er kommt zurück!«

Das Gartentörchen knarrte. Josip trat hinaus auf die Straße, spuckte aus und schritt davon.

Die Haustür schloss sich. Wieder wurde es still. Igor und Wanja krochen unter dem Baum hervor. Wanja riss einen Apfel ab und biss schmatzend hinein, worauf Igor herumfuhr und ihn vorwurfsvoll ansah.

»Was ist denn?!«, flüsterte Wanja. »Hier ist doch niemand, und ich habe Hunger ...«

»Kennst du diesen Josip?«, fragte Igor.

Wanja schüttelte den Kopf.

»Und den anderen?«

»Das ist doch Fima Tschagin.«

»Fima?«, wiederholte Igor nachdenklich. »Aber er ist ganz jung ...«

»Warum soll er alt sein?« Wanja zuckte die Achseln.

»Also, was hast du nun für mich herausgefunden?« Igor waren Wanjas Worte von vorhin, am Tor der Kellerei, eingefallen.

»Ah! Meine Mutter hat erzählt, dass Fima und die rote Walja was miteinander haben und er ihr auf dem Markt den Hof macht!«

»Die rote Walja? Wer ist das?«

»Sie hat einen Stand in der Fischreihe. Ein feuriges Weib! Sie nimmt es mit jedem Mann auf!«

»Was verkauft sie denn?«, erkundigte sich Igor.

»Was verkaufen sie wohl in der Fischreihe? Fisch. Ihr Mann ist Fischer. Er fängt, sie verkauft.«

»Zeigst du sie mir?«

»Warum nicht?! Jeder kann sie sehen, auf dem Markt! Man hört sie auf hundert Meter ...«

Igor nickte. »Gut, schlafen wir ein bisschen, und morgen früh – auf den Markt!«

In seinen Kleidern legte Igor sich auf das alte, mit unsichtbaren Sprungfedern gespickte Sofa, nur den Gürtel mit dem Pistolenhalfter und die Mütze nahm er ab. Er deckte sich zu, und den erschöpften Körper zog es in den Schlaf, aber da widersetzten sich die ruhelosen Gedanken. Er bekam Angst, dass er, wenn er jetzt einschlief, in seinem gemütlichen Schlafzimmer zu Hause in Irpen aufwachen würde, ohne etwas herausgefunden und ohne diese rote Walja gesehen zu haben, die auf dem Markt von Otschakow mit Fisch handelte. Und was dann? Wieder Kognak trinken und auf die dunkle Straße hinausgehen? Aber gleichzeitig erkannte Igor, dass ihm, ob er wollte oder nicht, die völlige Kapitulation vor dem Schlaf bevorstand. Und das hieß, er musste auf das Beste hoffen und sich auf alles gefasst machen. Einen Plan für den nächsten Morgen gab es schon, und, ließ man all die quälenden Überlegungen über wirkliche Welt und Parallelwelt beiseite, dann konnte er morgen früh – die Chance bestand – auf den Otschakower Markt des Jahres 1957 geraten. Und in dem Fall – er befühlte noch einmal die beiden Hosentaschen, in denen sich erfreulich die Geldpäckchen herausbeulten – würde er dort auch etwas kaufen für diese Scheine, aus denen man problemlos Tütchen für Sonnenblumenkerne drehen konnte, so groß waren sie!

Es war noch kaum sechs Uhr morgens, da tönte und klang es vor dem Fenster. Igor schlug die Augen auf, sah sich schnell um und überprüfte, wo er aufgewacht war. Das Gefühl, dass der Traum noch andauerte, beruhigte ihn ein wenig – über sich sah er die hohe hölzerne Sofalehne, sah Spiegel, Regal und schwarzgemasertes, mit breiten Polsternägeln beschlagenes Kunstleder.

Gerade fasste er die zwei Porzellanfigürchen auf dem Regal ins Auge, als die Zimmertür aufging und Wanja hereinkam, schon angezogen und sich aus einem Fläschchen Eau de Cologne die Wangen bespritzend.

»Einen schönen guten Morgen!«, sagte er munter. »Also, auf den Markt, ja?«

Igor warf die Decke ab, erhob sich, zog die leicht zerknitterte Uniform zurecht und schlüpfte in die Stiefel, die vor ihm auf dem Holzboden standen.

»Und wo ist bei euch hier die Toilette?«, fragte er.

»Draußen, hinterm Haus.«

»Und das Bad? Um sich zu waschen?«

»Auch draußen, gleich um die Ecke. Dort hängt ein Waschbecken an der Schuppenwand.«

»Hm«, machte Igor, warf einen Blick auf seine Mütze und wandte sich zur Tür. »Und wo ist deine Mutter?«, erkundigte er sich bei Wanja.

»Sie ist schon auf dem Markt, wir sind hier frühes Volk, ab sechs bei der Arbeit, ab drei betrunken!«, sagte der Bursche lächelnd.

Da er nun wusste, dass sonst niemand im Haus war, ging Igor schon mutiger hinaus auf den Hof und fand gleich das Waschbecken. Er wusch sich. Von gestern Nacht hatte er noch den sauren Geschmack des Weins auf der Zunge. Igor spülte den Mund mit Wasser aus, doch den Weingeschmack wusch das nicht weg. Er besah sich das Holzbrett, das gleich neben dem Waschbecken an die Schuppenwand genagelt war.

Zwei Seifenreste lagen da, eine Blechdose, ein paar zerfranste Zahnbürsten, keine einzige Tube Zahnpasta.

Igor schob die herumliegenden Bürsten auseinander, aber fand auch darunter keine Zahnpasta. Er öffnete die Blechdose, sie enthielt ein weißes Pulver.

›Für die Zähne vielleicht?‹, überlegte er. Er hatte davon gehört, dass man sich früher die Zähne mit Pulver putzte, und nicht mit Paste.

Die Bürste, die am besten aussah, hielt er unter den Wasserhahn, tauchte sie in das Pulver und hob sie hoch – sie war jetzt ordentlich beladen, selbst die Finger spürten das neue Gewicht. Vorsichtig kostete er das Pulver – geschmacklos! Er schrubbte sich damit die Zähne, spülte den Mund von neuem, und da hatte der Weingeschmack sich von der Zunge gelöst, war restlos verschwunden.

»Ich habe Kakao gekocht.« Wanja empfing ihn im Vorzimmer mit einem weißen Emaillebecher. »Hier, trinken Sie!«

Der Kakao erwies sich als unmäßig süß. Igor setzte sich mit dem Becher an den Küchentisch und sah aus dem Fenster, dessen halbdurchsichtiger Spitzenvorhang irgendwie an Papier erinnerte und bis ins Letzte die Muster des Deckchens wiederholte, das den großen Radioempfänger auf dem Schränkchen verhüllte.

»Ich wollte Ihnen sagen ...« Wanja setzte sich ihm gegenüber, mit nachdenklicher Miene. »Gehen Sie allein zum Markt ... Es ist nicht gut, wenn man mich mit Ihnen sieht ... Bei uns gehen die Milizionäre nur mit denen auf den Markt, die bestohlen wurden – das Gestohlene suchen ...«

»Und wie erkenne ich deine Walja?«

»Das ist einfach.« Wanja Samochin winkte ab. »Erst hören Sie sie, und dann erkennen Sie sie! So wie sie ist dort keine. Mit einem Wort: rothaarig! Und eine Stimme wie eine Rothaarige …«

»Wie denn, grob?«

»Nein, aber laut, eine Marktstimme«, erklärte Wanja. »So eine kräftige, die alles durchdringt.«

»Und wie komme ich zurück? Hast du vielleicht einen Stadtplan?«

»Plan? Was für ein Plan?«

»Na, eine Karte … Eine Karte von Otschakow, mit den Straßen und dem Markt, auf der man dein Haus einzeichnen könnte …«

»Nein, wir haben hier keine Karte, ist doch alles geheim. Sie wissen sicher, hier gibt es Armee, Flugzeuge und den Hafen … Karten sind bei uns verboten …«

»Gut, dann mach mir eine Zeichnung, wie man von hier zum Markt kommt, dort finde ich mich schon zurecht …«

Damit war Wanja einverstanden. Er holte ein Heft und einen Bleistift und begann etwas Seltsames zu zeichnen.

»Zeichne einfacher, damit ich es verstehe!«, bat Igor.

»Mhm«, brummte der Bursche, ohne den Blick von seinem Blatt zu heben.

Endlich war er fertig, riss sorgsam das Blatt aus dem Heft und schob es Igor hin. »Hier, sehen Sie … das ist mein Haus, das ist die Straße …, hier gehen Sie am Park vorbei, und da nach links. Dann immer geradeaus, und Sie kommen hin!«

»Schreib auch deine Adresse auf, für alle Fälle!«, bat der ›Milizionär‹.

Wanja fügte die Adresse hinzu und gab das Blatt an Igor zurück. Der studierte den Plan und fand ihn mehr oder weniger verständlich. Er trank seinen Kakao aus.

»Bleibst du zu Hause?« Igor hob den Blick zu dem Burschen.

»Ich habe die zweite Schicht, bis zwölf bin ich hier, dann muss ich zur Kellerei …«

»Was machst du denn dort, außer dass du Wein klaust?«, fragte Igor lächelnd.

»Ich bin Hilfsarbeiter.« Wanja senkte beschämt den Blick. »Nächstes Frühjahr schicken sie mich auf die Nikolajewer Handels- und Industrieschule, Abteilung Weinbereitung. Ich lerne anständig und werde Weintechniker.«

»Gut, bleib zu Hause. Vor zwölf bin ich wieder da«, sagte Igor. Er holte seine Mütze, setzte sie auf, sah sich im Spiegel an, nickte Wanja zum Abschied zu und trat vor die Haustür.

Der Bleistift-Plan ließ sich erstaunlich leicht befolgen. Je näher Igor dem Markt kam, desto mehr Menschen begegneten ihm auf seinem Weg und desto lauter klang ein beinah fröhliches menschliches Gezwitscher in der Luft. Ein paar Unteroffiziere der Luftstreitkräfte fuhren auf Fahrrädern an ihm vorbei, einer winkte Igor zu. Ein nagelneuer brauner Pobeda mit einem rundgesichtigen, rotbackigen Fahrer überholte Igor.

Am liebsten hätte Igor haltgemacht und eine Weile seine Umgebung betrachtet, sich die Leute und ihre Gesichter angesehen. Alles kam ihm ein klein wenig seltsam vor, gleichzeitig natürlich und unnatürlich, wie alte Wochenschaubilder, die man am Computer koloriert hatte. Aber Igor zügelte diesen Wunsch und seine Neugier, schritt zackig aus und knallte rhythmisch die Stiefelabsätze auf den Gehweg. Endlich entdeckte er das Tor, durch das munteres Volk hinein- und herausströmte, mit Körben die einen, mit Säcken die anderen.

Rechts vom Tor klebten zwei Männer in dunkelblauen Wattejacken ein buntes Plakat auf eine Anzeigentafel, das einen fliegenden Ballon mit vier Beinen zeigte. Hinter ihnen hängte eine Frau in einem Arbeitskittel von demselben Dunkelblau, einen Besen zu ihren Füßen, eine frische Zeitungsausgabe in einen verglasten Zeitungskasten. Während Igor näher trat, verschloss sie den Kasten und begann, mit einem Lappen das Glas abzureiben, damit es, durchsichtig und sauber, die Leser zur Neugier ermunterte.

Als er vor dem Plakat stand, begriff Igor, dass der von weitem erblickte »Ballon auf Beinen« in Tat und Wahrheit der erste Sputnik war. Andere Schaulustige blieben neben ihm stehen. Igor nutzte die Gelegenheit und sah sich aufmerksam um. Und entdeckte ganz in der Nähe zwei Milizionäre in genau seiner Uniform. Vor Schreck über ein mögliches Treffen mit den ›Kollegen‹ betrat er schnell das Marktgelände und geriet wie in einen Bienenstock.

»Genosse Leutnant, probieren Sie den Apfel!« Eine stattliche junge Marktfrau mit runden, geschminkten Lippen schnappte ihn sich sofort mit dem Blick. Der Apfel wurde ihm unter die Nase gehalten. »Süß wie ein Pfirsich!«

Igor war es, als würde die Stimme der Marktfrau, auch sie »süß wie ein Pfirsich«, ihm Ohr und Wange streifen und kleben bleiben. Er lächelte ein wenig verlegen, ging weiter die zentrale Marktreihe entlang und schüttelte den Kopf.

Die Klänge, Geräusche, Stimmen und Wörter begannen langsam um Igor herum zu kreisen. Ihm wurde schwindlig. Er blieb stehen und kniff die Augen zusammen. Schlug sie wieder auf. Der Eindruck des Fremdartigen und der verlangsamten Klänge verschwand nicht. Als wäre er, zusammen mit allen Übrigen hier, in einem Aquarium. Nur war es, statt mit Wasser, mit seltsam dicker Luft gefüllt, in der die Körper sich langsamer bewegten und die Wörter gedehnt klangen und länger dauerten, lauter wurden, wenn sie das Ohr erreichten, und sich dann, wie ein Flugzeug fern am Himmel, wieder entfernten und langsam verschwanden.

Igor steckte sich die Finger in die Ohren und betrachtete die Welt, die für einen Augenblick geräuschlos war. Alles schien ganz normal, die Gesichter der Menschen, ihre Mienen. Bloß an der Kleidung konnte man erkennen, dass er sich im vorigen Jahrhundert befand, daran und an den Waagen und allerhand Kleinigkeiten.

»Genosse Leutnant, können Sie vielleicht fünfzig Rubel wechseln?«, wandte sich eine Käuferin mit einer Banknote in den dicken Fingern an ihn. Ein großflächiges Gesicht, kastanienbraunes, eingedrehtes Haar und oben noch ein kleiner Dutt.

»Nein, entschuldigen Sie«, sagte Igor und beschleunigte seine Schritte.

Er merkte, dass er durch die Gemüsereihe ging. Jemand stieß ihn unabsichtlich in die Seite und entschuldigte sich. Igor wurde es eng und ungemütlich. Als er einen Durchgang zwischen den Reihen sah, lief er schnell hinüber auf eine andere »Handelsstraße«. Hier war es weniger bevölkert, und die Marktfrauen schienen das Verkaufen gelassener zu betreiben. Geduldig betrachteten sie die Vorbeikommenden und boten einem nichts an.

»Wo ist denn die Fischreihe?«, fragte Igor eine alte Frau hinter einem betonierten Stand, auf dem Bündel gut abgewaschener, frischer Karotten verteilt lagen.

»Na, da drüben.« Sie deutete mit der Hand weiter nach rechts. »Vor der Milch und dem Käse.«

Igor begab sich in die angezeigte Richtung. Eigentlich war er ohnehin unterwegs dorthin gewesen, aber jetzt gewannen seine Schritte an Überzeugung.

Und schon roch es auch in der Luft nach Fisch, eingelegtem und frischem. Beide Gerüche flossen zusammen, und der leichte Wind schien vom Meer her zu kommen und war salzig.

»Sardellen, Donauhering, vom Don und aus Astrachan! Tritt näher, leck dir schon die Lippen!«, ertönte eine samtigklangvolle Frauenstimme irgendwo vor ihm.

›Sie!‹, dachte Igor und wäre fast vorwärtsgestürmt, bremste sich aber rechtzeitig.

Da erschienen schon vor ihm die Fischreihen. Von den Dächern der Stände hingen Trauben getrockneter Grundeln und Plötzen. Die Sonne strahlte, und froh summten die Fliegen, die mit den Flügeln in der fischgesättigten Luft badeten. Die Frau, deren Stimme weiter über die Reihe hin tönte, stand vor vier offenen Fässern mit Salzheringen. In der Hand hielt sie einen Fächer aus Birkenzweigen, mit dem sie die Fliegen vertrieb, das tat sie fast graziös und ohne auf den Fisch zu sehen. Sie sah nur auf die Leute und setzte ihr immergleiches Handelslied fort: »Sardellen, Donauhering, vom Don und aus Astrachan! Tritt näher, leck dir schon die Lippen!«

»Drei Donauheringe.« Vor ihr machte eine alte Frau mit einem Einkaufsnetz halt. In dem großmaschigen Netz lagen ein paar rote Bete, ein Kohlkopf und ein Glas Meerrettich.

Auch das Lied der Marktfrau machte halt. Aber stiller wurde es ringsum nicht.

»Flundern von der Mündung! Flundern von der Mündung!«, erscholl etwas weiter eine Stimme, noch samtiger und kräftiger als die der Salzheringsverkäuferin.

Igor stellte sich auf Zehenspitzen und starrte in die Richtung, aus der die Stimme gekommen war. Eine Schlange aus fünf Leuten versperrte ihm die Sicht. Igor umging die Schlange und erblickte eine rothaarige junge Frau, stattlich und hochgewachsen. Vielleicht sogar größer als er, Igor, größer als seine einmetersiebzig. ›Oder vielleicht steht sie auf Absätzen?‹, dachte er.

»Flundern! Flundern von der Mündung! Morgenfang, frischere gibt es nicht!!! Frischer sind sie nur im Meer!«, fuhr sie fort und streifte mit einem durchdringenden Blick die vorübergehenden Marktkunden. »He, Brauner! Schau mal! Deine Frau wird es dir danken!«

Der »Braune«, zeigte sich, war ein leicht glatzköpfiger Mann von etwa fünfzig Jahren, mit Brille, Anzug und Krawatte, eine dicke, braune Aktentasche in der Hand. Er blieb stehen und trat zu dem Stand, gehorsam wie ein zahmes Kaninchen.

»Wie viel kostet es?«, fragte er.

»Für dich mache ich Verlust mit dem Preis«, sagte die Marktfrau. »Fünf Rubel fünf Stück!«

»Aber die sind ja teurer als Salzhering!«, wunderte sich der »Braune«, blieb aber am Stand stehen.

»Ja, eingesalzene gibt's hier ein ganzes Meer! Fässerweise! Frische Flundern aber legt man einzeln aus! Versuch du die mal zu fangen!«

»Dann nehme ich fünf Stück.« Der Mann nickte und griff in die Innentasche seines Anzugs, zog ein Portemonnaie heraus, klappte es auf und begann die Scheine darin durchzublättern.

Die Marktfrau zog unter dem Stand eine Zeitung hervor und breitete sie aus, warf einen Fisch mit der Hand hoch und fing ihn sofort geschickt auf.

»Sieh mal, was für Schönheiten!«, sagte sie, wickelte fünf Fische in die Zeitung, nahm das Geld. Der »Braune« sah misstrauisch auf das Päckchen.

»Das weicht doch durch«, sagte er. »Und ich habe da Dokumente von der Buchhaltung ...«

Die rothaarige Marktfrau lächelte, zog noch eine Zeitung heraus, wickelte das Paket mit dem Fisch fest hinein und streckte es dem Käufer hin.

»Jetzt weicht es nicht durch!«

Der Mann öffnete seine Aktentasche, zögerte, dachte nach, knipste das Schloss dann wieder zu und trug das papierne Flunderpaket in der Hand davon.

Igor trat hin und tat so, als hätten die Flundern auch sein Interesse geweckt.

»Greifen Sie zu«, wandte sich die Marktfrau direkt an ihn. »Sie werden es nicht bereuen! Ihre Frau dankt es Ihnen!«

»Ich habe keine Frau.« Kühn sah Igor in das schöne, sommersprossige Gesicht der jungen Frau. Jetzt schien es ihm, dass sie beide gleich groß waren.

»Gibt es keine Frau, dann dankt es Ihre Mutter!«, sagte sie fröhlich. »Die Frauen mögen Fisch lieber als die Männer!«

»Wie viel kosten sie?«

»Für den Milizionär – zehn Rubel fünf Stück!« Ein mutwilliges Lächeln erhellte das Gesicht der Marktfrau.

»Wieso denn so teuer?«, fragte er und lächelte zurück.

»Du bist die Macht!« Sie breitete die Arme aus. »Sind für die Macht zehn Rubel etwa teuer?«

»Na gut.« In Igor war plötzlich der verborgene Macho erwacht. Er zog den Packen Hundertrubelscheine aus der Hosentasche, zog ihn so heraus, dass die Frau seinen Reichtum sehen konnte, die anderen nicht. Aus dem Packen nahm er einen Schein und reichte ihn ihr.

Das Lächeln war von ihrem Gesicht verschwunden, ohne ihre Schönheit dadurch zu mindern. Besorgt betrachtete sie den Schein.

»Kleiner haben Sie es nicht?«, fragte sie.

»Die Macht hat kein Kleingeld«, scherzte Igor und sah weiter direkt in ihre grünen Augen.

»Ich sage meinem Mann, dass er zur Miliz gehen soll!« Auf ihr Gesicht war das Lächeln zurückgekehrt. »Die zahlen gutes Geld und geben einem eine Pistole!« Sie warf einen Blick auf das verschlossene Halfter.

»Eine Pistole geben sie einem«, bestätigte Igor. »Aber Geld nicht allen!«

»Nur den Chefs?« Die Stimme der Marktfrau wurde kokett. Sie schien auch den Fisch vergessen zu haben.

»Wie heißen Sie? Vielleicht zufällig Walja?«

»Warum zufällig? Katzen tauft man zufällig, aber Menschen gibt man nicht zufällig Namen! Also, fünf Flundern?« Ihr Blick war ernster geworden.

Igor nickte. Die Marktfrau wickelte den Fisch in eine Zeitung und nahm aus Igors Hand den Schein.

»Bin gleich wieder da«, sagte sie und lief ein Stück weg.

Igor sah ihr nach, beobachtete, wie die Freundinnen aus der Fischreihe ihr das Geld wechselten, lauschte auf ihr Lachen.

Als sie zurückkam, schüttete sie in seine Handfläche einen Haufen Münzen und legte zwanzig kleine Scheine obendrauf.

»Wenn es Ihnen geschmeckt hat, kommen Sie wieder!«, sagte sie, und ihr Blick wanderte schon weiter, an Igor vorbei, auf der Suche nach neuen Käufern.

»Könnte ich Sie zu einem Kaffee einladen?«, fragte Igor vorsichtig. Und wurde im selben Moment von einem verwunderten Blick aus ihren grünen Augen getroffen.

»Zu was? Zu einem Kaffee?«

»Na ja, zu einem Tee, zu Kakao«, sagte Igor verlegen und fühlte, wie von ihrem Blick eine so heiße Kraft ausging, dass selbst seinen Wangen warm wurde. »Zu Sekt ...«

»Oh!«, sagte sie nur erstaunt. »Und wieso?«

Igor breitete hilflos die Arme aus. »Ein bisschen reden ... sich miteinander bekanntmachen ...«

»Das ist wohl dienstlich?«, fragte sie misstrauisch.

Igor schüttelte den Kopf. »Nein, einfach so! Ich ... ich bin neu hier in der Stadt ... kenne keinen ...«

»Woher hat man Sie denn geschickt?«

»Eigentlich aus Kiew ... auf Dienstreise ...«

»Also, bei uns kann man überhaupt nirgends Kakao trinken«, sagte sie lächelnd. »Und Sekt, dafür muss man ins Restaurant, und da gehe ich nie hin …«

»Na gut, danke.« Endgültig verwirrt beschloss Igor, das Gespräch zu beenden. »Auf Wiedersehen … und danke für den Fisch!«

»Den Dank für den Fisch gebe ich an meinen Mann weiter, der riecht auch nach Fisch! Kommen Sie wieder!«

Igor ging zum Ausgang des Marktes, erfüllt von einer heftigen Aufregung, als hätte er etwas nicht richtig gemacht, und nicht einfach irgendwas, sondern etwas Wichtiges. Oder war es diese rothaarige Marktfrau, die ihn so aufregte?! Mit schnellen, fieberhaften Schritten lief er jetzt, als würde er vor irgendetwas fliehen, und versuchte, nicht zu rennen. Trotzdem führten die Füße ihn von selbst den richtigen Weg zurück in die Straße, in der Wanja Samochin lebte. Und unterwegs erkannte Igor ein bereits bemerktes Haus hier, einen blauen Zaun da, das Schild »Modeatelier Nummer 2« an dem hohen gemauerten Bau mit dem rissigen Putz, der seine Fassade direkt auf den Weg hinausschob, dort, wo bei anderen, bescheideneren Häusern Zäune standen und die Vorgärtchen noch grünten.

Als Wanja durch das Fenster ›Milizionär‹ Igor bemerkte, der sich am Gartentor herumdrückte, kam er heraus vor die Tür und winkte einladend.

»Ich dachte, Sie würden sich verlaufen«, sagte er, während er hinter Igor die Haustür schloss. »Was haben Sie da?« Er wies mit dem Kinn auf das Zeitungspaket.

»Ich habe Fisch gekauft«, antwortete Igor. »Leg ihn fürs Erste in den Kühlschrank!«

»Wir haben keine Kühleinrichtung«, sagte der Bursche

lächelnd. »Wir sind doch hier kein Fleischkombinat! Ich kann ihn in den Keller hinunterbringen!«

»Nicht nötig.« Igor sah dem Burschen nachdenklich in die Augen. »Ist deine Mutter zu Hause?«

»Was soll sie denn zu Hause? Sie ist noch auf dem Markt.«

»Dann lege ich mich ein bisschen hin«, sagte Igor. »Nein, reden wir erst noch. Kochst du einen Tee?«

»Wie wäre es mit Wein?«

»Aber du musst doch gleich zur Arbeit?«

»Bei mir auf der Arbeit riecht es überall nach Wein. Dort schnüffeln sie nicht an uns!«

»Na, dann schenk ein«, stimmte Igor zu. »Man trinkt ihn hier doch vor dem Schlafen?«

Sie setzten sich in die kleine Küche. Igor zog, ohne hinzusehen, einen Hunderter aus seiner rechten Tasche und legte ihn auf den Tisch zwischen sich und Wanja. Der warf einen Blick auf Lenin im Oval und straffte sich.

»Hast du einen Fotoapparat?«, fragte der ›Milizionär‹.

»Woher denn?!« Der Bursche zuckte die Achseln. »Ich bin ja kein Fotograf!«

»Und wie viel kostet bei euch hier ein Fotoapparat?«

»Na, wohl genauso viel wie bei Ihnen.« Wanja kratzte sich die Stirn. »Nicht billig! Vielleicht fünfhundert, vielleicht auch tausend.«

»Und kannst du damit umgehen?«

»Ich lerne es, wenn es nötig ist. Was ist schwierig daran? Die Schärfe im Objektiv einstellen und auf den Knopf drücken! Mein Freund hat es mir gezeigt!«

Igor zog noch zehn Scheine aus dem Packen in seiner Tasche, legte sie auf den Tisch, zählte die Hunderter ab.

»Hier nimm, kauf einen Apparat und einen Film…«

»Und dann?«

»Dann postierst du dich, wenn du Zeit hast, irgendwo in der Nähe von Tschagins Haus und fotografierst die, die zu ihm kommen… Ich werde dich für jedes Bild bezahlen… Verstanden?«

»Wie viel denn?«

»Wenn das Gesicht zu sehen ist, dann für jedes… zwanzig Rubel.« Hier zögerte Igor und überprüfte Wanjas Reaktion auf den angebotenen Tarif. Wanja nickte ernst, also passte ihm die Summe. »Und wenn man das Gesicht nicht sieht, dann nichts. Solche Bilder brauche ich nicht…«

»Wenn Sie möchten, kann ich Ihnen auch die rote Walja aufnehmen!«

»Mach das«, stimmte Igor zu. »Und du kannst auch ihren Mann…!«

»Was wollen Sie denn mit dem? Der ist doch ein Trottel!« Wanja lächelte herablassend.

»Was für ein Trottel?«

»Na so, kein echter Mann, nur ein Fischer… Petja, der Weißrusse, nennt ihn einen ›Lappen‹. Er ist so ein Kränklicher, trinkt nichts.«

»Alles klar«, unterbrach Igor seinen redseligen Gastgeber. »Also, auf dein Wohl!« Er hob sein Glas, das Wanja großzügig mit Wein gefüllt hatte.

Sie tranken. Igor stand von seinem Hocker auf.

»Ich schlafe ein bisschen!«

»Ja… Heißt das, wenn ich heimkomme, sind Sie nicht mehr da?«, fragte Wanja.

Der ›Milizionär‹ nickte. »Aber in ein paar Tagen komme ich wieder. Wie heißt deine Mutter? Für alle Fälle?«

»Alexandra Marinowna ...«

Igor ging in das Zimmer mit dem antiken Sofa. Er legte das Paket mit dem Fisch auf dem Boden ab, zog sich aus, faltete sorgsam die Uniform auf dem Hocker zusammen, packte obenauf den Gürtel mit dem Halfter und die Mütze und kroch unter die Decke. Im Mund kratzte der säuerliche Geschmack des Otschakower Weins. Vor sich sah er die rote Walja mit den hitzigen, leidenschaftlichen Funken in den grünen Augen. Er hörte ihre Stimme. Die Wärme von Igors Körper, die keinen Ausgang fand, blieb dort unter der schweren Wattedecke und sammelte sich an. Sie schläferte ihn ein und trug ihn mit zärtlichen Armen fort, in den Kokon des Schlafes, aus dem, ausgeschlafen, jeder als Schmetterling voller Kräfte herausflattert, um sich bis zum nächsten Schlaf an der Frische eines neuen Lebenstages zu berauschen.

## 11

»He, was ist mit dir, bist du noch nicht aufgestanden?«, rief Elena Andrejewna verwundert vor dem Bett ihres Sohnes. »Du erstickst noch im Schlaf!« Sie zog die Decke von Igors Kopf fort. »Es ist bald halb eins!«

Igor hob den Kopf und sah seine Mutter an.

»Was hast du für einen trüben Blick?«, fragte sie erstaunt. »Hast du gestern schon wieder getrunken?«

Im Mund klebte säuerlich der Otschakower Wein, im Kopf geriet etwas Gewichtsloses ins Schaukeln und hinderte ihn am Denken. Igor ließ den Kopf aufs Kissen sinken. Aus dem Augenwinkel bemerkte er das Zeitungspaket auf dem Boden vor seinem Bett.

»Hier.« Er wies darauf. »Nimm! Fürs Mittagessen …«

»Ich koche schon Buchweizen fürs Mittagessen«, sagte Elena Andrejewna, nahm das Paket aber und roch daran. »Wieso hast du es nicht in den Kühlschrank gelegt? Das ist doch Fisch?«

Igor nickte. »Ich hatte keine Kraft«, gestand er leicht heiser.

»Na, bleib noch ein bisschen liegen«, erbarmte sich die Mutter. »Wenn es fertig ist, rufe ich dich! Was ist denn das für eine Uniform?« Elena Andrejewna heftete den Blick auf die Mütze, unter der, ordentlich gefaltet, die Milizuniform lag. »Hast du etwa Arbeit gefunden? Als Wächter?«

»Nein, das war nur so, zum Spaß«, winkte Igor ab. »Koljan hat Geburtstag gefeiert, im Retro-Stil …«

Die Erklärung genügte Elena Andrejewna, sie verließ das Zimmer und nahm den in die Zeitung gewickelten Fisch mit.

Als er allein war, stand Igor auf. Zunächst versteckte er die Milizuniform im Schrank, schlüpfte in seinen Trainingsanzug und zog die ledernen Pantoffeln mit dem Innenfell über die Füße. Sofort wurde es den Fersen weich und gemütlich, und dieses Gefühl schöner Gemütlichkeit stieg von den Füßen bis in den Kopf. Der Kopf beruhigte sich, alles kehrte zur Normalität zurück. Alles, außer dem Geschmack in Igors Mund.

Fünf Minuten lang putzte Igor sich die Zähne mit einer harten Bürste und dachte dabei an den Geschmack des Zahnpulvers, das er bei Wanja Samochin gefunden hatte.

›Soll ich es Stepan erzählen?‹, überlegte Igor, während er

in den Spiegel über dem Waschbecken sah und dem Rauschen des Wasserstrahls lauschte. ›Nein, nein, er wird es nicht glauben … Und wenn ich Beweise hätte?!‹

Ein Lächeln erschien auf seinem Gesicht. Ein selbstzufriedenes.

»Mittagessen!«, drang der Ruf seiner Mutter aus der Küche an sein Ohr.

Kaum hatte Elena Andrejewna von dem gebratenen Fisch gekostet, erhellte eine Begeisterung ihre Miene, die ihr Gesicht verjüngte.

»Mein Gott! So was Köstliches. Bin gleich wieder da!« Sie sprang vom Tisch auf.

»Wohin willst du?«, fragte Igor verwundert.

»Ich hole nur die Nachbarin! Große Güte, so was Köstliches. Genau wie in meiner Kindheit!« Mit diesen Worten eilte sie in den Flur hinaus. Igor zuckte die Achseln und horchte, wie die Eingangstür zufiel. Er gab noch Butter an die Buchweizengrütze, rollte mit der Gabel die knusprige Fischhaut zusammen und schob sie in den Mund.

›Wirklich‹, dachte er. ›Lecker! Aber doch nicht so, dass man vom Tisch aufspringen und rauslaufen muss!‹

Kurz darauf kehrte die Mutter mit Nachbarin Olga zurück, lief geschäftig umher, stellte noch einen Teller mit Gabel auf den Tisch, tat dem Gast Buchweizen auf und legte eine gebratene Flunder daneben.

Als Erstes kostete Olga den Fisch, und ihr Gesicht erstarrte nachdenklich. Das heißt, das ganze Gesicht, außer dem Mund. Die Lippen bewegten sich langsam und bewiesen, dass sie nicht untätig dasaß. Nachdem sie ein Weilchen gekaut hatte, nickte Olga.

»Wo habt ihr denn den gekauft? Auf dem Markt?«, fragte sie. »Der war wohl noch lebendig?«

»Nicht lebendig, aber frisch gefangen«, erklärte Igor.

»Wie denn das: frisch gefangen? Der kommt doch aus dem Meer, und bis man den hierhergebracht hat…« Olga lächelte. »Da hat dich die Verkäuferin wohl angeführt! Der war eingefroren, ganz sicher!«

»Und der Geschmack?«, fragte Elena Andrejewna ein ganz klein wenig verstimmt. »Aber wie ist denn der Geschmack?«

Die Nachbarin zuckte die Achseln. »Vielleicht haben sie Konservierungsstoffe drangetan. Jetzt gibt es doch überall Chemie! Chemie und diese künstliche Gentechnik. Ob du diesen Geschmack willst oder jenen – alles machen sie dir!«

Elena Andrejewna seufzte schwer und legte ihre Gabel auf den Tisch. Igor merkte, dass seiner Mutter die Stimmung verdorben war, und sah die Nachbarin finster an.

»Entschuldigen Sie, Olga, dass meine Mutter Sie gestört hat! Sie hatten doch sicher was zu tun… Und da haben wir Sie wegen solchem Kleinkram aus dem Haus geholt… Gehen Sie lieber zurück!«

»Schon gut, jetzt bin ich ja hier.« Olga winkte ab, als hätte sie überhaupt keine Schärfe in seinen Worten bemerkt. Sie aß weiter froh ihren Fisch mit der Buchweizengrütze, und das noch ziemlich energisch.

Igor aß seine Flunder auf und holte sich aus der Pfanne, die in der Mitte des Küchentischs stand, eine zweite auf seinen Teller herüber.

Auch seine Mutter widmete sich wieder der Mahlzeit, nur aß sie jetzt müde, ohne Appetit.

Igor sah, dass die Nachbarin ihren Fisch schon fast aufgegessen hatte und auf die letzte Flunder in der Pfanne schielte. Er stand auf, nahm die Pfanne vom Tisch fort, legte den Deckel darüber und stellte sie zurück auf den Herd.

Als er sich wieder auf seinen Platz setzte, begegnete er Olgas Blick.

»Entschuldigen Sie!«, platzte er heraus. »Meine Mutter dachte, Sie würden es mögen!«

»Ja, wie denn?« Die Nachbarin blies die Lippen auf. »Ich mag es ja! Ich liebe Scholle!«

»Das ist keine Scholle, das ist Flunder«, berichtigte Igor sie gereizt.

Und sie verstummte, blickte auf ihre nicht aufgegessene Grütze im Teller.

»Was macht der Gärtner?«, wandte sie sich plötzlich an Elena Andrejewna, wohl um das Gespräch auf ihre Nützlichkeit zu lenken.

»Tja, er ist vor ein paar Tagen weggegangen und bis jetzt nicht zurückgekommen«, antwortete der Sohn anstelle der Mutter. »Vielleicht hat er irgendwo einen Saufkumpan gefunden?«

»Aber er trinkt doch nicht!«, rief Olga aufgeregt.

»Er hat viel geschafft«, ließ die Mutter sich jetzt vernehmen, zur Nachbarin gewandt. »Danke, dass du ihn hergebracht hast!«

Die Nachbarin beruhigte sich und lächelte. Und erkannte wahrscheinlich, dass es, auf dieser schönen Note, Zeit war, sich zu verabschieden.

Den Tee tranken sie schon zu zweit.

»Schade, du hast wenig von dem Fisch gekauft«, bemerkte die Mutter plötzlich.

Igor stand auf, legte die letzte Flunder aus der Pfanne auf dem Herd in einen sauberen Teller und stellte ihn vor seine Mutter hin.

Sie lächelte, schob die Tasse mit dem Tee beiseite und machte sich noch einmal über den Fisch her.

»War der nicht teuer?«, fragte sie, als sie aufgegessen hatte.

Igor schüttelte den Kopf. »Nächstes Mal nehme ich mehr«, versprach er.

Abends ging Elena Andrejewna los, um ihre Nachbarin und Freundin zu besuchen. Und irgendwie den mittäglichen Streit über den Geschmack des Fisches wiedergutzumachen.

Als sie fort war, begab Igor sich zur Schuppentür und starrte gereizt auf das Vorhängeschloss.

›Soll ich es vielleicht aufbrechen?‹, dachte er.

Aber es gelang ihm nicht, einen Übergang vom Gedanken zur Tat zu rechtfertigen. Er brauchte nichts Konkretes aus dem Schuppen, den der verschwundene Stepan mit einem Schloss versperrt hatte. Und allein das Vorhandensein des Vorhängeschlosses sprach gleichsam davon, dass Stepan wiederkommen würde und die Wertsachen, oder zumindest irgendein Teil davon, noch immer dort drinnen waren.

Morgens leuchtete unerwartet die Sonne vorm Fenster. Irgendwelche noch nicht in den Süden abgeflogenen Vögel sangen. Die Mutter ging im Haus herum, und der hölzerne Boden knarrte unter ihren Füßen. Der Morgen war erfüllt von Leben und Frische. Igor stieg aus dem Bett. Und im selben Moment hörte er ein vertrautes Husten, vom Vorgarten oder der Straße her. Er spähte aus dem Fenster und sah, wie Stepan auf das Haus zuging. Er trug eine neue, billige chinesische Jacke von dunkelgrüner Farbe, über den Schultern seinen halbleeren Leinenrucksack.

Stepan bemerkte Igor hinterm Fenster nicht. Er ging, das *Katjuscha*-Liedchen pfeifend, sofort hinters Haus zu seinem Schuppen.

Igor zog sich an, setzte sich an den Tisch in der Küche und wartete auf Tee und die Reste der Buchweizengrütze zum Frühstück.

»Schade, dass du gestern nicht mitgekommen bist.« Elena Andrejewna sah ihren Sohn fragend an. »Wir saßen so fein mit Oletschka zusammen! Sie hat Stachelbeerkuchen gebacken, danach leckst du dir die Finger! Und hat auch für dich welchen mitgegeben! Er liegt im Kühlschrank.«

»Stepan ist wieder da.« Igor wies mit dem Kopf zum Fenster, als stünde der Gärtner dort, vor dem Haus.

Elena Andrejewna verlor den Faden und verstummte.

»Wärme ihm etwas auf, ich bringe es ihm«, bat Igor.

Als er mit dem Teller Buchweizengrütze schon an der Schuppentür stand, horchte Igor ein wenig. Doch hinter der nur angelehnten Tür war es still, als wäre dort gar keiner.

Igor klopfte einmal an und trat sofort ein. Im selben Moment traf ihn Stepans Blick.

Der Gärtner stand im T-Shirt vor dem alten quadratischen Spiegel, der auf dem oberen Regalbrett lehnte. Seine Hand war am Kinn erstarrt, als wäre er gerade mit ihr über Kinn und Wangen gefahren, um zu entscheiden, ob er sich rasieren sollte oder nicht.

»Guten Morgen.« Igor sah sich um und überlegte, wohin er seinen Teller mit der Buchweizengrütze stellen könnte.

»Ein guter, ein guter.« Stepan nickte. »Hätte auch ein schlechter sein können …«

Plötzlich entdeckte Igor, dass das linke Handgelenk des Gärtners verbunden war.

»Da, stell es aufs Regal.« Stepan wies dorthin. »Und mach einen Tee. Trinken wir ihn in eurer Küche.«

Igor kehrte ins Haus zurück und kochte Tee.

Stepan kam nach etwa zehn Minuten. Seine Wangen waren glattrasiert, in den Händen hielt er den leeren Teller. Er wusch ihn auch gleich selbst aus und setzte sich erst dann an den Tisch.

Während sie Tee tranken, schwieg er. Und danach bedeutete er Igor mit einer Kopfbewegung, ihm nach draußen und weiter zu seiner provisorischen Behausung zu folgen. Vor den Augen des verblüfften Igor schüttete er dort aus dem Rucksack bankfrische Bündel mit Zweihundertgriwni-Scheinen auf sein Bett.

»Da«, sagte er und seufzte. »Jetzt kann man anfangen zu leben. Ganz von vorn. Nur schade, dass ich nicht mehr achtzehn bin …«

Er versank in Nachdenken. Dann nahm er ein Päckchen, wog es in der Hand und streckte es Igor hin.

»Hier. Das ist für dich, für dein Motorrad, und überhaupt für deine Hilfe …«

»Ist das viel?«, fragte Igor ein wenig angespannt.

»Wie man's nimmt, vielleicht kriegst du noch mehr, vielleicht ist da aber auch schon ein Vorschuss drin«, gab der Gärtner lächelnd zurück.

»Worauf?«

»Ach, auf vieles. Ich habe eine Tochter. Wohnt in Lwow. Erst mal fährst du zu ihr, bringst ihr einen Brief. Schaust dir an, mit wem und wie sie so lebt. Erzählst ihr etwas Gutes von mir. Und dann sehen wir weiter!«

Igor freute sich über das, was er da hörte, zeigte es aber nicht. Er dachte an die beiden sowjetischen Rubelpäckchen in den Taschen der Milizhose. ›Reich sein, das ist, wenn man einen Packen Geld in der Hosentasche hat?‹, überlegte er, während er das Päckchen Zweihunderter in die Tasche seines Trainingsanzugs schob.

»Wann soll ich fahren?«, fragte er und hob den Blick zu dem Gärtner.

»Fahr doch heute. Viele Züge gehen nach Lwow. Du kaufst in Kiew am Bahnhof eine Karte, eine Nacht hin, die nächste Nacht zurück, übermorgen bist du wieder zu Hause.«

Im Haus zählte Igor lange die Scheine nach. Nicht, um sie wirklich zu zählen, einfach so, aus Neugier. Noch nie hatte Igor so viel Geld in den Händen gehalten! Und die Banknoten waren neu und knisternd. Sie schienen zu flüstern, wenn Igor sie mit Fingerspitzen durchblätterte. Das Spiel mit dem Geld gefiel ihm so, dass er auch die sowjetischen Rubel herausholte, beide Packen. Natürlich waren die sowjetischen Hunderter größer, beeindruckender als die ukrainischen Zweihunderter. Aber auch ihr Land – die UdSSR – war ja größer gewesen als die heutige Ukraine. Würden Scheine proportional zur Größe ihres Landes gedruckt, dann hätten wohl mehrere Griwni-Päckchen in Igors Handfläche gepasst, nicht nur das eine. Die Vorstellung belustigte Igor. Und in den Fingern fühlten sich die sowjetischen Hunderter auch angenehmer an. Ihre Rauhheit kam einem beeindruckender und echter vor.

Am frühen Abend, bevor er zum Bahnhof fuhr, meldete Igor sich nochmals bei Koljan.

»Hör zu! Ich fahre heute für einen Tag nach Lwow. Komm zum Zug, dann erzähle ich dir was, das haut dich um!«

»Ich kann nicht«, antwortete sein Freund, der Computermann. »Mich haben hier die Chefs gebeten, einen Kunden zu hacken. Bis Mitternacht knacke ich wohl seine Mails ... Er will einen ziemlich großen Kredit von uns, mit falschen Papieren ... Treffen wir uns nach Lwow! Übrigens hat ein neuer Club aufgemacht! Wir könnten ihn ausprobieren!«

»Okay.« Igors Stimme war traurig geworden. »Probieren wir ihn aus! Bis dann!«

Nach einer fast schlaflosen Nacht im Zug und nachdem er sich, um munter zu werden, in der Toilette des Waggons Wasser in die Augen gespritzt hatte, trat Igor, von keinerlei Gepäck beschwert, auf den Bahnsteig des Bahnhofs von Lwow hinaus.

Ringsum eilten Menschen hin und her. Bündel, Koffer und Rucksäcke schossen vorbei. Der Bahnhofsvorplatz erstaunte einen mit seinen bescheidenen Ausmaßen. Vor Igors Augen tauchte eine im Vergleich zu den Kiewern magere kleine Straßenbahn auf und entfernte sich bimmelnd über die gerade Straße, die offenbar Richtung Zentrum führte.

»Wollen Sie vielleicht ein Taxi? Ist nicht teuer!«, fragte ihn ein kleiner, munterer alter Mann auf Ukrainisch.

Igor zog Stepans Brief aus der Jackentasche und sah auf die Adresse.

»Wie teuer wird es in die Grüne Straße?«, fragte er auf Russisch.

»So vierzig Griwni, wenn's recht ist.«

»Und wenn's nicht recht ist?«, gab Igor lächelnd und ebenfalls auf Ukrainisch zurück.

»Wenn's nicht recht ist, dann fünfunddreißig.«

Der alte Lada ächzte und knarrte. Von Zeit zu Zeit schleuderte es Igor hin und her, der Wagen ratterte über Kopfsteinpflaster und kreuzte immer wieder Straßenbahngleise. Schöne alte Häuschen blieben hinter ihnen zurück. Jetzt standen längs der gewundenen Straße kleine Wohnblocks aus der Chruschtschow-Ära, und bald verschwanden auch sie. Zu beiden Seiten erstreckten sich nun Zäune, mal von Fabriken, mal von Lagerhallen, und dahinter tauchte ein gepflegtes Viertel mit Einfamilienhäusern auf.

»Nummer 271«, soufflierte Igor dem Fahrer.

Das Haus sah nicht reich aus, länglich, einstöckig, für zwei Familien gebaut. Drei kleine Stufen führten links zu einer grünen Holztür, die gleichen Stufen, rechts, zu einer blauen Tür.

Igor trat zu der blauen Tür. Da er keinen Klingelknopf fand, klopfte er dreimal.

Eine junge, eher kleine, etwa dreißigjährige Frau öffnete, in Jeans und blauem Pullover. Sie sah ihn fragend aus braunen Augen an.

»Sind Sie Aljona Sadownikowa?«, fragte Igor schüchtern.

»Ja, bin ich.«

»Ich habe einen Brief für Sie. Von Ihrem Vater.«

Aljona erstarrte kurz. Durch ihren Blick huschte Besorgnis. »Kommen Sie herein!«

Sie führte ihn in ein ordentlich und bescheiden möbliertes Zimmer und wies ihn auf das Sofa. Sie selbst trat, nachdem sie von Igor den Umschlag entgegengenommen hatte, ans Fenster, schob den Vorhang zur Seite und las das mit kleiner Schrift vollgeschriebene Blatt ein paarmal durch. Dann ließ sie die Hand mit dem Brief sinken und seufzte erleichtert.

»Ich dachte schon, es wäre etwas passiert«, sagte sie. »Hat er gebeten, dass ich gleich antworte?« Nachdenklich betrachtete Aljona ihren Gast.

»Nein. Er hat gar nichts gesagt. Ich sollte nur den Brief überbringen …«

»Vertraut er denn der Post nicht?!«

Sie ging aus dem Zimmer, kehrte nach kurzer Zeit zurück und hielt ihm ein doppelt gefaltetes, aus einem Heft gerissenes Blatt Papier hin.

»Für ihn«, sagte sie. »Wie geht es ihm? Ist er gesund?«

Igor nickte.

»Haben Sie vielleicht Fotos dabei?«

»Fotos?«, wiederholte Igor verwundert. »Nein …«

»Und warum hat er gerade Sie gebeten zu fahren?«, fragte Aljona ihn weiter aus. »Sind Sie mit ihm befreundet? Oder hat er Sie bezahlt?«

»Nein, nein, er wohnt bei uns … Wir sind … beinah Freunde …«

»Wieso wohnt er denn bei Ihnen?«

»Er hilft in Haus und Hof«, erklärte Igor. »Meine Mutter und ich schaffen es allein nicht …«

»Ihre Mutter?!« Die Frau nickte irgendwie seltsam, als wäre ihr jetzt alles klar.

Igor bemerkte es und verzog das Gesicht, als er begriff, woran sie dachte. Aber er hatte keine Lust, etwas aufzuklären. Im Gegenteil, er bekam Lust, ihr selbst ein paar Fragen zu stellen, nur war jetzt dafür irgendwie nicht die rechte Zeit und der rechte Ort.

»Sind Sie manchmal in Kiew?«, fragte Igor.

»Ich? In Kiew? Nein.« Sie schüttelte den Kopf. »Was soll ich dort?«

»Sie könnten vorbeikommen.« Igor zuckte mit den Schultern. »Ihren Vater besuchen und unser Gast sein, auch wenn wir nicht in der Stadt wohnen. Haben Sie ihn schon lange nicht mehr gesehen?«

Aljonas Augen wurden rund. Sie schwieg eine Sekunde.

»Lange nicht mehr?«, sagte sie langsam. »Mir ist, als hätte ich ihn nie gesehen... Obwohl das nicht stimmt. Er ist ein paarmal gekommen, als meine Mutter noch am Leben war. Zum letzten Mal vor etwa fünfzehn Jahren.«

»Verzeihen Sie.« Igor hatte den Blick gesenkt. »Ich wusste nicht... Ich hätte nicht fragen dürfen...«

»Ich muss jetzt zur Arbeit«, sagte Aljona entschuldigend.

Igor stand auf, verabschiedete sich und ging hinaus in den Flur. Dort sahen sie einander lange schweigend in die Augen.

»Wo übernachten Sie denn?«, fragte Aljona plötzlich. »Ich kann Sie bei mir nicht...«

»Nicht nötig, ich fahre gleich heute wieder zurück«, antwortete Igor.

»Sind Sie etwa nur für den Brief gekommen?«

»Na, ich werde mir noch die Stadt anschauen... Bis zum Abend ist viel Zeit!«

»Ja, unsre Stadt ist schön.« Die junge Frau nickte.

Igor spazierte die Straße hinunter, erkannte dabei die Häuser und Zäune wieder, an denen er eine halbe Stunde zuvor in dem alten Lada vorbeigefahren war, und fühlte im Rücken den Blick dieser jungen schönen Frau, die so still und seltsam auf den überbrachten Brief reagiert hatte. Übrigens, wieso seltsam?! Sie hatte ja eine Antwort an Stepan mitgegeben. Ein einfaches Blatt Papier ohne Umschlag.

Als er die Chruschtschow-Blocks erreicht hatte, blieb Igor stehen und zog das doppelt gefaltete Blatt heraus. Hätte es in einem Umschlag gesteckt, selbst in einem nicht zugeklebten, dann hätte er sich wohl nicht ans Lesen gemacht. Aber es gab keinen Umschlag, und Igor wusste nicht, was Stepan an seine Tochter geschrieben hatte. Was, wenn ihre Antwort wenigstens Stepans Absichten ein bisschen klarer machte?

Er faltete das Blatt auf.

»Alles ist möglich. Aljona« – das war ihre ganze Antwort auf den Brief!

Den Rest des Tages streifte Igor durch die alten Gassen von Lwow, ging in katholische Kirchen und in Läden hinein, und ließ sich vor lauter Muße sogar in einem kleinen Frisiersalon für dreißig Griwni die Haare schneiden. Die letzten zwei Stunden seines Aufenthalts in der Stadt verbrachte er auf dem Bahnhof. Erst dort fiel ihm auch ein, dass er gar nichts zum Mitbringen für seine Mutter gekauft hatte.

Morgens schien über Irpen wieder die Sonne. Und nur die Pfützen auf der Straße verrieten, dass es nachts geregnet hatte.

Als Erstes übergab Igor Stepan den Zettel von seiner Tochter.

»Wie geht es ihr?«, erkundigte sich der Gärtner.

»Ganz in Ordnung.« Igor zuckte die Achseln. »Sie musste zur Arbeit, also konnten wir nicht mehr richtig reden.«

»Lebt sie allein?«

Igor überlegte, erinnerte sich an das Zimmer, den Flur, die Pantoffeln im Flur.

»Anscheinend allein«, sagte er.

Stepan nickte. Dann las er den Zettel. Zu Igors Erstaunen brachte ihre kurze Antwort ein Lächeln auf das Gesicht des Gärtners. Ein helles, fast kindliches Lächeln.

»Na, Gott sei Dank«, seufzte Stepan und sah wieder Igor an. »Also ist sie nicht dagegen …«

»Gegen was?«, fragte Igor nach.

»Dagegen, zu mir zu ziehen«, erklärte Stepan.

»Hierher?!« Entgeistert blickte Igor sich im Schuppen um.

Stepan lachte. »Na, manchmal erstaunst du mich ja!«, sagte er. »Pass auf, wie du mit mir redest! Du hast doch einen Vorschuss bekommen? Ab jetzt bist *du* mein Gärtner!«

»Ich kann doch nicht …«

»Das mit dem Gärtner war doch Spaß. Keine Angst! Du hast jetzt eine andere Aufgabe! Ruh dich von der Reise aus. Und dann finde heraus, ob hier irgendwo in der Nähe jemand ein Haus verkauft, besser noch, gleich zwei nebeneinander. Klar? Auch ich erkundige mich. Zu zweit finden wir ja vielleicht etwas!«

Igor nickte. Sein Blick blieb an Stepans linker Hand hängen. Ihm fiel ein, dass er sie verbunden gesehen hatte, aber jetzt gab es an seinem Handgelenk keinen Verband mehr.

Stepan, der Igors Blick bemerkte, hob seine Linke und betrachtete selbst die mit Jod bestrichenen Schrammen.

»Manchmal muss man sogar alte Freunde schlagen«, sagte er. »Damit sie dran denken, mit wem sie reden ... Juwelier Paschka hat vergessen, dass wir uns seit dreißig Jahren kennen. Hat zuerst nicht den wahren Preis für unseren Schatz geboten, wollte seinen alten Freund übers Ohr hauen. Aber dann ist er noch zur Vernunft gekommen.«

Gegen Mittag überfiel Igor die Erschöpfung, und er legte sich hin. Lange konnte er nicht einschlafen, dachte an Stepan und seine Tochter, an das Geld, das sie von irgendeinem Juwelier Paschka erhalten hatten, daran, dass Stepan jetzt zwei Häuser, und das möglichst nebeneinander, suchte. Das seltsame Gefühl wich nicht – das Gefühl, als wäre Stepan wirklich sein Verwandter, ein Verwandter, über den er, Igor, fast nichts wusste.

Draußen brach plötzlich ein Regen los, die Luft füllte sich mit herbstlicher Feuchtigkeit. Und das monotone, leise Rauschen des Regens auf den noch nicht abgefallenen Blättern der Bäume vor dem Fenster wiegte Igor in den Schlaf. Endlich schlummerte er ein, nachdem er noch einmal an das schöne und traurige Gesicht Aljonas gedacht hatte, an ihren langen Blick zum Abschied in dem engen kleinen Flur in der Grünen Straße.

## 12

Stepan nahm sich gleich morgens den Zaun vor. Er war guter Stimmung und hatte offenbar beschlossen, auch etwas für

Elena Andrejewnas Stimmung zu tun oder einfach seine Abwesenheit mit hervorragender Arbeit zu kompensieren. Das Objekt seiner Bemühungen hatte er selbst ausgesucht.

»Der Zaun ist ein bisschen schwächlich geworden«, sagte er beim Frühstück. »Ich habe gestern, als ich das Törchen schloss, bemerkt, wie ihn direkt eine Welle durchlief! Anscheinend sind ein paar Pfosten gefault!«

Die Mutter nickte, Dankbarkeit im Blick.

»Eine schöne Waage haben Sie.« Stepan wies mit dem Kinn zum Fensterbrett. »Sooft ich hinsehe, denke ich über mein Leben nach …«

»Die ist noch von meiner Großmutter«, antwortete die Mutter und sah ebenfalls liebevoll auf die kupfernen Waagschalen. »Sie hat sie ihr Leben lang mit sich geschleppt. Auch in die Evakuierung nach Sibirien, im Krieg. Und zurück. Dafür hat sie fast ihren Neunzigsten noch erlebt!«

Stepan sah die Mutter nachdenklich an.

»Sie sind eine gute Frau«, sagte er, trank den Tee aus und machte sich an die Überprüfung des hölzernen Zauns. Einmal auf der Gartenseite, einmal auf der Straßenseite schritt er den Zaun ab. Igor, der mit seiner zweiten Tasse Tee in der Küche geblieben war, beobachtete den Arbeitseifer des Gärtners interessiert durchs Fenster. So lange, bis Stepan kurz ins Haus kam.

»Drei Pfosten muss man ersetzen«, erklärte Stepan sachlich. »Das werden etwa hundertfünfzig Griwni!«

Igor wunderte sich. »Wir sollen welche kaufen?«

»Na, ja wohl nicht stehlen!« Stepan breitete die Arme aus. »Nicht weit von hier verkauft einer Baumaterial auf seinem Hof. Da gibt es auch Pfosten.«

Igor ging, immer noch betreten, in sein Zimmer und zog einen Zweihunderter aus dem Packen, den er von eben diesem Stepan erhalten hatte.

»Das Restgeld kriegst du zurück«, versprach Stepan.

Wieder allein, ergab Igor sich der herbstlichen Stimmung und wurde schwermütig. Am Himmel war alles grau, bewölkt. Regen würde es keinen geben, aber auch keine Sonne. Jeder Tag jedoch, ob ein düsterer oder ein heißer, muss richtig gefüllt sein, sonst kann man sein Datum einfach aus dem Leben streichen. Igor wollte nichts aus seinem Leben streichen. Er verstand, dass letzten Endes *er* die Tage seines Lebens mit Ereignissen und Nichtstun füllte. Er selbst war gefragt.

Da dachte er an jenes Parallel-Otschakow und seine Bewohner. Ja, dort war ihm das Adrenalin in den Kopf geschossen! Dort war Leben, obwohl auch dort der Herbst begann. Aber hier?!

Und Igor rief Koljan auf dem Handy an, fragte ihn nach seinen Plänen für den Abend.

»Du willst trinken?«, erriet sein Freund.

»Nicht bloß trinken, sondern dir auch was erzählen!«

»Komm gegen sechs, setzen wir uns irgendwo rein!«, stimmte Koljan bereitwillig zu. »Ich hab auch ein bisschen was zu erzählen. Hab hier ein Ding gedreht für zweitausend Dollar! Die Finger nicht von den Tasten bekommen!«

Nach dem Gespräch mit seinem Freund wurde es Igor fröhlicher zumute. Jetzt musste er irgendwie noch bis zum Abend durchhalten. Obwohl, wozu warten? Er konnte sich auch schon früher nach Kiew aufmachen und ein bisschen spazierengehen. Kiew ist eine große Stadt, dort fliegt die Zeit mit Schallgeschwindigkeit. Du bist kaum eine Straße entlanggegangen, und schon ist Abend!

Igor verließ gerade den Hof, als Stepan ihn rief.

»Vielleicht holen wir zusammen die Pfosten?«, schlug der Gärtner vor.

»Ich kann nicht, komme zu spät! Fahre zu einer Verabredung nach Kiew!«, rief Igor hastig, der nicht die geringste Lust hatte, Stepan bei seiner Zaunreparatur zu helfen.

›Er hat sich selbst eine Arbeit gefunden, soll er sie auch selbst machen!‹, dachte er, während er sich von seinem Haus entfernte.

Der Kleinbus nach Kiew fuhr »gemäß Belegung« ab. Genau mit diesen Worten hatte der Fahrer auf Igors Frage »Wann fahren wir?« geantwortet. Gereizt betrachtete Igor die zehn freien Plätze im Bus. Es war eine ruhige Zeit, gerade in der Mitte zwischen dem morgendlichen Gedränge und der abendlichen Rushhour. Jetzt fuhren nur Müßiggänger und Rentner spazieren. Igor rechnete sich natürlich zu den Müßiggängern, bis zum Rentner war es noch eine Weile hin. Er sah aus dem Fenster des Kleinbusses und trieb die Rentner und Nichtstuer, die um diese Zeit eine Fahrt in die Stadt planten, in Gedanken zur Eile an. Eine halbe Stunde verging, bis der letzte Platz im Kleinbus von einer jungen Frau mit einer Computertasche besetzt wurde, die sie sich sorgfältig auf die Knie legte. Der Fahrer, der offenbar selbst mit Ungeduld auf den letzten Fahrgast gewartet hatte, ließ im gleichen Moment den Motor an. Der Kleinbus fuhr los.

Die letzte Passagierin, die den Platz vorn neben der Tür eingenommen hatte, sah sich um und ließ den aufmerksamen Blick über die Gesichter der übrigen Fahrgäste schweifen. Igor erschien ihr Blick sofort verdächtig.

Wie um ihre Seltsamkeit zu unterstreichen, zog die Frau aus ihrer Tasche eine Mappe und holte daraus irgendwelche Papiere und Bündel mit billigen Kugelschreibern hervor. Sie begann, etwas auf jedes Blatt zu schreiben. Dann zählte sie Blätter und Kugelschreiber ab und sah sich wieder nach den anderen Passagieren um, ohne Igors fragenden Blick zu beachten.

›Sie hat uns gezählt‹, dachte Igor erstaunt und verärgert.

Der Kleinbus hatte inzwischen Irpen verlassen. Der Weg wurde gerader. Zu beiden Seiten der breiten Landstraße tauchten Kiefern auf.

»Herrschaften Passagiere«, sagte plötzlich die Frau mit der geschulten Stimme einer Handelsvertreterin. »Sie haben jetzt die Möglichkeit, einen koreanischen Staubsauger zu gewinnen. Bitte füllen Sie diese Fragebögen aus«, sie zeigte den zu ihr aufblickenden »Herrschaften« den Stapel Fragebögen mit den Kugelschreibern. »Dies ist eine offizielle Marktstudie. Und den Kugelschreiber dürfen Sie anschließend behalten.«

Sie erhob sich und reichte jedem einen Fragebogen. Das Erstaunlichste war, dass alle Passagiere die Hände danach ausstreckten. Auch Igor nahm, wie alle, automatisch das, was man ihm gab, und senkte den Blick schon auf den Fragebogen.

Name, Vorname, Anschrift, E-Mail, Telefon, monatliches Gehalt, Anzahl der Rentner in der Familie, Größe der Wohnung in Quadratmetern.

›Donnerwetter!‹, staunte Igor. ›Vielleicht soll man ihr

auch noch den Wohnungsschlüssel zum Fragebogen dazulegen?‹

Er reichte den Fragebogen mit dem Kugelschreiber an die Frau zurück.

»Gefällt Ihnen etwas nicht?«, fragte sie mit hinterhältigem Lächeln.

»Mir gefällt nicht, wenn man mir in die Seele schleicht.« Igor versuchte ihr Lächeln zu kopieren.

»In dem Fragebogen steht kein Wort von der Seele. Und auch kein Wort von Religion«, entgegnete sie ruhig. »Und es interessiert sich auch niemand dafür, wie viel Flaschen von welchem Bier Sie am Tag trinken!«

Igor sah sich nach den anderen Passagieren um. Alle außer ihm füllten beflissen die Fragebögen aus.

›Eine Betrügerin‹, entschied Igor endgültig, stichelte aber nicht weiter, denn er begriff, dass er der Frau an Scharfsinn eindeutig unterlegen war und, vielleicht noch schlimmer, sich als Trottel erweisen würde, der keine Antwort mehr fand.

›Ja, wäre ich ein Milizionär in Zivil‹, überlegte Igor, ›dann würde ich ihr meinen Ausweis zeigen und ihre Papiere verlangen. Da würde sie nicht so hinterhältig lächeln!‹

Aber Igor war kein Milizionär, auch wenn er sich durchaus auf gewisse Weise als Ordnungshüter oder auch als Hüter der Gerechtigkeit empfand. Vielleicht deshalb, weil er sich im Spiegel so gefiel, wenn er die alte Milizuniform anzog. Wenn man sich in irgendeiner Uniform wohl fühlt, dann beginnt man dieser Uniform von innen zu entsprechen.

In Kiew wehte ein kalter Wind, aber sonst tat sich das Wetter durch nichts hervor. Ein grauer, bewölkter Himmel. Der geschäftige Lärm der Autos, frühe Dämmerung, die aufflammenden abendlichen Lichter der Stadt. Plakatflächen an dicken Masten, die mit leisem Summen von einer Reklame zur anderen wechselten.

Nachdem er sich mit Koljan in Podol getroffen hatte, wanderten sie die Sagajdatschny entlang und hielten vor einem vertrauten Café. Der Wunsch, an diesem Ort zu versumpfen, verging allerdings beim ersten Blick hinein – die laute Musik verscheuchte sie. Sie fuhren mit dem Bus eine Haltestelle weiter zum Kreschtschatik und begaben sich über die Kleine Schitomirskaja zum irischen Pub. Dort war es komischerweise ruhig und leer. An Pseudoschultafeln stand überall mit Kreide der Zeitplan von Fußballspielen angeschrieben, um die Fans von Fußball und Bier herbeizulocken. In diesem Plan fehlte allerdings das heutige Datum, was ihnen Hoffnung auf einen angenehmen Abend einflößte.

»Ich muss mich erst aufwärmen.« Igor biss sich auf die Unterlippe und sah hoch zu der jungen Bedienung, die bei ihnen haltgemacht hatte. »Fünfzig Gramm ›Chortiza‹-Wodka und ein Glas Tschernigower Helles!«

Koljan lächelte.

»Oh-oh, du mischst«, sagte er. »Ich bin monogam. Für mich nur Wodka oder nur Bier!« Er sah hinauf zu dem Mädchen. »Ein Glas Lwower und Suchariki-Salzkekse!«

Das Mädchen ging. Koljan wandte den Blick wieder zu seinem Freund. »Na, was tut sich bei dir? Pack aus!«

»Warte mal, ich muss mich erst entspannen.« Igor winkte ab, ihm war plötzlich der Gedanke gekommen, dass seine Erzählung Koljan als Phantasterei oder Irrsinn erscheinen mochte. Hätte er von Koljan eine solche Geschichte gehört, hätte er sie auch für Irrsinn gehalten.

»Klar.« Koljan nickte. »Das habe ich mir eigentlich schon gedacht … Dir ist einfach langweilig da, in deinem Dorf! Gib es zu! Irpen ist nicht Kiew! Dort gibt es doch nicht mal wen, mit dem man intelligent saufen könnte! Nur Gespräche wie ›Bin ich dir egal? Hä, bin ich dir egal?‹«

Igor schüttelte den Kopf.

Aber Koljan hatte sich schon sich selbst und den eigenen Gedanken zugewandt. »Weißt du, heute reiß ich das Maul auf! Zum ersten Mal hab ich Kröten fürs Hacken bekommen! Zweitausend Grüne!«

»Wie das?« Igor staunte. »Hast du von einem fremden Konto Geld genommen?«

»Wo denkst du hin! Nein, ich hab es mit ehrlichem Hacken verdient! Bin in die Mailbox eines kleinen Reichen gekrochen und habe seinen Mailwechsel mit der Geliebten kopiert! Und dann seiner Frau verkauft! Sie war begeistert!«

Igors Brauen gingen nach oben. »Begeistert?«, fragte er nach.

»Na, nicht begeistert, eher … Verzweifelt war sie aber nicht, das ist sicher! Jetzt quetscht sie Geld aus ihm heraus. Er wird zahlen für den Seitensprung …«

Das ersehnte Gläschen Wodka senkte sich vor Igor auf den Tisch, im nächsten Augenblick stellte eine zarte Frauenhand ein Bierglas daneben. Ein flüchtiger Sonnenreflex, der von der sich öffnenden Glastür herflog, ließ das Bier in appetitlichem, bernsteinfarbenem Licht funkeln. Igor kippte das Gläschen hinunter und trank sofort Bier hinterher. Auf der Zunge blieb angenehme, erfrischende Bitterkeit zurück. Er bekam Lust, diesen Nachgeschmack zu verlängern oder zu verstärken, und sah sich zur Bartheke um.

»Mädchen, noch fünfzig Gramm!«, rief er und lächelte, als er den Blick der Bedienung auffing.

»Alter! Iss wenigstens was dazu!« Koljan deutete mit dem Kopf auf den Teller mit den Salzkeksen.

Igor warf sich zwei Kekse in den Mund und kaute krachend. »Du wirst es nicht glauben«, sagte er und sah seinen Freund listig an.

Ihm fiel ein, wie Koljan ihn auf die Folter gespannt hatte, bevor er ihm Stepans auf dem Computer wiederhergestellte Tätowierung gezeigt hatte. ›Na gut‹, dachte Igor schadenfroh. ›Du erlebst jetzt von mir ein Déjà-vu!‹

»Was werde ich nicht glauben?«

»Ja … du wirst es ganz sicher nicht glauben … nein, irgendwann später mal«, sagte Igor mit gespieltem Zögern. »Du glaubst doch nicht an Märchen!«

»Hängt davon ab, was für Märchen! Na, red schon!« Koljan nahm einen großen Schluck Bier. »Mach es nicht so spannend!«

»Weißt du noch, an deinem Geburtstag im ›Petrowitsch‹ habe ich mich doch betrunken?«

»Natürlich, und wie!«

»Na, siehst du, in Wirklichkeit war ich gar nicht da!«, erklärte Igor. »Ich war zu der Zeit in Otschakow … Im Jahr 1957!«

Koljan sah auf die zwei leeren Gläschen. »Bei dir braucht's ja nicht viel!«, bemerkte er lachend.

Igor seufzte schwer. »Weißt du noch, was ich damals anhatte?«, fragte er Koljan.

Koljan überlegte. »Ich war ja selbst reichlich … Immerhin war mein Geburtstag! Ich durfte!«

Igor nickte. »Ich habe eine alte Uniform angezogen, eine Jacke übergeworfen und bin zu dir gefahren … Genauer, bin losgegangen zum Busbahnhof und kam bei der Otschakower Kellerei raus …«

Und Igor begann, seinem Freund von seiner ersten Reise in die Vergangenheit zu erzählen. Koljan hörte aufmerksam zu, aber ein schiefes Lächeln verschwand nicht von seinem Gesicht. Erst als Igor erzählte, wie er mit Weindieb Wanja gemeinsam Fima Tschagins Haus ausgespäht hatte, änderte sich etwas in Koljans Blick. Als wäre ihm jene Tätowierung eingefallen.

»Na, glaubst du mir?«, fragte Igor, als er die Veränderung in der Miene des Freundes sah.

»Natürlich nicht!«, antwortete Koljan. »Aber du erzählst gut! Hast du schon versucht, deine Phantasien aufzuschreiben?«

»Ach, geh zum Teufel«, seufzte Igor gekränkt, wenn auch nicht böse. Er wandte sich wieder zur Theke um. »Nochmal fünfzig Gramm und ein Glas Tschernigower.«

»Und für mich Lwower!«, ergänzte Koljan, den Umstand nutzend, dass die Bedienung gerade zu ihnen hersah.

»So, dann sage ich nichts mehr!«, erklärte Igor.

»Warum denn?!« Koljan zuckte die Achseln. »Schweigend trinken schadet der Gesundheit! Ich überlege gerade, soll ich vielleicht etwas anfangen mit der Frau dieses Geschäftsmanns, den ich gehackt habe?! Sie ist doch jetzt sauer auf ihren Mann! Vielleicht bekommt sie Lust, es ihm heimzuzahlen? Vielleicht mit mir?! Was ist so schlecht an mir, hm?«

»Wenn ich ein Mädchen wäre, würde ich versuchen, das zu beurteilen …«

»Lieber nicht.« Koljan lachte. »Hier ist jemand, den wir fragen können!«, ergänzte er und sah sich nach der Bedienung um. »Könnten Sie kurz bei uns vorbeikommen?!«, rief er ihr hinterher.

Die junge Frau, die gerade zielstrebig drei Gläser Bier zu einem anderen Tisch trug, sah über die Schulter und nickte.

»Was trinkst du denn bloß, dass du durch die Zeit reist?« Koljan wandte sich wieder seinem Freund zu. »Oder rauchst du spezielle Mischungen? Ist jetzt ja modern!«

Igor brummte, aber richtig böse klang es nicht. Zwei Gläschen Wodka, mit Bier ›poliert‹, hatten die Seele erwärmt. Die Stimmung wurde zusehends besser, im Kopf verbreitete sich Leichtigkeit und angenehme Gleichgültigkeit gegenüber der Welt. Freundliche Gleichgültigkeit.

»Ich werde es dir sagen«, begann er. »Das Rezept ist einfach: zuerst zwei Gläser Kognak, dann ziehst du die alte Uniform an und gehst abends hinaus auf die Straße. Kurz nach dreiundzwanzig Uhr null-null. Und vorm Haus gehst du nach rechts! …«

»Und wenn du einen Kosmonautenanzug anziehst, dann landest du im Weltall?! Es haut mich um!«

»Dich haut es um?« Igor lachte. »Du trinkst doch bloß Bier, nicht mal gemischt!«

»Möchten Sie noch etwas?« Die Bedienung war an ihrem Tisch stehengeblieben.

Koljan sah auf das Namensschildchen, das an ihrer weißen Bluse steckte.

»Lenotschka«, begann er vertraulich, aber nicht grob. »Für mich bitte noch ein Glas Lwower, und für ihn«, er blickte zu Igor, »fünf… nein, besser sechs Gläschen Wodka! Und übrigens, wie finden Sie mich, als Mann? Das ist eine persönliche Frage! Seien Sie offen, ich muss es wissen!«

Das Mädchen lächelte. »Sie sind eben ein Mann.« Sie zuckte die Achseln. »Der typische Bier-Fußball-Mann!«

»Wie das?«, fragte Koljan betreten, während Igors Lächeln immer breiter wurde.

»Na, der typische Mann ... der Bier trinkt und im Fernsehen Fußball guckt ... Wahrscheinlich arbeiten Sie am Computer! Ja?«

»Wie haben Sie das gemerkt?«, fragte Koljan.

»Ihre Finger klopfen auf den Tisch wie auf Tasten. Da, jetzt auch, sehen Sie!«, sagte das Mädchen lachend.

Erschrocken blickte Koljan auf die Finger seiner rechten Hand, die tatsächlich auf der Tischplatte herumklopften. Kaum verzog er das Gesicht, erstarrte die Hand.

»Sie hat's dir schön gegeben!«, bemerkte Igor gutmütig und sah der jungen Frau hinterher.

Koljan antwortete nicht. Er trank sein zweites Bierglas aus und stellte es zur Seite.

Statt der sechs Gläschen brachte Kellnerin Lena für Igor eine Wodkaflasche und für Koljan ein frisches Glas Bier.

Igor füllte ein Gläschen, trank es aus und betrachtete seinen Freund, den Computermann, mit einem belustigten Funkeln im Blick.

»Sei nicht traurig«, sagte er. »Mit der Frau des Geschäftsmanns wird es ganz sicher was! Hauptsache, ihr Mann erwischt euch nicht!«

Fünf Minuten später war auch Koljan fröhlicher geworden. Ihr Gespräch entspann sich lustig, mit Scherzen und Anekdoten. Sie stichelten nicht weiter. Der Wodka schwand in beneidenswertem Gleichmaß aus der Flasche. Als die letzten Tropfen in das Gläschen fielen und es diesmal nur bis zur Hälfte füllten, war es vor dem Fenster des irischen Pubs beinah Nacht. Zwei Tische weiter saßen zwei Frauen, Freundinnen. Beide waren etwa dreißig. Die eine mit leuchtend rot gefärbtem, kurzem Haar, in Jeans und rotem, dünnem Rollkragenpullover, alles hauteng. Die andere eine Brünette in engen Lederhosen und mit Lederweste über einer schwarzen Bluse.

Andere Gäste gab es in dem Pub nicht.

Igor musterte die Rote, ihre klaren, harten, aber angenehmen Gesichtszüge.

»Ich geh mich bekanntmachen«, sagte er und erhob sich mit Mühe vom Tisch.

Er trat zu den Frauen und heftete den Blick auf die Rote.

»Sind Sie zufällig vielleicht aus Otschakow?«, fragte er und lachte listig-betrunken.

Beide Frauen starrten Igor ins Gesicht. Auf ihren Lippen erschien ein belustigtes Lächeln.

»Nein«, antwortete die Rote. »Wir sind überhaupt aus Mariupol. Vielleicht trinkst du mit uns ein kleines Bier?« Sie wies mit dem Kopf auf einen freien Stuhl.

Selbst durch das betrunkene Gewölk in seinem Hirn hindurch spürte Igor, dass er gehen musste. Wovor hatte er mehr Angst, vor sich, in seinem betrunkenen Zustand, oder vor ihnen, nüchtern im Vergleich zu ihm, und frech? Das war jetzt nur schwer auseinanderzuhalten.

»Na, wenn Sie nicht aus Otschakow sind, dann entschuldigen Sie!«, sagte er mit sich schon verknotender Zunge und kehrte an seinen Tisch zurück.

»Kommst du allein nach Hause?«, fragte sein Freund besorgt.

Igor nickte entschieden.

Bevor sie sich verabschiedeten, hielt Koljan, der dank seiner Bier-Monogamie zu dieser späten Stunde noch vergleichsweise nüchtern war, für Igor einen Wagen an und setzte ihn auch noch auf den Rücksitz des roten Lada, dessen Fahrer sich als Privattaxi etwas dazuverdiente. Koljan teilte dem Fahrer dann auch mit, wo er den umnebelten Passagier abliefern sollte. So dass der eingeduselte Igor nicht einmal merkte, wie ihn der rote Lada zur Metrostation Niwki fuhr, wo sich gerade der letzte Kleinbus des Tages zur Abfahrt bereitmachte.

Die Fahrt in dem Lada hatte Igor eingeschläfert, dafür schüttelte der Kleinbus nach Irpen ihm zwar nicht die Seele, aber einen beträchtlichen Teil Alkohol aus dem Leib, das stand fest. In Irpen entstieg er dem Bus gemeinsam mit ein paar ebenso späten Heimkehrern wie er und wanderte, selbst davon überrascht, mit leichtem, ruhigem Schritt nach Hause. Mochte die verwegene Fahrweise des Busfahrers den Alkohol aus seinem Körper herausgeschüttelt haben, im Kopf hing noch immer Nebel, und die Gedanken schienen im Augenblick, wo sie heranreiften, zu stolpern, abzubremsen, auf die falschen Wörter zu stoßen. Nur die Füße führten ihn zielstrebig zu seinem Haus.

›Vielleicht ist das aber wirklich alles Irrsinn?‹, formierte sich endlich in seinem Kopf der so mühsam geborene Gedanke. ›Vielleicht werde ich zum Alkoholiker und sehe deshalb Dinge, die es in echt nicht gibt? Eine leichte Form des Säuferwahnsinns? Nur ohne weiße Mäuse?! Und die rote

Walja? Und auch die Rote von heute Abend? Wieso erscheinen mir diese Roten?! Vielleicht ist das ein Spezialdelirium?‹

Igor erinnerte sich an das Gesicht der heutigen Roten. Aber doch, wirklich, ihm kam es vor, als ähnelte sie ihr sehr, jener roten Walja vom Otschakower Markt. Nur, wenn es jene Walja in echt nicht gab, an wen erinnerte ihn die hier dann? An die imaginäre Walja vom imaginären Otschakower Markt des Jahres 1957?

›Verrückt‹, fuhr Igor in seinen Gedanken fort. ›Ich muss das überprüfen … Und danach entscheiden, ob ich zum Arzt muss oder nicht!‹

Er betrat den Hof, schloss sorgsam das Törchen hinter sich, blieb stehen und betrachtete den Zaun, mit dem sich heute Stepan so plötzlich befasst hatte. Er sah genauer hin, und tatsächlich standen da drei neue Pfosten anstelle der alten. Er ging hinters Haus und sah zum Schuppen. Unter der verschlossenen Tür drang ein Lichtstreif hervor, und auch aus dem kleinen Fensterchen rechts von der Tür kam Licht.

›Wieso schläft er nicht‹, überlegte Igor. ›Na, dann gucken wir mal!‹

Vorsichtig kletterte er auf die Bank unterm Fenster, richtete sich auf, stellte sich auf die Zehenspitzen und klebte mit der linken Wange an der kleinen Scheibe.

Stepan saß auf dem Hocker direkt unter der von der Decke hängenden Lampe und las aufmerksam in einem großen Buch. Als Igor genauer hinsah, erkannte er dieses Buch – sie hatten es aus dem ersten Koffer gezogen.

»Oho.« Igor stieg von der Bank und spuckte aus, kehrte

zum Haus zurück, öffnete vorsichtig, so leise er konnte, die Tür und trat ein.

In der Küche holte er die angebrochene Flasche Kognak und ein kleines Glas aus dem Schränkchen.

»Dann mit Gott«, flüsterte er, bevor er es leerte und wieder füllte.

Die Kognakwärme blieb auf der Zunge zurück. Er ging über den dunklen Flur ins Wohnzimmer und weiter in sein Schlafzimmer. Dort zog er die Milizuniform an, setzte die Mütze auf, schlüpfte in die Stiefel, steckte noch die schwere goldene Taschenuhr ein und trat ans Fenster, vor dem es finster wie im Erdkeller war.

»Na? Zeit zum Einsatz?!«, flüsterte er sich zu.

## 13

Der dunkle Teil des Weges von Irpen nach Otschakow kam ihm diesmal endlos vor. Vielleicht, weil Igor langsam ging, er spürte wieder die Schwere des am Abend Getrunkenen. Die Zeit verrückte in Igors Kopf, die Vorstellung von Stunden und Minuten verschwand, nur die dunkle Zeit des Tages blieb, durch nichts begrenzt als das Dunkel.

Eine plötzliche, vage Unruhe ließ Igor anhalten. Er tastete seine Hemdtaschen ab, fuhr mit den Händen weiter zur Uniformhose, stieß mit der Rechten an das Halfter mit der Pistole. Und dann legten die Finger sich auf die zwei sowjetischen Rubelpäckchen, was den nächtlichen Zeitenwanderer sofort beruhigte. Er setzte seinen Weg fort.

Kaum tauchten vor ihm der vertraute rötliche Lichtschein

hinter dem Zaun der Kellerei und die Straßenlaterne vor dem Tor auf, regte sich in seiner linken Hosentasche die goldene Uhr und tickte los, als wäre eine Vibrierfunktion eingebaut, wie bei den Handys.

Igor ging ein wenig schneller und behielt das Tor im Auge.

›Jetzt fährt der Wagen heraus‹, dachte er. ›Dann kommt Wanja mit dem gestohlenen Wein ...‹

Das Tor, bis zu dem es noch etwa dreihundert Meter waren, ging auf, und Wanja Samochin schlich heraus. Er blieb stehen, sah sich um, rückte den Weinschlauch auf der rechten Schulter gerade. Er blickte zurück, winkte dem Wächter zu und ging los Richtung Stadt, von Igor fort.

Igor schien es, als würde die Dunkelheit Wanja im nächsten Augenblick restlos verschlucken, und dann würde er, Igor, das nächtliche Otschakow nicht finden.

Igor wechselte in einen raschen Walking-Schritt und widerstand der Versuchung zu rennen nur aus einem Grund – er war nicht sicher, dass er dabei das Gleichgewicht halten könnte und nicht hinfallen würde. Die rhythmischen Schläge seiner harten Stiefelsohlen trieben ihn an. Er dachte auch schon klarer und leichter als eben noch, erinnerte sich wieder an das Zimmer und Wanjas Haus, in dem er mehrmals eingeschlafen und nur einmal aufgewacht war. Doch konnte er kaum noch Wanjas Rücken erkennen. Igor verlor die Nerven und rannte schließlich los.

»Iwan!«, rief er im Rennen.

Wanja Samochin blieb stehen, tat einen Schritt zur Seite und sah zurück. Als er den auf ihn zulaufenden Menschen bemerkte, stieß er den Weinschlauch unter die nahen Bäume und hob aus irgendeinem Grund die Arme.

»Was soll das?« Igor war stehengeblieben und sah in Wanjas erschrockenes Gesicht.

»Oh!« Der Bursche wischte sich mit der Hand den Schweiß von der Stirn. »Sie haben mich erschreckt, Genosse Leutnant!«

Er kroch unter einen Baum, holte seinen Weinschlauch hervor und legte ihn wie gewohnt über die rechte Schulter.

»Sie waren ja lange weg«, sagte er.

»Wie lange?«

»Wohl vier Tage …«

Igor antwortete nicht.

»Hast du es nicht satt, Wein zu stehlen?«, fragte er stattdessen.

»Den, der sich schützt, behütet Gott, und die Übrigen die Miliz«, seufzte Wanja. »Gehen wir zu mir?«

»Wohin denn sonst?«, brummte Igor.

»Ich hab Ihnen da Bilder aufgenommen, ich kann bloß nicht selbst entwickeln … Man muss in den Fotosalon gehen …«

»Gut, dann gehst du hin!« Igor ging neben Wanja her, schon wieder beruhigt und gleichmäßig atmend.

»Nein«, sagte Wanja leise. »Der Fotograf ist ein Jude, nachher erzählt er Fima, dass ich ihn und seine Freunde heimlich aufgenommen habe …«

»Warum soll er das erzählen? Sind sie Bekannte?«

»Nein, weil er ein Jude ist.«

»Was heißt das, traust du Juden nicht?!«, fragte Igor erstaunt.

»Niemand traut ihnen! Hier, unseren Cheftechniker Jefim Naftulowitsch haben sie als Schädling verhaftet und eingesperrt!«

»Du redest Unsinn.« Igor schüttelte im Gehen empört den Kopf. »Vielleicht magst du dann auch keine Schwarzen, weil sie schwarz sind?«

»Wieso soll ich sie nicht mögen?«, antwortete Wanja. »Bei uns in Otschakow gibt es keine Schwarzen, also gibt es keinen Grund, sie nicht zu mögen!«

»Eherne Logik.« Igor lächelte. »Hast du denn viele Leute fotografiert?«

»Etwa sieben ... und Walja noch zusätzlich.«

Das Gespräch versiegte. Zehn Minuten gingen sie schweigend, bis Wanja sein Gartentörchen öffnete, und danach die Haustür.

Als er auf dem antiken Sofa mit der hohen Rückenlehne saß, streifte Igor die Stiefel ab. Wanja kam mit einem Glas Wein ins Zimmer, und Igor trank das Glas in zwei Schlucken aus und nickte zum Dank.

»Ist es wahr, dass die Milizionäre neue Uniformen erhalten?«, fragte Wanja plötzlich flüsternd.

Igor wurde wachsam. »Woher weißt du das?«

»Sie haben es im Radio gesagt.«

»Wenn sie es gesagt haben, dann ist es so«, antwortete Igor ein wenig angespannt. »Wenn ich bis neun nicht wach bin, weckst du mich! Wann öffnet der Fotosalon?«

»Bei uns öffnet, außer dem Markt, alles um acht, und der Markt um sechs«, sagte Wanja. »Nur, lassen Sie den Film lieber in einer anderen Stadt entwickeln. In Kiew. Sonst erzählt der Alte trotzdem Fima und den anderen, dass die Miliz sie fotografiert. Hier, nehmen Sie!« Wanja hielt Igor den Film hin, legte ihn in seine ausgestreckte Hand und verschwand. Igor drehte das kleine schwarze Röhrchen, in dessen Inneren sich der nicht entwickelte Film vor dem Licht versteckte, drehte es eine Weile und steckte es in die Tasche der Uniformhose.

Ein klingender Morgen weckte Igor gegen sechs. Von draußen hörte man die eiligen Schritte der Passanten, und auch im Haus schlugen Türen und knarrten hölzerne Dielenbretter. Als Igor die Stiefel angezogen hatte und ein wenig auf der Stelle trat, damit es den Füßen bequemer wurde, sah Wanja, schon in Kleidern, ins Zimmer herein.

»Was sind Sie denn so früh?«, fragte er erstaunt. »Ich dachte, ich gehe zum Markt, dann komme ich zurück, und danach gehen wir …«

»Wieso musst du auf den Markt?«, erkundigte sich Igor, während er das Hemd in seinen Gürtel stopfte.

»Ich trage meiner Mutter den Wein, für sie ist es schwer, allein!«

»Na, dann gehe ich mit euch!«, sagte Igor und erkannte im selben Moment an Wanjas Miene, dass dem Burschen die Idee nicht gefiel.

»Wenn Sie zum Markt wollen, dann können Sie hinter uns gehen. Sonst gucken die Leute komisch … Meine Mutter, ich mit dem Wein, und ein Milizionär … Die wissen doch …«

»Sie wissen, woher der Wein kommt?« Igor lächelte ironisch.

»Nicht alle, natürlich … Die Stadt ist klein. Ich weiß, woher Bartenjuk seine Ochsenzungen hat, die er auf dem Markt verkauft, und er weiß, woher mein Wein kommt …«

»Na gut, ist schon gut«, beruhigte Igor Wanja. »Ich gehe

hinter euch, spaziere dort ein Stündchen herum und wieder zurück.«

»Sie spazieren herum?« Wanja lächelte. »Wohl zu der roten Walja, was?«

»Na, zu ihr auch«, bestätigte Igor. »Vielleicht kaufe ich Fisch... Ihr Fisch ist nicht gestohlen wie dein Wein oder diese Ochsenzungen, der ist doch ehrlich im Meer gefangen?«

»Ja.« Wanja nickte versonnen. »Gut, nur gehen Sie erst eine Weile, nachdem ich die Tür zugeschlagen habe, aus dem Haus... Und schlagen auch Sie die Tür zu, damit sie zubleibt!«

Wanja verschwand. Im Flur hörte man Geräusche geschäftiger Eile, eine Frauenstimme, die Wanja antrieb, das monoton-muntere Murmeln des Radios.

Igor hörte die Tür zuschlagen, während er am Fenster stand und auf die Straße jenseits des Zauns hinaussah. Dort, durch das Fenster, sah er auch Wanjas Mutter zum ersten Mal – eine große, stattliche Frau, die zwei riesige Einkaufstaschen trug. Hinter ihr kam ihr magerer Sohn, auch er mit zwei Taschen. Sie schritt sicher aus, und ihre Last schien sie nicht zu ermüden, im Unterschied zu ihrem Sohn. An seinem Gang spürte man die Anspannung, ja physische Qual, als ginge er über ein Hochseil. Kaum waren sie aus dem Gartentörchen und bogen auf der Straße nach links, verließ Igor entschlossen sein Fenster.

Der Markt schallte wie eine sagenhafte Vogelinsel, nur hatten die Vögel auf dieser Insel deutliche Tenor-, Alt- und Baritonstimmen. Hin und wieder stieg ein dem Ohr ungewohnter Sopran in die Luft, der seine Ware anpries.

Niemand beachtete Igor, und das gefiel ihm. Wie ein begabter Spion genoss er sein, so schien es ihm, hundertprozentiges Eintauchen ins fremde Milieu. Seine Nase fing fremde Gerüche auf, die hier nur ihm allein fremd waren. Lustige Eigenarten in der Kleidung der Leute fielen ihm auf, eigenartige Formen von Mantelkrägen, sogar die eigenartigen Stoffe ebendieser Mäntel und Jacken. Aber vor allem sah er in den Augen der Leute einen besonderen, fast fröhlichen Glanz, einen Lebenseifer, den er weder in Kiew noch in Irpen jemals bemerkt hatte.

In der Luft roch es jetzt nach Fisch, und Fischnamen begannen sich aus der Masse all der Wörter zu lösen, die sich schon zu einem Klangbrei vermischt hatten.

»Flundern, Flundern!«, rief eine unbekannte Frauenstimme.

Igor beschleunigte seine Schritte und näherte sich den Fischreihen. Er sah Trauben von Grundeln, die vom Schutzdach eines Marktstandes herabhingen.

»Donauhering, aus dem Fass!«, stimmte im Bariton eine stattliche, kleine Marktfrau im sauberen weißen Verkäuferkittel an, als sie den sympathischen jungen Milizionär erblickte.

Aber Igor ging vorbei.

»Krötengrundeln, Krötengrundeln!«, erklang vor ihm fröhlich eine vertraute Stimme.

In Igors Herz regte sich eine solche Freude, dass er ganz verlegen wurde und fürchtete, Außenstehende würden diese Freude bemerken. Er ging langsamer und blieb stehen, als er die Besitzerin der lauten Stimme erblickte. Er beschloss, sie ein wenig zu beobachten.

Der scharfe Blick der roten Walja entdeckte den Milizionär jedoch sofort.

»He, Leutnant! Komm her, hol dir etwas Frisches! Die Flundern vom letzten Mal hast du doch schon aufgegessen!« Sie lächelte breit.

Igor trat gehorsam hin und betrachtete den Verkaufstisch, über dem sich im Rhythmus eines Dirigentenstabs der Birkenzweig bewegte und von den Fischen die aufdringlich brummenden Fliegen vertrieb.

»Hier«, die Marktfrau wies mit dem Blick auf eine kleine Reihe Fische mit schrecklichen Gesichtern. »Nimm Krötengrundeln! Deine Mutter brät sie, da leckst du dir die Lippen!«

»Gibt es denn keine Flundern?« Igor sah in Waljas Augen.

»Wieso kommst du auch so spät? Die Flundern sind schon weg! Von denen gibt es nie viele. Sag es mir, und morgen lege ich dir welche zur Seite, so viele du brauchst!«, sagte die Marktfrau lächelnd.

»Legen Sie mir ein Kilo zur Seite«, bat Igor, und sein Blick sank von selbst auf Waljas Brust, die sich schön und rund unter dem weißen Kittel wölbte.

»Ich erinnere mich gar nicht, dass Sie neulich im Kittel waren«, entfuhr es Igor.

»Heute ist Hygienekontrolle und Wettbewerb um den besten Marktstand«, erklärte Walja und zupfte ihr rotes Haar zurecht.

»Und was machen Sie nach dem Markt?«, fragte Igor, als ihm sein letztes Gespräch mit dieser anziehenden jungen Frau einfiel.

»Was, wollen Sie mich wieder ins Restaurant führen?!«,

fragte Walja lachend. »Ich würde ja hingehen, nur wird man uns doch sehen, und dann …«

Igor freute sich. »Dann vielleicht nicht ins Restaurant?«

Walja dachte nach und vergaß ihre Fische.

»Draußen, rechts vorm Tor gibt es Bänke im Park.« Sie blickte in Richtung Marktausgang. »Kommen Sie gegen sechs dorthin, dann sitzen wir dort ein bisschen! Nur lieber ohne Uniform …«

»Ohne Uniform geht nicht«, sagte Igor kläglich. »Aber um sechs bin ich da! Sicher!«

Walja nickte und wandte im selben Moment den Blick einer alten Frau zu, die neben ihnen stehen geblieben war und ihre Krötengrundeln begutachtete.

»Greifen Sie zu! Greifen Sie zu! Für sich selbst oder für die Katze! Die schmecken besser als Sandgrundeln! Das wissen Sie ja!«

Igor ging davon. Auf seinem Gesicht lag ein zufriedenes Lächeln. Plötzlich ertönte irgendwo in der Nähe ein scharfer Pfiff. Igor sah sich um und bemerkte in einer Marktreihe nebenan Aufregung, Hektik und einen aus Leibeskräften rennenden Jungen, der vor einem Milizionär floh. Er sah die aufgeplusterten Wangen des Milizionärs, der im Laufen in seine Pfeife blies und ungeschickt mit den Armen ruderte, um notfalls jeden auf seinem Weg beiseite zu stoßen, oder im Gegenteil die Aufmerksamkeit der braven Käufer auf den Flüchtigen zu lenken, damit sie halfen, den Dieb zu fangen.

Igor duckte sich und bog in die nächste Marktreihe ab. Dann schlich er sich unauffällig zur anderen Seite davon. Er kam am Milchpavillon vorbei und sah ein weiteres Tor – den Seiteneingang zum Markt. Er trat hinaus in ein kurzes, kleines Gässchen und stand direkt vor einer Volksbar, die im Erdgeschoss eines zweistöckigen gemauerten Gebäudes eingerichtet war. Er ging hinein, begab sich zur Wodka-Theke und erstarrte, als er dem Blick der Frau dahinter begegnete, der Besorgnis und Empörung ausdrückte. Der Wunsch, fünfzig Gramm zu bestellen, verflog im selben Moment. Er beäugte die Flaschen, die auf dem Regal hinter der Frau standen, sah sich um und bemerkte zwei grau in grau gekleidete Rentner an dem einzigen Tisch.

»Haben Sie Mineralwasser?«, fragte er vorsichtig.

»Nur Sodawasser«, antwortete die Frau, und ihre Miene hatte sich erweicht. »Zwanzig Kopeken das Glas.«

Igor zog einen Hundertrubelschein aus der Hosentasche und hielt ihn der Verkäuferin hin.

»Haben Sie nicht vielleicht Kopeken? Wir haben doch erst aufgemacht!«

Igor dachte nach, und ihm fiel ein, wie ihm beim letzten Mal die rote Walja das Wechselgeld in Münzen gegeben hatte. Er griff in seine Tasche, zog eine Handvoll Münzen heraus und reichte sie der Frau, ohne hinzusehen.

Sie nahm sich das Kleingeld aus der ausgestreckten Hand. Zischend lief das Sodawasser ins Glas.

Als er wieder aus der Volksbar trat, wischte Igor sich mit dem Hemdsärmel den Mund ab, ohne auf den alten Mann zu achten, der ihm einen erstaunten Blick zuwarf. Er ging bis ans Ende der Straße, stieß auf einen Park mit leuchtend grün gestrichenen Bänken und sah sich um. Er stand eine Weile in Gedanken versunken da, und dann machte er sich wieder auf den Weg, zurück zu Wanja Samochins Haus.

Nachdem er sich in Wanjas Haus ein paar Stunden tatenlos herumgedrückt hatte, fand Igor mühelos zu der mit Walja verabredeten Zeit in den Park beim Markt zurück. Er spazierte über die asphaltierten Alleen, sog die duftende herbstliche Küstenluft ein, beobachtete unauffällig die vorübergehenden, in ihr Leben und ihre Gedanken vertieften Otschakower. Dann setzte er sich auf die dritte Bank am Anfang der Allee, zum Markt hin. Begutachtete sein Hemd, warf einen Blick auf die sauberen, wie eben erst gebügelten Hosen, die Stiefel, die jetzt ungeheuer bequem schienen, wie von einem erfahrenen Schuster auf Maß gefertigt. ›Sie waren doch ein paar Nummern zu groß?‹, fiel es Igor ein. Und dann zuckte er die Acheln. Dass die Stiefel geschrumpft waren, war nicht das Erstaunlichste von allem, was Igor in der letzten Zeit widerfuhr. Das Erstaunlichste war, dass er im Jahr 1957 auf eine Verabredung wartete, mit einer verheirateten Frau, einer Marktfrau, die vermutlich auch nachts nach Fisch roch. Mit einer schönen, jungen, rothaarigen Frau, so einer, die man wohl ein »Teufelsweib« nannte.

Igor warf einen Blick Richtung Markt. Gleichzeitig zog er mit der Linken die goldene Uhr aus der Tasche, öffnete den gravierten Schutzdeckel. Die Uhr zeigte sechs. Mit der anderen Hand fuhr er über das sich in der rechten Hosentasche wölbende Hundertrubel-Päckchen.

›Wohin könnte man mit ihr gehen?‹, überlegte Igor. Das Geld ließ ihm keine Ruhe. Denn ausgeben konnte er dieses Geld nur hier, nur jetzt. Dort oben oder unten – Gott weiß, wo sich physisch jetzt seine Zeit, sein Jahr 2010 befand – waren all diese Scheine vielleicht ein bisschen was wert, aber kaufen konnte man für sie nur das Lächeln eines Verkäufers, und auch das nur, falls der Sinn für Humor hatte.

Eine Frau in einem ziemlich eleganten, mausgrauen Wollmantel mit hochgestelltem Kragen schwebte würdevoll vorüber.

Sie blieb stehen und betrachtete den Milizionär freundlich, mit einem Lächeln.

»Wie geht es Pjotr Mironowitsch?«, fragte sie.

Igor geriet kurz aus der Fassung. Aber nur kurz.

»Bei ihm ist alles in Ordnung«, antwortete er der Frau, ebenfalls mit einem freundlichen Lächeln, hinter dem sich seine plötzliche Anspannung verbarg, samt der Befürchtung, dass gleich noch irgendeine Frage folgen würde.

»Sagen Sie ihm einen Gruß von Irina Wladimirowna, er hat versprochen, uns jemanden zu schicken, der vor den Kindern auftritt …«

»Ich sage es ihm«, versprach Igor.

Die Dame im Wollmantel setzte ihren Weg fort, und Igor blickte ihr nach und holte tief Luft.

›Wohl der Chef der Miliz, dieser Pjotr Mironowitsch?!‹, dachte er und erhob sich von seiner Bank.

Wieder spazierte er die Allee entlang. Die rote Walja, wie Wanja Samochin sie nannte, war noch immer nicht zu sehen.

Igors Hochstimmung, die Vorfreude auf das Fest, ihr Treffen, sank allmählich und machte Nervosität Platz.

›Noch zweimal gehe ich die Allee entlang, und dann – zurück‹, beschloss er.

Und er machte kehrt und schritt ohne Eile Richtung Markt. Plötzlich erschien die Allee ihm allzu bevölkert. Zwei Armeeoffiziere kamen auf ihn zu, hinter ihnen noch irgendwelche Menschen. Die Offiziere salutierten im Vorbeigehen, ins Gespräch vertieft, und Igor hob zur Antwort die Hand an die Mütze.

»Sie wirken gar nicht froh?« Vor ihm stand plötzlich eine Frau mit Kopftuch. Ihre Augen erschienen ihm ungeheuer vertraut.

Igor sah in diese Augen und lächelte strahlend.

»Sie haben sich so verkleidet! Ich habe Sie nicht erkannt! Verzeihen Sie!«

»Ich kann mich leicht verkleiden«, lachte die Fischverkäuferin. »Ich stecke mein Haar unter ein Tuch, und fertig – niemand kennt mich, niemand sieht mich. Versteck ich es aber nicht, dann sieht mich jeder... Setzen wir uns?« Sie wies mit dem Kopf auf die nächste Bank, zog ihren knielangen beigen Mantel zurecht und setzte sich sofort.

»Ich hatte Angst, Sie kommen nicht mehr«, gestand Igor ihr und schlug ein Bein übers andere.

»Haben Sie heute jemanden verhaftet?«, fragte Walja scherzhaft.

Igor schüttelte den Kopf. »Ich verhafte nicht gern«, sagte er, auf ihren scherzhaften Ton eingehend. »Sie würde ich mit Vergnügen verhaften, aber nur für mich privat!«

»Was für ein Draufgänger!« Sie lachte wieder. »Wohin würden Sie mich denn bringen, nach der Verhaftung?«

Igor zuckte die Achseln. »Nicht ins Gefängnis, natürlich.«

»Oh, vielen Dank, immerhin! Sind Sie schon lang hier bei uns in Otschakow?«

»Nein, immer nur kurz... auf Dienstreise...«

»Ah, deshalb sind Sie so kühn! Auf Dienstreise sind die Männer immer kühn, nur nicht in ihrer eigenen Stadt! Das weiß ich! Wären Sie Otschakower, dann hätten Sie erst hundertmal überlegt, bevor Sie mich so angeredet hätten …«

»Haben die Otschakower Milizionäre etwa Angst vor Ihnen?«

»Nicht vor mir.« Walja zog ihr Kopftuch zurecht und schob wieder eine rote Locke darunter. »Aber vor meinem Charakter! Ich bin eben eine echte Frau!«

»Kommen Sie, gehen wir ein Stück!«, schlug Igor vor. »Zeigen Sie mir die Stadt! Ich kenne hier doch nichts.«

»Nein, die Stadt sollen Ihnen die hiesigen Milizionäre zeigen!« Walja erhob sich von der Bank und sah sich um. »Wir können einen Spaziergang zur Nehrung machen, dort sind nicht viele Leute.«

»Ja, gehen wir«, stimmte Igor zu.

Sie wanderten langsam durch den Park, dann das Gässchen entlang, an niedrigen, einstöckigen Häuschen vorbei, in deren Fenstern schon Licht brannte. Der Abend ließ nicht nur die Fenster aufleuchten, an den Kreuzungen brannten auch schon die Laternen. Auch ihr scherzhaftes Gespräch über alles und nichts zog sich langsam dahin, wie im Takt ihres ruhigen Spaziergangs. Igor hatte gar nicht gemerkt, wie das letzte Sträßchen hinter ihnen zurückgeblieben war, zu beiden Seiten des Weges lagen nun Gärten. Danach tauchten aus dem Halbdunkel Bäume auf. Der Wind raschelte in den Blättern. Igor warf einen Blick nach oben. Ein paar Sterne hatten schon den Himmel durchstochen und leuchteten durch diese Löchlein herunter. Igor suchte Waljas Hand, nahm sie behutsam in seine, als fürchtete er, Walja könnte sie fortziehen. Aber sie zog die Hand nicht weg. Und jetzt gingen sie Hand in Hand, und ohne sich einmal anzusehen.

Als genössen sie einfach diesen Abendspaziergang und hätten schon daran genug.

Nach einer halben Stunde hörte Igor das Meer. Wellen schlugen ans unsichtbare Ufer. Waljas Hand war heiß geworden. Igor drückte sie, nicht sehr fest, aber spürte im selben Augenblick, wie fest Walja seine Hand zur Antwort drückte. Fast männlich.

»Hier müssen Sie vorsichtig sein«, warnte Walja, als sie ihn nach rechts führte.

Sie liefen durch eine schmale Senke hinab. Unter den Füßen war Sand, der wegrutschte und einen mit sich hinabzog.

Als er am Meer stand, blickte Igor zurück und sah über seinem Kopf einen Felsen, der über dem schmalen Sandstreifen hing.

Walja setzte sich in den Sand. Igor ließ sich neben ihr nieder und legte einen Arm um ihre Schultern. Sie rückte ein bisschen näher.

»Mit Ihnen sitzt es sich schön und angenehm«, bemerkte sie. »Sie haben eine Pistole, und auch die Uniform steht Ihnen so gut!«

»Darf ich Sie küssen?«, fragte Igor und wandte Walja sein Gesicht zu.

»Nein«, antwortete Walja. »Ich küsse keine Leute, die ich sieze.«

»Aber Sie sagen doch mal ›du‹, mal ›Sie‹ zu mir! Kommen Sie, duzen wir uns«, schlug er entschlossen vor.

»Dazu müssen wir Bruderschaft trinken, und zum Trinken haben Sie bestimmt nichts dabei!«

»Nein«, gab Igor zu. Seine Stimme war traurig geworden.

Waljas Hand legte sich auf seine Schulter, als wollte sie ihn bemitleiden.

»Ihr seid jetzt, nach dem Krieg, alle so Unentschlossene«, sagte Walja. »Wahrscheinlich sind die Mutigen alle umgekommen, und übriggeblieben sind …« Auf ihrem Gesicht erschien ein herablassendes Lächeln.

»Normalerweise bin ich ein entschlossener Mensch«, erklärte Igor und wurde sofort verlegen, als er die Zaghaftigkeit in seiner Stimme hörte.

»Sie meinen, wenn Sie Banditen fangen?«, erkundigte die rote Walja sich ernsthaft.

Igor nickte.

»Gibt es denn so viele davon?«

»Wovon?«

»Banditen.« Walja sah ihm direkt in die Augen.

Igor dachte an Fima und an das, was Wanja ihm über Walja und Fima gesagt hatte, und zuckte die Achseln. Irgendwie gingen in seinem Kopf Walja und dieser Kriminelle nicht zusammen.

»In fünfzig Jahren wird es noch mehr davon geben«, sagte er nachdenklich, nach einer Pause.

»In fünfzig Jahren?!« Waljas Augen wurden groß. »In den Zeitungen steht, dass es schon in zwanzig Jahren keine mehr gibt! Sie erziehen sie alle um und machen Lehrer und Ingenieure aus ihnen, damit sie dem Land Nutzen bringen.«

»Den Zeitungen sollte man nichts glauben«, begann Igor und brach ab. Er besann sich und merkte, dass seine Zunge ihn in die falsche Richtung führte. »Doch. Doch, natürlich soll man dran glauben, an die Zeitungen. Aber man muss auch selber begreifen …«

»Ich mag lieber Bücher. In den Zeitungen gibt es doch nur Fakten, aber in Büchern Fakten und Romantik. Ich habe Wadim Sobko gelesen …«

»Wer ist das?«, fragte Igor verwundert.

»Wie, Sie kennen ihn nicht?! Er ist ein weltbekannter Schriftsteller. Er hat vor Stalins Tod noch zwei Stalinpreise bekommen!«

»Ich habe ihn nicht gelesen«, gestand Igor.

»Schade, ich habe ihn schon in die Bibliothek zurückgebracht … Gehen Sie hin und lassen Sie sich einschreiben! Sonst sind Sie noch wie der Milizionär aus dem Witz!«

»Aus welchem Witz?« Igor tat so, als würde er böse.

»Entschuldigen Sie. Na, aus dem, in dem zwei Milizionäre überlegen, was sie dem dritten zum Geburtstag schenken. Der eine sagt: ›Komm, wir kaufen ihm ein Buch!‹ und der zweite antwortet: ›Lieber nicht, er hat schon eines!‹«

»Ich habe mehr als ein Buch zu Hause«, sagte Igor lachend. Wie er so lachte, schienen ihm Waljas Gesicht, ihre Augen, ihre Lippen, so kräftig und verlockend-hochmütig, ganz nah. Igor umarmte sie und zog sie an sich. Er versuchte sie zu küssen, spürte aber sofort, wie eine starke Hand ihn aufhielt und wegschob.

»Lieber nicht.« Waljas Stimme klang weich und entschuldigend. »Ich bin nicht gesund … am Ende stecken Sie sich noch an.«

Igor erstarrte verständnislos und erschrocken. »Mich anstecken? Womit?«

»Ich weiß nicht, wie diese Krankheit heißt. Sie geht vom Fisch auf den Menschen über. Mal kommt Husten mit einem üblen Geschmack im Mund, mal tränen die Augen … Und man kann keine Kinder bekommen…« Die letzten Worte stieß Walja mit einem Schluchzer hervor. Als würde sie gleich in Weinen ausbrechen.

Aber sie beherrschte sich, schwieg eine Weile und sah dann hoch zum Himmel. Sterne funkelten dort oben. Weit draußen über dem Meer schwamm ein halber Mond. In seinem Licht blitzte eine kleine Welle auf.

»Und was heißt das?«, durchbrach Igor vorsichtig die Stille. »Kann man das denn nicht heilen?«

»Wahrscheinlich schon. Der Arzt hat gesagt, er heilt mich, wenn ich für ihn meinen Mann verlasse… Aber wie könnte ich das denn?!«

»Da muss man sich über diesen Arzt beschweren!«, erklärte Igor aufgebracht.

»Bei wem?« Waljas Augen und Lippen schienen wieder ganz nah. Nur sahen die Augen Igor so traurig an, dass jetzt gar kein Gedanke an einen Kuss in ihm aufkam.

»Wie heißt der Arzt?«, fragte Igor und fühlte sich als echter Milizionär.

»Lieber nicht.« Walja winkte ab. »Vielleicht liebt er mich, und dass man es heilen kann, denkt er sich nur so aus!«

Nach Mitternacht traf Igor wieder bei Wanjas Haus ein. In der Küche brannte Licht. Am Tisch saß der junge Hausherr und las die Zeitschrift *Ogonjok*. Als er die Schritte vor der Haustür hörte, legte er die Zeitschrift hin und stand auf.

Die Haustür war nicht verschlossen. Igor trat in die Küche, nickte, und jetzt setzten sie sich zu zweit an den Tisch.

»Vielleicht ein bisschen Wein?«, fragte Wanja. »Bloß, ich nehme keinen. Ich habe schon zwei Gläser getrunken.«

»Weißt du«, Igor griff in die Hosentasche und zog einen Hunderter heraus. »Gibt es bei euch hier eine Poliklinik oder ein Krankenhaus?«

»Ein Krankenhaus.«

»Finde den Arzt, bei dem Walja war. Bring ihm das hier und lass dir von ihm die Krankengeschichte oder einfach die Diagnose geben. Klar?«

Wanja schüttelte den Kopf.

»Du suchst den Arzt, der die rote Walja behandelt, und fragst ihn danach, was sie für eine Krankheit hat! Klar? Er soll es aufschreiben!«

Diesmal begriff Wanja, was man von ihm wollte. Er nickte und ließ den Hunderter in einer Tasche seiner Weste verschwinden.

»Ich lege mich schlafen«, sagte Igor und stand vom Tisch auf. »Ich gehe früh aus dem Haus. In ein paar Tagen komme ich wieder! Gute Nacht!«

Im Zimmer knipste Igor das Licht gar nicht erst an. Er wusste schon auswendig, wo das alte Sofa mit der hohen Rückenlehne stand, wo der Stuhl, wo das Schränkchen. Er zog sich aus, faltete blind die Milizuniform zusammen und legte sie auf den Hocker, dann kroch er unter die warme Wattedecke und schlief ein.

## 14

Morgens schmerzte Igor der Kopf. Seine Mutter sah ins Schlafzimmer herein, betrachtete nachdenklich ihren dort liegenden Sohn und verschwand wieder hinter der Tür. Am

Haus fuhr ein Traktor vorbei, und das Röhren des Traktors trieb Igor aus dem Bett. Eine unzufriedene, schmerzliche Grimasse lag auf seinem Gesicht. Die Welt ringsum füllte sich mit hässlichem, an den Nerven zerrendem Lärm, und wie ein Staubsauger sog Igors Kopf diese Geräusche in sich hinein, mischte sie und schüttelte sie durch, bis alles in ihm dröhnte.

Sein Blick fiel auf die gewohnheitsmäßig und sorgsam gefaltete Milizuniform auf dem Hocker. Er streckte die Hand zum Hocker aus und betastete sie. Die zwei Rubelpäckchen waren an ihrem Platz, auch die goldene Uhr. Und dann ließ für einen Augenblick ein kleiner Gegenstand, der sich wie ein Baldrianfläschchen anfühlte, den Lärm in seinem Kopf verstummen und zwang ihn zum Nachdenken.

Igor zog die Uniformhose unter dem Hemd hervor, schüttelte sie, dass die Hosenbeine sich entrollten, und holte ein schwarzes Filmröhrchen heraus. Dumpf sah er es an, ein feiner, undurchsichtiger Schleier trennte sein Bewusstsein von einer Erklärung: Auf welche Weise war diese Filmpatrone in seine Tasche geraten?

»Bist du aufgestanden?« In der Tür erschien noch einmal das Gesicht seiner Mutter. »Willst du etwas essen? Du bist ja wieder erst gegen Morgen gekommen!«

Igor wandte sich ab. Die Mutter sah ihn besorgt an.

»Du trinkst seit kurzem viel«, sagte sie ohne Vorwurf, aber mit ein wenig zitternder Stimme.

»Nein.« Er schüttelte den Kopf. »Nicht viel ...«

»Man riecht es aber.« Auch seine Mutter schüttelte jetzt den Kopf. »Hast du vielleicht neue Freunde gefunden?«

Igor versank in Nachdenken. Auf die Frage seiner Mutter antwortete er nicht.

»Ich gehe für ein Stündchen weg, ein paar Dinge erledigen«, sagte sie. »Wenn du essen willst, ist alles im Kühlschrank!«

»Mama, wo ist Stepan?«, fragte Igor plötzlich.

»Stepan? Heute früh war er auf dem Hof, hat die Schaufeln geschärft.«

»Ich fahre vielleicht heute nach Kiew«, sagte Igor und betrachtete den Holzboden, der bald einen neuen Anstrich brauchte. »Nicht für lange … Einen Film entwickeln.«

»Aber du hast doch so ein Ding ohne Film?«, wunderte sich die Mutter.

»Ich habe einen alten Apparat gekauft, für den Film!«, log Igor.

»Und wieso stürzt du dich jetzt so auf Altes? Und diese alte Uniform?« Die Mutter blickte Richtung Hocker.

»Einfach so, Retro-Partys sind doch jetzt Mode …«

Die Mutter verschwand. Igor ließ die Filmpatrone auf dem Hocker liegen und zog sich an, stand ein paar Minuten am Fenster und sah in den grauen Herbsttag hinaus, der sich, schien es, jeden Augenblick in einen Regen entladen wollte. Das Kopfweh verstummte langsam.

›Wie wäre das schön, allein zu leben‹, kam es Igor plötzlich in den Sinn. ›Ohne diese mütterliche Aufsicht und Kontrolle, ohne Ermahnungen, dass man Arbeit suchen muss, ohne Fragen nach neuen oder alten Freunden!‹

Igor lachte nachdenklich. Er dachte an das Päckchen mit den Zweihundertgriwni-Scheinen, das er von Stepan erhalten hatte. Das waren doch zwanzigtausend Griwni! Für Taschengeld, für Bier und Kaffee war das viel. Um ein eigenständiges Leben zu beginnen, eine Wohnung oder ein Häuschen zu kaufen, war es zu wenig. Und wenn man dieses Geld in ein Geschäft investierte?!

Das Lächeln verschwand von Igors Gesicht, die Nachdenklichkeit blieb.

›Geld in ein fremdes Geschäft stecken ist dumm‹, überlegte er weiter. ›Das kriegt man nicht zurück. Und ein eigenes Geschäft anfangen? Dafür muss man Geschäftsmann werden. Was gebe denn ich für einen Geschäftsmann ab? Gar keinen.‹

Igor beschloss, nach Kiew diesmal mit dem Zug zu fahren. Der Himmel senkte sich zwar unter dem Gewicht der Wolken, aber Regen gab es noch keinen. Selbst wenn der Regen dann in Kiew losging, wäre das nicht schlimm. Igor nahm einen Regenschirm mit. Früher war er oft mit dem Vorortzug bis zum Kiewer Bahnhof gefahren und dann zu Fuß zum Platz des Sieges hinübergegangen. Dazu musste man hoch auf die Fußgängerbrücke über den Bahnsteigen, von denen die Vorortzüge zum Linken Ufer abfuhren, und wieder hinunter auf die Alte Bahnhofstraße, die sich seit langem in eine Art Ladenzeile für die Vorortsbewohner verwandelt hatte. Dort hatten nicht nur Kioske und kleine Geschäfte Platz gefunden, sondern auch alle Arten von Kleinbetrieben, in denen man das Leben alter, abgelaufener Schuhe verlängern, Uhrbatterien wechseln oder ein Kofferschloss reparieren lassen konnte. Irgendwo dort, in dieser Straße, hatte Igor auch ein kleines Fotostudio gesehen, neben dessen Tür stets eine meterhohe Schautafel mit einer Preisliste lehnte, die anzeigte, wie günstig der Service für das Entwickeln von Filmen und Ausdrucken von Fotos war.

Zu Igors Freude waren sowohl das Studio als auch die Tafel

an seiner offenen Tür an Ort und Stelle. Nur schüttelte der Bursche, der hinterm Ladentisch stand, den Kopf, nachdem er die Filmpatrone in den Händen gedreht hatte.

»Nein«, sagte er langsam und gab die Patrone zurück. »Das ist irgendein sowjetischer Swema-Film ... und auch noch schwarz-weiß. Gehen Sie lieber zu einem richtigen Studio.«

»Und was ist ein ›richtiges Studio‹?«, fragte Igor ein wenig verdrießlich.

»Na, Fuji oder Kodak. Das nächste ...« Der Bursche überlegte. »Da müssen Sie zur Chmelnitzki oder, noch besser, zum Lwower Platz fahren. Fünf Minuten Kleinbus ab dem Zirkus. Dort gibt es zwei Studios hinterm ›Haus des Künstlers‹!«

Igor steckte die Filmpatrone in die Jackentasche, warf einen Blick zum Himmel und schritt los, Richtung Zirkus.

Das Atelier Fuji am Lwower Platz war unendlich respektabler als der Verschlag in der Alten Bahnhofstraße. Und der Mann hinterm Ladentisch zeichnete sich durch einen ernsten Blick und einen teuren Anzug aus. Hinter seinem Rücken summte ein großer computerisierter Entwicklungs- und Ausdruckapparat, der eindeutig aus Japan oder seinen Nachbarländern stammte.

»Swema?«, sagte der Studioangestellte erstaunt. »Nein«, er wandte sich zu seiner summenden Fotomaschine um. »Der ist bei mir auf Farbdruck programmiert. Hätten wir da jetzt hundert Schwarzweißfilme, dann könnte man ...«

»Heißt das«, Enttäuschung und Verzweiflung mischten sich in Igors Stimme, »ich kann nirgendwo in Kiew diesen Film entwickeln?«

»Warum nirgendwo? Das habe ich nicht gesagt!« Der Mann lächelte schuldbewusst. »Sie müssen zu den Profis. Sie können es in der Proresnaja 26 versuchen!«

Igor schob seine Filmpatrone zurück in die Jackentasche, nickte dem gutgekleideten Mann ein wenig niedergeschlagen zu und trat hinaus auf die Straße.

Vom Himmel begann es zu nieseln. Ein kleiner und verschämter Regen, als wäre es ihm peinlich, dass er so wenig den schweren, tiefhängenden Wolken entsprach, die eindeutig auch zu Gewitter und Platzregen imstande gewesen wären.

Das Fotostudio auf der Proresnaja hatte Schaufenster zur Straße. Große, erlesene Schwarzweißfotografien hingen in diesen Fenstern, und begeistert vertiefte Igor sich darin: Jedes winzige Detail konnte man deutlich sehen. Menschen, Häuser, alles auf den Bildern war heutig, das Schwarzweiß der Fotos aber unterstrich die Zeitlosigkeit des Dargestellten und brachte Igor dazu, in den Bildern einen zweiten, zusätzlichen, oder vielleicht ihren eigentlichen, aber etwas verborgenen Sinn zu suchen. Farbfotos erfreuen oder zerstreuen einen einfach. Sie regen selten zum Nachdenken an. Bei Schwarzweißfotos ist das ganz anders. Igor hatte das sofort gespürt, kaum war sein Blick auf das erste Bild hinter der Scheibe gefallen.

Nachdem er sich an den Fotografien sattgesehen hatte, suchte Igor den Eingang zum Atelier. Der lag, wie sich herausstellte, hinten im Hof.

In diesem Atelier gab es keinen Ladentisch, genauso wenig wie irgendwelche Entwicklungs-und-Ausdruck-Maschinen. Die Räumlichkeiten erinnerten eher an eine Wohnung. Die Luft im Innern, reich an Mentholzigaretten- und Kaffeedüften, verriet die Bestimmung eines Raumes gleich links, dessen weiße Tür weit offen stand. Dort war eine Küche. Zur rechten Seite, zwei Stufen hinunter und durch eine offene Flügeltür, lag ein geräumiges Zimmer mit zwei Sofas und zwei Sesseln, alles um einen großen Sofatisch mit runder Tischplatte aus dickem Glas herum gruppiert. Auf der Tischplatte lagen zwei identische Fotoalben. Eines in Folie eingeschweißt, das zweite nicht. Auf dem Umschlag sah man eine der Fotografien, die im Schaufenster des Ateliers ausgestellt waren.

»Zu wem möchten Sie?«, erschreckte ihn von hinten eine leise Frauenstimme.

Igor fuhr herum und sah eine kleine, etwa vierzigjährige Frau vor sich, eine Tasse frischgekochten Kaffee in der Hand. Kurzes, aschfarbenes Haar, Ohrstecker mit türkisem Stein, ein dunkelblaues Hausgewand und ganz und gar häusliche, flauschige Pantoffeln an den Füßen. Igor fühlte sich äußerst unwohl. Als wäre er, ohne zu fragen, in irgendjemandes Zuhause hineinspaziert.

»Ich habe mich wohl geirrt«, stotterte er und zog, als Beweis für seinen Irrtum, die Filmpatrone aus der Jackentasche. »Ich dachte, hier … bei Ihnen … wäre ein Fotostudio …«

Igor wollte schon an der Frau vorbei zum Ausgang, aber ihr belustigter Blick, der auf die Filmpatrone gefallen war, hielt ihn zurück.

»Darf ich?«, fragte sie und streckte ihre freie Hand nach der Patrone aus.

»Natürlich!«

»Setzen Sie sich!« Sie wies den Gast mit einer Kopfbewegung zu den Sesseln und Sofas. Und ging selbst voraus, stellte ihren Kaffee auf die Tischplatte, setzte sich in einen Sessel und hielt die Patrone näher vor die Augen.

»Glauben Sie, er ist nicht entwickelt?« Die Frau hob den Blick zu Igor.

»Ich glaube, nicht.«

»Stammt das von Ihren Eltern?«

»Was?« Igor begriff nicht.

»Ich dachte, dass Sie das vielleicht in den Sachen Ihrer Eltern gefunden haben«, sagte sie, und ihre Stimme wurde samtiger und weicher. »Ich habe eines Tages in einer Handtasche meiner Mutter drei nicht entwickelte Filme gefunden ... Auf einem davon gab es Fotos aus Jewpatorija in den siebziger Jahren, von mir und meinem Bruder. Ich war damals fünf, er sieben ...«

Igor lauschte und nickte. »Kann man ihn denn entwickeln?«, fragte er plötzlich.

»Natürlich«, antwortete die Frau. »In einer halben Stunde kommt mein Mann zurück. Er ist der Fotograf, ich helfe nur. Reden Sie mit ihm.«

Der Mann hieß ebenfalls Igor. Er war ein angenehmer, kleiner, sehniger Mann. Die beiden oberen Knöpfe an seinem karierten, in die Jeans gesteckten Hemd waren offen, darüber trug er ein abgewetztes graues Jackett.

»Ich mache nur Qualitätsarbeit, und das ist teuer«, sagte er sofort. »Sie können in irgendeinen Hobbyfotografen-Club gehen und mit den Alten etwas aushandeln, die mit antiquarischen Apparaten fotografieren. Oder Sie können den Film hierlassen. Garantie gebe ich nicht, der Preis für Entwickeln und Abzüge beträgt hundert Dollar.«

»Hundert Dollar?«, staunte Igor.

»Eigentlich mindestens zweihundertfünfzig. Alle Chemikalien sind professionelle Importware, Spezialpapier und so weiter. Hundert habe ich für Sie als Privatmann gesagt. Vielleicht«, er wies mit dem Kopf auf den Film, »ist er belichtet, oder jemand hat einfach irgendeinen Unsinn geknipst. Deshalb überlegen Sie: Brauchen Sie das wirklich?« Igor der Fotograf sah seinem Gast neugierig-fragend direkt in die Augen, als wollte er es ihm ausreden.

Einen Augenblick lang begann Igor tatsächlich zu zweifeln. Und er hatte ja auch gar keine hundert Dollar dabei. Der Fotograf bemerkte die Unsicherheit in der Miene des Besuchers und rührte sich nicht. Er wartete auf Antwort.

»Doch.« Igor senkte den Blick auf die Patrone in seiner Hand. »Ich brauche es ... Und wie lange wird es dauern?«

»Ein paar Tage, vermutlich. Ich muss nachsehen, ob ich alle Chemikalien habe, und auch die Zeit für das Ganze finden ... Ich bin kein freier Künstler, ich habe eine Menge Aufträge und Projekte.«

»Muss man das Geld im Voraus bezahlen?«, erkundigte sich Igor vorsichtig.

»Natürlich«, seufzte der Fotograf. »Sie lassen mir doch Arbeit hier und verschwinden. Sie bezahlen, dafür mache ich es, unabhängig davon, ob Sie die Bilder dann holen kommen oder nicht ...«

Igor nickte, das verstand er. »Gut, dann lasse ich es Ihnen hier.« Er überreichte dem Herrn über das Studio die Patrone. »Das Geld ... habe ich nicht bei mir, aber ich ... Ich rufe einen Bekannten an. Vielleicht kann ich es leihen.«

»Rufen Sie an.«

Igor wählte auf dem Handy Koljans Nummer.

»Hör zu, leihst du mir für ein, zwei Tage hundert Grüne? Ich hab das Geld, aber zu Hause. Und jetzt bin ich in Kiew und brauche es hier.«

»Kein Problem, komm vorbei!«, antwortete Koljan munter. »Ich geb dir auch tausend, wenn nötig. Zier dich nicht, frag nur!«

»Nein, tausend brauche ich nicht. Bist du in der Bank?«

»Jawohl. Wann kommst du?«

»In einer halben Stunde. Ich rufe dich an, wenn ich da bin!«

»In einer Stunde bringe ich das Geld«, versprach Igor dem Fotografen und steckte das Handy in seine Tasche.

»Falls ich fort bin, geben Sie es meiner Frau«, sagte der Fotograf.

Koljan kam aus dem Bankgebäude herausgetänzelt.

»Also dann, Bier, Kaffee, Cappuccino?«, fragte er ausgelassen und breitete die Arme nach beiden Seiten aus, als müssten sie zum Biertrinken in die Richtung gehen, die seine Rechte wies, und für Kaffee-Cappuccino der Linken folgen.

»Du bist heute irgendwie komisch«, bemerkte Igor vorsichtig.

»Ich bin heute nicht derselbe wie gestern«, zitierte Koljan lachend den alten Popsong und ließ die Arme sinken. »Man hat mir heute fünftausend Grüne gebracht! Gehen wir!«

Und sie steuerten das vertraute Café an, fünf Gehminuten von Koljans Arbeitsplatz. Sie bestellten jeder einen Espresso und setzten sich an ein Tischchen in der Ecke.

»Da.« Koljan holte demonstrativ einen Packen Hundertdollarnoten aus der Tasche, zog eine davon heraus und reichte sie dem Freund. »Oder vielleicht zwei?«

Igor ließ den Schein in der Tasche verschwinden. »Einer reicht, ich muss einen Film entwickeln lassen …«

»Was ist denn das für ein Film? Hundert Grüne fürs Entwickeln! Und für die Abzüge dann zweihundert?«

»Das ist für Entwickeln und Abziehen. Weißt du noch, ich habe dir von Otschakow im Jahr 1957 erzählt, und du hast es nicht geglaubt? Siehst du, der Film ist von dort. Ich zeige dir dann die Bilder!«

»Und was sieht man auf diesen Bildern? Dich, Arm in Arm mit Chruschtschow? Das kriegt man doch auch mit Photoshop hin!«

Igor winkte verächtlich ab.

»Sei nicht beleidigt.« Koljan lachte wieder. »Es gibt übrigens eine schlechte Nachricht für dich: Demnächst wird das Kiffen verboten …«

Igor verzog das Gesicht. Koljan sah es und hielt sich mit weiteren Scherzen zurück.

»Weißt du, du brauchst mir ebenfalls nicht zu glauben, aber ich werde von Tag zu Tag reicher, und den Beweis habe ich in der Tasche!«, erklärte Koljan und legte den Packen Hundertdollarscheine auf den Tisch.

»Kommt das von der Frau des Geschäftsmanns, den du gehackt hast? Für eine unvergessliche Nacht?!«, sagte Igor spöttisch.

Koljan schüttelte den Kopf. »Das ist von dem Bekannten der Frau des Geschäftsmanns. Der wollte, dass ich die Mailbox seines Geschäftspartners hacke.«

Igor blickte auf den Packen mit den Dollars, dann sah er sich um, ob nicht jemand sie in diesem Moment beobachtete. »Steck es ein, bitte! Das macht mich irgendwie nervös …«

»Nein, sag mir, glaubst du mir?«

»Ich sehe und glaube«, antwortete Igor ruhig. »Wieso fragst du?«

»Es ist wichtig für mein Selbstwertgefühl. Das hier ist bloß der Vorschuss. Wenn alles gemacht ist, kriege ich noch mal so viel!«

»Dann hörst du in der Bank auf? Da zahlen sie doch nur Kopeken!«

»Warum sollte ich dort aufhören? Soll das ruhig weitergehen, ich mache mich dort nicht kaputt, und sie haben schnelle Computer in der Bank... Aber deine Laune ist ja nicht besonders, wie ich sehe!« Koljan beugte sich näher zu seinem Freund und musterte Igors Miene.

»Meine Laune ist gut.« Igor versuchte ein Lächeln. »Ich sehe einfach nicht gern Bündel voll Dollars vor mir liegen. Wahrscheinlich seit dem Tag, als wir die Wohnung in Kiew verkauft haben...«

»Ah, ja«, sagte Koljan verständnisvoll. »Du hast Heimweh nach Kiew! Mach dir nichts draus, wenn du einmal reich bist, kaufst du dir hier wieder eine Wohnung! Siehst du, ich wiederum beneide dich! Den Wald fünf Minuten vom Haus, und jederzeit ein Grillfest in der freien Natur. Komm, wir veranstalten demnächst eines! Ich sorge für Fleisch, du für Brennholz und Bier?«

»Machen wir«, stimmte Igor bereitwillig zu.

Als er sich schon von Koljan verabschiedet hatte, dachte Igor, dass sie doch hätten Biertrinken gehen sollen. Vielleicht wäre dann ihr Gespräch auch anders verlaufen!

Für den Weg von Podol zur Proresnaja brauchte er etwa eine halbe Stunde. Die Tür des Fotostudios war verschlossen, und Igor drückte auf den Klingelknopf. Igor der Fotograf öffnete, bat den Besucher aber nicht herein.

»Ich habe Kunden da, ich arbeite«, sagte er und ließ die hundert Dollar in der Brusttasche seines Karohemdes mit dem spitzen Kragen verschwinden. Die beiden oberen Hemdknöpfe waren immer noch offen. »Lassen Sie Ihre Handynummer da. Ich rufe Sie an, wenn ich es fertig habe!«

Der Himmel war heller geworden und hatte sich über Kiew gehoben. Unter den Füßen glänzte der nasse Asphalt. Igor blieb vor dem Metro-Eingang am Goldenen Tor stehen. ›Zum Bahnhof fahren oder zu Fuß hingehen?‹, überlegte er. Und beschloss, zu Fuß zu gehen.

## 15

Abends sah Igor auf dem Display seines Handys nach, ob es verpasste Anrufe gab. Er war zufrieden mit seinem Ausflug nach Kiew. Und überhaupt war seine Stimmung gegen Abend leichtsinnig-fröhlich geworden. Eigentlich rückte die Schlafenszeit näher, aber von Müdigkeit keine Spur!

›Ich glaube, ich statte Otschakow einen kleinen Besuch ab!‹, überlegte Igor. ›Vielleicht hat Wanja noch ein paar Filme verknipst? Und wenn ich Wanja bitte, mich selbst in Otschakow zu fotografieren?!‹ Der Gedanke brachte ein Lächeln auf seine Lippen. ›Was sagt Koljan dann? Entweder glaubt er mir oder hält mich für ein Photoshop-Genie! Obwohl, er weiß doch, dass ich von Computern so viel Ahnung habe wie ein Hahn vom Eierlegen!‹

Lustige abendliche Gedanken rücken den Schlaf näher.

So döste auch Igor ein und merkte nicht, wie. Und als eine innere Unruhe ihn wieder weckte, zeigte die Uhr halb eins. Im Haus und draußen war es still.

Igor stand auf, zog die Milizuniform an und ging auf Zehenspitzen in die Küche, wo er ein Gläschen Kognak leerte.

Mit dem Nachgeschmack des Kognaks auf der Zunge trat er aus dem Haus und schloss behutsam hinter sich die Tür.

So sehr er sich bemühte, möglichst leise zu gehen, die Stiefelabsätze schlugen trotzdem hart auf die Straße.

Wie viel Zeit brauchte er gewöhnlich für den Weg bis zum grünen Tor der Otschakower Kellerei? Zwanzig Minuten? Eine halbe Stunde?

Mit Augen, die sich langsam ans Dunkel gewöhnten, starrte Igor geradeaus voraus. Endlich erschienen die bekannten Lichter. Das grüne Tor kam näher, am Rand des Vorplatzes blieb Igor stehen. Ringsum herrschte Stille, und auch hinter dem Tor war es still.

Nachdem er fünf Minuten so gestanden hatte, setzte Igor den schon vertrauten Weg fort. Die Beine brachten ihn von selbst zu Wanja Samochins Haus. Hinterm Küchenfenster brannte eine Kerze. Igor freute sich: Jemand schlief nicht, und das hieß, jemand würde ihm die Tür öffnen!

Es war Wanja. Er saß am Tisch und las im *Handbuch des Weinbereiters*, lernte für seinen Eintritt in die Nikolajewer Handels- und Industrieschule. Als er am Fenster den ›Milizionär‹ erblickte, wunderte er sich nicht. Er stand einfach auf und ging in den Flur, um den späten Gast einzulassen. Der streifte sich als Erstes die Stiefel von den Füßen und stellte sie an die Wand.

»Sie kommen ja spät«, sagte Wanja nebenbei.

Sie gingen in die Küche. Wanja riss ein Blatt von dem Wandkalender, nahm es als Lesezeichen für sein Handbuch und klappte es zu, zog unterm Tisch eine große Weinflasche hervor und füllte zwei Gläser.

»Gibt es Neuigkeiten?«, fragte Igor ihn.

Der Bursche nickte. »Es gibt ein Papier vom Doktor, nur ist alles Arztsprache, ich habe nichts verstanden …«

»Und neue Bilder?«

»Zwei Filme.«

»Hast du noch frische Filme?«,

»Drei Stück«, antwortete Wanja.

»Morgen … morgen folgst du mir mal und fotografierst mich.«

»Sie?«, fragte der Bursche erstaunt. »Wozu denn?«

»Wozu, wozu! Zum Andenken!«, sagte Igor ein wenig gereizt.

»Gut.« Wanja zuckte die Achseln. »Gleich morgen früh dann?«

»Ja, gleich morgen früh. Du gehst doch auf den Markt?«

Wanja nickte.

»Also fangen wir mit dem Markt an! So, ich lege mich schlafen.« Igor stand auf und fühlte in den Schultern die Schwere des langen Tages.

»Keinen Wein auf die Nacht?«, fragte Wanja verwundert und ein wenig gekränkt, mit Blick auf die zwei vollen, großen Gläser.

Igor nahm ein Glas und hob es zum Mund. In die Nase stieg ihm der vertraute säuerliche Geruch.

Auch Wanja erhob das Glas, auf seinem Gesicht war ein vorsichtiges Lächeln erschienen.

»Auf dein Studium«, sagte Igor halb flüsternd und wies mit dem Kinn auf das *Handbuch des Weinbereiters.*

»Darauf kann man auch später noch trinken«, flüsterte Wanja zurück. »Lieber auf die Gesundheit meiner Mutter!«

»Gut«, stimmte Igor zu und trank ein halbes Glas.

Wanja leerte in der Zeit sein Glas bis zum Grund und seufzte glücklich und tief.

Igor ging mit dem Rest des Weins in sein Zimmer. Dort trank er ihn aus, bevor er sich in den Kleidern auf das von den Sprungfedern hügelige Leder des alten Sofas legte.

Frühmorgens weckte ihn die vertraute, andersartige Vielstimmigkeit von Vögeln und Menschen vor den Fenstern von Wanja Samochins Haus. Auch er selbst erwachte als ein anderer, erfüllt von ungewohnter, munterer Leichtigkeit und sorglosem Schwung. Er stand auf, strich mit den Handflächen die leicht zerknitterte Uniform glatt, legte den Gürtel mit dem Halfter um und hörte vor der Tür schon Wanjas Schritte näherkommen.

»Mutter und ich gehen als Erste«, sagte Wanja, als er ins Zimmer hereinsah. Auf seinen Wangen klebte Seifenschaum, in der Hand hielt er ein Rasiermesser. Er hatte offenbar gehört, dass der Milizionär aufgestanden war, und beeilte sich, seine Pläne mitzuteilen.

»Ich habe doch gebeten, dass du mich fotografierst!«

»Ich nehme den Apparat mit. Ich muss nur den Wein bis zu Mutters Marktstand bringen, dann verstecke ich mich dort und warte auf Sie. Sie gehen doch ohnehin gleich zu den Fischreihen!« Auf Wanjas Gesicht war ein listiges Lächeln getreten.

»Gut. Ich schlage die Tür zu, wie immer«, sagte Igor ernst.

Er faltete die Decke zusammen und legte sie an das Sofaende. Dann trat er ans Fenster und sah durch den weißen Spitzenvorhang nach draußen. In der Nähe schrillte eine Fahrradklingel. Der Mann auf dem Fahrrad scheuchte zwei Frauen aus seinem Weg, die jede eine Dreiliterkanne in der Hand trugen. ›Sie waren Milch holen‹, begriff Igor. Die Frauen waren gar nicht gekränkt. Sie sprangen zur Seite, als sie die Klingel hörten, und als der Mann im grauen Anzug vorbeigefahren war, trafen sie sich wieder und setzten ihr lebhaftes Gespräch fort.

Bald folgte Igor mit dem Blick auch Wanja Samochin und seiner Mutter. Beide trugen schwere Einkaufstaschen. Igor bemitleidete sie direkt und wunderte sich, dass sie so unpraktisch waren. Warum das nicht alles auf Sackkarren transportieren oder, wie er so oft in der Provinz gesehen hatte, in alten Kinderwagen?

Aber Wanja und seine Mutter waren schnell unterwegs, trotz der sichtlichen Schwere ihrer Fracht, und schnell verschwanden sie außer Sicht, nachdem sie hinterm Gartentor links abgebogen waren.

Eine halbe Stunde später trat auch Igor aus dem Gartentörchen. Der Wind, der ihm ins Gesicht blies, kündete vom nahen Meer und salzte ihm leicht die Lippen. Igor ging rascher, als wollte er jetzt wirklich gleich ans Meer. Imaginäres Brandungsrauschen narrte seine Phantasie. Erst als in der Nähe das reale Lärmen des Marktes erklang, verschwanden die Meeresgeräusche. Igor schritt durch das vertraute Tor, ohne einen Blick für die Früchte und das Gemüse, das auf den Ständen auslag. Er schritt vorwärts, zum Herz dieses Hafenstädtchenmarktes – den Fischreihen.

Schon hörte er die realen Stimmen der Marktfrauen, die den Fang ihrer Männer, Salzheringe, Muscheln und sonstige aus dem Wasser gezogene Handelsware anpriesen.

Plötzlich blieb Igor stehen, ihm war eingefallen, dass er gar keine Tasche dabeihatte, um die frischen Flundern nach Hause zu tragen. Er blickte um sich, sah eine alte Frau, die ein paar Einkaufsnetze wie aus seiner Kindheit hochhielt, ging hin und kaufte eines. Und sah sich wieder um, jetzt auf der Suche nach Wanja. Als er ihn nirgends entdeckte, setzte er seinen Weg zu den Fischreihen fort, ohne Eile nun.

Die rote Walja war an ihrem Platz. Beim Anblick des ›kleinen Leutnants‹ belebte sich ihr Gesicht.

»Gibt es noch Flundern?«, fragte Igor freundlich.

»Ich habe für Sie welche zurückgelegt.« Sie lächelte süß, und in ihren Augen blitzten freche Funken. »Sind fünf Stück genug?«

»Genug«, gab Igor zurück.

Geschickt breitete Walja auf ihrem Stand eine Zeitung aus, legte die Flundern darauf und wickelte alles mit geübten Bewegungen ein.

»Wie viel?«, fragte Igor.

»Zehn.«

»Und haben Sie heute Abend etwas vor?«, flüsterte der ›Leutnant‹, nachdem er bezahlt hatte.

»Warum nur haben Sie sich an eine Verheiratete gehängt«, flüsterte sie kokett zur Antwort. »Wenn jene Bank Ihnen recht ist, dann komme ich heute Abend um sechs!«

Igor versuchte sich unauffällig umzublicken und hoffte, Wanjas auf ihn und Walja gerichtetes Ojektiv zu sehen. Aber er entdeckte nichts, schob das Paket mit dem Fisch in sein

Einkaufsnetz, lächelte Walja nochmals zu und verließ den Stand ohne Hast. Fünf Meter weiter blieb er bei den Salzheringsfässern stehen, aber nicht, um nach dem Preis zu fragen, sondern um sich noch einmal umzublicken und herauszufinden, ob Wanja ihn nun fotografierte oder nicht. Doch auch der gründlichere Versuch, Wanja in dem bunten Markttreiben zu erspähen, blieb ohne Ergebnis.

Nachdem er noch eine halbe Stunde über den Markt geschlendert war, hausgemachte Wurst, Salzgurken und frischen Speck probiert hatte, ging Igor durch den Seiteneingang hinaus in das ruhigere Gässchen, betrat die vertraute Volksbar, wo er an der Wodka-Theke ein Glas Mineralwasser trank, und ging weiter, in Richtung des Hauses von Fima Tschagin.

Die Beine brachten ihn wie von selbst dorthin. Vielleicht waren es gar nicht die Beine, sondern die Stiefel, die vor nicht allzu langer Zeit gemeinsam mit der Milizuniform aus der Hohlwand eben dieses Hauses ans Licht gekommen waren? Vielleicht wollten die Stiefel nach Hause?

Igor lächelte. Er stand auf der Straße gegenüber dem Gartentor und blickte auf das Haus, auf die Haustür. Und plötzlich öffnete sich diese Tür, und heraus trat, eine Papirossa im Mund, Tschagin selbst, jung, vielleicht in Igors Alter. Er musterte den Milizionär, der auf der Straße vor seinem Gartentor stand. Eine Art Lähmung erfasste Igor. Er begriff, dass er weggehen musste, aber seine Beine gehorchten nicht. Tschagin war inzwischen zum Gartentor gekommen und sah Igor mit einem stechenden, unangenehmen Blick ins Gesicht. Er zog nochmals demonstrativ an seiner Papirossa, nahm sie aus dem Mund und zerdrückte sie an dem Pfosten des Törchens. Dann schnippste er den Stummel mit zwei Fingern auf die Straße.

Endlich konnte Igor sich rühren. Er senkte die Augen, wandte das Gesicht ab und ging davon. Das Netz mit dem Fisch baumelte in seiner rechten Hand und schlug ihm ans Knie. Er drehte sich nicht um, aber im Rücken spürte er Fima Tschagins Blick. Erst als er um die Ecke in eine andere Straße gebogen war, verlangsamte er seine Schritte.

Spät am Abend, als er von seinem Treffen mit Walja zurückkam, bei dem nur ein Augenblick ihn vom ersten echten Kuss getrennt hatte, setzte er sich an den Küchentisch und lenkte Wanja wieder vom Lernen für seine künftige Aufnahme bei den Weinbereitern ab.

Wanja legte fünf vollgeknipste Filme auf den Tisch. Sein Gesicht strahlte unverfälschte Selbstzufriedenheit aus, wie man sie manchmal bei Bauern findet, die ein krankes Stück Vieh mit Gewinn verkaufen konnten.

Igor gab Wanja hundert Rubel für einen neuen Film und zweihundert dazu, als Prämie. Beim Anblick des Geldes verwandelte sich die Selbstzufriedenheit auf Wanjas Gesicht in einen Ausdruck von Stolz und stiller Begeisterung.

»Jetzt gehe ich dann eine Woche zur Morgenschicht«, sagte er, während er das Geld in der Geheimtasche seiner abgetragenen lila Trainingshose verschwinden ließ.

»Mach noch mehr Bilder!« Igor versuchte, Wanjas Begeisterung ein wenig abzukühlen.

Wanja wurde ernst und nickte. »Könnten Sie vielleicht mal ein paar ausgebrannte Glühbirnen mitbringen? Ich habe aus Versehen eine zerbrochen …«

»Wozu willst du denn ausgebrannte?«, staunte Igor.

»Meine Mutter stopft damit Socken und Strümpfe, so ist es bequemer, auf einer Birne.«

Ihre Unterhaltung, und auch die letzte abendliche Munterkeit, wurde wieder mit zwei Gläsern trockenem Weißen beendet. Igor zog sich aus, faltete die Uniform auf dem Hocker zusammen, lehnte das Netz mit den in Zeitung gewickelten Flundern an ein Hockerbein und legte sich aufs Sofa.

## 16

Der Schlaf verließ Igor gegen Mittag, verscheucht von dem frohen Singsang seiner Mutter, der durch die offene Tür aus der Küche herüberdrang, und dem appetitlichen Duft von gebratenem Fisch.

In Trainingshose und barfuß kam Igor in die Küche.

»Danke, Kind!« Elena Andrejewna hob den Blick von der zischenden Pfanne.

»Ich habe es ja versprochen«, sagte Igor und nickte. »Ich hoffe, diesmal hast du zum Essen nicht die Nachbarin eingeladen?«

Die Mutter schüttelte den Kopf. »Stepan kommt«, fügte sie hinzu. »Er hat sich einen Anzug gekauft!«

»Einen Anzug?!« Igors Gedanken stockten angesichts dieser Neuigkeit. »Einen Anzug zum Mittagessen?« Sein Mund verzog sich zu einem listigen Lächeln.

Die Mutter schien stellvertretend für Stepan gekränkt zu sein. »Dir habe ich den ersten Anzug übrigens zu deinem Schulabschluss gekauft! Und es gibt Leute, die haben im Leben nie einen Anzug getragen!«

Igor zuckte mit den nackten Schultern. »Ich habe nichts gegen Anzüge«, sagte er ruhig. »Willst du, dass auch ich im Anzug Flundern esse?«

»Ach, geh weg mit deinen Späßen!« Gutmütig winkte die Mutter ab und machte sich daran, in der Pfanne den Fisch zu wenden.

Eine halbe Stunde später zergingen ihnen die Flundern auf der Zunge. Gekochte Dillkartoffeln und saure Gurken leisteten dem gebratenen Fisch köstliche Gesellschaft. Stepan war zum Essen in seiner gewöhnlichen Kleidung, nicht im Anzug gekommen. Dafür bemerkte Igor nebenbei, wie sorgfältig sich der Gärtner vorm gemeinsamen Festmahl die alten Wangen rasiert hatte. Das hieß, dachte Igor, die Einladung an den Tisch der Hausherrin bedeutete ihm wohl etwas! Erziehung hatte damit eindeutig nichts zu tun – wer hätte ihm denn eine anständige Erziehung geben können? Die Freunde seines rätselhaften Vaters, oder die Verwandten aus Odessa?

»Gibt es Neuigkeiten von Ihrer Tochter?«, fragte Igor beiläufig, während er sich noch mehr Kartoffeln nahm.

Stepan zog die Augenbrauen hoch und wandte sich ihm zu. »Wenn es so weit ist, dann gibt es Neuigkeiten«, sagte er kühl.

Elena Andrejewna legte noch ein Stück Fisch auf Stepans Teller.

»Es reicht, es reicht mir schon!«, wehrte er ab.

»Sie ist nicht verheiratet?«, fragte die Gastgeberin vorsichtig.

»Nein, es ist jetzt nicht leicht, einen guten Mann zu finden.«

»Genau wie eine gute Frau«, bestätigte Elena Andrejewna und warf Igor einen Blick zu.

Auch Stepan musterte Igor nachdenklich. Unter diesen beiden starren Blicken, und angesichts der eben am Tisch erklungenen Bemerkungen, verschluckte Igor sich und musste heftig husten.

Stepan sprang auf und schlug ihm kräftig auf den Rücken.

Igor hob die Hände, um die seinetwegen entstandene Aufregung zu beschwichtigen.

»Eine Gräte!«, erklärte er schnell und versuchte, das Husten zu unterdrücken.

Als Elena Andrejewna anfing, die Teller vom Tisch abzuräumen, erhob sich Stepan, sah ein weiteres Mal Igor an und sagte: »Vielleicht findet sich unter deinen Bekannten ein würdiger Bräutigam für Aljona? Sie ist keine Braut ohne Mitgift mehr!«

»Ich habe nicht so viele Bekannte«, antwortete Igor ernst. »Und Freunde überhaupt nur einen, Koljan.«

»Ist das der, der in der Bank arbeitet?«

Igor nickte.

»Stellst du ihn mir mal vor?«

Igor staunte über die Bitte. »Er kommt demnächst zum Picknick! Übrigens trinkt er gern!«

Stepan dankte der Gastgeberin für das Essen und ging nach draußen.

Einige Zeit darauf klingelte Igors Handy. Die Frau des Fotografen teilte mit, dass die Bilder bereit waren und er sie abholen konnte.

Igor freute sich und machte sich schnell fertig, nahm auch die fünf von Wanja verknipsten Filme mit.

Über Kiew strahlte die Herbstsonne. Sie war gerade zur rechten Zeit erschienen, als versuchte sie seine gute Laune zu fördern und zu festigen. Die Erwartung eines Wunders beschleunigt den Schritt. Und Igor beeilte sich, doch leichtfüßig, ganz ohne Atemlosigkeit und ohne Anspannung. Obwohl er diesmal die Proresnaja vom Kreschtschatik aus bergauf lief.

Am Ziel bog er in den Durchgangshof ein und trat vor die vertraute Tür. Er drückte auf den Klingelknopf.

Es öffnete ihm die Frau des Fotografen. Sie nickte und ließ ihn hinein. Die Luft im Innern war diesmal anders. Weder ein Duft von frischgemahlenem Kaffee noch von Mentholzigaretten. Nur die Moleküle irgendwelcher chemischer Verbindungen hingen in der Luft. Nicht, dass das die Nase gestört hätte. Bloß war der Geruch überaus professionell, gar nicht häuslich.

Im Zimmer mit den Sesseln und Sofas hingen schwarzweiße Fotos von stattlicher Größe an Wäscheleinen und trockneten.

›Sind das etwa meine?‹, dachte Igor, und sein Herz klopfte stärker.

Er trat einen Schritt vor. Die Frau des Fotografen war, ohne ein Wort zu sagen, hinter der Küchentür verschwunden.

Auf den trocknenden Fotografien posierten nackte Mädchen mit Besen zwischen den Beinen als Hexen. Igor wanderte an den Bildern entlang. Das konnte Wanja Samochin ganz sicher nicht geknipst haben! Im Otschakow des Jahres 1957!

Igor wandte sich um. Er ging zur Küchentür und sah die

Frau des Fotografen in blauem Hauskleid und Pantoffeln, die mit dem Rücken zu ihm vor einer Kaffeemaschine stand.

Es war, als spürte sie Igors Anwesenheit. Sie drehte sich um. »Nehmen Sie einen Kaffee?«

Igor nickte.

»Setzen Sie sich dort hin.« Sie wies mit einer Kopfbewegung in Richtung des Wohn-Arbeitszimmers mit den Sofas und Sesseln.

Dann kam sie mit einem Tablett, auf dem drei Tassen Kaffee standen, zu ihm.

Irgendwo nebenan wurden geräuschvoll Vorhänge aufgezogen. Wasser lief.

Aus der zweiten Tür trat der Fotograf ins Zimmer, wieder im Karohemd, nur diesmal von anderer Farbe. Wieder waren die oberen zwei Knöpfe offen. Das Hemd war aus den Jeans fast herausgerutscht. Als der Fotograf den Blick seines Besuchers sah, merkte er das auch und stopfte es wieder hinein.

»Ich komme gleich«, sagte er, verschwand hinter einem mit schwarzem Stoff bespannten Schirm und raschelte dort mit Papieren.

»Hier, freuen Sie sich an Ihrem Fund!« Er reichte Igor einen dicken Pappumschlag und setzte sich in den Sessel neben ihm.

Igor zog einen Stapel Fotos heraus. Der schon bekannte chemische Geruch drang ihm in die Nase. Mechanisch streckte sich Igors Hand nach der Tasse mit dem Espresso, und ein Schluck von dem starken, würzigen Arabica brachte ihn wieder in einen behaglichen Zustand zurück.

Igor spürte, wie der Stapel Fotos in seiner Hand zitterte. Er legte ihn auf die gläserne Tischplatte und griff nach dem obersten Bild. Vor einem Gartentörchen, hinter dem deutlich ein einstöckiges Haus zu sehen war, stand eine stattliche Frau mit zwei schweren Taschen. Komisch, dass sie die Taschen nicht auf der Erde abstellte, sondern in den Händen behielt. Dabei war ihr am Gesicht und selbst an ihrem Lächeln das Gewicht der Taschen, genauer, die dem Gewicht entsprechende Anspannung abzulesen. Betreten hob Igor das Foto näher an die Augen.

Der Fotograf stand auf und trug eine Stehlampe zu Igors Sessel hinüber. Er richtete die Lampe nach unten und knipste sie an. Sofort streifte ihre Wärme Igors Hände. Aber auch das Foto wurde gleichsam lebendig, fast als wäre es farbig geworden.

›Das ist doch Wanjas Mutter!‹, erkannte Igor, als er sich in das Gesicht der Frau vertiefte. ›Und dafür habe ich hundert Grüne bezahlt?‹

Sorgenvoll nahm er das zweite Bild. Mit der Beleuchtung von oben musste er nun nicht mehr die Augen zusammenkneifen oder sich die Fotos vor die Nase halten. Auf dem zweiten Bild kam ein fünfzig- oder sechzigjähriger Mann mit hagerem Gesicht und unfroh verzogenem Mund die Stufen vor Tschagins Haus herunter. Er sah vor sich auf den Boden. Igor versuchte zu verstehen, von wo aus Wanja diesen Mann fotografiert hatte. Alles deutete darauf hin, dass Wanja links vom Gartentörchen am Zaun gelegen oder gehockt haben musste. ›Dort ist doch der Baum?!‹, erinnerte sich Igor. Dann kamen auf zwei Dutzend Bildern noch irgendwelche Leute, Männer ohne Lächeln, vom Leben gezeichnet. Drei Gesichter wiederholten sich mehrmals. Auf einem Foto konnte man Tschagin selbst im Profil studieren.

Und plötzlich waren da drei Bilder vom Markt, mit der roten Walja. Auf einem Bild pries sie jemandem ihren Fisch an. Auf dem zweiten unterhielt sie sich mit einem kleinen Mann mit schuldbewusstem Gesichtsausdruck.

»Markante Erscheinung«, erklang links von ihm die Stimme des Fotografen.

Igor riss sich los und wandte sich um.

Igor der Fotograf wies mit dem Finger auf Walja.

»Wahrscheinlich eine Rothaarige«, sagte er und nahm einen Schluck von seinem Kaffee.

»Woher wissen Sie das?«, staunte sein Besucher.

»Die Gesichtszüge«, erklärte der Fotograf ruhig. »Solche Rothaarigen haben besondere Gesichtszüge, auch eine andere Mimik, frech, ausladend.«

Igor wurde nachdenklich. Er versuchte sich zu erinnern, ob es unter seinen Bekannten Rothaarige gab. Unter den heutigen Bekannten.

»Jemand aus der Verwandtschaft?«, erkundigte sich der Fotograf.

»Ja ... also, nicht meine Verwandten ... von einem Bekannten«, antwortete Igor wirr, in den Gedanken ganz anderswo.

»Die Fotos sind gut«, fuhr der Besitzer des Studios fort. »Wenn es ein altes Familienalbum wäre ... könnte man damit sogar etwas verdienen.«

»Wie, verdienen?« Igor kam zu sich.

»Es gibt Kunden, die Familienfotoarchive sammeln ...«

»Das ist nicht von der Familie«, seufzte Igor und sah die Fotos noch einmal durch, sortierte sie vor sich auf dem Tisch. Inzwischen war ihm auch wieder der Name des Mannes mit dem hageren Gesicht eingefallen, den Wanja viermal fotografiert hatte – Josip. Er und Wanja hatten ihn eines Abends gesehen, wie er bei Tschagin herauskam.

»Ich habe noch fünf Filme.« Igor sah den Fotografen an. »Das wird dann nur ein bisschen teuer … Fünfhundert Grüne …«

»Ich habe die Lösungen nicht weggeschüttet.« Der Fotograf lächelte mit den Augen. »Nur für das Papier müssten Sie zahlen. Es sind die gleichen Filme?«

Igor legte fünf Filmpatronen auf die gläserne Tischplatte.

»Dreihundert Griwni«, sagte der Fotograf. »Es ist deutsches Papier.«

Igor nickte.

Zu Hause, in seinem Zimmer, stellte Igor die Tischlampe auf den Nachttisch und besah sich die Fotos durch ein Vergrößerungsglas. Dabei spürte er, wie ihn von Zeit zu Zeit eine Gänsehaut überlief, so vertraut schienen ihm die Menschen, die Häuser und selbst die Bäume auf den Bildern. Unter der Lupe ähnelte Josip im Gesicht dem Gärtner Stepan, aber auch die rote Walja, hier ganz schwarz-weiß, erinnerte Igor zugleich an Koljans Ex-Freundin Alla und an die Verkäuferin im Kiosk am Irpener Busbahnhof, wo er sich immer ›Drei-in-Eins‹ bestellte.

›Ich bin einfach müde‹, sagte Igor sich, gähnte, schob die Bilder zurück in den Pappumschlag und knipste die Lampe aus. Dabei fiel ihm Wanjas Bitte ein: ihm ein paar ausgebrannte Birnen zum Strümpfestopfen mitzubringen.

Igor musste lächeln.

## 17

Morgens kam Stepan ins Haus und bat Elena Andrejewna, ihm mit seiner Krawatte zu helfen. Bei eben dieser Beschäftigung traf Igor die beiden an, als er aus seinem Zimmer in den Flur heraustrat.

Stepan im neuen Anzug, fand Igor, sah mehr als seltsam aus. Das windgegerbte, gebräunte, hagere Gesicht wirkte vor dem neuen grauen Anzug irgendwie fremd. Und die Miene des Gärtners schien es zu bestätigen – Unsicherheit war in Stepans Augen und auf den Lippen zu lesen, die dünn und ausdruckslos zwischen einem Lächeln und seinem Gegenteil erstarrt waren.

Nachdem sie eine Weile versucht hatte, den Krawattenknoten über den geschlossenen obersten Hemdknopf zu ziehen, seufzte Elena Andrejewna tief und ließ die Arme sinken.

»Mit dem Knoten stimmt was nicht«, sagte sie und schüttelte den Kopf.

Stepans Lippen spannten sich noch mehr. Unzufrieden und gleichzeitig verloren sah er Igor an, der ihn beobachtete.

»Können Sie ihn vielleicht neu binden?«, bat er endlich die Hausherrin. »Ich habe anscheinend vergessen, wie's geht. Ich trage nicht jedes Jahr Krawatte …«

Elena Andrejewna löste die Krawatte mit unentschlossenen Bewegungen, zog sie weg und klappte Stepans Hemdkragen hoch. Sie verharrte einen Augenblick, und dann begannen ihre Hände von selbst, die Krawatte zum Knoten zu schlingen, sie schien ihren Händen nur zuzusehen und sich zu wundern, dass die noch immer wussten, wie sie einst die Krawatte auf dem Hemd ihres Mannes gebunden hatten.

»Na also, jetzt ist es gut.« Igors Mutter trat einen Schritt zurück.

Die Erleichterung brachte ein Lächeln auf Stepans Gesicht, und einen Ausdruck von Eile. Er lief ins Bad, spähte in den Spiegel und kam schnell wieder heraus.

»Eine Verabredung?«, fragte Igor nicht ohne Bosheit.

»Nein.« Stepan warf ihm einen scharfen Blick zu. »Ich gehe ein bisschen in die Stadt …«

Der Gärtner wartete eine Fortsetzung ihres Gesprächs nicht ab, ging eilig zur Haustür und verschwand.

Igor zuckte die Achseln. Er zog seine Trainingshose hoch und betrat die Küche. In der Küche war es heiß, beinah wie in den Tropen. Seine Mutter kochte Einmachgläser im großen Kochtopf aus. In der linken Waagschale auf dem Fensterbrett lag in einem Beutel schon abgewogener Zucker. Igor wäre fast über einen Korb voller kleiner Tomaten gestolpert, die auf ihr Schicksal warteten.

»Kommst du zum Frühstücken?«, fragte seine Mutter im Umdrehen.

»Nein, bloß so«, antwortete Igor und zog sich wieder in den Flur zurück.

Die Sonne, die ihre Stellungen von der Hauptstadt ins Umland verlegt hatte, hing genau in der Mitte des Himmels, fast über dem Busbahnhof. Und das, wo man im Fernsehen allen Kiewern Regen versprochen hatte. Im Gehen sah Igor hoch in den tiefblauen Himmel und lächelte. Irpen hatte das Recht auf seine eigene Wetterprognose, mochte es sich auch nur zwanzig Kilometer von Kiew entfernt befinden. In Kiew regnet es? Na, soll es ruhig! In Irpen ist goldener, sonnenbeschienener Herbst!

Sein ursprünglicher Plan, zur örtlichen Poliklinik zu gehen und einem Venerologen das Papier mit der Diagnose aus Otschakow zu zeigen, gefiel Igor schon lange, ehe er dort ankam, nicht mehr. ›Jemand sieht mich vorm Behandlungszimmer und berichtet meiner Mutter, dass ich wegen was Ungutem behandelt werde! Das gibt ein Theater!‹, dachte er. Da stach ihm, sehr passend, das Apothekenschild ins Auge. Igor ging hin und spähte ins Innere. Er wartete an der Tür, während drinnen eine alte Frau in Wattejacke ihre Rezepte durch das Fensterchen schob. Als die Frau herauskam, huschte Igor schnell hinein. Die ältere Apothekerin lächelte den neuen Kunden erwartungsvoll an.

»Entschuldigen Sie, es ist für eine Bekannte. Ich weiß nur nicht, was ich ihr bei der Diagnose kaufen soll … Sie selbst geniert sich.«

Die Frau im weißen Kittel nahm das Papier in die Hand, setzte eine Brille auf die Nase und vertiefte sich in das Geschriebene.

»Ich würde mich auch genieren«, bestätigte sie und wandte den Blick von dem Blatt zu Igor. »Will sie sich denn nicht ambulant behandeln lassen? Geniert sie sich da auch?«

Igor geriet in Verwirrung. »Nein, sie kann nicht ambulant … sie hat Angst, sie verliert ihre Arbeit.«

Die Apothekerin warf einen nachdenklichen Blick auf die Schubladenwand hinter ihrem Rücken.

»Also, wenn Sie die Behandlung persönlich überwachen«, sagte sie, »dann …«

»Das tue ich, auf jeden Fall«, versprach Igor, der gern wieder aus diesem Medikamentenparadies geflohen wäre. Er fürchtete die ganze Zeit, dass noch jemand hereinkommen und Zeuge ihres Gesprächs werden würde.

»Und Sie, junger Mann, brauchen keine Behandlung? Das ist doch keine sehr angenehme Krankheit!«

»Nein, ganz sicher nicht«, antwortete Igor überstürzt und warf einen Blick zur Tür. »Ich bin mit meiner Bekannten befreundet, ich schlafe nicht mit ihr!«

Die Apothekerin nickte, setzte sich und begann etwas auf ein Blatt Papier zu notieren. Igor war mit seinen Nerven am Ende. Da ging die Eingangstür auf und eine junge Frau kam herein. Auf ihren Wangen glänzte ein ungesundes Rot, die tränenfeuchten Augen baten um Hilfe.

»So.« Die Frau im weißen Kittel riss sich endlich von ihrem Papier los. »Ich habe hier alles aufgeschrieben: die Reihenfolge, wann und wie viel. Dreizehn Medikamente insgesamt. Von Ihnen bekomme ich 830 Griwni.«

Igor erstarrte und befühlte mechanisch seine Jackentaschen. Er wusste, dass er etwa hundert Griwni bei sich hatte, aber achthundert?!

»Ich komme gleich, bin in einer halben Stunde wieder da!«, sagte er und sah rasch zu der hinter ihm stehenden Frau, die sich den Mund mit ihrer kleinen Hand bedeckte und immer wieder hustete. »Ich dachte nicht, dass es so teuer ist ... Legen Sie es zurück, bitte, ich ...«

»Es sind die Antibiotika, die so viel kosten, aber ohne die geht heute gar nichts mehr!« Die Apothekerin breitete verständnisvoll die Arme aus. »Also nehmen Sie sie?«

»Ja, ja«, versicherte Igor ihr, während er vom Ladentisch zurücktrat. »Ich hole nur rasch Geld!«

Die Mittagszeit wollte Igor dem häuslichen Müßiggang widmen – mit diesen Worten beschrieb seine Mutter manchmal den üblichen Zeitvertreib ihres einzigen und nicht besonders tüchtigen Sohnes. Doch es wurde nichts aus dem Müßiggang. Kaum hatte Igor das Fernsehprogramm seiner Mutter in die Hand genommen, um herauszufinden, womit das Fernsehen ihn heute beglückte, rief Koljan an.

»Ich hoffe, du bist daheim!«, tönte er fröhlich.

»Ja.«

»Ich sitze schon im Bus. Mit Fleisch und einer Flasche. Obwohl, scheint mir, *du* die Flasche beisteuern wolltest!«

»Fleisch?!«, wiederholte Igor, in dessen Stimme nicht so viel Schwung lag wie in der seines Kiewer Freundes.

»Wie, freust du dich nicht?!«

»Doch, doch! So eine Überraschung!« Igor gelang es, überzeugend fröhlicher zu klingen.

»Na, dann hol mal die Spieße raus, Gläser, Streichhölzer!«

Um sich vom zielgerichteten Nichtstun auf ein Picknick umzustimmen, brauchte Igor nicht mehr als fünf Minuten. Nachdem er sich noch einmal davon überzeugt hatte, dass kein Regen in Sicht war, suchte er geschäftig aus dem Küchenschrank zwei Hundertgrammgläser, die saubersten, heraus, und nahm aus dem Korb unter dem Tisch ein Paar Zwiebeln, für alle Fälle. Zwei Teller für den zivilisierten Verzehr ihres Schaschlikfleischs, zwei Gabeln – am Ende hatte er zwei Beutel gefüllt.

»Oh, du bist ein wahrer Hausmann!«, rief Koljan aus, als er seinen Freund mit der vollen Ausrüstung erblickte.

Für ihr Schaschlik-Picknick wählten sie einen kleinen Birkenhain, dreihundert Meter von den nächsten Häusern entfernt. Weit zu gehen war das nicht, und Birkenholz gab es direkt vor Ort. Igor breitete ein quadratisches Wachstuch aus, stellte ihr Geschirr darauf und ging gleich ans Feuermachen.

Koljan, mit dem Recht des Hauptversorgers, spazierte einfach herum und sang etwas vor sich hin. Plötzlich stieß er einen leisen Ruf aus, ging in die Hocke und wandte sich zu Igor um.

»He, bring ein Messer und einen Beutel!«, befahl er.

Mit dem Messer schnitt Koljan zwei dicke Rotkappen ab, legte sie in den Beutel und stürzte sich von diesem Moment an in die Pilzjagd, ohne seinen Freund zu beachten, der über dem schon qualmenden Feuer ein kleines Kohlebecken zusammenbaute.

Auf die Zeit achtete keiner. Es war sinnlos, das Programm war klar und bestand aus Freizeit, Schaschliks und Wodka. Dabei schloss die Freizeit alles ein, auch die Schaschliks und den Wodka, und ihr Ende hing nicht von den Zeigern der Uhr, sondern der Ausdauer und den Lebenskräften der Teilnehmer ab. Das Birkenholz wurde zu Kohle, und Koljan, der seinen Beutel mit Pilzen gefüllt hatte, kehrte ans Feuer zurück und öffnete die Flasche ›Nemirow‹-Wodka. Der erste Trinkspruch drängte sich von selbst auf – »Auf die Pilzernte!« –, und ausgebracht wurde er natürlich von Koljan, dessen Laune sich durch diesen unverhofften Erfolg nur noch weiter gehoben hatte.

Er aß nicht einmal etwas zum Wodka, schnupperte beim ersten Gläschen nur an einem Stück Brot. Im nächsten Moment fiel sein Blick gierig auf den Plastikeimer mit dem marinierten Fleisch, den er mitgebracht hatte. Die Hände streckten sich von selbst nach den Spießen aus, und Koljan begann, die Schweinefleischstücke gekonnt darauf aufzureihen.

»Weißt du, um in den Wald zu kommen, hocke ich eine Stunde in der Metro und in Kleinbussen, während du hier alles vor der Haustür hast! Ich muss mir hier irgendwo eine Datscha kaufen!«

»Aha, gibt es neue Aufträge?«, erkundigte sich Igor.

Koljan lächelte. »Die wird es geben! Ein guter Hacker bleibt nicht ohne Arbeit! Alle brauchen Informationen!«

Igor dachte nach, ob auch er etwa irgendwelche Informationen brauchte. Nein, stellte sich heraus, die brauchte er nicht.

»Ich nicht«, sagte er lächelnd.

»Wer bist du denn? Im Prinzip ein Mensch ohne Ambitionen. Nach sowjetischem Maßstab ein Nichtstuer und Parasit. Der ideale Seinszustand für dich ist: Privatier! Irgendwas verpachten und von diesem Geld leben... Nur muss man dazu was zum Verpachten haben. Und das hast du nicht! Um eine kleine Wohnung oder ein Büro zu kaufen, muss man schon mit Tempo fünf- bis zehntausend Grüne im Monat unterwegs sein. Oder noch schneller! Und genau dafür braucht man Informationen!«

»Wenn du, als Freund, eine Information für mich hast, die mir zehntausend Grüne einbringt, dann herzlichen Dank!«, parierte Igor, den der »Nichtstuer und Parasit« überhaupt nicht beleidigt hatte. »Ich bin von Natur aus kein Geschäftsmann, verstehst du. Ich bin Schatzsucher. Übrigens schon von Kindheit an!«

»Gut, trinken wir auf deinen nächsten Schatz!« Koljan lachte und füllte die Gläser. »Los! Auf einen Sack voll Goldmünzen? Oder lieber eine Kiste mit Diamanten?«

»Lieber auf einen Koffer mit Diamanten und einer Pistole!« Igor hob sein Glas dem von Koljan entgegen.

Sie stießen an und tranken aus. Koljan verteilte die Fleischspieße über der vor Hitze zischenden Birkenkohle.

Zum x-ten Mal war es Igor danach, von seinen Ausflügen ins Otschakow des Jahres 1957 zu erzählen, aber zwei Gläschen reichten eindeutig nicht aus, um dafür in Fahrt zu kommen. Erst recht, wo alle früheren Versuche an der eiserneisigen Ironie seines Freundes zerschellt waren.

Dafür wurde es ein hervorragendes Schaschlik-Picknick, und das hieß, der Wodka reichte nicht aus. Die leere Wodkaflasche lag neben dem Feuer und verbreitete Trübsal.

»Ich gehe etwas holen.« Igor hatte sein Fleischstück zu Ende gekaut und nahm es auf sich, die Situation zu retten.

»Geh nur, geh!«, stimmte Koljan zu. »Die Heimat wird es dir nicht vergessen!«

Für den Weg nach Hause brauchte Igor etwa zehn Minuten. Als Erstes stellte er eine angebrochene Flasche Kognak heraus auf den Küchenboden. Hinter ihm knarrte die Tür.

»Du bist schon zurück?«, fragte seine Mutter.

»Nein, wir haben dort beim Picknick nicht genug … Du hattest doch noch Selbstgebrannten?«

»Da, unterm Waschbecken.«

Igor öffnete das hölzerne Türchen und beugte sich hinunter. Er zog ein Zweiliterglas Selbstgebrannten heraus und sah sich um, auf der Suche nach einem kleineren Gefäß.

»Nimm ein Halbliterglas.« Seine Mutter wies auf die Tasche mit ihrem Vorrat an Einmachgläsern.

»Das ist irgendwie geschmacklos.« Igor wiegte den Kopf. »Wir hatten doch Bierflaschen!«

»Ich hab sie in den Schuppen rausgetragen, zu den übrigen.«

Igor ging hinaus und spähte in den Schuppen – Stepan war nicht da. Er nahm eine leere Flasche und kehrte zurück in die Küche, füllte Selbstgebrannten hinein und verschloss sie mit einem Weinkorken. Und da reifte in seinem Kopf ein Plan, wie er sich mit Koljan einen Scherz machen und ihn vielleicht dazu bringen konnte, an die Realität seines Otschakow von 1957 zu glauben! Er lief in sein Zimmer, legte den Gürtel um, schob die Pistole in das Halfter und zog die alte Milizmütze auf den Kopf. Dann nahm er vom Küchentisch die Flasche und ging hinaus.

Draußen wurde es schon dunkel. Am Gartentor stieß Igor mit Stepan zusammen. Der musterte ihn erstaunt, betrachtete ironisch erst die Milizmütze, dann den Gürtel, und tippte an das Halfter.

»Lässt du's dir gutgehen?«, bemerkte er, grinste und ging hinein. »Pass auf, dass du dich nicht dran gewöhnst! Dann kannst du nicht mehr ohne!«, holte die Stimme des Gärtners Igor am Gartentor noch ein.

Die weißen Stämme der Birken schufen eine Illusion von Helligkeit. Dort, wo das Wäldchen in Nadelwald überging, begann das Dunkel, dort herrschte schon die Finsternis des bis zum Gras heruntergesunkenen Abends.

»Oho!«, ächzte Koljan, der mit dem Gesicht zum Feuer saß. »Retro-Party Nummer zwei?«

Igor nickte, setzte sich neben das Wachstuchquadrat, das die Rolle ihres Picknicktischs spielte, und zeigte seinem Freund die mitgebrachte Flasche. »Entschuldige nur, wir müssen auf Wodka aus eigener Produktion umsteigen.«

»Du hast selbst gebrannt?«

»Nein, die Nachbarin versorgt uns, Mutters Freundin.«

»Die Nachbarin wird uns nicht vergiften!« Koljan streckte die Hand aus, nahm die Flasche, zog den Korken heraus und roch daran. »Ah! Reine Schwarzerde! Volksschaffen! Auf den unbesiegbaren Geist der Nation!« Noch einmal hob er die Flasche an die Nase.

Selbstgebrannten kann man nicht trinken, ohne dazu zu essen. Gut, dass Koljan Maximalist war und nicht weniger als anderthalb Kilogramm Fleisch mitgebracht hatte. Bis dahin hatten sie jeder drei Schaschliks gegessen, und drei für jeden blieben ihnen noch – sechs Fleischspieße brutzelten auf den Kohlen, die ihre Flammenhitze schon verloren hatten.

Nachdem Igor ein Gläschen hinuntergekippt hatte, verspürte er wiederkehrenden Appetit. Das Fleisch war ein wenig trocken, nicht so saftig wie vor einer Stunde, aber es belebte im Mund die Feststimmung neu. Auch Koljan stürzte sich gierig auf das nächste Schaschlik.

»Ach, ich habe dir die hundert Grünen noch nicht zurückgegeben!«, fiel es Igor plötzlich ein. »Gehen wir nachher bei mir vorbei!«

Koljan winkte ab. »Es gibt Erfreulicheres als hundert Grüne!« Er wies mit dem Kinn auf die Flasche, nahm sie und goss wieder Selbstgebrannten in die Gläser.

Der Selbstgebrannte in der Bierflasche war zwanzig Minuten später aus. Das Fleisch aßen Igor und Koljan noch trocken zu Ende, mehr aus einem Pflichtgefühl heraus als mit Genuss.

Wie zum Spiel zog Igor die Pistole aus dem Halfter und begann sie demonstrativ zu untersuchen.

»Was hast du da?« Koljan beugte sich zu ihm

»Etwas aus meiner Schatzkiste, weißt du.« Auf Igors Gesicht lag ein betrunkenes Lächeln.

»Ist die echt?«

»Jawohl, gehört zur Uniform!«

»Zeig mal!«

Igor übergab Koljan die Pistole. Ihr kalter Metallgriff machte die warme Hand munter.

»Stell mal die Flaschen da auf den Baumstumpf!«, befahl Koljan.

Igor stellte die beiden Flaschen auf den Birkenstumpf, der von ihrem Picknick nicht mehr als fünf Meter entfernt war.

Koljan zielte im Sitzen. Der Hahn knackte, aber es folgte kein Schuss. Koljan wunderte sich, zielte noch einmal und drückte wieder auf den Hahn. Wieder ein Versager.

»Ist die nicht geladen?« Koljan sah Igor an.

»Doch«, sagte der. »Ich habe es überprüft.«

»Hör mal, überlass sie mir!«, bat Koljan. »Unter Freunden! An meinem Geburtstag warst du übrigens ohne Geschenk da!«

»Du hast damals gesagt, Hauptsache, ich käme im Retro-Stil! Außerdem, was willst du mit einer Pistole, die nicht schießt?«

»Für alle Fälle. Wir beide wissen, dass sie nicht schießt, alle anderen aber wissen es nicht! Vielleicht rettet sie mir auch ohne Schuss das Leben!!!«

»Wer braucht denn dein Leben!« Igor lächelte und nahm ihm die Pistole wieder weg. »Willst du Betrunkene damit scheuchen?!«

Bei den Worten seines Freundes winkte Koljan ab und schien die Pistole sofort zu vergessen.

»Gut, packen wir ein!«, sagte er und erhob sich nicht ohne Mühe von der Erde. »Wann geht der letzte Kleinbus?«

»Bleib bei mir«, schlug Igor vor. »Wo willst du in dem Zustand denn hin?«

»In welchem Zustand?!«, fragte Koljan entrüstet. »Wir haben prächtig gegessen, und einer, der gut gegessen hat, kann nicht betrunken sein!«

Koljan riss sich wirklich zusammen. Er half Igor, seine Sachen einzusammeln, und vergaß auch nicht, den zweiten Beutel, den er ganz zu Anfang ihres Picknicks mit Pilzen gefüllt hatte, mitzunehmen. Schwankend traten sie aus dem Wald und wanderten die Straße entlang, vorbei an nur innen beleuchteten Häusern, vorbei an dem Gelb der Fenster und Fensterchen, hinter denen die Bewohner von Irpen sich zum Schlafen bereitmachten.

An Igors Gartentor blieben sie stehen. Koljan weigerte sich entschieden, über Nacht sein Gast zu sein. Igor hatte weder die Kraft noch den Wunsch, seinen Freund zum Kleinbus zu begleiten. Aber Koljan bat ihn auch gar nicht darum.

»Ich weiß noch, wohin«, sagte er zum Abschied. Und marschierte los in Richtung Busbahnhof.

## 18

Der Fotograf rief gegen elf an. Seine Stimme erschien Igor allzu freundlich. »Alles ist bereit, die Qualität ist großartig, Sie werden begeistert sein«, sagte er zu Igor. »Kommen Sie her. Möglichst früh, wenn's geht, denn ab zwei Uhr bin ich unterwegs, ein Abgeordneter hat ein Familienporträt bestellt!«

›Wollte er etwa damit angeben, dass er Abgeordnete fotografiert?‹, überlegte Igor verwundert, als er das Handy wieder in die Tasche seiner Trainingshose steckte.

Er sah auf die Uhr. Die versprochene Begeisterung erwartete ihn nach einer Fahrzeit von einer Stunde, und drei Stunden blieben noch bis zum Aufbruch des Fotografen zu seinem Abgeordneten. Zeit war also mehr als genug. Und er hatte nicht die geringste Lust, irgendwohin zu eilen. Im Übrigen war das alles der Nachklang des gestrigen Picknicks. Kein Kopfweh, keinerlei Katersymptome. Nur eine träge Langsamkeit.

Igor leerte eine Tasse Tee, nachdem er zuvor drei Löffel Zucker statt des üblichen einen hineingerührt hatte. Danach trank er einen Instantkaffee. Erst dann begann er sich fertigzumachen. Aber als er bereit war, sah er wieder auf die Uhr und fühlte von neuem eine gewisse Apathie, nicht den geringsten Wunsch, sich auch nur zu bewegen. Er trat nach draußen. Der Himmel war grau und traurig. Igor sah sich um und ging zum Schuppen. Die Tür war offen, drin herrschte undeutlicher Lärm. Er spähte hinein und sah Stepan, der mit dem Hammer alte Nägel aus Brettern heraustrieb. Drei Stapel Bretter lagen auf dem Betonboden.

Stepan drehte sich um und warf dem Sohn seiner Arbeitgeberin einen kurzen Blick zu.

»Du siehst heute ja verquollen aus«, bemerkte er gleichgültig. »Und ich habe den alten Zaun zerlegt, nagle ein paar Kisten zusammen, für die Zukunft.«

»Ein Anzug, Kisten …«, sagte Igor nachdenklich. »Und wo waren Sie gestern in Anzug und Krawatte?«

»Ich war einfach in der Stadt, spazieren … Und werde das noch öfter tun. Sollen die Leute sich an mich gewöhnen und sehen, dass ich anständig bin. Ich fange ein neues Leben an. Hier bleibe ich jetzt endgültig.«

»Das heißt, Sie leben dann bei uns?«

Stepan lächelte. »Nein, ich habe genug in Schuppen geschlafen. Ich kaufe ein Haus. Geld ist jetzt ausreichend da. Und du wolltest doch ein Motorrad …«

»Im Frühling«, winkte Igor ab. »Jetzt hat das keinen Sinn …«

»Ja, im Winter kommst du mit dem Motorrad nicht weit«, stimmte Stepan zu.

Gedanken an das Motorrad gingen Igor nun eine Weile durch den Kopf, lenkten ihn aber nicht von all dem anderen Wichtigen ab. Auch die hundert Dollar vergaß er nicht einzustecken, um die Schuld bei seinem Freund zu begleichen.

Mit dem Kleinbus hatte er Glück und war, wie sich zeigte, genau der letzte Fahrgast, der den Bus auf den Weg brachte. Diesmal wurde die Reise nicht von Radio Chanson begleitet, aber das beachtete Igor gar nicht. Im Bus war ihm das Denken leicht und angenehm. Zuerst dachte er daran, wie er im Frühling das Motorrad kaufen würde, dann sprangen seine Gedanken weiter zum Fotografen und seiner Frau.

Der Fotograf empfing Igor mit einem Lächeln und bot dem Besucher überraschend Kaffee mit Kognak an. Es wäre dumm gewesen, solche Gastfreundschaft abzulehnen. Igor setzte sich in den weichen Ledersessel und sah hinauf zu den Fotografien, die mit kleinen bunten Klammern an der Nylonschnur bei dem schwarzen Schirm hingen und trockneten. Aber das waren Porträts von irgendjemandem.

»Meine Frau ist zu meiner Schwiegermutter gefahren«, hörte Igor die Stimme des Fotografen hinter sich.

Der stellte ein Tablett mit einem Paar Kaffeetassen, zwei Kognakgläsern und einer Flasche Hennessy auf den Sofatisch, goss Kognak in die Gläser und holte aus der Küche ein Kupferkännchen mit langem Stiel. Der Kaffee, der aus dem Kännchen in die Tassen rann, kam Igor ungewohnt dickflüssig vor.

Bevor Igor der Fotograf sich in den freien Sessel setzte, brachte er fünf große Umschläge und legte sie auf den Tisch.

»Sie beginnen mich zu interessieren«, sagte er, griff nach einem Kognakglas und lud Igor mit dem Blick ein, seinem Beispiel zu folgen.

Igor hob den Kognak an die Nase und schnupperte. Ein ungemein edler Duft, verglichen vor allem mit dem des gestrigen Selbstgebrannten, auch wenn der keineswegs schlecht gewesen war! Er lächelte bei der Erinnerung an den letzten Abend.

»Diese Filme ...« Der Besitzer des Fotostudios nippte an seinem Kognak. »Ich bin doch Fachmann und weiß alles übers Fotografieren. Na, fast alles! Aber hier ... Ich verstehe nicht, wie Sie das machen! Sie nehmen mit alten Filmen und auf alt getrimmt auf, ja?«

»Was meinen Sie?« Igor starrte den Fotografen an.

»Es interessiert mich rein professionell. Würde man mir solche Bilder auf dem Computerbildschirm zeigen, würde ich sagen: geniale Arbeit mit Photoshop! Aber Sie haben mir verknipste Filme gebracht, auf denen alles in der Vergangenheit stattfindet oder genial auf Sowjet-Retro gemacht ist, Ausstattung, Kostüme, und Sie selbst sind unter den Personen! Vielleicht stammen die Bilder vom Set irgendeiner Retro-Serie, à la *Likvidazija*? Arbeiten Sie beim Film?«

Igor schüttelte den Kopf und lächelte.

Der Fotograf trank seinen Kaffee aus und füllte mehr Kognak in die Gläser. Dann schob er die Umschläge mit den Fotografien näher zu seinem Kunden. Igor ging die Fotos aus einem Umschlag durch. Er sah sich selbst vor dem Stand der roten Walja. Sah, wie sie den Fisch in die Zeitung wickelte. Sah, wie irgendein Mann, der hinter seinem, Igors, Rücken stand, Walja durchdringend anstarrte.

»Mit dem Material könnte man eine ausgezeichnete und originelle Fotoausstellung machen.« Wieder sah der Fotograf, freundlich lächelnd, seinen Kunden an. »Den Kunstgriff kann man in der Werbung einsetzen … Ich denke, Sie würden nicht schlecht verdienen und sich damit ins Geschäft bringen! Sie sind ein Mensch mit Ambitionen, nehme ich an!«

Igor lachte, als er die Vermutung des Fotografen hörte. ›Ich? Mit Ambitionen?‹, dachte er fröhlich.

»Es ist nur ein Hobby«, sagte er nach einer Weile und versuchte, die freundliche Atmosphäre am Sofatisch zu erhalten. »Vielleicht fotografiere ich noch etwas weiter, und dann werden wir sehen!«

»Mit was für einer Kamera nehmen Sie auf?«

Die Frage traf Igor unerwartet. »Eine alte«, antwortete er dann bloß.

Die Worte beflügelten den Besitzer des Studios nur noch

mehr. »Die nächsten Filme kann ich Ihnen kostenlos entwickeln und abziehen«, sagte er. »Unter einer kleinen Bedingung.«

»Welche?«

»Wenn Sie Ihre Bilder ausstellen möchten, kommen Sie zu mir. Ich werde Ihr *producer*! Sie haben eindeutig ungewöhnliches Talent, und Phantasie!«

»Gut«, stimmte Igor zu, griff selbst nach der Flasche Hennessy und füllte wieder Kognak in die Gläser. »Abgemacht.«

Mit den Umschlägen unterm Arm ging Igor die Proresnaja hinunter zum Kreschtschatik. Bevor er die Metro-Station betrat, rief er Koljan an.

»Ja, bitte?«, erklang an seinem Ohr eine Frauenstimme.

»Oh, entschuldigen Sie, ich habe mich wohl geirrt ...«

»Legen Sie nicht auf!«, bat dieselbe Stimme. »Wen möchten Sie?«

»Koljan, Nikolaj.«

»Er ist hier, er kann nur nicht reden. Soll ich ihm etwas ausrichten?«

»Hier, wo ist das?«, fragte Igor.

»Das Notfallkrankenhaus auf der Bratislawskaja. Ihr Bekannter wurde gestern zusammengeschlagen, er liegt auf der Traumatologie.«

»Hier ist Igor, sagen Sie ihm, dass Igor da ist! Ich wollte ihm meine Schulden zurückzahlen.« Plötzlich stockte Igor. »Kann man ihn besuchen?«

»Ja, natürlich«, antwortete die Frauenstimme. »Fünfter Stock des Hauptgebäudes, Zimmer sieben.«

Die Frau erklärte, wie man zum Krankenhaus kam, und die Rolltreppe brachte Igor nach unten, zu den Zügen.

Koljan lag in einem Sechsbettzimmer links an der Wand. Die Tür stand weit offen. Auch zwei große Lüftungsklappen in den Fenstern standen offen, und ein Windstoß mit dem Geruch fauligen Herbstlaubs schlug Igor entgegen. Über Koljan hing ein Tropf, von dem ein durchsichtiger Plastikschlauch, gewunden wie eine Schlange, zu seinem rechten Handgelenk führte. Koljans Gesicht, halb von Verbänden bedeckt, voller blauer Flecken und aufgedunsen, erschreckte Igor. Die Augen hatte Koljan geschlossen. Neben ihm, auf dem Nachttisch, lag sein Handy. Igor holte einen Stuhl vom Zimmereingang ans Bett seines Freundes herüber und setzte sich. Er wollte ihn leicht rütteln, aber Zentimeter vor der Schulter des Liegenden erstarrte seine Hand. ›Und wenn er bewusstlos ist?‹, überlegte Igor und zog die Hand zurück. Er stand auf, ging hinaus in den Krankenhausflur und hielt Ausschau nach einem Arzt oder einer Krankenschwester, sah aber niemanden. Er wanderte den Flur entlang und blickte in andere Zimmer hinein, deren Türen, genau wie bei Zimmer sieben, weit offen standen. Überall lagen Patienten. Einige lasen Zeitung oder ein Buch, ein Junge mit verbundenem Kopf hörte Musik, seine Ohren waren mit kleinen Kopfhörern verstöpselt und die Augenlider zuckten im Rhythmus. Ein paarmal wanderte Igor so auf und ab, bis ein Klingeln aus Koljans Nachbarzimmer ihn haltmachen ließ. Er sah hinein und erblickte auf einem Nachttisch ein vibrierendes Handy und links daneben einen Patienten mit eingegipsten Händen, verbundener Stirn und schwarzen Veilchen unter den Augen. Als er Igor ins Zimmer kommen sah, zuckte der Eingegipste, hob das Kinn, stieß undeutliche Laute aus. Igor begriff aus der kaum sichtbaren Bewegung von Kopf und Augen, dass der Patient ihn bat, den Anruf auf seinem Handy anzunehmen. Er machte zwei schnelle Schritte.

»Hallo!«, sagte er ins Telefon.

»Hier ist Warja, sind Sie ein Arzt?«

»Nein, ich besuche einen Freund, im Nachbarzimmer ...«

»Ist Kostja da?« In der Stimme der Frau hörte man den Schrecken.

»Ja, er ist da, nur kann er nicht reden ...«

»Ich weiß, sagen Sie ihm einfach ... dass Warja angerufen hat. Ich komme heute Abend. Sagen Sie, dass ich ihn liebe!«

»Gut«, versprach Igor und legte das Handy zurück an seinen Platz.

»Warja hat angerufen«, sagte er zu dem Besitzer des Handys. »Sie hat gesagt, dass sie Sie liebt und heute Abend kommt.«

Das Gesicht des Eingegipsten drückte keinerlei Freude aus. Igor nickte ihm zum Abschied zu, verließ das Zimmer und bemerkte plötzlich an der Außenseite der Tür das Schild ›Nr. 5‹. Plötzlich interessierte ihn, warum nach Nummer fünf kein Krankenzimmer Nummer sechs kam. Er überprüfte die Nummern der Zimmer auf der anderen Gangseite, dort waren sie schon zweistellig.

»Suchen Sie jemanden?«, erklang hinter seinem Rücken eine helle Frauenstimme, die ihm bekannt vorkam.

Er drehte sich um. Endlich stand eine junge, lächelnde, schwarzhaarige Krankenschwester vor ihm. Den weißen Kittel konnte man allerdings kaum »blütenrein« nennen. Vielmaliges Waschen hatte ihm das ursprüngliche sterile Weiß ausgetrieben.

»Ja, mein Freund ist hier bei Ihnen gelandet ... In Zimmer sieben.«

»Ah, ist das der, den sie heute Nacht gebracht haben?«

»Ja, aber was hat er?«

»GSHT, Gehirnerschütterung, Quetschungen, Verdacht auf Rippenbrüche.«

»GSHT?«, sagte Igor erschrocken.

»Geschlossenes Schädel-Hirn-Trauma«, erklärte die Schwester.

»Wird er es überleben?«

»Er wird es überleben. Ein paar Tage muss er sicher bei uns liegen bleiben, dann schicken wir ihn nach Hause«, sagte die Schwester fürsorglich. »Unter Beobachtung.«

»Schläft er gerade?«

»Kommen Sie, wir gucken.« Die junge Frau wandte sich um und lief zu Zimmer sieben. Igor eilte ihr hinterher.

Koljan lag da, mit offenen Augen, und sah an die Decke. Als er über sich die Schwester und Igor erblickte, versuchte er mit den zerschlagenen Lippen zu lächeln, aber eine schmerzliche Grimasse löschte das ohnehin missglückte Lächeln aus.

»Wie geht's?«, fragte Igor über ihn gebeugt.

Koljans Blick schien zu antworten: »Siehst du ja!«

Igor nickte und legte seine Umschläge mit den Fotos auf dem Boden ab. »Ich habe dir dein Geld zurückgebracht, hundert Grüne… Soll ich es dalassen?«

Koljan wehrte ab. »Nein«, brachte er leise und nicht sehr deutlich heraus. Die zerschlagenen, geschwollenen Lippen hinderten ihn am Sprechen.

»Wer war das?« Igor setzte sich auf den Stuhl neben dem Bett und folgte mit dem Blick der hinausgehenden Schwester.

»Hab ich nicht gesehen«, flüsterte Koljan. »Kamen von hinten ...«

»Nach unserem Picknick? Auf der Straße?«

»In Kiew, in meinem Hauseingang.«

»Haben sie dich ausgeraubt?«

Koljan verneinte. ›Das Telefon ist noch da!‹, sagte sein Blick zum Nachttisch.

»Weil es ein billiges ist«, bemerkte Igor.

Wieder versuchte Koljan ein Lächeln, und wieder wurde nichts daraus.

»Im Nachttisch, meine Jacke«, flüsterte er weiter. »Hol mal raus!«

Igor griff in den Nachttisch und zog einen schweren schwarzen Parka mit einer Vielzahl Taschen und Nieten hervor. Eben den, in dem Koljan am Vortag zum Picknick gekommen war. Er rollte ihn auseinander und sah seinen Freund an.

»Da, in der Tasche ist Geld«, flüsterte Koljan.

Unsicher begann Igor die Brusttaschen abzutasten.

»Nein«, unterbrach ihn das Flüstern seines Freundes. »Hinten ...«

Verlegen wendete Igor den Parka auf seinen Knien und entdeckte hinten an der Innenseite eine Geheimtasche mit Klettverschluss. Er öffnete sie, zog von dort einen dicken Packen Hundertdollarscheine heraus.

»Das?«, fragte er Koljan.

Der nickte kaum merklich. »Nimm es, gib es mir später wieder«, bat Koljan.

Nachdem er das Geld eingesteckt hatte, rollte Igor die Jacke wieder zusammen und schob sie in den Nachttisch.

Gleichzeitig schrillte ihm Koljans Handy ins Ohr. In der Krankenhausstille klang die fröhliche Melodie wie böser Spott.

Igor nahm das Telefon.

»Lebst du noch?«, fragte eine etwas manierierte, fast kokette Männerstimme.

»Wollen Sie Koljan?«, fragte Igor. »Er kann nicht reden. Soll ich etwas ausrichten?«

»Richte ihm aus, dass ich ihn umlege! Er weiß, wer ich bin! Und wer bist du?«

»Ich bin sein Bekannter«, sagte Igor verwirrt.

»Kommst du dann zum Begräbnis?«, fragte die Stimme.

»Was?!«, entfuhr es Igor, und im nächsten Augenblick drückte er auf »Beenden«. Er legte das Telefon zurück auf seinen Platz.

»Jemand hat gesagt, dass er dich umlegt.« Igor sah Koljan an. »Er hat gesagt, du weißt, wer er ist…«

Koljan schwieg. Er hob den Blick zur Decke. Schloss dann die Augen.

»Soll ich vielleicht gehen?«, fragte Igor.

»Bleib noch«, flüsterte Koljan.

»Wer war das?«

»Einer von den dreien…«

»Von welchen dreien?« Igor verstand gar nichts.

»Einer von den dreien, die ich gehackt habe«, antwortete Koljan. »Wahrscheinlich der Mann von der Frau…«

»Für die du die Mails kopiert hast?«

»Ja«, seufzte Koljan.

»Hast du denn danach mit ihr geschlafen?«, flüsterte Igor seinem Freund ins Ohr.

Der antwortete nicht.

»Ich gehe«, erklärte Igor etwas entschlossener. »Deine Abenteuer gefallen mir nicht…«

»Mir auch nicht«, sagte Koljan mühsam. »Kommst du morgen wieder?«

»Mach ich. Bis dann.«

Igor hob seine Umschläge mit den Fotos vom Boden auf, sah noch einmal aufmerksam seinen Freund an, winkte ihm zu und trat hinaus auf den Gang. Dort, an der Tür des Nachbarzimmers, traf er wieder die Schwester.

»Gehen Sie schon?«, fragte sie.

Igor nickte. »Darf ich Sie etwas fragen?« Er trat ganz dicht zu ihr, als wäre sie taub und würde ihn sonst nicht hören. »Warum gibt es bei Ihnen Nummer fünf und Nummer sieben, aber nicht Nummer sechs?«

Die junge Frau strahlte. »Sie haben es bemerkt!!«, rief sie erfreut. »Sonst merkt es fast niemand. Gäbe es aber Krankenzimmer Nummer sechs, dann würden alle es merken und sich beschweren! Unser Doktor hat durchgesetzt, dass wir kein Schild Nr. 6 haben! In Flugzeugen gibt es doch auch keine dreizehnte Reihe! Sonst würde sich keiner in diese Reihe setzen wollen!«

»Es gibt sie nicht?«, fragte Igor zweifelnd zurück.

»Natürlich nicht!«, versicherte ihm die Schwester. »Und Krankenzimmer Nummer sechs, das ist dasselbe, nur nicht im Flugzeug, sondern im Krankenhaus!«

Ein wenig bestürzt stieg Igor die Betontreppe ins Erdgeschoss hinunter und verließ das Gebäude. Er sah sich um, hinauf zu den Fenstern der Traumatologie, und ging los zur Haltestelle der Straßenbahn. Aus hohen Kiefern in der Nähe krächzten Krähen laut herunter. Der Geruch von fauligem Laub war jetzt deutlicher und verriet die Nähe des Waldes.

## 19

Die Abende in Irpen sind dunkler als in Kiew. Das bemerkte Igor jedes Mal, wenn der Abend ihn auf dem Heimweg erwischte. Auch diesmal war er aus Kiew doch im Hellen abgefahren! Und der Anblick des zerschlagenen Koljan mit den geschwollenen, kaum beweglichen Lippen ließ ihn nicht los. In seinem Kopf klang die bösartig-kokette Männerstimme nach, die versprach, Koljan umzulegen. Igor bekam Angst um seinen Freund.

Vor ihm erschienen die vertrauten Fenster seines Hauses. Igor trat ein, streifte die Schuhe ab, ging in sein Zimmer, warf die Umschläge mit den Fotos aufs Bett und begab sich sofort in die Küche. Er goss sich ein Gläschen Kognak ein, nippte daran, setzte sich an den Tisch und wartete darauf, dass gleich in seiner Seele Ruhe einkehren und die Sorge um das Schicksal seines Freundes Koljan in den Hintergrund treten würde. Er warf einen Blick auf die Waage – gähnende Leere in der linken Schale. Weder Medikamente noch zu bezahlende Rechnungen. Da setzte Igor ein paar Gewichte aus der rechten in die linke Schale hinüber. Versuchte, die beiden ins Gleichgewicht zu bringen, aber es gelang nicht. Er lächelte spöttisch. Das Gläschen war schnell leer, aber Ruhe war nicht eingekehrt. ›Macht nichts, ich bin geduldig!‹ Igor lächelte über den Fluss seiner Gedanken und füllte das Glas von neuem. Nach drei Gläsern Kognak ließ Igor die

Waage in Ruhe, und die Fotos und sein seltsames Gespräch mit seinem Namensvetter, dem Fotografen, fielen ihm ein. ›Es wäre ja nicht schlecht, mit den Bildern Geld zu verdienen‹, überlegte Igor. ›Nur müsste man noch verstehen, wie.‹

Er breitete die Fotos vor sich aus und versuchte, sie in irgendeine Ordnung zu legen. Die Fotos, die sich gut anordnen ließen, waren von Wanja an einem einzigen Tag geknipst worden, als er herumging und Milizionär Igor fotografierte. Da war alles klar. Und Igor erinnerte sich selbst, wie er auf den Markt gegangen, wo er stehengeblieben war, was er näher betrachtet hatte. Drei Fotos, die ihn im Gespräch mit der roten Walja zeigten, zogen seinen Blick magnetisch an. Sie riefen geradezu danach, eingerahmt und an die Wand gehängt zu werden. ›Wie schön sie doch ist, diese Marktfrau!‹, dachte Igor. ›Wie echt! Die schelmischen Augen, das Lächeln, auf das man seine Lippen drücken möchte, die Grübchen in den Wangen.‹ Auf den Bildern waren sie deutlicher zu sehen als im Leben. Und wie kühn sie immer ihren Verabredungen zustimmte! Eine Verabredung mit einem unbekannten Milizionär? War das etwa keine Dummheit? Eine hinreißende zwar, aber doch eine Dummheit! Erst recht, wo sie verheiratet war! Igor versank in Nachdenken und schüttelte bald darauf den Kopf. ›Nein, keine Dummheit. Eine andere Zeit – andere Milizionäre! Und ihren Mann hat sie einfach satt …‹, entschied er. Wieder fiel sein Blick auf ihre Lippen. Auf ihr Lächeln. ›Aber ich kann sie ja morgen sehen! Nicht nur sehen, sondern ihr auch Medikamente überreichen! Ich kann sie heilen! Egal, ob für mich, für sie oder für ihren Mann!‹ Igor füllte das Glas nochmal. »Auf mich!«, flüsterte er ordnunghalber einen Trinkspruch. Er trank einen Schluck Kognak. Seine Lippen verzogen sich zu einem zufriedenen Lächeln. Igor fühlte sich glücklich. Glücklich und unendlich anständig! Fast wie Mutter Teresa. Was trennte ihn noch von der nächsten guten Tat? Doch fast nichts! Er brauchte eine alte Milizuniform nur anzuziehen, und die Uniform hörte auf, alt zu sein!

Er sah ins Wohnzimmer. »Mama, haben wir durchgebrannte Glühbirnen?«

Elena Andrejewna riss sich vom Fernseher los. »Wozu?«

»Ich brauche sie!«

»Die sind im Schuppen, da trage ich sie hin, wenn sie durchgebrannt sind. In der rechten hinteren Ecke.«

Im Schuppen brannte helles Licht, das Igor sofort blendete. Unter der Hängelampe saß Stepan auf einem Hocker und las ein Buch. Verwirrt starrte Igor ihn an.

»Guten Abend«, sagte der Gärtner.

»Ja, Ihnen auch«, antwortete Igor. »Entschuldigen Sie, ich muss kurz …«

Er ging in die rechte hintere Ecke und sah den Beutel mit einem Dutzend durchgebrannter Birnen sofort. ›Wozu hebt sie sie auf?‹, überlegte er, während er sich hinunterbeugte. Er wählte zwei ausländische, matte Glühbirnen, ihr Glas schien ihm dicker zu sein.

»Ich gehe heute ins Café. Wollen wir vielleicht zusammen …?«, erklang hinter ihm Stepans Stimme.

»Was ›zusammen‹?«, fragte Igor verständnislos.

»Zusammen essen.«

»Nein, ich muss jetzt … Ich kann nicht.«

»Schade«, sagte Stepan. »Wohin gehe ich denn wohl am besten, damit es auch ein anständiges Café ist?«

»Anständige gibt es in Kiew, aber hier?« Igor zuckte die Achseln. »Hier weiß ich nicht…«

»Das solltest du wissen, du lebst hier doch! Und noch tausende anständige Leute mit dir, für die müsste es anständige Cafés und Restaurants geben!«

Igor starrte den Gärtner an und versuchte zu begreifen, ob der ihm eine Moralpredigt hielt oder einfach naiven Unsinn redete, der seiner Sicht aufs Leben entsprach.

Stepan betrachtete mit nicht weniger Neugier die zwei matten Glühbirnen in den Händen seines Besuchers.

Wieder im Haus, zog Igor die alte Milizuniform an, schnallte sich den Gürtel mit dem Halfter um und holte oben vom Schrank die dort vor der Neugier seiner Mutter verborgene Pistole, die sich auf dem Picknick kürzlich als völlig nutzloses Spielzeug erwiesen hatte. Und doch, wenn Igor sie damals Koljan überlassen hätte und Koljan rechtzeitig dieses Spielzeug hätte herausziehen können, dann hätte sie ja vielleicht die Schläger verscheucht!

Igor drehte die Pistole in den Händen und wägte ab, ob er sie mitnehmen sollte oder nicht. Er hob sie an die Nase und roch daran. Der Geruch des Schmieröls gefiel ihm. Und es war auch angenehm, dieses gewichtige Spielzeug in den Händen zu halten, selbst wenn er wusste, dass es nicht schoss. Am Ende schob Igor die Pistole in das Halfter, nahm den Beutel mit den Glühbirnen und legte auch die Arznei für Walja samt den Anweisungen der Apothekerin hinein. Den Beutel in der Hand, schaute er ins Wohnzimmer, um anzukündigen, dass er fortging. Und traf seine Mutter nicht vor dem Fernseher, sondern am Bügelbrett an. Sie bügelte mit Hingabe Bügelfalten in eine Hose.

»Mama, ich habe dich doch nicht darum gebeten!!!! Und es ist jetzt nicht modern, mit Bügelfalten!«, entfuhr es Igor.

»Das ist für Stepan!«, antwortete seine Mutter. »Er geht heute im Anzug irgendwohin. Wahrscheinlich etwas Wichtiges!«

»Ja, bestimmt!« Igor lächelte. »Mama, ich komme morgen oder übermorgen wieder! Mach dir keine Sorgen!«

Sagte es, schloss sofort die Tür und lief mit schnellen Schritten und die Absätze der Milizstiefel auf die Dielen knallend zur Haustür. Er hörte die Stimme seiner Mutter hinter sich, aber die Worte konnte er nicht verstehen und versuchte es auch gar nicht. Jetzt hieß es schnell nach draußen und auf die Straße!

Das Haus blieb hinter ihm zurück. Der Abend packte die Straße in seine dunkle Watte, dämpfte die Klänge, vertrieb die Durchsichtigkeit der Luft. Ein alter Moskwitsch fuhr an Igor vorbei und verschwand weiter vorn, bog in eine andere Straße ab.

Igor ging schneller, ein angespanntes Lächeln auf den Lippen, Herz und Kopf voller Erwartung. Die Erwartung, in eine andere Welt einzutauchen, eine Welt, hinter deren Fenstern und Gesichtern ein anderer Sinn spürbar war. In den Gesten und Bewegungen dieser Welt war eine andere Energie zu sehen, und in den Augen ihrer Bewohner brannte eine andere Wachheit, andere Freude oder anderer Ernst.

Seine betrunkene Erregung beschleunigte gleichsam den Lauf der Zeit. Vor ihm erschienen die vertrauten Lichter der Otschakower Kellerei. Als es bis zum Platz vor dem grünen Tor noch an die zweihundert Meter waren, öffnete sich das Tor und ein alter Kleinlaster kam herausgefahren. Er bog ab und fuhr, sich mit den Scheinwerfern den Weg leuchtend, Richtung Stadt davon. Als Igor am Rand des Platzes stehenblieb, ging das Tor nochmals quietschend ein wenig auf. Durch die Öffnung schaute ein Bursche mit einem Weinschlauch über der Schulter heraus. Er drehte sich um, winkte dem Wächter, und das Tor schloss sich wieder.

Igor sah genauer hin. Gesten und Bewegungen dieses Menschen waren nicht die von Wanja, obwohl er etwa dieselbe Größe hatte und sich auch in seiner Magerkeit nicht von ihm unterschied. Der Bursche ging ein paar Schritte zur Straße, blieb stehen und rückte den Schlauch zurecht.

Igor trat unter den Bäumen hervor.

»He, warte!«, rief er dem Burschen zu, wobei ihm schon klar war, dass er nicht Wanja vor sich hatte. Er wollte nach Wanja fragen.

Aber der Bursche, der bei dem Ruf herumgefahren war, ließ den Schlauch von der Schulter rutschen und sprang in die Dunkelheit, ins Baumdickicht davon.

»Komm raus, keine Angst!«, rief Igor ihm nach.

Ringsum war es still, nur aus der Richtung, in die der Bursche verschwunden war, drang sich entfernendes Knacken von Zweigen herüber.

›Was für ein Esel!‹ Igor schüttelte traurig den Kopf. Er trat näher zu dem Weinschlauch auf dem Asphalt. Stieß ihn leicht mit dem Fuß an, sah, wie der Wein im Innern ins Schaukeln kam, und blickte sich von neuem um.

In der Hand hielt er den Beutel mit den Glühbirnen und der Arznei, um ihn herum war es dunkel und still, vor seinen Füßen lag gestohlener Wein. Was sollte er jetzt damit tun? Ihn hierlassen?

Igor seufzte schwer. Er setzte seinen Beutel ab, ging in die Hocke, hob den Schlauch hoch und packte ihn sich auf die Schulter. Das Schultergelenk schien unter der unerwarteten und ungewohnten Last zu knacken. Igor nahm noch seinen Beutel vom Asphalt und richtete sich mit einem Ruck auf. Der schwankende, wie lebendige Ledersack mit dem Wein drohte jeden Moment von der Schulter zu rutschen und hinunterzufallen.

»Ein schlechter Anfang!«, brummte Igor vor sich hin und wanderte auf dem vertrauten Weg in die Stadt.

Seine rechte Schulter schmerzte. Igor versuchte den Schlauch auf der linken Schulter zu tragen, aber die stellte sich als leicht abfallend oder weniger breit heraus. Der Schlauch hielt sich einfach nicht auf ihr.

Beim vertrauten Gartentörchen trat Igor ein, ließ den Schlauch sorgsam zu Boden gleiten und verschnaufte. Er betrachtete die dunklen, schlafenden Fenster. Dann ging er ums Haus herum und klopfte mit dem Fingerknöchel an die Scheibe. Im Fenster erschien Wanjas verschlafenes Gesicht. Er rieb sich die Augen, starrte heraus, und es war offensichtlich, dass er Igor nicht sah.

»Mach auf, ich bin's!«, sagte Igor ziemlich laut und brachte sein Gesicht so nah an die Scheibe, wie er konnte.

Endlich hatte Wanja den späten Besucher erkannt und nickte.

»Wo kommt denn das her?«, fragte Wanja verwundert, als er Igor ins Haus gelassen hatte. Sein Blick war auf den Weinschlauch auf dem Holzboden im Flur geheftet.

»Von deiner Kellerei.« Igor lächelte erschöpft. »Ich habe dort auf dich gewartet, und an deiner Stelle kam ein anderer

Bursche mit diesem Ding.« Er wies mit dem Kinn auf den Schlauch. »Ich rufe ihn, um ihn nach dir zu fragen, und er haut ab! Ich konnte doch den Beweis für einen Diebstahl sozialistischen Eigentums nicht vor dem Tor liegen lassen!«

Igor staunte selbst, was für korrekte und passende Worte ihm aus dem Mund kamen.

»Also, habe ich es richtig gemacht?«, fragte er Wanja.

Wanja zuckte die Achseln.

»Das war Petja, mein Kollege. Es ist sein Schlauch.« Wanja ging neben dem Wein in die Hocke. »Das wär nicht anständig. Geben wir ihm den lieber zurück. So ein Schlauch kostet mehr als hundert Rubel!«

»Dem Dieb das Gestohlene zurückgeben?! Vielleicht möchtest du, dass ich ihm persönlich diesen gestohlenen Wein nach Hause bringe?«

Wanja antwortete nicht. Im schwachen Licht der Flurlampe verzogen sich seine Lippen beinahe kindlich gekränkt.

»Wenn er dein Freund ist, dann nimm und bring es ihm selbst!«, schlug Igor vor.

»Nein, ich fülle den Wein in meinen Schlauch um, und den hier lege ich ihm heimlich zurück«, flüsterte Wanja. »Er tut mir leid, er ist so ein Pechvogel!«

»Und du bist ein Glückspilz?«, fragte Igor ironisch.

»Ich – ja!«, antwortete Wanja fest. »Ich habe einen Fotoapparat, und sonntags essen Mutter und ich Frikadellen. Bei uns ist alles gut …«

»Ach, übrigens!« Igor blickte in seinen Beutel und zog dort die zwei Glühbirnen heraus. »Nimm, für deine Mutter!«

»Oh, was sind denn das für welche!«, staunte Wanja, der

gebannt auf das weiße Milchglas der Birnen starrte. »Brennen die hell?«

»Sie *haben* gebrannt, hell!«, antwortete Igor.

»Danke! Meine Mutter wird sich freuen! Legen Sie sich ruhig hin, ich kümmere mich um den Wein.«

Igor ging in »sein« Zimmer, streifte die Stiefel von den Füßen, stellte seinen Beutel mit den Medikamenten für Walja neben das Sofa auf den Boden, nahm die Decke, die zusammengefaltet in Griffweite auf einem Stuhl lag, und machte es sich auf dem Sofa gemütlich, wobei er in Rücken und Kreuz jede einzelne von unten aus dem Sofainneren herausragende Sprungfeder wiedererkannte.

Die Tür knarrte, und im Halbdunkel zeichnete Wanjas Gestalt sich ab.

»Hier«, flüsterte er. »Nehmen Sie, trinken Sie auf die Nacht!«

Der Wein im Glas glitzerte seltsam trübe. Igor nahm das Glas aus der Hand seines Gastgebers und trank den trockenen Weißen in zwei Schlucken. Im Mund verteilte sich der vertraute säuerliche Geschmack, und mit dem Geschmack zog in Igors Körper eine eigenartige, leichte Bereitschaft zum Schlaf ein. Auch die Sprungfedern, die seinen Körper von unten stützten, schienen an Spannkraft zu verlieren. Igor spürte sie nicht mehr.

Frühmorgens, noch im Schlaf, drangen ihm bunte Vogelstimmen ans Ohr. Er öffnete die Augen. Vor dem Fenster fuhren ein paar Fahrräder vorbei. Ein Leiterwagen knarrte mit den Rädern. Das Schnauben des Pferdes wurde abgelöst von zwei Frauenstimmen, die schnell näherkamen und gleich darauf langsam verebbten.

Igor stand auf, strich die Uniform glatt, zog die Stiefel an. Er trat ans Fenster, vor dem alles in hellem Sonnenlicht lag. Es war, als ginge draußen der Sommer noch weiter, nur das gelb gewordene Laub an den Bäumen verriet die wahre Jahreszeit.

»Igor.« An der Tür erklang Wanjas Stimme. »Meine Mutter bittet Sie zum Frühstück!«

Igor drehte sich um. Wanja war schon angezogen.

Zu zweit gingen er und Wanja in die Küche hinüber.

»Ich heiße Igor«, stellte der Gast in der Milizuniform sich vor.

»Ich bin Ihnen so dankbar!«, erklärte Alexandra Marinowna ihm vom Herd her. »So dankbar! Ich kann es gar nicht sagen. Es hat sich so viel zum Stopfen angesammelt, und keine Glühbirne brennt durch. Ich hatte Glück, letztes Jahr haben sie im Laden aserbaidschanische Glühbirnen angeliefert. Ich habe welche gekauft, und keine einzige ist bis jetzt durchgebrannt! Einfach ein Wunder! So, ich habe Grießbrei mit Speck gekocht!«

Sie füllte dicken Grießbrei in die drei Schalen auf dem Tisch und warf dann mit dem Löffel aus einer kleinen Pfanne knusprig gebratene Speckstückchen über den Brei.

»Möchten Sie vielleicht noch Salz drüber?«, fragte sie.

»Nein, danke!« Igor griff nach seinem Löffel.

»Ich nehme noch ein wenig, so bin ich es gewohnt!« Sie setzte sich und streute großzügig Salz über ihren Brei.

»Ich muss gleich zur Schicht.« Wanja warf Igor einen Blick zu. »Sind Sie heute Abend da?«

Igor nickte. Der Brei mit den Speckstückchen war eine schöne Überraschung auf seiner Zunge.

»Ich wollte mit Ihnen reden«, fuhr Wanja kauend fort. »Mir macht das Fotografieren jetzt solche Freude! Ich habe Ihnen nochmal fünf Filme verknipst.«

Igor sah Wanja erstaunt an. In seinem Kopf erschien ein Gedanke.

»Ist im Fotoapparat ein Film?«

»Ja!«

»Dann bring ihn her! Fotografier mich, und uns alle!«

»Ja, der Brei ist ohnehin noch heiß«, sagte Wanja, während er sich vom Tisch erhob.

Er kehrte mit dem Fotoapparat wieder und fotografierte Igor. Dann knipste er, auf Bitten des Gastes, Igor mit der Mutter, dann knipste die Mutter Wanja mit Igor, und am Ende knipste Igor selbst Wanja mit seiner Mutter, nur hatte zuvor Wanja den Apparat genommen und etwas am Objektiv verstellt.

»So, so wird es besser«, hatte er gesagt und Igor die Kamera zurückgegeben.

»Ich komme heute Abend gegen zehn.« Wanja stand auf, nickte und verließ die Küche.

Alexandra Marinowna kochte einen Tee.

»Ich bin heute so träge!«, sagte sie lächelnd. »Ich könnte schon seit zwei Stunden auf dem Markt stehen, aber als ich heute Morgen die Glühbirnen sah! Die Hände hab ich zusammengeschlagen! Ich wollte Ihnen danke sagen, aber Wanja meint, Sie sind spät nachts gekommen, also haben wir Sie nicht geweckt ... bis Sie von selbst aufgewacht sind ... Jetzt muss ich aber los. Schlagen Sie die Tür fest zu, wenn Sie gehen!«

Sie trank den Tee aus, lief, noch immer dankbar lächelnd,

in den Flur und machte sich für den Markt fertig. Auch Igor ging hinaus und sah die vier schweren Taschen mit den Dreiliterflaschen Wein.

»Tragen Sie etwa das alles allein?«, staunte er.

»Ach, ich trage das nicht das erste Jahr.« Sie zuckte die Achseln und betrachtete gleichmütig ihre Fracht.

»Kaufen Sie doch einen Karren oder irgendein Wägelchen«, empfahl Igor. »Dann ist es bequemer!«

»Oh, nein.« Wanjas Mutter winkte ab. »Die Leute werden noch denken, wir wären Spekulanten! Leicht leben! So ist es schwerer, aber dafür ist das Geld auch ehrlicher erarbeitet.«

Die Logik dieser Ausführungen erschien Igor seltsam, doch gleichzeitig ganz klar, als würde ein Teil von ihm den Argumenten der Frau zustimmen, und ein anderer Teil sie fast zum Lachen finden und sich doch weigern, über sie zu lachen.

Probehalber hob Igor zwei Taschen an und fühlte sich wie ein Schwächling, so schwer kamen sie ihm vor. Wie wollte sie nur alle vier tragen? Zwei in jeder Hand? Igor sah auf ihre Hände. Die wirkten eher rund und weich als muskulös. Ja, äußerlich war sie kräftig, aber eher von der massigen, schweren Art.

»Ich helfe Ihnen.« Igor deutete mit dem Kinn auf die Taschen. »Wie können Sie solche Gewichte schleppen?!«

Kurz darauf traten sie auf die Straße. Alexandra Marinowna war es, im Unterschied zu ihrem Sohn, eindeutig überhaupt nicht peinlich, die Hilfe des Milizionärs anzunehmen. Sie trug ihre zwei Taschen leicht und geübt. Igor, der seine Untauglichkeit für körperliche Arbeit spürte, kam kaum hinterher. Auch er trug zwei Taschen, mit je drei Dreiliterflaschen Wein darin, und seinen Beutel mit der Arznei für Walja. Schon schmerzten Handgelenke und Schultern. Neidvoll starrte er auf den Rücken von Wanjas Mutter. Ein paar Passanten, die ihnen begegneten, grüßten Alexandra Marinowna ehrerbietig und schielten etwas erstaunt in seine Richtung, wodurch Igor sich noch unwohler fühlte, als wäre er das Hündchen dieser großen starken Frau, ihr Pudel oder Dackel, dazu verurteilt, ihr überallhin zu folgen und mit dem Schwänzchen zu wedeln. Er hätte gern Pause gemacht und Atem geschöpft, aber sie zog ihre Bahn, ohne anzuhalten. Igor wagte nicht, sie um eine Verschnaufpause zu bitten. Das hätte bedeutet, sich zum Verlierer zu erklären, vor einer Frau zu kapitulieren. Und da bemerkte er auch noch, dass ihm, mit roten Fähnchen in den Händen, zwei Dutzend Kinder und ihre Erzieherin entgegenkamen. Die Erzieherin war jung und schön, von einer anständigen Lehrerinnen-Schönheit. Ein offenes Gesicht, lebhafter Blick, ein feines kleines Näschen. Ein fliederfarbener Trägerrock mit schmalem Gürtel aus dem gleichen fliederfarbenen Stoff unterstrich ihre Taille.

»Abteilung, halt!«, kommandierte sie laut, und die Kleinen blieben ordentlich stehen.

»Da, seht ihr, was Milizionäre tun?«, fragte sie und blickte dabei freundlich auf den näherkommenden Igor, der mit Mühe weiter lächelte.

»Sie helfen älteren Menschen«, antwortete ein kleines Mädchen mit zwei großen weißen Schleifen im Haar.

»Richtig!«, sagte die Erzieherin. »Und wer von den Jungen möchte Milizionär werden?«

Ein paar kleine Jungs hoben sofort die Hände mit den roten Fähnchen. Jetzt erkannte Igor auf den Fähnchen kleine goldene Hämmer und Sicheln.

»Und du, Kaschtschenko?«, fragte die Erzieherin.

In dem Moment ging Igor, ohne stehenzubleiben, an der Erzieherin und den Kindern vorbei und warf einen Blick auf den dicklichen Jungen mit den leicht hervorquellenden Augen.

»Ich werde Erbauer«, antwortete der Kleine.

»Abteilung, marsch!«, erklang wieder die Stimme der Erzieherin hinter Igors Rücken.

Der Kinderlärm verstummte oder wurde von dem näherkommenden Lärm des Marktes überlagert. Als Alexandra Marinowna ihren Stand erreicht hatte, stellte sie die Taschen vor den Ladentisch und schob sie mit dem Fuß darunter.

»Ach, vielen Dank!«, seufzte sie.

Ihr Gesicht war nass von Schweiß. Das beruhigte Igor ein wenig, dessen Arme, von den Taschen befreit, wie Hochspannungsleitungen vibrierten.

»Wenn Sie ins Haus müssen«, Wanjas Mutter ging zum Flüstern über, »heben Sie die Tür am Griff ein bisschen hoch und ziehen Sie sie zu sich her. Dann geht sie auf!«

»Nein, ich komme erst abends wieder«, antwortete Igor, verabschiedete sich und trat ein Stück zur Seite.

Dort blieb er stehen, erholte sich und beobachtete, wie Alexandra Marinowna einen weißen Kittel überzog, den sie aus der Tasche geholt hatte, wie sie ihre Frisur in Ordnung brachte, sich in einem kleinen Spiegel ansah und aus den Taschen drei Flaschen herausnahm und auf den Ladentisch stellte.

»Hausgemachter Roter, hausgemachter Echter!«, rief sie und ließ einen Besitzerblick über ihre nächste Umgebung schweifen, als habe sie vor, hier allein zu herrschen. »Ob fürs Fest oder den Leichenschmaus! Probieren ist kostenlos und Trinken ein Vergnügen!!!«

Igor ließ den Blick durch die Weinreihe schweifen. Wanjas Mutter schien hier die jüngste und lebhafteste der Marktfrauen zu sein. Links und rechts von ihr standen ein paar alte Frauen, die Mehrliter-Weinflaschen vor sich aufgestellt hatten, und links außen wartete ein gebückter alter Mann mit zwei vorrevolutionären großen Ballonflaschen an seinem Stand.

Als Igor sich ein wenig erholt hatte, machte er sich zur Fischreihe auf. Dort tönten die Marktfrauen lauter, und in ihrem Chor erkannte er sofort die Stimme von Walja. Die Beine gingen von selbst schneller.

»Guten Morgen.« Igor machte neben dem Stand halt, der Platz vor Walja war von einer mageren, vielleicht vierzigjährigen Frau mit zwei straff um den Kopf gelegten Zöpfen besetzt.

»Ein guter Morgen beginnt um sechs, nicht um neun!« Walja lächelte. Und wandte den Blick wieder zu der Frau mit den Zöpfen. »Ich werde es ihm sagen! Er findet es bestimmt, und dann bringt er es zurück!«, sagte sie zu ihr.

»So geht das doch nicht«, erwiderte die Frau mit den Zöpfen unzufrieden. »Ich kann nicht allen hinterherlaufen! Da, ich melde es bei der Miliz«, und sie sah Igor vielsagend an. »Die schreiben ihn auf die Tafel der Schande! Dann lacht die ganze Stadt ihn aus!«

Die Frau drehte sich um und ging.

»Haben Sie Probleme?«, fragte Igor lächelnd.

»Mein Mann hat ein Buch aus der Bibliothek verloren, und der Parteibeauftragte von der Konservenfabrik braucht dieses Buch nun.«

»Und gibt es Flundern?«, fragte Igor, um von dem Bibliotheksthema abzukommen.

Walja schüttelte den Kopf. »Nur Grundeln, und auch da nur Reste! Mein Mann hat Rückenschmerzen, kann kaum gehen. Gestern ist er auf die Nehrung rausgegangen und nach zwei Stunden zurückgekommen! Es gibt fast nichts zu verkaufen!«

Zum ersten Mal sah Igor in Waljas Augen keine mutwilligen Funken.

»Dann muss Ihr Mann behandelt werden«, sagte er.

»Es gibt da eine Frau in Kamenka, aber die nimmt hundert Rubel.«

Igor zog, ohne hinzusehen, einen Hunderter aus dem Packen der rechten Hosentasche, rollte ihn zusammen und reichte ihn Walja.

»Geben Sie mir zehn Grundeln, bitte«, sagte er übertrieben laut. »Rausgeben ist nicht nötig«, fügte er flüsternd hinzu.

Walja wickelte die Grundeln in eine Zeitung.

»Ach, fast hätte ich es vergessen!« Igor legte seinen Beutel auf den Stand. »Hier sind all Ihre Arzneien, und da steht auch, wie und wann man sie nehmen muss …«

»Meine Arzneien?«, wiederholte Walja betreten.

»Na ja, gegen Ihre Krankheit.«

»Woher wissen Sie das denn?«, fragte sie, auch schon flüsternd.

»Sie haben es mir selbst erzählt!«, flüsterte Igor zurück. »Heute Abend im Park auf der Bank?«

»Um sechs«, antwortete sie.

»Soll ich Sekt mitbringen?«

»Welche Frau mag keinen Sekt!«, sagte sie, und in ihrem Blick lag Wärme, in ihrer Miene Verwirrung.

## 20

Nachdem er eine Zeitlang durch die Stadt geschlendert war, kam Igor an einer Volkskantine vorbei. Er trat ein, aß Borschtsch und Buchweizen mit Rindsfilet und trank Kompott hinterher, nachdem er sieben Rubel für alles bezahlt hatte.

Der Seewind kitzelte ihn in der Nase. Die Morgensonne verbarg sich hinter Wolken, die sich gegenseitig jagten und fortschoben und den Himmel über Otschakow erfüllten.

Zum frühen Abend hin wurde es kühl. Igor kaufte im Feinkostladen eine Flasche Sekt und eine große Zweihundertgramm-Schokoladentafel Marke ›Leningrad‹. Er ging im Haushaltswarenladen vorbei und kaufte zwei Gläser und einen Stoffbeutel mit der Aufschrift ›Seebad-Souvenir‹. Dort hinein legte er alle Einkäufe, begab sich in den Park am Markt und setzte sich auf eine Bank. Hinter ihm raschelte es, und warme, starke Hände hielten ihm die Augen zu. Igor erstarrte erschrocken. Mit so etwas hatte er nicht im Geringsten gerechnet, und wären die Hände zärtlich und sanft gewesen, hätte er wohl mitgespielt. Aber diese Kraft, mit der die Handflächen sich auf sein Gesicht drückten!

»Walja?«, fragte er vorsichtig.

Am Hinterkopf spürte er warmen Atemhauch. Und erst dann hörte er ein vertrautes leises Lachen.

»Na, du hast mich ja erschreckt!«, sagte Igor beruhigt.

Die Hände gaben seine Augen frei, zurück blieb auf seinen Lidern nur die Wärme fremder Handflächen. Igor drehte sich um. Vor ihm stand Walja, mit dem grünen Tuch über dem roten Haar, in einem grünen, überknielangen Kleid und weißen Lackpumps, ein weißes Täschchen in der Hand. Sie ging um die Bank herum und setzte sich neben ihn.

»Gehen wir zum Meer?«, schlug Igor vor.

Walja warf einen Blick nach oben, zum Himmel.

»Vielleicht regnet es nachher«, sagte sie lebhaft, winkte im nächsten Augenblick ab und ergänzte: »Na und? Wir sind nicht aus Zucker, wir zerlaufen nicht! Und dort gibt es auch keine fremden Blicke!«

Energisch stand sie auf und sah sich nach Igor um. Igor erhob sich schnell, und die Gläser in seinem Beutel klirrten, gegeneinander oder gegen die Flasche.

Walja führte Igor über schmale, zugewachsene Pfade ans Meer, die zwischen Gestrüpp und sandigen Senken wie eigens für heimliche Liebende ausgetreten schienen, gesäumt von privaten Gärten oder den vergessenen Zäunen irgendwelcher Werksgelände. Ein paarmal kamen sie heraus auf die große Straße, aber auch dort war es an diesem Abend menschenleer. Zwanzig Meter weiter tauchten sie wieder ab ins Gebüsch. Und zweimal führte der Pfad sie durch Löcher in Zäunen.

»Da drüben ist das Krankenhaus«, erklärte Walja und drehte sich im Gehen um.

Endlich kamen sie zu einem steilen Abhang, und sie standen wieder unter dem finsteren Felsen. Vor ihnen plätscherte das dunkle, stille Meer. Es war seltsam, darauf kein Licht, nicht den leisesten zittrigen Widerschein von Mond oder Sternen zu sehen. Aber an diesem Abend konnte sich im Wasser nichts spiegeln.

Sie setzten sich in den Sand. Igor holte die Gläser und den Sekt hervor, packte die Schokolade aus und brach sie in kleine Quadrate.

»Geht dein Mann dich nicht suchen?«, fragte Igor plötzlich.

»Nein«, seufzte Walja. »Er liegt, der Arme. Quält sich mit seinem Rücken. Morgen bringe ich ihn nach Kamenka zu der Frau. Vielleicht kriegt sie es hin?! Wenn er nämlich keinen Fisch fangen kann, dann habe auch ich nichts mehr zu tun!«

»Dann findest du eine andere Arbeit«, sagte Igor, nahm die Sektflasche in die Hand und begann, den Draht aufzudrehen, während er den Korken auf den Flaschenhals gedrückt hielt.

»Was denn für eine Arbeit?!« Walja lachte leise. »Ich war nur bis zur achten Klasse in der Schule. In der achten habe ich mich so in ihn verliebt, dass ich nicht weiter lernen konnte! So eine Leidenschaft! Gut, dass mein Vater aus dem Krieg ohne Arme heimkam, sonst hätte er mich bestimmt mit dem Gürtel verdroschen. Vor dem Krieg hat er meiner Mutter noch mit dem Offiziersgürtel den Ellenbogen gebrochen!«

»Wohnen deine Eltern auch in Otschakow?«, fragte Igor.

»Sie liegen hier auf dem Friedhof begraben.«

Igor nahm den Draht ab und schüttelte die Flasche. Der

Korken schoss mit einem Knall in den Himmel. Igor füllte beide Gläser mit dem Schaum und drückte dann gekonnt den Daumen der rechten Hand auf den Flaschenhals, so dass ein millimetergroßer Spalt blieb und das Gas langsam entweichen konnte. Mit der Linken reichte er Walja ihr Glas und griff nach seinem.

»Auf dich!« Igor beugte sich näher zu Waljas Gesicht und sah ihr in die Augen.

»Was findest du bloß an mir?« Sie zuckte kokett die Achseln, hob das Glas an die Lippen und nippte an dem Sekt.

Igor behielt den prickelnden, schaumigen Sekt eine Weile im Mund und schluckte ihn dann.

›Was finde ich bloß an ihr?‹, dachte er im selben Tonfall, als lauschte er ihrer Stimme noch einmal.

»Was gucken Sie mich so an?«, fragte Walja, nicht mehr kokett, sondern ein klein wenig angespannt.

»Wir haben doch ausgemacht, dass wir per ›du‹ sind«, sagte Igor lächelnd.

»Dann trinken wir Bruderschaft!« Walja lachte.

Sie tranken.

Igor nahm seinen Daumen vom Flaschenhals, Gas kam schon keines mehr, und der Schaum war fort. Er stellte die Flasche mit einer Drehung fest in den Sand, zog Stiefel und Strümpfe aus, versuchte, die Uniformhosen hochzurollen und trat bis zu den Knöcheln ins Wasser.

»Es ist gar nicht kalt!«, sagte er erstaunt.

»Natürlich ist es nicht kalt!«, sagte Walja. »Die Jungs baden noch zwei Monate!«

»Und die Mädchen?«, fragte Igor belustigt.

»Die mutigeren auch!«

»Gehörst du denn zu den mutigeren? Oder zu den anderen?«

»Na, die, die nicht viel gelernt haben, sind immer mutiger als die, die von der Universität kommen!«

»Weißt du das aus persönlicher Erfahrung?«

»Gieß lieber noch Sekt ein!«, bat Walja.

Igor schenkte ein, sich und ihr.

»Und, auf was trinken wir?«, fragte er.

»Auf meinen Mann Petja, dass er gesund wird!«, schlug Walja vor.

Igor staunte, aber ließ sich nichts anmerken. Und falls doch, wäre es in der Finsternis nicht zu sehen gewesen.

»Liebst du ihn?«

»Früher ja, jetzt bemitleide ich ihn.«

»Und ist ihm das recht? Dass du ihn bemitleidest?«

»Wieso nicht?« Walja zuckte die Achseln und nippte an dem Sekt. »Mitleid ist doch stärker als Liebe! Die Liebe kann immer aufhören, aber aufhören, Mitleid zu haben, kann man ja nicht. Der Mensch tut dir leid, solange er lebt, erst wenn er gestorben ist, geht das Mitleid vorbei. Das heißt also, dass es für meinen Mann besser ist, wenn ich ihn sehr bemitleide …«

»Ich würde nicht wollen, dass mich jemand bemitleidet«, sagte Igor nachdenklich. Er streckte die Hand nach der Schokolade aus, nahm ein Quadrat und schob es in den Mund. Die Schokolade war bitter und hart.

»Das kommt daher, dass dich wahrscheinlich noch keine Frau richtig bemitleidet hat!«

»Mich hat wahrscheinlich auch noch keine Frau richtig geliebt.« Igor nickte langsam und ahnte plötzlich in Waljas

Worten eine unendlich reichere Lebenserfahrung als seine eigene.

»Du bist doch noch ganz jung.« Walja legte Igor einen Arm um die Schulter, sie schmiegte sich an ihn, und die Wärme ihres Körpers drang durch sein Hemd.

»Nimm wenigstens das Halfter ab, es sticht«, beschwerte Walja sich im Spaß.

Igor nahm gehorsam den Gürtel ab, legte ihn mit dem Halfter neben sich in den Sand.

»Wollen wir baden gehen?«, schlug sie vor.

»Ich habe nichts dabei«, erwiderte Igor verlegen.

»Wieso ›nichts‹?« Walja lachte so laut und hell, dass Igor sich erschrocken umsah. »Du hast Sekt dabei, Schokolade dabei, mich dabei! Komm, zieh dich aus, wir gehen nackt ins Wasser und trocknen wieder, wenn es nicht regnet.«

Igor knöpfte sein Hemd auf und verfolgte aus dem Augenwinkel, wie Walja sich das Kleid abstreifte. Ihre Lackpumps leuchteten weiß im Sand. Als sie fertig war und sich nach Igor umsah, saß er noch immer so im Sand, mit dem aufgeknöpften, aber nicht ausgezogenen Hemd.

»Was ist, genierst du dich?«, fragte sie lachend.

Igor wollte im Erdboden versinken. Aber noch viel mehr erschreckte ihn ein anderer Gedanke: dass er, wenn er die Uniform auszog, womöglich aus dieser Zeit, von diesem Ort verschwinden und diese schöne, von Leben erfüllte Frau allein zurücklassen würde. Und dann würde wohl sogar sie sich erschrecken!

»Ich gehe so.« Igor stand auf, packte, ohne dass sie es bemerkte, die Rubelpäckchen in den Stoffbeutel um und stapfte entschlossen ins Wasser.

»Du bist so komisch«, sagte sie lachend und begann, splitternackt neben ihm ins Wasser zu waten.

Auf ihren Körper hätte man ohne Zögern das sowjetische Gütesiegel kleben können, jenes Fünfeck mit der Abkürzung CCCP, das nur die allerbeste Produktion erhielt. Alles an ihr war vollkommen, ihr Gesicht, ihre Brust, ihre Taille, ihre Hüften. Und dabei hatte sie nichts gemein mit den entblößten Schönheiten auf den Covern und Innenseiten des *Playboy* oder anderer Männerzeitschriften. Dort, auf den Covern, ersetzte Sexappeal die Schönheit. Und ersetzte sie in den Köpfen von Millionen Männern, ja, hatte sie bereits ersetzt. Aber hier, im dunklen Wasser des Schwarzen Meeres, konnte Igor die Hand nach der allernatürlichsten Schönheit ausstrecken und sie berühren. Er berührte ihre Schulter. Sie drehte sich um, ihr Lächeln schien zu sagen: ›Hab doch keine Angst vor mir, hab keine Angst!‹ Und Igor umarmte sie und berührte wie zufällig mit der Hand ihre Brust.

Walja stieß ihn scherzhaft weg. »Du kratzt mich mit deinem Hemd!«

Igor trat einen Schritt zurück und blieb stehen, ohne den Blick von ihr zu wenden. Sie tauchte bis zum Hals ein und hielt mit den Händen ihr Haar über Wasser. In der Ferne pulsierte im Dunkel der Schein von Lichtern.

»Ist das die Stadt?«, fragte Igor und wies auf die Lichter.

»Das ist der Hafen«, antwortete Walja.

Sie kehrten an den Strand zurück. Igor, dem die Kleider fest am Körper klebten, stand da und spürte, wie das Meerwasser an seiner Haut hinablief. Es war kein besonders angenehmes Gefühl. Er sah sich nach Walja um. Sie trocknete sich mit etwas den Hals ab.

»Was hast du da?«, fragte Igor verwundert.

»Ein Taschentuch.« Sie zeigte es ihm.

Walja wrang ihr Taschentuch aus und begann sich wieder damit abzureiben. Vorsichtig, zögernd schlüpfte Igor aus seinem Hemd, wrang es aus, und das Wasser ergoss sich als kleiner Bach in den nassen Sand. Er streifte auch das nasse T-Shirt über den Kopf und wrang es ebenfalls aus, zog es sofort wieder an und auch das Hemd wieder darüber. Nur die Knöpfe machte er nicht zu. Walja stand neben ihm, ihre schöne Brust erschien Igor in ihrer Unbewegtheit für einen Augenblick wie die einer Statue, aus Stein gehauen, aus Ton geformt. Er trat zu ihr, umarmte Walja und drückte sie so fest an sich, dass die Wärme ihrer Brust wie ein Blitz direkt in sein Herz fuhr.

»Ich habe noch nicht angefangen, die Medikamente zu nehmen«, sagte sie leise und legte ihre Hände auf Igors Schultern.

Sie standen da, umarmten sich und tauschten die Wärme ihrer Körper. Sie standen, wie es schien, nicht lange da, aber Igor merkte plötzlich, dass Waljas glatter und warmer Rücken völlig trocken war.

»Wenn ich geheilt bin«, Waljas Flüstern drang an sein linkes Ohr, »werde ich dich bemitleiden! Versprochen!«

Igor leerte den letzten Sekt in ihre Gläser und nahm die Schokolade aus dem Sand.

»Soll ich dir ein Kunststück zeigen?«, fragte Igor und reichte Walja das Glas.

»Zeig!«

Igor warf ein kleines Schokoladenquadrat in ihren Sekt, dann eines in seinen.

»Achte auf die Schokolade«, sagte er.

»Oh«, sagte sie fröhlich. »Schau, sie schwimmt nach oben!«

»Sie wird so lange absinken und wieder hochkommen, bis du sie gegessen hast! Trink am besten den Sekt mit der Schokolade auf einen Schluck, aber so, dass die Schokolade im Mund bleibt!«

Walja konzentrierte sich und kippte den Sekt auf einen Schluck. Und prustete, hustete, lachte im nächsten Augenblick, alles gleichzeitig.

»Na, wie ist es?«, fragte Igor und näherte seine Lippen ihrer Nase.

Sie nickte zur Antwort und schob sanft sein Gesicht mit der Hand fort. Dann öffnete sie den Mund und zeigte zwischen den weißen Zähnen das Schokoladestück. Ihre Augen lachten.

»Bravo!«, brachte Igor heraus, und er beugte sich wieder vor zu ihrem Gesicht, als wollte er ein Stückchen von der Schokolade abbeißen, die zwischen ihren Zähnen steckte. Ihre Lippen berührten sich, und der Geschmack bittersüßer Schokolade hüllte seine Zunge ein.

Von oben war ein Geräusch zu hören, kleine Klümpchen trockener Erde rieselten von dem Felsen herunter. Igor packte Walja bei der Hand und sprang mit ihr zur Seite, dabei sah er nach oben, wo es finster war und alles zwischen ihnen und dem Himmel in ein einziges bleiernes Dunkel zusammenfloss.

»Da ist jemand!«, flüsterte Walja erschrocken.

Igor schüttelte den Kopf. Ringsum war es wieder still geworden, aber ein unruhiges Gefühl blieb. Igor knöpfte sein Hemd zu, schnallte den Gürtel mit dem Halfter um und wollte die Rubelpäckchen wieder in die Hosentaschen stecken, hielt aber rechtzeitig inne. Dort war alles nass. Er zog seine trockenen Socken an, setzte sich in den Sand, streifte die Stiefel über die Füße. Und stand auf, für den Rückweg bereit. Walja neben ihm hatte wieder ihr Kleid an, ihr Tuch auf dem Kopf, die weiße Tasche in den Händen und die weißen Lackpumps an den Füßen.

Als sie merkte, dass Igor fertig angezogen war, führte sie ihn zu dem Pfad. Nicht ohne Mühe kletterten sie den rutschigen Felsspalt hoch auf den Felsen. Danach führte der Pfad am Felsen entlang ins Unterholz. Dort verharrte Walja plötzlich wie angewurzelt.

»Da steht jemand«, flüsterte sie.

Igor sah ihr über die Schulter und erblickte in dem schmalen Durchgang zwischen den Büschen die Umrisse zweier Gestalten.

»Wie, Miststück, du trinkst Sekt mit der Miliz?«, erklang eine grobe, unangenehme Stimme. »Na, los, Sanja, stell mal ihr Schicksal auf die Probe! Lass die Klinge fliegen!«

Igor sah, wie eine der Gestalten eine abrupte Armbewegung machte, und knapp vor Igors Gesicht sirrte, böse-matt blitzend, ein Messer vorbei.

»Ich schieße!«, rief Igor und schämte sich selbst für die Angst, die in seiner Stimme schwang.

»Und du triffst auch, ja?«, wurde aus dem Dunkel höhnisch zurückgefragt.

Igor zog die Pistole aus dem Halfter und betrachtete sie. Plötzlich hatte er nicht einfach Angst, sondern schreckliche Angst. Er malte sich aus, wie diese zwei jetzt gleich hörten, dass die Pistole versagte! Was würden sie dann mit ihnen tun? Nein, er musste sie einschüchtern, ohne abzudrücken! Aber dafür mussten sie die Pistole sehen!

Igor streckte die Hand mit der Pistole gerade vor sich aus, ging um Walja herum, stellte sich vor sie und tat so, als würde er zielen.

»Du, er hat die Kanone rausgeholt«, drang ein Flüstern an Igors Ohr.

Die kaum sichtbaren Umrisse verschwanden. Die beiden Männer, die ihnen auf dem Pfad auflauerten, waren einen Schritt zurückgetreten.

»Hörst du, Walja!«, begann die erste Stimme wieder. »Heute Nacht komme ich bei dir vorbei! Und sehe nach, ob du mit der Miliz schläfst oder mit dem Fischer! Und dann reden wir!«

Igor fühlte, wie Walja zusammenzuckte.

»Noch ein Wort und ich leg dich um!«, stieß er wütend aus. Und er spürte, wie die Furcht ihn verließ.

»Miliz redet nicht so.« Die Stimme des Zweiten war kaum lauter als ein Flüstern. »Hörst du, Fima?«

»Ja, ja«, unterbrach ihn grob der Erste. »Warte, jetzt nehme ich mein Lieblingsmesser …«

Walja umschlang Igor von hinten mit den Armen. Sie zitterte, und ihr Zittern begann sich auf ihn zu übertragen. Wieder spürte er das Herannahen der Furcht. Und die beiden Männer, so schien es Igor, rückten auch wieder näher. Er glaubte sie wieder zu sehen, dort, vor ihnen. Still, geräuschlos, Köpfe und Schultern geduckt, zum Sprung bereit.

»Stehenbleiben, ihr Dreckskerle!«, schrie Igor und sah, dass er sie damit nicht aufhielt.

Wieder streckte er die Hand mit der Pistole aus und

senkte den Kopf. Der Finger fand den Abzug von selbst, und ein Schuss krachte.

Einer der beiden ächzte und fiel auf den Pfad, der Zweite blieb erstarrt neben ihm stehen. Aber gleich darauf sprang er in die Büsche, und aus dem sich entfernenden Knacken und Krachen war klar, dass er floh.

Walja hatte sich hingehockt und weinte laut. Igor stand neben ihr und wusste nicht, was er jetzt tun sollte. Sein Blick fiel auf die Gestalt, die vor ihnen auf dem Pfad lag. Er lief hin und beugte sich darüber. Das Gesicht des Mannes war blutüberströmt. Die Kugel hatte ihn direkt zwischen die Augen getroffen.

»Los, komm!« Wieder bei Walja, packte er sie sanft an der Schulter. »Gehen wir, ich bringe dich nach Hause!«

»Sie finden mich!«, flüsterte sie unter Tränen. »Warum bin ich mit dir mitgegangen! Ich hatte doch gesagt: Komm ohne Uniform!«

»Hab keine Angst, keine Angst!« Igor hockte sich neben sie und streichelte ihr übers nasse Haar und die Schultern. »Gehen wir! Uns fällt schon etwas ein! Kennst du den Mann, der weggerannt ist?«

»Fima«, stöhnte sie. »Fima Tschagin … Er wollte, dass ich ihn liebe, aber ich wollte nicht … Ich habe gesagt, ich liebe meinen Mann … Und jetzt? Was wird jetzt?«

»Keine Angst.« Igors Stimme klang bereits sicherer. »Mir fällt schon etwas ein …«

Er brachte sie nach Hause. Weiter als bis zum Gartentörchen ließ sie ihn nicht. Vor ihrem Haus weinte sie schon nicht mehr, nur ihre Augen verrieten den Schrecken. Igor umarmte sie zum Abschied.

»Ich habe vergessen, dir etwas Wichtiges zu sagen«, flüsterte sie Igor ins Ohr.

»Was?«, flüsterte Igor zurück.

»Du hast heute Morgen Grundeln gekauft und sie am Stand vergessen. Ich gebe dir ein andermal neue, wenn es einen Fang gibt.«

Es gelang ihm, sie noch auf die Wange zu küssen, bevor sie Igor sanft wegstieß und eilig ihren Garten betrat.

## 21

Als er allein war, sah Igor sich rings um. Eine unbekannte Straße, plötzliche Reglosigkeit in der kühlen Luft, Stille und ein finsterer Himmel, der gleich hinter den kaum unterscheidbaren Umrissen der Bäume, Dachgiebel, Masten begann. Das Haus, in das Walja eintrat, reagierte nicht auf ihre Ankunft, keine Tür quietschte, kein Fenster leuchtete auf.

In Igors Stiefeln war es nass, Wasser lief aus den nassen Hosen zu den Fußsohlen. Nur der Stoffbeutel mit den sowjetischen Hundertrubelscheinen war trocken.

Auf seine Art war das Wasser in den Stiefeln ebenso fehl am Platz wie Igor hier, in dieser schon vertrauten Stadt, in diesem dunklen, fernen Winkel. All das, was in der Finsternis dieses Abends passiert war, hatte Igors Körpertemperatur um mindestens zwei Grad gesenkt. Er stand da, gelähmt von seiner nassen Kleidung, gelähmt von fehlender Energie, gelähmt von einer seltsamen Furcht, die ihm, als wollte sie sich über ihn lustig machen, im einen Augenblick erstaunlich real schien, dann wieder zu einem schiefen Lächeln reizte, so albern und kindisch kam sie ihm vor. Na gut, Zentimeter an seinem Kopf war ein scharfes Messer vorbeigeflogen. Er hatte das matte, böse, gefährliche Blitzen des Stahls gesehen. Aber in Wirklichkeit war er doch noch nicht geboren! Das Messer flog an einem Herbstabend des Jahres 1957 an seinem Kopf vorbei! Also, töten konnte dieses Messer Igor gar nicht! Oder doch?!

Igor strich sich mit der linken Hand übers Hemd und spürte sofort die nasse Kälte. Dieses Wasser, es war doch auch aus dem Jahr 1957? Und es war wirklich, sonst wäre er jetzt trocken, und ihm wäre viel angenehmer zumute! Also war auch das Messer völlig real!

Am Zaun von Waljas Nachbarhaus sah Igor neben dem Gartentor eine kleine Bank. Er ging hin, setzte sich, zog die Stiefel aus und machte sich daran, das Wasser aus ihnen auszuleeren. Dann zog er sie wieder an.

Nichts ringsum lenkte Igor von seinen Gedanken ab. Die Stadt schlief. Und die Gedanken wurden deutlicher, als würde sie jemand in seinem Kopf mit großen Druckbuchstaben schreiben. Er erinnerte sich an die Angst, die Walja dazu gebracht hatte, sich hinzukauern. Er hatte nicht dieselbe Angst verspürt, Waljas Angst war anders, als wüsste sie genau, wovor sie Angst haben musste, und fürchtete es mit aller Kraft. Da hatte ihre Angst sich auch auf ihn übertragen, seine eigene Angst genährt und ihr eine Richtung gegeben. Eben diese Angst hatte auf den Abzug der Pistole gedrückt, auch wenn die Pistole gar nicht hätte losgehen dürfen! Doch wenn sie nicht losgegangen wäre, dann… Schrecklich sich vorzustellen, was diese beiden mit ihnen gemacht hätten. Aber der Schuss war gefallen, und einer, der

Mann, der das Messer geworfen hatte, war auf dem Pfad liegen geblieben …

Igor spulte den Film dieses Abends noch einmal zurück. Er dachte wieder an Wanja Samochins Worte, dass Fima Tschagin mit Walja etwas gehabt hatte. Wenn doch etwas zwischen ihnen gewesen war, wurde auch ihre Furcht verständlicher, und seine Wut und die Bereitschaft, zum Messer zu greifen! Und dann würde auch Walja ihre Furcht nicht so schnell loswerden, und Fima Tschagin würde die Wut erst verlassen, wenn die Wut die Furcht getötet hätte, wenn etwas Schreckliches passierte. Etwas Schreckliches und leicht Erklärliches.

Igor seufzte und sah sich wieder um. Plötzlich stellte er sich vor, dass Fima sich irgendwo in der Nähe mit dem Messer in der Hand versteckte. Und wartete, bis er, Igor, von dieser Bank aufstand, fortging und Waljas Haus ohne Aufsicht und sie selbst schutzlos zurückließ.

Der Gedanke alarmierte Igor. Sollte er hier bis zum Sonnenaufgang sitzen und Waljas Haus bewachen?

Ein leichtes Rascheln drang vom gegenüberliegenden Zaun herüber. Igor beugte sich vor, starrte in die Dunkelheit. Und erblickte zwei grüne Katzenaugen, die auf ihn gerichtet waren. Irgendwo erklang Hundegebell. Die Katzenaugen verschwanden.

»Ich kann sie nicht bewachen«, flüsterte Igor sich zu und sah hinüber zu Waljas Haus. »Sie hat einen Mann, das ist *seine* Pflicht …«

Er stand von der Bank auf, konnte sich aber nicht vom Fleck rühren. Er setzte sich wieder.

›Ich kann hier nichts ändern oder aufhalten‹, überlegte

er. ›Ich habe nichts gemein mit dieser Stadt und ihren Bewohnern. Sie leben in ihrer Zeit, und ich in meiner …«

Der Gedanke klang nicht überzeugend. Erst vor kurzem, als er und Stepan hierhergekommen waren und nachts sein Haus besucht hatten, hatte Tschagin noch in der Erinnerung der Otschakower gelebt. Die Zeiten werden eins, denn die Gegenwart ist aus der kürzlichen Vergangenheit gewebt, und solange die Menschen sich an die Vergangenheit erinnern, ist sie da, beobachtet einen und bestimmt, was zu tun ist.

›Ich muss Tschagin aufhalten‹, dachte Igor jetzt und spürte, wie die Furcht sich wieder irgendwo verkroch und ihn in Ruhe ließ. ›Ihm Geld geben … erklären, dass Walja und ich …‹

An diesem Punkt brach der Gedanke ab, weil von hier an statt Wörtern Fragezeichen erschienen. Was wollte er Tschagin erklären? Dass mit ihm und Walja …? Nichts war? Etwas war? Friede, Freude, Grundeln und Flundern? Oder sollte er sagen, dass Walja sehr krank war, sogar ansteckend, er ihr Medikamente besorgt hatte und sie deshalb nachts im Meer gebadet und Sekt mit Schokolade getrunken hatten?! Und weiter war nichts zwischen ihnen und konnte auch nichts sein?

›Man muss Tschagin aufhalten.‹ Zum x-ten Mal kehrte dieser Gedanke wieder. Aber jetzt verlangte er seine sofortige Umsetzung.

Entschieden erhob Igor sich von der Bank. Nahm seinen Stoffbeutel, fasste nach dem trockenen, kalten Griff der Pistole im offenen Halfter. Und ging los.

Er kannte den Weg nicht, aber die Beine oder die Stiefel

kannten ihn, führten ihn zuerst zum Markt und dann zur Kosta-Chetagurow-Straße, in der Fima Tschagin wohnte.

Igor blieb an derselben Stelle stehen wie damals, auf der anderen Straßenseite gegenüber von Tschagins Gartentor, so dass auch die Haustür mit den drei Stufen gut zu sehen war.

Kein Licht brannte in den Fenstern, aber etwas schien heller an der Ecke des Hauses. Und Igor ging ein paar Schritte nach rechts und sah, dass ein seitliches Fenster erleuchtet war. Schwach nur, so dass das Licht kaum zur Straße drang.

Noch einmal prüfte Igor, ob sein Halfter offen war. Die Berührung der Finger mit dem kalten Metall des Pistolengriffs gab ihm Selbstvertrauen. Er überquerte die Straße, trat durch das Gartentörchen und bog geduckt um die rechte Hausecke. Unter dem erleuchteten Fenster verharrte er und lauschte. Stille. Keinerlei Stimmen oder Geräusche. Er ging in die Hocke, lehnte sich mit dem Rücken an die Wand und hielt den Atem an. Die Kälte der Mauer kroch in sein feuchtes Hemd.

Was sollte er jetzt tun? Mit der Pistole in der Hand ins Haus stürmen? Ans Fenster klopfen? Wieder flogen Igors Gedanken wie aufgescheuchte Wespen durch seinen Kopf.

Nein, Hineinstürmen ging nicht. Er musste versuchen, mit ihm zu reden. Ruhig, unter Männern.

Die Stille begann an Igors Nerven zu zerren. Er wusste nicht, wie spät es war. Er hatte diesmal die goldene Uhr nicht mitgenommen nach Otschakow. Er wusste nicht, wann es Morgen wurde. Er wusste nicht, was er, jetzt oder später, tun sollte.

Und plötzlich der rettende Strohhalm, dank dem man unter Wasser atmen kann. In der Dunkelheit erklangen Schritte und undeutliche Männerstimmen.

Die Schritte näherten sich. Das Gartentörchen fiel zu.

»Man muss es seiner Mutter sagen«, sagte eine schon einmal gehörte, heisere Stimme.

»Lieber nicht, sie wird es schon selbst begreifen«, antwortete die Stimme Fimas. »Kommst du mit rein?«

»Einen Teufel werde ich tun! Nimm die Schaufel!«

Metall klirrte gegen den Beton vor der Haustür. Die Haustür öffnete sich knarrend, gleichzeitig fiel das Gartentor wieder zu.

Igor freute sich, dass Fima allein ins Haus gegangen war. Mit einem allein war leichter zu reden, und man musste seine Augen nicht überall haben. Er rief sich alle eben gehörten Geräusche ins Gedächtnis. Kein Riegel oder Schloss hatte geknirscht. Schloss Fima etwa seine Haustür nicht ab? War sie gar nicht abgeschlossen gewesen?

Über Igors Kopf, hinter dem erleuchteten Fenster, ertönten häusliche Geräusche. Ein Flaschenboden knallte auf die Tischplatte, dann plätscherte eine Flüssigkeit.

›Am besten jetzt‹, dachte Igor.

Er sprang auf, wunderte sich dabei selbst über seine Energie, holte die Rubel aus dem Stoffbeutel und verteilte sie in seiner Hose. Den leeren Beutel ließ er unterm Fenster liegen, schlich zur Hausecke, stieg die Stufen hoch und zog vorsichtig an der Haustür. Sie schien ganz einfach aufzugehen, aber als er schon die Hand in den Türspalt schieben konnte, stockte sie, als würde eine Kette oder ein Haken sie blockieren. Schnell griff Igor ins Dunkel und stieß auf einen langen Türhaken. Er hob ihn an, befreite ihn aus dem an die Tür genagelten Ring, riss die Tür auf, trat ein und hörte gleich darauf eilige Schritte. Er drehte sich um und schloss die Tür hinter sich. Ein Lämpchen flammte an der Decke des Vorzimmers auf. Das plötzlich herunterfallende Licht blendete Igor kurz. Vor ihm stand, in zwei Metern Entfernung, mit eingefrorenem bösem Gesichtsausdruck, Fima. In der Rechten hielt er ein leeres großes Glas, die unsichtbare, intensive Wärme gerade getrunkenen Wodkas ging von ihm aus. Die Finger seiner Linken waren gespreizt, als hätte er gerade nach etwas greifen wollen. Wahrscheinlich nach einem kleinen Happen zum Wodka. Plötzlich belebte sich sein Blick und blieb an Igors offenem Halfter hängen.

»Ich möchte mit dir reden«, sagte Igor gepresst.

»Über was?«, fragte Fima.

»Wie, ›über was‹?«

»Über was wolltest du reden? Über Sanja, den du umgebracht hast?«

»Nein.« Igor schüttelte den Kopf. Fimas Langsamkeit half ihm, seine Gedanken zu sammeln. »Über Walja ... Ich habe nichts mit ihr ... Ich helfe ihr ... Rühr sie nicht an!«

»Du hilfst ihr?!«, wiederholte Fima, so als verstünde er den Sinn dieser Wörter nicht.

»Sie ist sehr krank, ich habe ihr Medikamente besorgt ...«

»Die Miliz besorgt Medikamente?!« Fima riss weit die Augen auf. Er sah sich um, hob die rechte Hand mit dem leeren Glas. Blieb mit dem Blick an einem Stuhl in der Ecke hängen, tat einen Schritt und stellte das Glas auf den mit abgewetztem braunem Stoff bespannten Sitz.

»Ich bin nicht von der Miliz«, versuchte Igor so überzeugend wie möglich zu sagen.

Fima musterte Igor mit glasigen Augen. Wieder trafen sich ihre Blicke.

»Wenn du nicht von der Miliz bist, kannst du wohl mit einem Dieb trinken?!«, fragte Fima, und seine Lippen verzogen sich zu einem seltsamen, unkontrollierten Lächeln.

»Kann ich.« Igor nickte. »Und dabei reden wir.«

Fima griff mit der Hand hinter sich, zu einer zweiten Tür, und zog sie für Igor weit auf. Er selbst trat einen Schritt zur Seite.

»Bitte einzutreten!« Fimas Stimme klang höhnisch, aber Igor ging, wenn auch angespannt, mit mehr oder weniger ruhigem Schritt am Hausherrn vorbei und roch dabei dessen Schnapsfahne.

Hinter Igor klickte der eiserne Haken und versperrte die Haustür von innen. Fimas unsichere Schritte holten Igor ein, und Igor ging schneller und blieb erst am Fenster im Wohnzimmer stehen. Von dort betrachtete er den Raum: ein ovaler Tisch mit einer halbleeren Halbliterflasche, ein Teller mit Salzgurken, auf einer ausgebreiteten Zeitung grob geschnittenes Schwarzbrot, daneben ein Porzellan-Salzstreuer. An der Wand gegenüber stand ein Eichenbüfett mit Vitrinentüren aus Schmuckglas. Fima öffnete vor Igors Augen eine davon und nahm Gläser heraus. Er kam an den Tisch, stellte eines auf Igors Seite, das zweite auf die andere Seite des Tisches, zog sich einen Stuhl so heran, dass er zwischen Schrank und Gast saß, und goss den ganzen Wodka aus der Flasche in sein Glas.

»Oh!«, sagte er gespielt erstaunt. »Hat nicht gereicht! Muss ich eine neue aufmachen!«

Er stand auf und verließ das Wohnzimmer.

Igor nutzte seine Abwesenheit und sah sich nochmals gründlich im Zimmer um. Sein Blick fiel auf ein selbstgebautes Kinderspielzeug, ein Auto aus zerschnittenen Blechdosen. Das Auto stand in der Ecke rechts vom Büfett, als hätte ein Kind es dort vergessen.

Fima kehrte mit einer neuen Halbliterflasche in der Hand zurück. Sie war schon offen. Er füllte Igors Glas, dann ging er auf seine Tischseite hinüber.

»Setzen Sie sich, Verehrtester!«, sagte er und sah Igor von seinem Stuhl her aus zusammengekniffenen Augen an.

Igor setzte sich.

»Also, auf die Bekanntschaft?«, fragte Fima.

»Lass uns lieber erst reden«, sagte Igor sanft und freundlich.

»Wieder über Walja?«

Igor nickte. »Du hast gedroht, sie umzubringen … Jetzt hat sie Angst …«

»Ich? Umbringen? Was redest du denn!« Theatralisch breitete Fima die Arme aus. »Na, vielleicht ist es hier rausgerutscht«, er wies auf seinen Mund. »In der Hitze des Gefechts. Kann schon gewesen sein, aber das heißt nichts … Das war aus Verzweiflung!«

»Also rührst du sie nicht an?«

»Nicht anrühren? Nein, das habe ich nicht gesagt! Anrühren werd ich es, das Miststück!«

»Hör zu, du siehst mich hier zum letzten Mal. Das verspreche ich«, begann Igor wieder und versuchte, gleichzeitig fest und nicht feindselig zu klingen. »Du versprichst, dass du sie nicht anrührst, und ich verspreche, dass du mich nie mehr siehst! Einverstanden?!«

Fima dachte nach. Auf seinem Gesicht lag ein etwas betretenes, ansonsten ausdrucksloses Lächeln.

»Nein, ich verstehe da was nicht«, bemerkte er nach einer Pause kopfschüttelnd. »Wir müssen trinken! Komm.« Er hob sein Glas. »Auf die Bekanntschaft!«

Sie tranken gleichzeitig aus. Fima mit einem Schluck, Igor mit dreien. In Igors Mund entbrannte ein Feuer, und dieses Feuer hatte einen schrecklich unangenehmen Geschmack.

»Iss was!« Fima wies mit dem Kinn auf das Brot. »Dachtest du, hier gibt's gekauftes Edelwasser?!«

Igor kaute auf den Selbstgebrannten ein wenig Brot, dann aß er noch eine Salzgurke hinterher. Das Feuer war gelöscht, aber der unangenehme Geschmack blieb auf der Zunge.

»Und was kannst du mir sonst noch bieten, damit ich sie nicht anrühre?« Fima legte die Hände auf den Tisch, beugte sich vor und stützte sein spitzes Kinn auf die gefalteten Hände.

»Sonst noch?«, fragte Igor zurück. »Geld kann ich dir geben.«

»Wie viel?«

Igor überschlug schnell, wie viele Hundertrubelscheine er jetzt in den Taschen hatte.

»Zehntausend!«

Fima fuhr überrascht zusammen. »Willst du mich verscheißern?«, fragte er feindselig.

Schweigend zog Igor das unangebrochene Bündel Banknoten aus der linken Hosentasche und legte es auf den Tisch.

Fima riss weit die Augen auf. Er erhob sich, kam zu Igor herüber, beugte sich über das Bündel, musterte es, hätte es fast beschnuppert, fasste es aber nicht an. Dann nahm er die

Flasche vom Tisch und goss noch einmal Selbstgebrannten in Igors Glas. »Wieder zu Ende!« Er grinste. »Brauchen wir eine neue!«

Wieder verschwand er. Er kehrte mit einer vollen Flasche zurück, schenkte sich ein, setzte sich auf seinen Stuhl.

»Sieht so aus, als werden wir uns einig«, sagte er und zog eine Grimasse, dass man seine schiefen Vorderzähne sah. »Trinken wir!«

Sie leerten jeder noch ein Glas. Das Feuer, das Igors Kehle hinunterlief, strömte ihm diesmal bis in die Beine. Igor wurde es wärmer, und die Feuchtigkeit seiner Kleider spürte er nicht mehr.

»Gut«, begann Fima wieder und kaute ein Stück Brot auf den Selbstgebrannten. »Ich gebe dir mein Diebesehrenwort, dass ich dieses Miststück nicht anrühre! Zufrieden?«

Igor nickte. Sein vom Wodka schon schwankender Blick fiel wieder auf das kleine, aus Blechdosen gebastelte Auto.

»Hast du das für deinen Kleinen gemacht?«, fragte Igor und wies in die Zimmerecke.

Fima folgte dem Blick seines Gastes. Wieder verzogen seine Lippen sich zu diesem seltsamen Lächeln.

Er nickte. »Ist bloß nicht meiner, ich hab keine eigenen …«

»Heißt der Kleine zufällig Stepan?«

Das Lächeln verschwand augenblicklich von Fimas Gesicht. Er war zusammengezuckt, als hätte ihn ein Stromschlag getroffen.

»Du bist doch nicht von der Miliz, wieso stellst du mir Fragen?!« Fima erhob sich und griff nach der Flasche, ließ sie aber gleich wieder los.

Er setzte sich.

»Irgendwie habe ich schlechte Laune, verstehst du«, sagte er besänftigend. »Heute ist so ein Tag! Sanja von nebenan ist für nichts und wieder nichts umgebracht ... Das Miststück Walja hab ich mit der Miliz am Strand gesehen ... Oh, entschuldige ... Das hab ich nur so ...«

In Fimas Stimme schwang wieder eine Drohung. Igor hörte sie, lauschte aber gleichzeitig nervös in seinen Körper hinein, der, wie es schien, nicht mehr gehorchen wollte. Die Hände waren gefühllos, die Beine bewegten sich auch nicht. Die Zehen spürte er nicht, und im Bauch entstand eine unangenehme Wärme, die sich fast sofort in ein Brennen verwandelte. Dieses Brennen stieg nach oben, zum Mund. Igor begann nach Luft zu schnappen und mit dem Blick nach Wasser zu suchen. Er musste Wasser trinken, einfaches Wasser.

»Aha.« Fimas Gesicht war plötzlich völlig normal geworden, ohne Grimassen und ohne Lächeln. »So, mein Guter, Zeit für den Abschied ... Du hast doch versprochen, dass ich dich nie mehr sehe! Niemand wird dich je mehr sehen!«

Fima stand auf, kam langsam zu Igor, legte ihm die rechte Hand auf die Schulter und schubste ihn plötzlich heftig. Igor krachte vom Stuhl auf die Holzdielen und blieb liegen. Sein Körper gehorchte ihm nicht mehr, nur die Augen sahen alles, und die Ohren füllten sich mit echten und irgendwelchen anderen Geräuschen. Aber vorerst war er noch imstande, die echten Geräusche von den anderen zu unterscheiden.

»Keine Sorge«, sagte Fima, über ihm stehend. »Du quälst dich zwei, drei Stunden, und dann bist du weg! Du hast doch vor dem Tod keine Angst! Du hast doch auch eine Kanone!«

Fima lachte laut und verschwand. Igor hörte, wie der Haken an der Haustür klickte. Sie ging auf und wieder zu. Das Brennen war in seinem Mund angekommen. Das Atmen schmerzte. Er lag seitlich auf den Holzdielen und sah über sich den Tisch und die Lampe, die von der Decke hing. Die Lampe leuchtete schwach, aber in Igors Augen wurde es mit jeder Minute dunkler. Als würde jemand die Decke mit der Lampe immer höher in den Himmel heben, bis ihr Lichtpunkt sich in der Finsternis auflöste, die Igor einhüllte. Jetzt konnte er die Augen öffnen oder schließen. Es machte keinen Unterschied mehr.

Das Leben, das zuvor Igors ganzen Körper erfüllt hatte, den Körper, der Hosen in Größe achtundvierzig und Stiefel in Größe zweiundvierzig trug, versteckte sich jetzt in einem geheimen Winkel, wo niemand von außen es hätte finden können. Der Körper lag reglos da, die Augen waren geschlossen.

Eine halbe Stunde später ging die Haustür wieder auf, und zwei Gestalten traten ein. Im Wohnzimmer blieben sie bei dem Körper in der Milizuniform stehen.

»Der ist nicht Miliz, der ist vom NKWD«, erklang die Stimme Fimas. »Und du hast ihn hergeführt! Wieso zum Teufel habe ich dich aufgenommen?! He?«

»Wie kommst du darauf, dass er wegen mir …?«, erwiderte verwundert eine zweite, heisere Stimme.

»Josip, er hat nach deinem Kleinen gefragt! Nach Stepan! Woher kann irgendein Milizionär was von deinem Stepan wissen?! He?«

»Hast du ihn kaltgemacht?!«, ächzte plötzlich Josips Stimme. »Das ist … Na gut … Ein Glück, dass ich Stepan nach Odessa geschickt habe! Ach, was für ein Glück. Als hätte ich es gespürt! Jetzt heißt es abhauen.«

»Abhauen? Aus meinem Haus? Was denkst du denn! Ich bin ein Glückskind. Es wird auch diesmal klappen! Wir bringen ihn zum Vogel mit den Eiern. Das gibt was zu lachen, die Miliz findet einen toten NKWDler am Nationaldenkmal, umweht von Selbstgebranntem!«

»Vielleicht lieber unter die Dielen, zu dem Leutnant?«

»Nein, Josip, du kennst kein Maß! Ein Dieb lässt sich von keinem was sagen! Nicht dort, in Ust-Ilim, wo Diebe dir geholfen haben, und nicht hier, wo du bei mir untergekommen bist … Du willst, dass ich mein Leben über einem Friedhof lebe, über Leichen schlafe, über Leichen trinke! Nein, einer reicht! Wir bringen ihn weg! Nachts sieht uns keiner! Die Otschakower Nacht gehört uns, nicht ihnen. Vom Morgen an sind sie die Herren! Aber nachts wir!«

»Wie bringen wir ihn denn da hin?«, fragte Josip ratlos.

»Ich habe einen langen Mantel, wir wickeln ihn ein und tragen ihn …«

Das Leben, das sich in der Tiefe von Igors reglosem Körper versteckte, fühlte, wie dieser Körper über den Boden gerollt, angehoben und wieder abgelegt wurde und wie man ihn dann, kurz darauf, schaukelnd irgendwohin trug.

Die Nacht war menschenleer, windstill und sternenlos in Otschakow.

## 22

Das Leben, das sich tief in Igors reglosem Körper verbarg, hörte plötzlich einen dumpf dröhnenden Schlag, begleitet von einem kurzen Beben des ganzen Körpers.

Zwei Beinpaare in groben, schweren Stiefeln machten neben ihm halt.

»Vielleicht nehmen wir seine Kanone und schießen ihm in die Stirn. Dann denken sie, er hat gesoffen und sich erschossen?«, erklang Fimas unsichere Stimme müde. »Oder soll ich die Kanone behalten?«

»Das lohnt nicht«, sagte Josip. »Wieso einen Toten noch …? Und vergiss die Pistole, sonst lassen sie dir keine Ruhe, du stehst hier als Erster im Rampenlicht …«

»Na gut«, sagte Fima langsam. »Aber ziehen wir den Mantel unter ihm weg. Den kann ich noch brauchen.«

Blitzschnell beugte Fima sich über den liegenden Körper, und wie ein Blitz aus seiner Hand stach den Körper etwas in die Rippen. Dann packten Fimas Finger fest den Mantelsaum.

Als der Mantel unter ihm fortgezogen wurde, rollte Igor ein wenig zur Seite. Er lag jetzt auf dem Rücken und berührte mit dem Kopf fast die Pyramide aus Kanonenkugeln, auf der der Adler thronte und den Sieg Suworows über die Türken markierte.

Die Schritte der beiden Stiefelpaare verklangen in der Nacht. Aus dem nahen Gras kam ein Igel gelaufen, blieb stehen, streckte sein spitzes Schnäuzchen zum Himmel.

Vom Himmel tröpfelte es. Zuerst schlugen dicke Tropfen auf die Erde, raschelten auf dem Gras. Und dann wurden sie von den Strömen eines Platzregens abgelöst, die ganze Stadt hüllte sich in den nächtlichen Regen, alles erglänzte, die Erde, das Gras und das Denkmal. Wieder wurde Igors Hemd langsam nass, Wasser ergoss sich auf sein Gesicht. Und es war, als gäbe dieses Wasser dem in Igor verborgenen, zu kaum mehr etwas fähigen Leben ein Signal. Oder waren es die Regenströme, die in Igors halbgeöffneten Mund flossen – doch etwas in ihm geschah, etwas regte sich in seinem Körper, ein Mechanismus sprang aus der Sperre und begann mit seiner noch schwachen Kraft andere Mechanismen anzustoßen, die den Körper innerlich und äußerlich in Bewegung brachten. Igors Lider zitterten wieder und gingen auf. Im Mund bekam das Regenwasser plötzlich den süßen, ersehnten Geschmack. Und Igor spürte die mögliche Rettung, begriff sie nicht, sondern spürte sie, wie ein Tier, nicht wie ein Mensch. Sein Körper zuckte, schwerfällig und unwillkürlich. Und dann lag er auf der Seite. Sein Blick, schwach, blinzelnd, bemerkte, wie die Erde unter seinem Kopf sich in eine Regenpfütze verwandelte. Die Ränder dieser Pfütze liefen auseinander, das hieß, sie wurde größer.

Igor neigte den Mund mit all seiner Kraft zu der Pfütze. Und spürte Wasser auf den Lippen, süßes, kaltes Wasser. Er schluckte und senkte die Lippen noch weiter hinein, streckte die Zunge heraus, um, wie ein Hund, noch mehr dieser lebenspendenden Flüssigkeit aufzulecken. Nur war seine Zunge dicker und ungeschickter als die eines Hundes. Er stieß mit der Zunge gegen den Grund der Pfütze und fühlte die harte, rauhe Erde.

»Wasser.« Plötzlich konnte er das Wort sagen, leise, mit zitternden Lippen.

Er schmiegte sich wieder an diese Pfütze.

Und das Leben, das sich zuvor irgendwo im Innersten seines Körpers versteckt hatte, wurde mutiger, kam aus seinem Winkel heraus, lief durch Knochen und Adern, staunend, dass der Körper sich zu regen und zu erwärmen begann.

Der Regen prasselte heftig auf Otschakow herunter. Nächtliche Stille gab es keine mehr. Von überall ergossen sich rauschend die Wasserströme, hielten an, wo es keinen direkten Weg gab, sammelten Kraft und brachen weiter durch, abwärts.

Als Igor ein wenig Luft geholt hatte, trank er noch ein paar Schlucke Regenwasser. Und irgendwann spürte er seine Finger, bewegte sie, stemmte sich mit den Händen gegen die Erde und setzte sich auf. In seinem Bauch brannte es immer noch, aber es war ein dumpfes, schwächeres Feuer.

»Am Leben?«, flüsterte er, staunte und sah sich um. »Ich bin am Leben …«

Er schaffte es, auf die Füße zu kommen.

Gierig sog er die Luft ein und tat einen unsicheren Schritt auf das Haus zu, das er vor sich sah, von einer Lampe beleuchtet. Er ging bis ans Gartentor, schob es auf, sah zu den dunklen Fenstern des Hauses und trat gleich wieder einen Schritt zurück. Das Törchen fiel von selbst zu. Igor ging schwankend die Straße entlang und hielt sich die rechte Seite, die jetzt mehr weh tat als sein Bauch.

Es regnete weiter, aber Igor spürte es nicht, spürte auch nicht mehr, dass seine Kleider so nass waren wie seine Haare und sein Gesicht.

Von Zeit zu Zeit löste er den Blick vom Gehweg und sah sich um. Aus unbekannten Häusern und Zäunen waren bekannte, schon früher gesehene geworden. Am Gartentor, das zu Wanja Samochins Haus führte, hielt Igor. Er trat an das kleine Seitenfenster, während er im Mund schon wieder Durst fühlte. Er hob den Arm, der ihm plötzlich ungeheuer schwer vorkam, als hielte er ein Dreißig-Kilo-Gewicht, und klopfte ans Fenster.

»Oje, was haben Sie?«, rief Wanja erschrocken, als er den nassen, vor Kälte und Schwäche zitternden Igor in den Flur hereinließ.

Igor tat ein paar Schritte und fiel um. Wasserspritzer flogen Wanja, der nur in lila Boxershorts dastand, an die nackten Beine. Alexandra Marinowna schaute im langen Nachthemd in den Flur und kam zu ihnen hergelaufen.

»Ach, mein Gott!« Sie breitete die Arme aus. »Wie blau er ist!«

Igor drehte den Kopf und sah mit schwächer werdendem Blick hoch zu den Menschen über ihm.

»Gift«, flüsterte er. »Man hat mich vergiftet … mit Wodka …«

Wanjas Mutter wurde geschäftig. »Zieh ihm alles aus! Schnell!«, befahl sie ihrem Sohn.

Sie selbst hastete in die Küche, zündete das Gas an, setzte einen Topf Wasser auf. Holte aus einem Schränkchen ein Leinensäckchen mit Kräutern, öffnete es und roch daran. Dann nahm sie zwei Handvoll getrockneter Kräuter und warf sie in den Topf.

»Ach Gott, nein, sowas, nein sowas«, murmelte sie und trieb das im Topf siedende Wasser zur Eile an.

Als Alexandra Marinowna den Topf mit ihrem Sud ins Zimmer brachte, lag Igor schon auf dem Sofa, bis zum Kinn gut zugedeckt. Er war bewusstlos.

»Bring mir die große Schüssel!«, wies die Mutter ihren Sohn an und stellte den dampfenden Topf auf das Schränkchen beim Sofa.

Wanja holte erst die Schüssel und dann den Blechtrichter, den sie gewöhnlich für das Umfüllen ihres Weins in die Flaschen benutzten.

»Er ist so kalt!«, sagte Alexandra Marinowna besorgt, als sie Igor die Hand an die Stirn gelegt hatte. »Los, steck ihm den Trichter in den Mund.«

Zweifelnd betrachtete Wanja den Trichter. »Das kocht doch!« Er deutete mit dem Kinn auf den Sud. »Vielleicht schütten wir kaltes Wasser dazu?«

»Nein«, unterbrach ihn die Mutter. »Dann wirkt es nicht! Los, steck rein!«

Wanja versuchte, den schmalen Hals des Trichters zwischen Igors Zähne zu schieben, aber es ging nicht.

»Zieh mit den Fingern auseinander! Schnell!«, drängte ihn die Mutter, die mit dem Topf in der Hand neben ihm stand.

Mit aller Kraft drückte Wanja Igors Kiefer auf, schob den Trichter hinein und sah sich zu seiner Mutter um.

Alexandra Marinowna hob den Topf an den Trichter, und das dunkle Gebräu lief hinunter. Aus Igors Kehle stieg ein Krächzen, als würde dort dünnes Papier zerreißen. Seine rechte Hand regte sich, als versuchte er sie zu heben. Wanjas Mutter drückte die Hand mit ihrer Linken hinunter, ihre schwere Brust hing über Igors Kopf.

Das ganze Gebräu lief durch den Trichter in Igors Kehle. Sein Körper krümmte sich, ein Schauer überlief ihn. Alexandra Marinowna sprang vom Sofa zurück.

»Dreh ihn zu der Schüssel«, rief sie dem Sohn zu.

Wanja packte Igor und drehte ihn auf die Seite, schob seinen Kopf an den Sofarand und stellte die Schüssel darunter.

Wieder ertönte aus Igors Kehle ein Krächzen, das abgelöst wurde von heftigem Würgen. Ein nächster Schauer durchfuhr ihn. Er zog die Beine an, und gleich darauf brach aus seinem Mund eine dunkle flüssige Masse heraus.

»Halte ihn, ich koche noch einen Sud!«, sagte die Mutter zu Wanja.

Bis zum Morgen schliefen Wanja und seine Mutter nicht mehr. Wanja hatte Igor inzwischen nackt ausgezogen. Nach drei Magenspülungen war Igors Stirn wärmer geworden. Alexandra Marinowna erhitzte das gusseiserne Bügeleisen auf dem Gasherd und machte sich daran, die Milizuniform trockenzubügeln. Aus der Tasche der Uniformhose zog sie ein Rubelpäckchen, erschrak, legte es auf den Tisch und besah das Geld minutenlang, ohne sich zu rühren. Der Schreck verging, je länger sie das Geld betrachtete, und an seine Stelle trat angenehme Beruhigung. ›Also wegen diesem Geld wollten sie ihn umbringen!‹, dachte sie. Sie trocknete und bügelte die Uniform, faltete sie sorgfältig zusammen und legte sie auf einen Hocker neben den schlafenden, bleichen Igor. Die Rubel, die Stiefel und den Gürtel mit dem Halfter legte sie auf den Boden daneben. Nur die getrockneten Socken nahm sie mit in ihr Zimmer. Sie knipste das Licht an, zog eine Socke über eine Glühbirne und begann, die löchrige Ferse zu stopfen.

Wanja beschloss nach einem Blick auf die Wanduhr, in der letzten Stunde bis zum Sonnenaufgang im *Handbuch des Weinbereiters* zu blättern, und kehrte in sein Zimmer zurück.

Igor wurde von einem heftigen Schmerz in seiner rechten Seite geweckt, oder genauer: zu Bewusstsein gebracht. Er hob den Kopf ein wenig, stemmte sich mit dem Ellbogen in die Matratze und fiel gleich wieder zurück, gefällt vom nächsten Schmerzanfall. Er lag reglos da und starrte an die Decke. In sein Gesichtsfeld geriet ein grüner Deckenleuchter. Igor bewegte die Finger der rechten Hand, danach fasste er sich an die schmerzenden Rippen und erstarrte entsetzt – die Finger hatten etwas Klebriges berührt.

Ein Handyklingeln vertrieb die Stille. Igor neigte den Kopf, suchte mit dem Blick das Telefon, merkte, dass er in seinem Bett war, in seinem Zimmer im Haus in Irpen. Neben ihm auf dem Hocker lag die gebügelte, sorgsam gefaltete Milizuniform.

Er hatte Durst, und die scharfen Schmerzen im Bauch erinnerten ihn an die letzte Nacht.

»Mama!«, rief er und hörte seine eigene Stimme kaum, so schwach war sie.

Er blieb eine Weile liegen und atmete ruhig und gleichmäßig. Dann rief er noch einmal.

Die Tür ging auf.

»Du?« Die Mutter sah ihn erstaunt an. »Wo warst du? Gestern hat den ganzen Tag dein Handy geklingelt, bis ein Uhr nachts! Wo bist du …«

Plötzlich verstummte die Mutter und trat an sein Bett. »Was ist mit deinem Gesicht? Du bist ganz blau!« Sie legte Igor die Hand an die Stirn. »Du hast Fieber …«

»Ich habe mich vergiftet«, seufzte Igor.

»Mit Wodka?!« Die Mutter verzog das Gesicht.

Igor nickte und verzog auch das Gesicht. »Die Rippen tun mir weh, guck mal!« Er blickte an seiner rechten Seite hinab.

Elena Andrejewna hob die Decke hoch und schrie leise auf, Entsetzen im Blick.

»Du blutest ja! Ich hole den Arzt! Ich …« Sie sah sich hilfesuchend um. »Ich hole Stepan! …«

Igors Mutter lief aus dem Zimmer. Igor hörte, wie im Flur die Haustür zufiel. Wieder versuchte er sich aufzurichten, und wieder sackte er zusammen. Er verlor das Bewusstsein.

Er lag so, ohne zu wissen, wie lange, bis er Stimmen hörte, die aus der Finsternis um ihn herum zu ihm drangen.

Jemand machte etwas mit seinem Körper. Und dieses Etwas erzeugte ein schmerzhaftes Echo in seinen Rippen.

»So was habe ich noch nicht gesehen!«, erklang eine leise Männerstimme. »Ich muss die Miliz rufen … Dazu bin ich sowieso verpflichtet, von Gesetzes wegen …«

»Mhm«, brummte die Stimme Stepans.

»Er hat noch Glück gehabt! Sehen Sie! Wie ist er bloß am Leben geblieben?!«

»Nehmen Sie ihn mit ins Krankenhaus?« Die Stimme seiner Mutter brach in das ruhige Gemurmel der beiden Männer ein. »Man muss ihn doch retten!!!«

Igor wollte so gern aus der Dunkelheit auftauchen. Er fühlte, dass er es konnte. Denn er hörte doch alles hervorragend! Er schlug die Augen auf und wartete, bis das weiße Zittern über ihm zur Zimmerdecke mit dem grünen Leuchter wurde.

»Lieber nicht«, seufzte Igor.

»Was lieber nicht?«, fragte der Notarzt und sah ihm in die Augen.

»Lieber nicht ins Krankenhaus!«

»Ich habe auch gar nicht die Absicht!« Der Arzt, den Igor jetzt genauer ansehen konnte – klein, schmächtig, mit Schnurrbart unter der dünnen Nase –, zuckte die Achseln. »Dort gibt es sowieso keine freien Betten, und die Wunde habe ich versorgt. Wenn die Temperatur über vierzig steigt, rufen Sie mich! Bis dahin wechseln wir den Verband, und das war's.«

»Wie, ›das war's‹?« Elena Andrejewna klang immer drohender.

Igor hob die Hand und wandte den Blick zu seiner Mutter. »Ich will nicht ins Krankenhaus«, sagte er.

»Hören Sie, ich kann heute Abend wiederkommen und ihn frisch verbinden. Nachsehen, wie es steht. Kostet nicht viel.«

Die Mutter schwieg. Ihr Gesicht zeigte alle widerstreitenden Zweifel.

»Ich bezahle.« Igor nickte dem Arzt zu. Dann hob er den Blick zu Stepan, der links danebenstand.

Der nickte mitfühlend. Der Arzt rollte auf dem Boden inzwischen das Tuch zusammen, auf dem seine Instrumente ausgebreitet gewesen waren. Die hatte er schon mit Spiritus abgerieben und in den Koffer zurückgelegt.

»Das da nehme ich heute Abend mit.« Der Arzt drehte sich zu Igors Mutter um und lenkte ihren Blick auf die Emailleschale, in der die aus Igor herausgezogene Klinge lag, eine Messerklinge ohne Griff. »Das Messerchen wird die Miliz an sich nehmen!«

»Vielleicht lieber keine Miliz?«, bat Igor.

Der Arzt schüttelte den Kopf.

»Ausgeschlossen!«, sagte er. »Ich bin dazu verpflichtet. Das ist wie der Hippokratische Eid! Bei Schuss-, Stich- oder anderen Wunden, die von erfolgter Gewalt oder einem Verbrechen zeugen, ist die Miliz zu benachrichtigen! Selbst wenn die Gewalt zu Hause und unter Verwandten stattfand!«

Der Arzt ging. Die Mutter rieb sich die Tränen aus den Augen.

»Wer hat dich so zugerichtet?« Sie beugte sich über ihren Sohn.

»Ich habe ihn nicht gesehen«, sagte Igor. Er blickte hinüber zum Hocker und fuhr zusammen: Die Milizuniform war nicht da.

»Wo ist alles?«, fragte er seine Mutter.

»Was?«

»Die Uniform, der Gürtel …«

»Ich habe die Sachen im Schrank versteckt.« Stepan trat einen Schritt vor und wies auf den Kleiderschrank. »Habe alles dort reingelegt …«

»Danke«, seufzte Igor.

»Elena Andrejewna, kann ich mit Igor mal unter vier Augen reden?«, bat Stepan.

Igors Mutter nickte und verließ das Zimmer.

»Wer war's?«, fragte Stepan fast flüsternd, über Igor gebeugt. »Sag es mir! Wir überlegen zusammen, was zu tun ist!«

Igor schüttelte den Kopf.

»Das hier ist ernst!« Stepans Stimme war von väterlicher Sorge durchdrungen. »Ich weiß, da hat dich nicht irgendein Junge niedergestochen … Siehst du, die Klinge ist so geschliffen, dass sie im Körper bleibt, und den Griff hat er abgebrochen.«

»Was?«, fragte Igor zurück.

»Man hat auf dich so eingestochen, dass die Klinge zwischen den Rippen bleibt, damit sie schwer rauszuholen ist! Wer so zusticht, weiß, was er tut! Wenn er erfährt, dass du am Leben bist, pflanzt er dir noch eine Klinge in die Rippen!«

Auf der Straße hielt ein Motorrad. Stepan trat ans Fenster.

»Miliz«, sagte er. »Ich gehe lieber …«

Stepan sah in der Küche vorbei und benachrichtigte Elena Andrejewna, dass die Miliz im Anmarsch war. Da ertönte auch schon die Haustürklingel. Elena Andrejewna ließ den Milizionär herein und brachte ihn zu Igor. Stepan wartete, bis die Tür zu Igors Zimmer zugefallen war, und verließ das Haus.

»So, so.« Der Milizionär nickte, während er die Klinge in dem emaillierten Schälchen betrachtete. Sein Blick verriet schon fast begeisterte Neugier. »Von solchen Messern habe ich nur in Büchern über Kriminalistik gelesen! Also, jetzt müssen wir ein ordnungsgemäßes Protokoll aufsetzen …«

Der Milizionär, ein Unterleutnant, war so jung, dass Igor ohne die Uniform gedacht hätte, vor seinem Bett stünde ein Schüler aus den höheren Klassen.

Aber auch die Uniform flößte Igor nicht viel Respekt ein. Auf alle Fragen, die der Milizionär eifrig stellte, war seine Antwort ein abschlägiges: »Hab ich nicht gesehen«, »Hab ich nicht bemerkt«, »Weiß ich nicht«.

»Aber das gibt es doch nicht, dass ein Mensch überhaupt keine Feinde hat, mit niemandem Streit hat, und dann stößt man ihm ein Messer in die Rippen!«, rief der von der Fruchtlosigkeit seines Gesprächs mit Igor erschöpfte Ermittler.

»Anscheinend doch«, widersprach Igor ihm ruhig. »Vielleicht hat man mich mit jemandem verwechselt. Es war ja dunkel!«

»Ja, um die Beleuchtung ist es bei uns ganz schlecht bestellt«, stimmte der Milizionär ihm zu. »Gut, ich nehme die Klinge mit. Wir legen sie zu den Beweisstücken.«

Nachdem er angekündigt hatte, noch einmal vorbeizukommen, ging der Milizionär. Igor döste ein, während er auf die unter dem Verband schmerzende Wunde lauschte. Draußen fuhr ein Auto vorbei, aus dessen offenem Fenster der jüngste Hit der Gruppe Elsas Ozean die Straße entlangzog. »Komm, behalten wir mehr für uns« erklang auf Ukrainisch die heisere, süßlich-gereizte Stimme von Wakartschuk, sie flog durch die offene Lüftungsklappe ins Zimmer und begleitete Igor hinab in den Schlaf.

## 23

Um sechs Uhr morgens weckte Igor und Elena Andrejewna der Arzt vom Rettungsdienst. Er entschuldigte sich, dass er am Vorabend nicht gekommen war, erklärte nichts, wechselte sofort den Verband, lächelte dann ein Lächeln, das Geld erwartete, versprach, nachdem er es erhalten hatte, abends wiederzukommen, und verschwand. Er nahm auch die Emailleschale mit.

Igor fühlte sich nach dem morgendlichen Verbandswechsel ein wenig besser. Er versuchte, sich im Bett aufzusetzen, und erkannte im selben Augenblick, dass er seine Kräfte überschätzt hatte.

Er war durstig. Und er bat seine Mutter, ihm sein Handy zu geben. Endlich konnte er sich die verpassten Anrufe ansehen. Fast alle stammten von Koljan. Zwei weitere von einer unbekannten Nummer. Igor rief seinen verprügelten Freund an und erwartete, dass eine Schwester abnehmen würde, aber nein, Koljans eigene, verschlafene Stimme antwortete.

»Hast du angerufen?«, fragte Igor.

»Ja«, brummte Koljan.

»Bist du noch im Krankenhaus?«

»Heute darf ich nach Hause.«

»Hast du keine Angst?«

»Nein, ist schon alles in Ordnung. Ich habe mit dem Mann geredet ... Erzähl ich später. Und wie geht es dir?«

»So schlecht es nur gehen kann«, seufzte Igor. »Dich und mich, uns hat es fast parallel erwischt.«

»Was, haben sie dich verprügelt?«

»Schlimmer. Sie haben zugestochen und versucht, mich zu vergiften.«

»Na, Donnerwetter! Kannst du Besuch empfangen?«

»Ich bin zu Hause.«

»Gut, wenn ich heimkomme, rufe ich dich an!«, versprach Koljan.

Die Mutter brachte Igor Rührei mit Speck ins Zimmer, stellte den Teller auf einen Hocker und schob den improvisierten Tisch ans Bett, damit er bequemer essen konnte. Auch eine Tasse Tee brachte sie.

»Ich gehe zur Nachbarin«, teilte sie ihm im Hinausgehen mit. Und schloss sorgsam hinter sich die Tür.

Igor drehte sich auf die rechte Seite, nahm mit der linken Hand die Gabel und lud ein wenig Rührei darauf. Er kaute und schnitt eine Grimasse vor Schmerz und Unbequemlichkeit. Er überlegte, dass man das Kopfkissen ans Fußende packen müsste, dann könnte er auf der linken, gesunden Seite liegen und ordentlich mit der rechten Hand essen.

Nach dem Frühstück ließ er sich wieder auf den Rücken sinken und erholte sich.

Es klingelte an der Tür.

›Wer kann das sein?‹, dachte Igor und hob den Kopf.

Nachdem es ein paarmal geklingelt hatte, wurde es im Haus wieder still. Aber jetzt lenkte eine Bewegung vor dem Fenster Igor ab. Er drehte sich um und sah hinter dem weißen, halbdurchsichtigen Spitzenvorhang einen Kopf.

»Wer ist da?«, fragte er.

»Machen Sie auf, der Ermittler!«

»Ich kann nicht aufstehen«, sagte Igor. »Ziehen Sie etwas fester an der Tür, sie ist nicht verschlossen!«

Aus dem Flur ertönten Schritte.

»Wo sind Sie denn?«, fragte wieder die Stimme des jungen Ermittlers.

»Zweite Tür rechts!«

Der Milizionär kam herein und musterte Igor mit einem gewissen Misstrauen. Dann sah er sich um, fand einen Hocker, trug ihn vom Fenster zum Bett und setzte sich zu dem Verletzten.

»Also, wissen Sie immer noch nicht, wer auf Sie eingestochen hat?«

»Nein.« Igor schüttelte den Kopf. »Es war dunkel, und zugestochen hat man von hinten.«

»Ich habe die halbe Nacht gelesen«, gestand der Ermittler unzufrieden, vielleicht auch nur unausgeschlafen. »Alles, was es über Messerstiche gab! Also, von hinten hätte man nicht so auf Sie einstechen können! Die Klinge wäre nach unten gegangen, außerdem auch anders eingedrungen! Man hat zugestoßen, als Sie lagen oder gefallen waren!«

»Ich weiß nicht mehr«, sagte Igor weniger sicher. »Ich war betrunken. Völlig betrunken.«

»Also Sie wollen, dass ich ohne weitere Hilfe, nur mit der abgebrochenen Klinge, den finde, der zugestochen hat?«, fragte der Ermittler entrüstet.

»Nein, das will ich nicht. Sie sollen ihn nicht suchen!« Igor änderte den Ton und wurde freundlich und ein wenig schuldbewusst. »Vergessen Sie doch alles!«

»Wie, vergessen?« Der Milizionär riss die Augen auf. »Unter dem Protokoll steht die Unterschrift des Arztes vom Rettungsdienst, und meine!«

»Verlieren Sie doch dieses Protokoll«, schlug Igor vor. »Und es macht Ihnen keine Sorgen mehr.«

Der Milizionär überlegte, wiegte den Kopf hin und her, verzog die Lippen. Dann öffnete er seine Mappe, zog ein Blatt Papier und einen Kugelschreiber heraus und legte das Blatt samt Mappe zu Igor auf die Matratze.

»Schreiben Sie!«, sagte er.

»Was?«

»Eine Erklärung. Ich, Soundso-soundso, wohnhaft in Soundso, habe mich im Zustand starker Alkoholvergiftung selbst schwer mit dem Küchenmesser verletzt. Unterleutnant W. I. Ignatenko führte mit mir ein Gespräch über das Übel der Trunksucht. Ansprüche an die Miliz erhebe ich keine. Datum. Unterschrift.«

Igor unterschrieb das Diktierte und hob den Blick zu dem Ermittler.

»Könnten Sie mir die Klinge zurückgeben?«, fragte er.

»Wozu brauchen Sie die?«

»Zur Erinnerung.«

»Eigentlich wollte ich sie selbst behalten«, gestand der Ermittler kindlich. »Es wäre mein erster Fall …«

»Ach, bitte«, bat Igor. »Es gibt doch keinen Fall! Die Erklärung habe ich ja unterschrieben …«

»Gut«, sagte der Ermittler widerwillig. »Heute Abend bringe ich sie vorbei.«

Als die Mittagessenszeit näher rückte, unternahm Igor noch einen Versuch, sich hinzusetzen, diesmal erfolgreich. Die Wunde tat natürlich trotzdem weh, aber entweder war der Schmerz schwächer geworden, oder Igor hatte sich an ihn gewöhnt.

Nachdem er fünf Minuten gesessen hatte, legte Igor sich wieder auf den Rücken. Dann wiederholte er die Übung.

Seine Mutter kehrte zurück und brachte von der Nachbarin ein Mayonnaise-Glas mit einer Salbe von zweifelhafter gelber Farbe. Sie stellte sie auf den Nachttisch neben das Bett.

»Sag dem Arzt, dass er das auf die Wunde geben soll!«, sagte sie. »Es ist aus Kräutern und Gänsefett!«

»Volksmedizin?«, erkundigte sich Igor spöttisch.

Elena Andrejewna antwortete nicht. Sie sah ihren Sohn nur vorwurfsvoll an und verschwand.

Abends, als der Arzt kam, erschien sie wieder in Igors Zimmer und passte auf, dass man die Wunde mit ihrer Salbe einrieb. Zuerst roch der Arzt an der Salbe, dann nickte er, als hätte er sie am Geruch erkannt, und stellte keine weiteren Fragen.

Gleich nach dem Arzt sprach bei Igor wieder der Ermittler vor. Er brachte die Klinge. Als der Milizionär gegangen war, schüttelte Igor sich plötzlich vor Lachen.

»Was hast du?« Elena Andrejewna sah ins Zimmer herein.

»Einfach so«, erklärte er ihr. »Auf einmal fühle ich mich wie ein Chef: Alle kommen zu mir und bringen mir etwas! Machen Verbände! So ein Zirkus!«

»Zum Begräbnis wären noch mehr gekommen!«, sagte die Mutter sarkastisch. »Siehst du, mit deiner Lebensweise hast du es schon bis ans Messer gebracht!!!«

»Was für eine Lebensweise!«, entrüstete sich Igor. »Trinke ich etwa, fixe ich, stehle ich?«

Die Mutter winkte ab, sie wollte dieses Gespräch nicht fortsetzen.

Da erschien in der Tür Stepan mit einer Tasche.

»Oh!« Igor sah ihm vergnügt entgegen. »Noch ein Besucher!«

»Ich bleibe nicht lang«, sagte der Gärtner ein wenig befangen. »Du hast doch jetzt nichts zu tun, und nichts zu tun zu haben ist schwer und schädlich. Und langweilig. Hier, ich habe dir was zu lesen gebracht!«

»Dumas, *Die drei Musketiere*?«, spottete Igor.

Stepan nahm, mit unverändert ernster Miene, ein großformatiges Buch aus der Tasche, das Igor bekannt vorkam.

»Das ist das, was mein Vater geschrieben hat. Das *Buch vom Essen*. Aus Otschakow. Er hat eine gute Handschrift, du wirst es lesen können!« Der Gärtner streckte Igor das Buch hin. »Lies! Vielleicht wirst du klüger!«

Die Zimmertür knarrte. Offenbar stand die Mutter auf der anderen Seite und lauschte. Und ging dann fort.

»Ich habe ein paar Fragen an dich.« Stepan ging plötzlich zum Flüstern über. »Die erste: Deine Pistole hat jetzt eine Patrone weniger im Magazin. Und die Mündung riecht nach Pulver …«

Sein Blick aus etwas zusammengekniffenen Augen bohrte sich in Igor.

»Beim Picknick, im Wald, haben wir geschossen. Auf Flaschen …«

»Auf *eine* Flasche? Es war doch nur eine Patrone?« In der Stimme des Gärtners klang heimlicher Spott. Stepan merkte eindeutig, dass man ihn täuschte.

»Ja, auf eine.«

Der Gärtner streckte die Hand zum Nachttisch aus, nahm die abgebrochene Messerklinge, die der Milizionär gebracht hatte, und drehte sie nachdenklich in den Händen.

»Du hast also beschlossen, selbst mit der Sache klarzukommen? Hilfe wird nicht gebraucht?«, fragte er ruhig.

Igor nickte.

Stepan packte die Klinge fest, vollführte ein paar rasche Bewegungen und verfolgte, wie die Klinge durch die Luft schnitt. Dann hob er sie dicht vor die Augen.

»Siehst du, zwei Millimeter hat man drangelassen, nicht ganz durchgesägt. Das ist riskant! Um solche Tricks auszuführen, muss man sehr selbstsicher sein! Man muss genau wissen, wie stark man zusticht!«

»Und was ist daran riskant?«

»Wenn das Messer auf eine Rippe trifft, bricht der Griff von selbst ab, und der, der zusticht, schneidet sich die Hand an der Klinge … Und die ist scharf!« Er fuhr mit der Spitze des Zeigefingers über die Klinge.

»Also wusste der, der zustach, dass er nicht auf eine Rippe trifft«, sagte Igor.

»Das wusste er.« Stepan nickte. »Und wenn er das wusste, heißt das, er hat zugestochen, als du schon am Boden lagst! Wenn er zum Messer greift, dann musst du, nach ihren Regeln, mit dem Messer antworten. Nicht mit der Pistole!« Stepan sah Igor aufmerksam in die Augen.

»Nach wessen Regeln?«, fragte Igor zurück.

»Nach den Regeln der Diebe ...«

Igor versank in Nachdenken, in Erinnerungen an seine letzte Nacht in Otschakow.

»Wenn Sie so viel über deren Regeln wissen«, begann er mit einiger Hochachtung in der Stimme, »was ist ein ›Diebesehrenwort‹?«

Stepan lächelte schief. »Naja«, er fuhr sich mit der Hand über das rasierte Kinn. »Das zählt mehr als ein Pionierehrenwort, aber gilt nur unter Dieben.«

»Das heißt, wenn ein Dieb einem, der keiner ist, ein Diebesehrenwort gibt, dann wird er sein Wort nicht halten?«

»Ein Dieb gibt keinem ein Diebesehrenwort, der nicht auch einer ist«, erklärte Stepan ernst. »Das ist gegen die Regeln.«

»Interessant«, sagte Igor langsam. »Und Sie wissen, wie man richtig mit dem Messer zusticht?«

Stepan nickte.

»Zeigen Sie es mir?«

»Wenn du wieder auf den Beinen bist, dann zeige ich es dir! Also, erhol dich, Verwundeter!« Der Gärtner lächelte freundlich, winkte zum Abschied und ging hinaus.

## 24

Vor dem Fenster regnete es schon den dritten Tag. Das *Buch vom Essen*, das Stepan Igor untergeschoben hatte, hatte ihn zuerst verwirrt und dann zum Lachen gebracht. In bunter Mischung mit seltsamen Kochrezepten, die eher Rezepten aus der Volksmedizin glichen, waren in runder Schülerhandschrift tiefgründige Abhandlungen notiert, über die Abhängigkeit des Schicksals eines Volkes von der Nahrung, die es isst. Manche Gedanken verdienten durchaus Aufmerksamkeit, andere wiederum erschienen wie die Phantastereien eines Verrückten. Eine Seite war mit Bleistift in Rubriken unterteilt. Über Spalten, in denen Lebensmittel aufgeführt waren, standen Überschriften wie: »Widrige«, »Reaktionäre«, »Feindliche«, »Nahe«, »Natürliche«, »Heilsame«. Unter den »widrigen« Lebensmitteln entdeckte Igor Würste, Teigwaren, Algen, Reis, Zitrusfrüchte, Walfleisch und -fett. Als feindlich betrachtete der Autor saures Obst, Essig, Salzheringe und getrockneten Fisch, Halva und Schokolade. In die Abteilung »Natürliche« fielen Buchweizen, Perlgraupen, Weizen, Maisgrieß, Erbsen, Linsen, Schafskäse.

»Ein interessanter Verrückter«, seufzte Igor, als er das gebundene Manuskript ein weiteres Mal zuklappte.

Er konnte jetzt schon allein aufstehen und trat vorsichtig, langsam ans Fenster, hinter dem, durch das schlechte Wetter beschleunigt, die Abenddämmerung sich ausbreitete.

Er dachte an Koljans gestrigen Besuch. Trotz seiner noch geschwollenen, erst verheilenden Lippen hatte sein Freund gelächelt und sich lebensfroh gerühmt, dass man ihn nun doch nicht umlegen würde. Der Mann, der angekündigt hatte, ihn umzulegen, hatte ihm angeboten, sich auf eine für Koljan leichte Weise freizukaufen: Er sollte jemandes Computer knacken und alle Dateien und Mailwechsel samt Passwörtern kopieren.

»Und wie viel zahlt er dir dafür?«, hatte Igor gefragt.

»Er verzeiht mir dafür!«, hatte Koljan geantwortet.

Sie hatten in Ruhe ein von Koljan spendiertes Fläschchen Kognak ausgetrunken und Äpfel aus dem Garten dazu gegessen, die Stepan fürsorglich gebracht hatte.

Stepan hatte ein paarmal hereingeschaut und Koljan scharf gemustert. Beim Abschied war Koljan gern bereit gewesen, die nächsten fünf Filme zum Entwickeln in das Fotostudio in der Proresnaja zu bringen.

Als Igors Freund fort war, klopfte der Gärtner wieder.

»War das dieser Banker, dein Freund?«, fragte er.

»Er ist kein Banker, sondern ein Computermann. Er arbeitet in einer Bank.«

»Vom Alter her würde er als Mann für meine Tochter taugen«, bemerkte Stepan halb fragend.

»Lieber nicht.« Igor sah dem Gärtner offen, freundlich und aufrichtig in die Augen. »Er verdient sich was als Hacker dazu, das ist nicht ungefährlich …«

»Was ist das?« Stepans Gesicht hatte einen betretenen Ausdruck angenommen.

»Er stiehlt im Internet Informationen von fremden Computern.«

»Ein Dieb also?«, sagte Stepan erstaunt.

»Nein, ein Hacker.«

Stepans Blick wurde misstrauisch. »War er es, der dir sein ›Diebesehrenwort‹ gegeben hat?«

Igor lachte laut.

Bevor er ging, erkundigte der Gärtner sich, was Igor von dem Manuskript hielt.

»Interessant, sehr interessant«, hatte Igor gesagt und genickt, weil er das Gespräch mit Stepan nicht mit Albereien oder Streit beenden wollte.

Stepan hatte kaum merklich gelächelt. »Da stehen ernste Dinge geschrieben, in diesem Buch!«, hatte er erklärt. »Lies dich nur gründlich ein!«

Die Erinnerungen an den gestrigen Abend wurden von einem laut am Fenster vorbeifahrenden Lastwagen unterbrochen. Igor kehrte zu seinem Bett zurück und legte sich hin. Diese Gefangenschaft in seinem Zimmer weckte den Wunsch nach Gesellschaft. Über die Unterhaltung mit Koljan gestern war er ebenso froh gewesen wie über sein Gespräch mit dem Gärtner. Der heutige Abend zog sich jetzt sinnlos und lang dahin. Die Mutter sah fern. Der Arzt vom Rettungsdienst war gekommen und wieder gegangen, nachdem er angemerkt hatte, die Wunde verheile erstaunlich schnell.

Igor beschloss gerade, einfach das Licht auszumachen und zu schlafen, als es klopfte und Stepan hereinsah, im neuen Anzug.

»Igor, leih mir einen Schirm«, bat er.

»Wohin wollen Sie denn bei diesem Wetter?«

»Ins Café, ich habe einen angenehmen Ort gefunden.«

»Im Flur, am Haken«, sagte ihm Igor.

»Dort hängt ein roter, ein Frauenschirm. Bei dir habe ich einen schwarzen gesehen!«

Da fiel Igor sein Schirm ein. »Dort«, er wies mit der Hand zum Schrank. »Oben.«

Der Gärtner nahm den Schirm, dankte und ging.

Igor knipste das Licht aus, aber einschlafen konnte er lange nicht. Das Gedankenkarussell brachte ihm gleichzeitig Fima Tschagin ins Gedächtnis, die Klinge, die, als Andenken an Otschakow, zwischen seinen Rippen steckengeblieben war, Josip, das *Buch vom Essen*, das dieser Josip geschrieben hatte, und Walja mit ihrer Angst. Als ferner Nachgeschmack oder als Erinnerung kam im Mund ein leichtes Brennen auf, wie nach Fimas Selbstgebranntem.

Unwillig erhob sich Igor, ging in die Küche und schenkte sich, ohne Licht zu machen, ein Gläschen Kognak ein. Er setzte sich an den Tisch am Fenster und trank einen Schluck.

Ihm kam es vor, als hätte er genau um die Uhrzeit immer Kognak getrunken, bevor er die Milizuniform anzog und sich auf den nur ihm bekannten Weg in die Vergangenheit, ins Otschakow des Jahres 1957 machte. Plötzlich wurde es Igor kalt und unheimlich. Er verstand das selbst nicht recht, bis ihm klarwurde, dass er nur in Boxershorts in die Küche gekommen war. Hier stand die Lüftungsklappe offen, und draußen peitschte ein kalter, schräger Regen.

Er trank den Kognak aus, kehrte in sein Zimmer zurück und kroch unter die Decke. Seine unruhigen Gedanken blieben jetzt bei der roten Walja hängen.

»Gott verhüte, dass ihr was passiert«, flüsterte Igor mit geschlossenen Augen, im Liegen. »Gott verhüte! Sonst verzeih ich ihm nicht!«

Und in diesen letzten Worten vor dem Einschlafen hörte er noch irgendeine fremde, fremdartige Härte und Wut. Als hätte nicht er das gesagt, sondern ein Schauspieler in einem blutigen Kinodrama.

Morgens tönte ungewohnter Lärm durchs Haus. Etwas klirrte, Türen schlugen. Seine Mutter kam eilig ins Zimmer gelaufen, stellte einen Eimer mit Wasser ab und begann, den Boden mit einem Schrubber zu scheuern.

Igor sah ihr vom Bett aus eine Weile aufmerksam zu. Es wunderte ihn, dass sie nicht einmal in seine Richtung blickte, ihn nicht begrüßt hatte.

»Was machst du da?«, fragte er endlich.

»Es ist schmutzig im Haus«, sagte Elena Andrejewna besorgt. »Und heute kommen Gäste!«

»Was für Gäste?«

»Stepans Tochter aus Lwow. Er ist schon zum Bahnhof gefahren, sie abholen.«

Igor stand auf und zog seine Trainingshose an, fasste an die verbundene Wunde und staunte beinah, dass es nicht weh tat.

»Frühstücke du schon allein.« Die Mutter riss sich von ihrem Schrubber los und sah zu ihm.

In der Küche war es bereits sauber, nur der Boden war noch nicht getrocknet.

Igor briet sich ein Rührei und setzte sich an den Tisch. Sofort fiel ihm auf, wie klar und durchsichtig das Fenster nun wieder war. Und vor dem Fenster schien alles trocken und hell. Der Tag versprach schön zu werden.

›Heißt das etwa, dass sie dann bei uns wohnt?‹ Igor dachte plötzlich an Stepans Tochter. ›Der Vater im Schuppen, die Tochter bei uns? Originell!‹

»Hast du jetzt eine Frau?« Mit dieser Frage überrumpelte ihn seine Mutter, die in der Tür aufgetaucht war.

»Ich verstehe nicht«, sagte Igor langsam.

»Eine Frau, die wahrscheinlich älter ist als du«, ergänzte Elena Andrejewna.

Hätte Igor zu dem Zeitpunkt noch Ei im Mund gehabt, hätte er sich wohl verschluckt.

»Was ist los mit dir?« Er lachte laut. »Hast du zu viele Serien gesehen?«

Die Mutter trat stumm an den Tisch und legte neben den schmutzigen Teller ein Paar von Igors Socken.

»Denkst du, ich kenne mich nicht aus im Leben?«, sagte sie listig und tippte mit dem Zeigefinger auf die gestopfte Sockenferse. »Finde dir ein junges Mädchen und heirate, dann verschwinden vielleicht auch die Grillen aus deinem Kopf! Und keiner stürzt sich mit dem Messer auf dich!«

»Aber ich …«, begann Igor, brach ab und starrte auf seine Socken. »Das war eine Bekannte. Sie hat bemerkt, dass sie löchrig waren.«

»Und du schämst dich nicht, in löchrigen Socken zu einer Frau zu gehen?!«, rief Elena Andrejewna mit einem sarkastischen Lächeln. »Ich staune über dich!«

Die Tür fiel hinter seiner Mutter ins Schloss. Fassungslos sah Igor auf seine Socken, dann schubste er sie vom Tisch und stieß sie mit dem Fuß unter die Heizung.

»Hm, hm«, brummte er ärgerlich. Und begab sich zurück in sein Zimmer.

»Zieh dir etwas möglichst Anständiges an!« Wieder war Elena Andrejewna in der Tür erschienen.

»Und wo soll sie schlafen?« Fragend starrte Igor die Mutter an.

»Ich dachte, wir legen sie hier rein.« Sie blickte auf das schon sorgfältig gemachte Bett ihres Sohnes.

»Und mich in den Schuppen? Zu Stepan? Das Leben als Obdachloser üben?«

»Stepan ist kein Obdachloser«, verteidigte Elena Andrejewna den Gärtner. »Er kauft gerade ein Haus. Und du kannst auch ein paar Nächte in meinem Zimmer auf der Liege übernachten!«

»Ein Haus?!« Die Neuigkeiten dieses Morgens trafen Igor abrupt, als wäre er aus einem langen lethargischen Schlaf erwacht. »Was für ein Haus?«

Plötzlich kehrte in seiner Erinnerung die jüngste Vergangenheit zurück, als Stepan ihn gebeten hatte, sich umzuhören, ob es in Irpen zwei Häuser auf einem Grundstück zu kaufen gab.

»Ein großes Haus, Olga und ich haben es uns schon angeschaut! Ein großes, und ein zweites kleineres.«

Plötzlich merkte Igor, dass seine Mutter, die eben noch in lila Flanell-Hausschürze die Böden geschrubbt hatte, jetzt in ihrem besten Kleid vor ihm stand und sogar eine Bernsteinbrosche angesteckt hatte.

»Bist du denn schon wieder gesund?«, fragte sie und klang nun besorgt.

Igor fasste sich zum x-ten Mal an diesem Morgen an die verbundene Wunde. Die Wunde schmerzte, wenn man sie berührte, aber dieser Schmerz war dumpf und schwach.

»Geht ganz gut.« Igor zuckte die Achseln.

»Dann bitte ich dich, zieh dir was Anständiges an!«, begann die Mutter wieder. »Du hast doch da im Schrank noch den Anzug vom Schulabschluss. Du hast ihn fast nie getragen!«

»Wohin soll ich denn auch im Anzug?! Ich fühle mich auch

so als Mensch, dafür brauche ich keine Krawatte!«, platzte Igor heraus, doch plötzlich fiel seine Gereiztheit in sich zusammen.

Vielleicht, weil die Mutter betrübt den Blick senkte, als sie verstand, auf wen Igor anspielte, vielleicht, weil er selbst spürte, dass er es übertrieben hatte. Er sah zum Schrank.

»Erklär mir wenigstens, wieso ich einen Anzug tragen soll? Ich habe sie doch in Lwow gesehen, sie ist ein normales Mädchen! Ihr ist doch egal, ob man sie im Anzug empfängt oder ohne. Sie läuft selbst in Jeans und Pullover herum!«

»Es geht nicht um sie!« Elena Andrejewna winkte ab. »Heute ist für die beiden ein sehr wichtiger Tag! Du bist noch zu jung, um das zu verstehen! Sie gehen doch ein Haus kaufen, und sie möchten gern, dass wir mitgehen … Auch Olga ist schon fertig.«

Igor wunderte sich stumm über seine Mutter: Wie schnell war aus der Hauptstadtbewohnerin nach der Übersiedlung aus Kiew so eine Provinzlerin geworden!

›Gott, wie viel haben die beiden gemeinsam! Und wo kommt das her?‹, überlegte er, während er seine Mutter ansah und über sie und den Gärtner nachdachte.

»Und, bitte, rasier dich!«, ergänzte sie.

Wieder schloss sich die Tür hinter seiner Mutter. Igor holte den Bügel mit dem Anzug, den er nicht mehr als drei Mal getragen hatte, aus dem Schrank. Er legte den Anzug auf das Bett, kehrte zum Schrank zurück und befühlte auf seinem Grund die alte Milizuniform, ertastete das Geld und das Halfter mit der Pistole. Fand auch daneben die goldene Uhr an der Kette, in ein altes Tuch seiner Mutter gewickelt.

»Was für ein Irrsinn!«, brummte Igor. »Und wenn ich jetzt

statt im Anzug in Milizhose und Uniformhemd erscheinen würde?« Er lächelte schief. »Da würde sie mich wohl sofort zum Psychiater bringen. Wie als Kind, als sie mich nach dem Unfall mit dem Karussell zu den Ärzten geschleift hat.«

Die Gedanken sprangen nach Otschakow. Vor sich sah er Waljas erschrockenes Gesicht.

»Dort Irrsinn und hier Irrsinn!«, seufzte Igor und schloss die Schranktür.

Eine halbe Stunde später schaute vor dem Fenster die Sonne heraus. Fast gleichzeitig hielt am Gartentor der alte braune Mercedes Universal, der gewöhnlich in Erwartung von Fahrgästen am Busbahnhof stand.

Igor hatte schon den Anzug und das weiße Hemd samt Krawatte angezogen, die er, wie Stepan, ohne die Hilfe seiner Mutter nicht binden konnte. Die Krawatte würgte ihn wie eine Boa, lähmte Atem, Bewegungen, Gedanken.

Aus dem Wagen stiegen Stepan und seine Tochter. Stepan beugte sich zum Fahrerfenster und bezahlte. In der Hand seiner Tochter sah Igor eine kleine, aber prall gefüllte Sporttasche.

›Für ein paar Tage also‹, erkannte er an dem Gepäck.

Beim Eintreten stellte Aljona Sadownikowa sich schüchtern vor und drückte Elena Andrejewna die Hand, ohne ihre Tasche loszulassen. Und die Mutter brachte sie mit ihrer Tasche in Igors Zimmer.

»Machen Sie es sich bequem«, sagte sie.

Igor lächelte freundlich und ging in den Flur.

Dort stand Stepan in seinem Anzug, auch sein Hals von einer Krawatte eingeschnürt. Auf seinem Gesicht allerdings war nicht der kleinste Schatten von Unbehagen und Unbequemlichkeit zu sehen. Er blickte auf die Uhr, dann wandte er den Blick zu Igor.

»Oh«, bemerkte er zufrieden. »Solide siehst du aus, wie ein Banker! Kommst du mit?«

»Zum Shoppen?« Igor lächelte spöttisch.

»Nein, ich habe zwei Häuser mit Grundstück beisammen. In einer Stunde unterschreibe ich den Kaufvertrag, zahlen muss man sofort, und in solchen Fällen… je mehr Leute mitkommen, desto besser…«

»Gut«, sagte Igor nach einer Pause und nickte. Dann versank er in Nachdenken. »Soll ich vielleicht die Pistole mitnehmen? Für alle Fälle!«

Der Gärtner schüttelte den Kopf.

»Und Messer auch keins«, ergänzte er kühl und ernst. »Natürlich, alles kann passieren… Aber lieber nicht…«

»Wieso haben Sie mich wegen der Häuser eigentlich nicht um Rat gefragt?« Igors Stimme hörte man die leichte Gekränktheit an.

»Du warst doch entweder nicht da oder hast im Bett gelegen… Und ich seh doch, wie du zu mir stehst… Vielleicht bin ich ja auch zu lange bei euch geblieben… Aber jetzt ist damit Schluss, ich werde euch nicht mehr lästig fallen!«

»Wieso?« Igor breitete die Arme aus. »Ich stehe zu Ihnen ganz normal… Und ich war doch auch mit Ihnen in Otschakow!«

»Ja«, bestätigte Stepan. »Das stimmt. Du bist mitgefahren. Ich meinte nur so, reden wir später. Jetzt habe ich nur eins im Kopf – den Kaufvertrag unterschreiben und die Schlüssel an mich nehmen. Danach gibt es genug zu reden!«

Eine halbe Stunde später zog eine seltsame Prozession

die Straße in Richtung Busbahnhof entlang. Zwei Männer in Anzügen, von denen der ältere einen alten, offenkundig halbleeren Leinenrucksack auf den Schultern trug, zwei nicht mehr junge, aber fein herausgeputzte Frauen und eine junge Frau in dunkelgrünem Kunstledermantel, Jeans und flachen Halbstiefeln. Igor sah sich im Gehen ein paarmal um, und sein Blick blieb an Stepans Leinenrucksack hängen.

›Ja‹, dachte er. ›Es käme wohl kaum jemandem in den Sinn, dass in dem Rucksack Geld für den Kauf einer Immobilie liegt! Geld trägt man gewöhnlich in Aktenkoffern herum, und auch nicht in Begleitung herausgeputzter älterer Damen!‹

Auch Nachbarin Olga hatte sich mit Perlen geschmückt und noch eine Eidechsen-Brosche an die Strickjacke geheftet.

Am Busbahnhof sah Stepan auf seine Uhr und machte halt.

»Wir sind ein wenig früh dran. Trinken wir einen Kaffee!«, schlug er vor und wies auf den Kiosk.

Gemeinsam traten alle an den Kiosk. Stepan bestellte fünf ›Drei-in-Eins‹ und übergab der Reihe nach jedem seinen Becher mit dem Instantkaffee.

Schweigend stand die ganze Gesellschaft am Kiosk und trank Kaffee. Stepan trank auch und sah dabei auf die Uhr.

»So«, bemerkte er und warf seinen Becher mit dem nicht ausgetrunkenen Kaffee in den metallenen Mülleimer. »Jetzt kommen wir pünktlich. Das Immobilienbüro ist hier ganz in der Nähe.«

Das besagte Büro befand sich in einem Privathaus, an dessen Gartentörchen außer der mit weißer Farbe gepinselten Hausnummer auch noch ein Schild mit einem aufgemalten »bissigen Hund«, jedoch ohne Text, hing.

Stepan öffnete das Törchen als Erster, blickte sich um und bedeutete mit einer Kopfbewegung allen, ihm zu folgen. Igor blieb ein wenig zurück und wartete, ob ihnen nicht doch noch mit Gebell ein bissiger Hund entgegenkam. Aber kein Hund erschien. Stepan stieg die Stufen zur Haustür hoch und klingelte.

Ein Bursche öffnete ihnen, der aussah wie ein Oberstufenschüler, im glattgebügelten grauen Anzug. Unter dem Jackett sah man ein rosafarbenes Hemd mit roter Krawatte. An seinen Füßen übertrieben spitze Lederschuhe. Gleich darauf streckte er Stepan respektvoll die Hand hin.

Igors Blick fiel beim Betreten des Flurs auf verschiedene Paar Hauspantoffeln, die ordentlich an der Wand aufgereiht waren.

»Kommen Sie weiter, Stepan Josipowitsch, die Verkäufer warten schon!«, erklang die brüchige, fast unmännliche Stimme des Immobilienmaklers.

Der Bursche wartete, bis die ganze Delegation hereingekommen war, schloss die Haustür mit zwei Schlössern ab, ging schnell zur nächsten Tür, vor der die Besucher haltgemacht hatten, und riss sie auf.

Der große Raum, den sie hinter dem Hausherrn betraten, rief mit seiner Mischung aus Büromöbeln und häuslicher Wohnzimmereinrichtung bei Igor ein herablassendes Lächeln hervor. An Wänden mit grüner Tapete hingen Fotos von Häusern, Gebäuden und Grundstücken. Über all diesen Informationen tickte laut eine Kuckucksuhr. Auf der anderen Seite des Raumes saß auf einem Sofa ein älteres Paar mit erstarrten, angespannten Gesichtern – die Verkäufer. Sie waren um die siebzig.

»Das Verträglein ist schon bereit.« Der Bursche in dem grauen Anzug wies zu einem Tisch, auf dem eine aufgeschlagene Dokumentenmappe lag. »Der Notar ebenfalls, er trinkt in der Küche einen Kaffee. Sobald Sie abgerechnet haben, rufe ich ihn.«

»Hast du den Pass auch nicht vergessen?«, wandte der Gärtner sich plötzlich an seine Tochter, Nervosität im Blick.

»Ich hab ihn, ich hab ihn«, bestätigte Aljona und legte ihrem Vater kurz beruhigend die Hand auf den Arm.

»Also, fünfhunderttausend?« Stepan sah die Verkäufer an.

Die nickten furchtsam.

Stepan trat zum Tisch, nahm den Leinenrucksack von der Schulter, zog ihn auf und begann, auf die Tischplatte, neben die Dokumentenmappe, mit Banderolen umwickelte Griwni-Päckchen in Zweihunderter-Scheinen herauszulegen.

Igor betrachtete den jungen Makler. Der war zwei Meter vom Tisch entfernt erstarrt und sah gebannt auf die wachsende Menge von Banknoten-Päckchen. Vor Erregung waren ihm wohl die Lippen trocken geworden, und er leckte sie gierig.

Der leere Leinenrucksack fiel auf den Boden. Stepan schob die Päckchen ordentlich zurecht und wandte sich an die Verkäufer.

»Also, zählen Sie!«

Auf den Gesichtern der alten Leute las Igor den Schrecken. Sie erhoben sich beide und kamen unsicher an den Tisch. Der Mann war ebenfalls im Anzug, einem schwarzen. Seine

Ehefrau trug einen langen schwarzen Rock und eine dunkelblaue Weste.

»Helfen Sie uns?«, bat der Mann den jungen Makler. »Meine Hände zittern, vielleicht verblättere ich mich …«

Auf einmal fühlte Igor sich erschöpft. Er setzte sich auf das eben von den Verkäufern verlassene Sofa. Neben ihm sank Elena Andrejewna in das Polster und wischte sich mit einem Tüchlein den Schweiß von der Stirn. Sie sah ihren Sohn mit einem Blick an, der um Unterstützung bat.

Igor legte seine Hand auf ihre feuchte Hand.

Es war, als würden die gezählten Scheine ewig rascheln. Igor lauschte mit geschlossenen Augen. Bis plötzlich die Stimme des Burschen im grauen Anzug feierlich verkündete: »Sergej Iwanowitsch Kupzyn, Notar. Er wird jetzt Ihren Handel beglaubigen.«

Igor öffnete die Augen und erblickte einen grauhaarigen Mann von etwa fünfzig Jahren, der sich gerade an den Tisch setzte. Er schob sich eine Brille mit Goldrand auf die Nase, nahm den Vertrag in die Hände und begann ihn, lautlos die Lippen bewegend, zu lesen.

»Die Pässe, bitte«, sagte er und sah sich um.

Stepan blickte zu Aljona, sie zog ihren Pass aus der Tasche und legte ihn auf den Tisch. Die Verkäufer hielten ihre Papiere hin.

»Also, Käuferin ist Sadownikowa Aljona Stepanowna«, las der Notar feierlich aus dem aufgeschlagenen Pass. »Verkäufer sind Ostaschko Pjotr Leonidowitsch und Ostaschko Lidija Alexejewna. Bitte unterschreiben Sie!«

Igor bemerkte, dass das Geld vom Tisch verschwunden war. Er sah sich um.

»So, das war's, Sie können sich die Hände schütteln«, erklang die Stimme des Notars. »Der Handel ist perfekt.«

Stepan schüttelte den Verkäufern die Hände. Ihre Mienen drückten noch immer Besorgnis aus. Der Mann im schwarzen Anzug zog einen Briefumschlag aus der Tasche und hielt ihn Stepan hin.

»Hier sind die zwei Schlüssel vom neuen Haus und der Schlüssel fürs Vorhängeschloss am alten«, sagte er.

»Vielleicht jetzt etwas Sekt?«, schlug ein wenig nervös der junge Makler vor.

Auf den Sekt verzichteten alle. Die Verkäufer baten den Makler, ein Taxi zum Büro zu bestellen. Igor sah sie an, und die alten Leute taten ihm leid. Eine solche Geldsumme zu zweit mit sich herumtragen, im Taxi? Nein, er an ihrer Stelle hätte ein paar Freunde dazugeholt und wäre keinesfalls Taxi gefahren, sondern mit dem Auto irgendeines Bekannten! Allerdings, woher sollten so vorzeitliche Leute Freunde mit Autos haben? Von seinen Gedanken wurde es Igor traurig zumute.

Der Makler erklärte Stepan und Aljona etwas über den Eintrag im Haus- und Grundstücksregister, Nachbarin Olga trat an der Tür von einem Bein aufs andere.

Endlich öffnete der Gastgeber und offensichtliche Bewohner dieses Haus-Büros die beiden Schlösser und entließ die Gesellschaft hinaus ins Tageslicht.

Vorm Gartentor wartete schon das Taxi. Igor musterte sofort das Gesicht des Fahrers – es erweckte Vertrauen, und Igor beruhigte sich.

Auf Stepans Miene lag ein stilles, erschöpftes Lächeln. Seine Tochter, in irgendwelche Gedanken vertieft, ging neben ihm. Olga und Elena Andrejewna, zehn Schritte hinter ihnen, plauderten im Gehen über etwas.

»Geht ihr mal schon, ich hole euch dann ein«, sagte Stepan plötzlich, als sie auf der Höhe des Lebensmittelgeschäfts waren. »Ich kaufe etwas zum Abendessen, wir müssen den Kauf doch feiern!«

»Ich komme mit«, erbot sich Igor. »Ich helfe tragen!«

Stepan hatte nichts dagegen.

Im Laden sah Igor dem Gärtner aufmerksam in die Augen. »Sie haben alles auf den Namen Ihrer Tochter gekauft?«, fragte er leise.

»Auf ihren Pass, naja, für sie«, gab Stepan zurück. »Ich habe doch schon seit zehn Jahren keinen Pass mehr. Hab ihn verloren. Aber ich werde mir einen machen lassen. Ich weiß auch, wie. Ich schreibe der Miliz eine Verlusterklärung, und sie stellen mir einen neuen aus. Ich habe kein Sündenregister ...«

Igor nickte. Stepan wandte sich ab und musterte die Würste und den Schinken unter dem Glas der Ladentheke.

»Na, junge Frau, stellen Sie sich auf Arbeit ein!«, wandte der Gärtner sich an die Verkäuferin.

## 25

Fürs Abendessen standen Olga, Elena Andrejewna und Aljona lange in der Küche, sie gingen mit sechs Händen und drei Stimmen ans Werk. Igor schaute kurz hinein und trat gleich den Rückzug an, sein Wunsch nach einem Butterbrot für den ersten Hunger blieb unerfüllt.

»Zieh mal im Wohnzimmer den Tisch aus«, bat ihn seine

Mutter, die von ihrer Pfanne am Herd aufsah. »Sag Stepan, wir essen in einer halben Stunde!«

Nach ausgeführter Mission ging Igor hinaus vors Gartentor. Er stand dort, blickte die Straße entlang und überlegte, dass er mit seiner Verletzung schon zu lange im Haus herumgelegen und -gesessen hatte. Heute war er ein wenig ins Freie gekommen, und ihm war nach mehr. Nur nicht in dem Anzug mit der Boa-Krawatte, natürlich.

Igor fasste sich an den Hemdkragen, lockerte die Krawatte und wunderte sich selbst darüber, dass er noch nichts Bequemeres angezogen hatte.

Trotzdem blieb er dann bis zum Abendessen im Anzug. Alle setzten sie sich so an den Tisch, wie sie zu dem Hauskauf gegangen waren. Alle, außer Aljona. Sie saß jetzt in einem neuen, hellblauen Pullover da, ihre Wangen waren gerötet und in den Händen hielt sie einen Umschlag, den sie zuerst vor sich auf den Tisch und dann auf ihre Knie legte.

»Sohn, mach den Sekt auf!«, bat Elena Andrejewna.

Igor griff nach der Flasche, öffnete sie, erhob sich und schenkte allen ein, außer Stepan.

»Ja, also.« Auch Elena Andrejewna erhob sich. »Auf Ihren Kauf, Stepan Josipowitsch, Glück Ihrem Haus! Auf dass Sie uns nicht vergessen! Auf dass die Gesundheit Sie nicht im Stich lässt und alle Ihre Pläne Wirklichkeit werden!«

Igor trank ein wenig Sekt und wandte sich dann hungrig den Speisen zu, legte sich zwei Frikadellen, Püree, ›Mimosa‹-Salat und zwei Sprotten auf den Teller.

»Vergiss nicht!«, sagte Elena Andrejewna und fing seinen Blick auf, der schon in dem Festmahl schwelgte. Sie wies mit dem Kinn auf die Sektflasche.

Igor füllte den Sekt in den Gläsern nach und sah Stepan an, dessen Miene jetzt eine große Ruhe ausstrahlte.

»Darf ich?«, erklang Aljonas Stimme.

Sie stand auf und hielt das Glas in der linken Hand.

»Papa«, begann sie. »Ich … ich hatte vielleicht von dir nicht die beste Meinung. Verzeih … Aber ich habe ein Geschenk für dich, es hat schon ein paar Jahre bei mir gelegen …«

Sie nahm den Umschlag von dem Stuhl und hielt ihn Stepan hin.

»Das ist die Bescheinigung über die Rehabilitierung von Großvater, deinem Vater …«

Stepans Lippen zitterten. Er nahm den Umschlag, zog ein Dokument mit Stempel heraus und warf einen schnellen Blick darauf.

»So, Gott sei Dank … Jetzt kann man wirklich ganz von vorn anfangen«, sagte er leise.

Er hob den dankbaren Blick zu seiner Tochter.

»Danke, Aljona! Und ihr«, er sah sie alle an, »trinkt nur! Auf sein Andenken! Mein Leben hat sich gefügt … Gut gefügt. Seines nicht. Aber er hätte sich gefreut, wenn er von meinen Plänen erfahren hätte!«

Die Frikadellen zergingen im Mund. Igor kaute und überlegte, was für Pläne Stepan da wohl geschmiedet hatte.

»Morgen gehen wir alle hin«, sagte Stepan gegen Ende des Essens. »Ich zeige euch unsere Erwerbung. Es wird auch Zeit für mich, ich hindere euch doch daran, euren Schuppen zu benutzen!« Er sah Elena Andrejewna an.

»Was sagen Sie da!« Sie winkte ab. »Ich habe Ihnen diesen Monat ja nicht mal die hundert Griwni bezahlt!«

»Hundert Griwni«, wiederholte Stepan und lächelte vor

sich hin. »Also, heute werde ich das letzte Mal bei Ihnen übernachten … Schön war es bei Ihnen!«

Vom Tisch erhoben sich alle irgendwie leicht, als wollte niemand zu lange sitzen bleiben. Die drei Frauen brachten das Geschirr in die Küche, und Nachbarin Olga machte sich ans Spülen.

Stepan trat hinaus vor die Haustür. Igor folgte ihm.

»Ich gratuliere«, sagte er zu dem Gärtner. »Und, naja, verzeihen Sie, falls ich mal irgendwas … falls ich mal unpassende Witze gemacht habe …«

Stepan nickte. In der herabhängenden Hand hielt er immer noch die Bescheinigung über die Rehabilitierung.

»Darf ich mal ansehen?«, bat Igor.

Stepan reichte ihm das Dokument.

›Soll ich ihm von Josip und Tschagin erzählen?‹, überlegte Igor, als er die Bescheinigung gelesen hatte. Und schüttelte gleich darauf den Kopf. ›Er glaubt mir nicht, er denkt wieder, dass ich mich über ihn lustig mache.‹

»Wissen Sie denn viel über ihn?«, fragte er.

»Jetzt mehr. Wenigstens ist klar, wofür sie ihn eingesperrt haben …«

»Wofür?«

»Verleumdung der sowjetischen Ordnung …«

»Was, er war ein Sowjetfeind?«, staunte Igor. Das passte überhaupt nicht zu jenem Josip, den Igor mehrmals in Otschakow beobachtet hatte.

»Nein«, sagte Stepan. »Man sieht, dass du in das *Buch vom Essen* nur reingeschaut und nicht richtig gelesen hast! Sie haben ihn wegen Verleumdung des sowjetischen Essens eingesperrt. Er war gegen die Volkskantinen, sagte laut, dort werde ›feindliches Essen‹ gekocht, und ›feindliches Essen‹ versklave das Volk, mache es willenlos und passiv. Im Lager hat er über das Lageressen geschimpft und saß dafür ständig in Isolierhaft. Sie dachten, er wiegelt die Häftlinge auf. Und über das Lageressen waren die Häftlinge auch einer Meinung mit ihm. Dann hat man ihn in die Psychiatrie gesteckt, dort kam er erst nach Stalins Tod heraus. Jene Häftlinge, die damals mit ihm saßen, haben ihm später geholfen …«

Stepan verstummte und seufzte tief.

»Kann ich sein Buch vielleicht noch mal haben?« Igor sah den Gärtner an.

»Gehen wir«, sagte Stepan und ging los, Richtung Schuppen.

Dort knipste er das Licht an und übergab Igor das gebundene Manuskript. Auf Stepans Bett sah Igor wieder ein Buch, das ihm bekannt vorkam. Diesmal mit dem Titel nach oben: *Restaurantmarketing*.

»Also, gute Nacht«, sagte er beim Hinausgehen.

Das Gartentor quietschte, Igor drehte sich an der Haustür um und sah Nachbarin Olga verschwinden. Im Küchenfenster brannte noch Licht.

Seine Mutter wollte es schon ausmachen, als Igor mit dem Manuskript in der Hand eintrat.

»Ich setze mich ein bisschen her und lese«, sagte er.

Er setzte sich an den Tisch, schlug das handgemachte Buch auf, blätterte es von neuem durch, überflog die Rezepte. Und blieb bei einer schülerhaft ordentlich vollgeschriebenen Seite hängen.

»Feindliches Essen«, las er, »versklavt das Volk. Nehmen

wir einen Fischer: Er füttert die Fische vor dem Fang und gewöhnt sie an den Ort, an dem sie der Tod erwartet. So füttern die Feinde des Volkes auch den Menschen und gewöhnen ihn an das Essen, von dem er abhängig wird, wie der Fisch vor dem Fang. Dann zwingen sie den mit diesem Essen gefütterten Menschen, drei Schichten in einer zu arbeiten! Aber zuerst kamen die Feinde des freien Menschen auf die Idee, auf das Geld als Bezahlung für die Arbeit zu verzichten und den Menschen an die Entlohnung mit Nahrung zu gewöhnen. In den Kolchosen zahlten sie den Lohn in Naturalien aus – und damit begann das Experiment der Gewöhnung des Volkes an einen Futterplatz …«

»Aber er ist wirklich ein Dissident!«, flüsterte Igor erstaunt und beugte sich ein wenig tiefer über das Manuskript.

Die sorgfältig zu Papier gebrachten Gedanken und Überlegungen des toten Josip ließen ihn die halbe Nacht nicht los. Erst als Igor gegen vier Uhr morgens der Kopf zu schmerzen begann, schloss er das Buch und legte sich schlafen. Aber der Schlaf überkam den erschöpften Körper nicht gleich.

›Spinner oder nicht?‹ Er lag im Dunkeln auf seiner Liege und lauschte dem gleichmäßigen Atem seiner schlafenden Mutter. Dabei dachte er über das Gelesene nach. Die Gedanken wanderten allmählich weiter zu Stepan. Wieder hallte es in seinem Kopf: Spinner oder nicht?, nur betraf die Frage jetzt schon den Gärtner, nicht dessen Vater. Und das Buch fiel ihm ein, das auf Stepans Bett gelegen hatte. *Restaurantmarketing*. ›Weiß er wohl, was das Wort ›Marketing‹ heißt?‹, überlegte Igor und lächelte, aber nur kurz. Das *Buch vom Essen* nahm sich neben dem *Restaurantmarketing* gar zu harmonisch aus.

»Na sowas!«, flüsterte Igor, verblüfft über seine Entdeckung. »Nein, er ist kein Spinner … Und seine Pläne, von denen am Tisch die Rede war, werden jetzt, scheint mir, auch klarer!«

Am nächsten Morgen erschien Stepan im Haus, er steckte wieder in seinem Anzug. Die Krawatte hatte er sich diesmal allerdings selbst gebunden, ohne Hilfe von Elena Andrejewna. Er stand im Wohnzimmer und trieb mit seiner bloßen Anwesenheit die Übrigen an, sich schneller fertig zu machen für die Besichtigung seiner zwei Häuser.

Am Gartentor von Nachbarin Olga verloren sie nochmals zehn Minuten. Endlich bewegte die Delegation sich in der kompletten Besetzung vom Vortag wieder in Richtung Busbahnhof. Unterwegs liefen Olga und Elena Andrejewna schnell ins Lebensmittelgeschäft und kauften jede ein Laib Brot. »Man darf ein neues Heim beim ersten Mal nicht ohne Brot betreten«, belehrte Elena Andrejewna Igor.

Sie bogen in die Teliha-Straße und gingen noch dreihundert Meter, bis Stepan vor einem alten Holzzaun haltmachte. Dahinter standen nebeneinander zwei Häuser: ein neues, gemauertes, zweistöckiges und ein altes aus Holz, das auch gar nicht klein war, mit vor nicht allzu langer Zeit erneuertem Schieferdach.

»So«, sagte Stepan, drehte sich um und betrachtete alle voller Stolz.

In seiner Hand klimperten die Schlüssel. Er trat als Erster durchs Gartentor und schlug sofort den Weg zu dem neuen Haus ein.

Drinnen roch es nach Farbe. In den geräumigen Zimmern

gab es keine Möbel, außer ein paar verschiedenen Stühlen. Hier und da standen Böcke, Farbeimer und Papiersäcke mit Gips herum.

»Glück diesem Haus«, sagte feierlich, wie in der Kirche, Nachbarin Olga und legte ihr Brot in dem durchsichtigen Beutel auf ein Fensterbrett.

Sie stiegen hoch in den ersten Stock.

»Hier gibt es noch ein Bad mit Klo.« Stepan wies mit den Gesten eines Reiseführers auf die geschlossenen schmalen Türen. »Und das sind drei Schlafzimmer!«

»Aber das ist ja ein Palast und kein Haus!«, sagte Elena Andrejewna fassungslos. »Hier kann man sich ja verlaufen!«

»Wir verlaufen uns nicht«, sagte Stepan lächelnd.

Das zweite Haus, das aus Holz, kam Igor viel gemütlicher vor. Wohl deshalb, weil es bewohnt und warm war. An den Fenstern hingen Vorhänge, und die alten Möbel, die die vorigen Besitzer zurückgelassen hatten, passten ungeheuer gut hier herein. Sogar ein Eichenbüfett stand bedeutsam und schön im Wohnzimmer. Igor hatte so ein ähnliches schon einmal gesehen. Er schloss die Augen, um sich zu erinnern, wo. Und er erinnerte sich: im Haus von Fima Tschagin, in Otschakow. Aus solch einem Büfett hatte Fima die Gläser geholt, bevor er versucht hatte, ihn, Igor, zu vergiften. Aber dort, bei Tschagin, war das Büfett Igor finster und unheilkündend erschienen, während hier Wärme und romantische Nostalgie davon ausging, familiärer Friede und Wohlergehen.

»Und auch hier soll Glück sein!«, erklang neben ihm die Stimme Elena Andrejewnas.

Sie trat an das Büfett und legte das zweite Brot auf die Ablage zwischen dem Unterschrank und dem oberen Teil, dessen kleine Türen mit Einsätzen aus dickem Schmuckglas verziert waren.

Auch Stepan trat zum Büfett, öffnete die linke Vitrinentür und holte eine Flasche Kognak und ein paar alte, kleine Bleikristallgläser heraus.

»So, für mich ja nicht, aber so einen Kauf muss man begießen«, sagte er.

Er öffnete den Kognak, verteilte ihn auf die Gläschen und trat einen Schritt zurück.

In dem Zimmer stand ein runder Tisch mit dunkelroter, plüschiger Tischdecke, aber den Kognak tranken sie alle, außer dem nichttrinkenden Stepan, direkt am Büfett. Ein zweites Mal schenkte er nicht aus, er verschloss die Flasche und stellte sie zurück ins Büfett.

In Igors Tasche klingelte das Handy. Das Display verriet, dass sein Namensvetter der Fotograf anrief.

Igor ging nach draußen ins Freie.

»Ja, guten Tag!«, sagte er. »Hat man Ihnen die Filme gebracht?«

»Alles ist bereit, Sie können herkommen.« Die Stimme des Fotografen war wieder ungeheuer freundlich. »Die Fotos sind hervorragend! Ich finde keine Worte!«

»Ich war ein bisschen krank«, antwortete Igor. »Vielleicht in ein paar Tagen ...«

»Ich würde gern noch einmal mit Ihnen reden.« Igor hörte den Fotografen bekümmert seufzen. »Ihnen ist da so eine Serie gelungen! Einfach fabelhaft! Das ruft direkt nach einer Ausstellung. Ich bin sicher, dass sofort alle unsere Fotozeitschriften darüber schreiben würden! Wenn Sie nur zustimmen würden … Ich würde Ihnen vollkommen gratis für die Ausstellung Abzüge im Großformat machen … Und die Anzeige! Und den Katalog! Hm?«

Igor sah sich um, betrachtete die beiden Häuser, die Bäume des alten Gartens. Sein Blick schweifte von den Baumwipfeln fort in den blauen Himmel mit den paar wenigen Wölkchen.

»Gut«, sagte er ins Telefon und ahnte gleich darauf, wie sich das unsichtbare Gesicht seines Gesprächspartners veränderte, wie ein glückliches Lächeln es erhellte.

»Danke! Ich werde Sie auf dem Laufenden halten, und ziehe gleich heute die Großformate ab!!! Auf Wiedersehen!«

Igor steckte das Telefon in die Tasche seiner Windjacke, lächelte und wandte sich zur Eingangstür des alten Hauses, die in diesem Moment aufging. Heraus trat als Erste Aljona. Auch sie sah sich rings um. Igor kam es so vor, als wanderte auch ihr Blick, wie gerade eben seiner, in den Himmel fort.

Stepan und seine Tochter blieben in dem alten Haus zurück, und Olga, Elena Andrejewna und Igor machten sich auf den Heimweg in ihre Straße. Sie hatten verabredet, schon in ein paar Tagen bei Stepan und Aljona den Einzug zu feiern.

Etwa zwanzig Schritte vor Igors Gartentor klingelte in seiner Tasche wieder das Handy.

»Ich bin es«, tönte an seinem Ohr die aufgekratzte Stimme des Fotografen. »Ich habe vergessen zu fragen … Das brauchen wir ja sowohl für den Katalog als auch für die Anzeige. Wie ist Ihr vollständiger Name?«

Igor blieb stehen und dachte nach. Die Mutter, schon im Garten, drehte sich um und sah ihn fragend an. Er winkte ihr zu: Warte nicht, geh schon ins Haus!

»Hören Sie mich?«, fragte der Fotograf, der keine Antwort bekam.

»Ja, ja, entschuldigen Sie. Ich überlege«, sagte Igor langsam.

»Vielleicht möchten Sie nicht, dass Ihr richtiger Name unter den Bildern steht? Möchten Sie ein Pseudonym nehmen?«

»Ja«, sagte Igor sofort. »Ein Pseudonym ist besser.«

»Soll ich Sie später wieder anrufen? Damit Sie überlegen können?«

»Nein, nicht nötig«, sprach Igor entschieden in den Hörer. »Notieren Sie. Wanja Samochin.«

»Iwan Samochin?«, fragte der Fotograf zurück.

»Nein, genau so: Wanja. Wanja Samochin.«

»Gut, ich habe es notiert.« Die sanfte Stimme des Fotografen klang jetzt etwas ruhiger. »Und Ihr Porträt für Katalog und Anzeige entnehme ich einem der Bilder. Da gibt es eins von Ihnen *en face* und sehr ansprechend!«

»In Ordnung«, stimmte Igor zu.

## 26

Gegen Abend ging Igor auf einen Spaziergang hinaus. Zuerst hatte er vor, bis zum Busbahnhof zu wandern und wieder zurück, aber im Gehen änderten sich seine Pläne. Er wollte lieber wissen, wie viele Gehminuten von ihrem Haus entfernt Stepan nun wohnte. Er hatte die Ecke der schon vertrauten Straße noch nicht erreicht, da tauchte Stepan selbst vor ihm auf. Diesmal nicht mehr im Anzug, sondern in seinen gewöhnlichen schwarzen Hosen und einem Pullover, aus dessen Ausschnitt ein roter Hemdkragen herausschaute.

»Zu uns?«, fragte Igor ihn.

»Zu euch auch«, bestätigte der Gärtner.

Jeder setzte seinen Weg fort. Als Igor an der Ecke ankam, sah er zurück, um zu prüfen, ob Stepan ihn nicht beobachtete. Aber Stepan war schon nicht mehr zu sehen.

Igor spazierte an Stepans beiden Häusern vorbei und weiter bis ans Ende der Straße. Dann, auf dem Rückweg, verlangsamte er noch einmal den Schritt und besah sich in der hereinbrechenden Dämmerung den Immobilienreichtum des Gärtners. Wenn er daran dachte, fand Igor es, trotz allem, nicht normal und selbstverständlich, was in diesem letzten Monat geschehen war. Da lebte ein Mensch, nun ja, nicht obdachlos, aber führte ein zielloses Wanderleben. Ein Bursche, der ihm zufällig im Leben begegnete, half ihm, eine alte, verwischte Tätowierung an seiner Schulter zu entziffern. Die Tätowierung führte sie nach Otschakow. Von wo sie mit Koffern voller Überraschungen, Geschenken aus der Vergangenheit, zurückkehrten. Und jetzt hatte dieser Mensch sich und seiner Tochter zwei Häuser gekauft, und jener Bursche, dank dem der Wanderer reich geworden war, streifte wie eh und je durch Irpen. Nur hatte er jetzt eine Stichwunde in den Rippen und im Kopf regelmäßig Sorgen um das Schicksal einer roten Walja aus dem alten Otschakow. Na schön, den Weg in diese Vergangenheit kannte er inzwischen wie seine Westentasche. Diese »Errungenschaften« Igors ließen sich mit Stepans Errungenschaften ganz und gar nicht vergleichen!

Igor hatte kaum gemerkt, wie er bis zu dem erleuchteten Kioskfensterchen am Busbahnhof geraten war. Er nahm einen Becher Instantkaffee und trank ihn ein paar Schritte weiter.

Auf dem Heimweg stieß er mit Nachbarin Olga zusammen. Sie lief ihm aufgeregt entgegen.

»Ist etwas passiert?«, rief Igor ihr zu.

Olga blieb stehen und verschnaufte ein wenig. »Ach, ich gehe einkaufen«, sagte sie.

Aber ihren Augen sah man an, dass sie etwas anderes sagen wollte. Sie platzte direkt vor Verlangen, etwas mitzuteilen.

»Weißt du« – sie machte eine Pause, als wollte sie Igors Neugier anstacheln. »Stepan ist da mit einem ernsthaften Antrag gekommen!«

»Na sowas«, sagte Igor lächelnd.

Nicht zufrieden mit Igors Reaktion, winkte Olga ab und setzte ihren Weg fort.

Zu Hause war es ungewohnt still. Etwas hatte sich nach Stepans Auszug in der Stimmung verändert. Auch an Stepans Tochter, die die paar Tage bei ihnen gewohnt hatte, dachte Igor jetzt mit herzlichen Gefühlen. Und hörte nun, als er den Flur betrat, nicht einmal den Fernseher.

Er fand die Mutter in der Küche. Sie saß ruhig am Tisch, vor sich ein Glas mit hausgemachtem Wein. Die Augen nachdenklich, die Lippen ruhig.

»Soll ich dir vielleicht Gesellschaft leisten?«, fragte Igor lächelnd.

»Mach nur«, stimmte Elena Andrejewna zu. »Ich hab mir hier schon den Kopf zermartert, so allein. Ich überlege und überlege …«

»Was überlegst du denn?«, fragte Igor, während er sich auch Wein ins Glas füllte.

»Stepan hat mir einen Antrag gemacht«, sagte sie und sah ihrem Sohn aufmerksam ins Gesicht.

Igors Mund klappte auf.

»Ja, ich bin auch ganz durcheinander«, gestand Elena Andrejewna. »Er ist natürlich ein anständiger und solider Mensch …«

»Solide …?«, fragte Igor leicht ironisch und blickte zu der Waage auf dem Fensterbrett hinüber. »Übrigens hat er auch deiner Freundin einen Antrag gemacht! Sie ist gerade eben glücklich ins Lebensmittelgeschäft gelaufen!«

Igor bereute seine Worte schon, als er merkte, wie das Gesicht seiner Mutter sich verändert hatte, wie bleich sie geworden war. Ihre Hände zitterten. Sie stand auf, lief in den Flur und warf sich den Mantel über.

Die Haustür schlug zu.

›Jetzt gibt es was!‹, dachte Igor bei der Vorstellung, dass seine Mutter Olga nun eine Szene machte.

Er griff nach dem Glas und trank einen Schluck.

Ihm war nicht danach, die Rückkehr seiner Mutter abzuwarten. Igor nahm Josips Buch vom Fensterbrett und begab sich in sein Zimmer. Er zog den Nachttisch ans Bett, stellte die Lampe darauf, löschte das Deckenlicht und knipste die Lampe an. Legte sich mit dem Buch auf sein Bett und vertiefte sich in die halbverrückten Gedanken des Feindes der sowjetischen Volkskantine, Josip Sadownikow, wobei er doch merkte, dass der handschriftliche Text immer wieder über seine, Igors, Ironie siegte und ihn dazu brachte, einige kulinarische Dinge mit einem anderen, ernsteren Blick zu betrachten.

Auch ein Kapitel über Salz und Zucker fesselte Igors Aufmerksamkeit so, dass er gar nicht hörte, wie seine Mutter zurückkam, wie sie erbost den Mantel über einen Kleiderbügel warf. Der Mantel flog herunter und blieb auf dem Boden liegen.

Die Mutter schaute in die Küche, dann öffnete sie die Tür zu Igors Zimmer. Sie kam zu ihm und hob die Hand, als wollte sie ihn mit ganzer Kraft ohrfeigen. Aber sie hielt sich zurück. Nur ihr Blick, erregt und zornig, verharrte auf dem Gesicht ihres Sohnes.

»Du bist ein Dummkopf!«, sagte sie. »Wegen dir hab ich beinah einen Infarkt gekriegt!«

»Was habe ich denn getan?«, begann Igor sich zu verteidigen. »Ich habe dir nur gesagt, was ich gehört habe!«

»Was du gehört hast?!«, rief seine Mutter. »Er hat ihr ernsthaft etwas angetragen, das war kein ›Antrag‹! Hast du verstanden?«

»Was ist der Unterschied?«, fragte Igor und erinnerte sich daran, dass er tatsächlich von Olga etwas von »ernsthaftem Antrag« gehört hatte.

»Der Unterschied ist, dass es ums Geschäft ging, das war ein Angebot! Er hat sie gebeten, Geschäftsführerin seines Cafés zu werden! Und mir hat er einen richtigen Antrag gemacht, er will mich heiraten!«

»Vielleicht kommt er auch zu mir noch mit irgendeinem ernsthaften Antrag?«, sagte Igor ironisch.

Seine Mutter drehte sich wortlos um, ging und schlug hinter sich die Tür zu.

Igor zog die Lampe näher zu sich, an den äußersten Rand des Nachttischs, und klappte das gebundene Manuskript wieder auf. Die Seite mit der Nummer 48 war überschrieben mit: »Der Mensch und das Essen«.

»Die Menschen lassen sich nach ihrer natürlichen Einstellung zur Welt und zum Essen in Gärtner und Förster einteilen. Die Gärtner erleben ihrer Natur nach die Welt als Garten, in dem man sich angemessen verhalten, Kaputtes reparieren, Bestehendes verschönern und alles in Ordnung halten muss. Die Förster lieben alles Wilde und eignen sich mehr zum Kaputtmachen und dazu, im Kaputten zu leben, als zu bauen und zu erneuern. Die Förster sind unbarmherziger, aber körperlich stärker und widerstandsfähiger. Sie sind der Meinung, dass man die Welt nicht ändern kann, die Gärtner dagegen wollen alles verbessern. Unter Männern gibt es mehr Förster und unter Frauen mehr Gärtnerinnen. Männer, die Gärtner sind, können hart arbeiten, sind aber meist nicht sehr hartnäckig in ihren Plänen und Überzeugungen. Förster und Gärtner haben ein unterschiedliches Verhältnis zum Essen. Das heißt nicht, dass derbe Kost Förstern besser schmeckt. Förster verlieren schnell das natürliche Vermögen, feine Geschmacksnuancen zu unterscheiden und zu ermessen. Ihnen kommt es auf die Menge an, und bei Tisch prüfen sie als Erstes, wer das größte Stück Brot oder die größte Portion Suppe bekommen hat. Gärtner bewahren meistens das natürliche Vermögen, feine Geschmacksnuancen zu unterscheiden, und entwickeln manchmal sogar die geschmackliche Phantasie so weit, dass sie im

Essen Geschmacksnuancen wahrnehmen, die dort gar nicht sind.«

Igor hob versonnen den Blick von der Seite. Die Klarheit dieser Zeilen verblüffte ihn. Seine Gedanken sprangen zu Stepan. Was war er nun am Ende für einer: Gärtner oder Förster? Es zeigte sich, dass er wohl ein Gärtner war … Igor versank in Nachdenken über sich selbst, über seine kulinarischen Neigungen, oder genauer, seine immer stärkere Gleichgültigkeit gegenüber dem Essen und seiner Umwelt.

›Es zeigt sich, dass ich weder Gärtner noch Förster bin‹, dachte er traurig. ›Weder Fisch noch Fleisch … Als ich klein war, was habe ich da für schöne Sandburgen am Strand von Jewpatorija gebaut! Also hätte ich ein Gärtner werden können!‹

Igor lächelte über seine Erinnerungen.

›Nein, ich nehme dieses Geschreibe viel zu ernst‹, dachte er dann. ›Es ist doch kein Lehrbuch der Psychologie! Es ist überhaupt von einem Mann aus dem Volk geschrieben, vielleicht war er nicht mal auf der Mittelschule!‹ Diese letzten Gedanken klangen in Igors Kopf überhaupt nicht überzeugend. In ihnen war irgendein Falsch und eine Unnatürlichkeit zu spüren, wie man sie auf den Gesichtern unbegabter Theaterschauspieler sieht, wenn ihre Mimik und Gesten in Stimmung und Inhalt nicht zu dem passen, was sie sagen.

Igor wandte sich wieder der nicht zu Ende gelesenen Seite zu.

»Die Welt ist noch nicht ganz zugrunde gegangen, weil Förster und Gärtner oft Ehen schließen und damit uncharakteristische, aber stabile Verbindungen eingehen. Der Förster-Ehemann freut sich in so einer Verbindung an der Nachgiebigkeit und Scheuheit seiner Gärtner-Ehefrau. Und wenn ein Gärtner-Mann eine Förster-Frau heiratet, dann deshalb, weil sie mit ihrer elementaren Kraft seinen Idealismus im Zaum hält und seine Arbeit streng kontrolliert.«

›Da geht es ja um mich und Walja!‹, durchschoss es Igor plötzlich. ›Also bin ich doch ein Gärtner! Oder einfach dem Gärtner näher als dem Förster …‹

Igor fürchtete sich geradezu davor, diese Seite weiterzulesen. Er blätterte im Manuskript nach hinten und entdeckte ein Kapitel mit dem Titel »Das Raffinieren natürlicher Lebensmittel. Speisen aus Buchweizen- und Gerstenmehl.« Er zog die Augenbrauen hoch, blätterte noch ein paar Seiten weiter. Und da schien ihm, dass wieder jene beiden Wörter aufgeblitzt waren, die an diesem Abend neue Bedeutungen erhalten hatten. Er blätterte eine Seite zurück. Auf Seite zweiundsiebzig fanden sich zwei Rezepte: »Ragout des Försters« und »Ragout des Gärtners«.

Sorgsam klappte Igor das Manuskript zu, legte es auf einen Hocker und knipste die kleine Lampe aus. Und lag noch etwa eine halbe Stunde auf dem Rücken, sah an die Decke und dachte an Gärtner und Förster.

Auch den nächsten Morgen verbrachte er über dem *Buch vom Essen*. Auf Seite hundertfünfzig wurde er hungrig. Er ging in die Küche, holte unten aus dem Küchenschrank ein Literglas mit Buchweizen heraus und kochte sich Grütze. Als er sie aß und sich dabei wunderte, dass die Buchweizengrütze ihm jetzt ungeheuer schmeckte, sah seine Mutter in die Küche herein.

»Was machst du da?«, fragte sie erstaunt. »Ich wollte gerade Borschtsch kochen …«

»Mach nur.« Igor sah sie an. »Borschtsch ist eine natürliche Speise. Nur: weniger Salz und mehr Pfeffer! Und verzeih, wegen gestern …«

»Schon gut.« Sie zuckte die Achseln. »Und was soll ich ihm jetzt sagen?«

»Deine Sache«, sagte Igor friedlich. »Gärtner sind im Prinzip gute Leute. Nur muss man sie kontrollieren …«

»Bei was kontrollieren?«, fragte die Mutter. »Er trinkt nicht und Karten spielt er auch nicht!«

»Das sage ich nur so allgemein, achte nicht darauf!«

Elena Andrejewna seufzte tief und verschwand.

Gegen sechs Uhr abends hatte Igor Josips Buch ausgelesen und machte sich damit auf den Weg zu Stepan. Das Buch zurückzugeben war ein mehr als gewichtiger Anlass. Aber nebenbei dachte Igor auch daran, dass er Aljona sehen würde. Gern wollte er sie ein bisschen näher betrachten, um sie im Sinn von Josips Theorien entweder den Gärtnern oder den Förstern zuzuordnen.

Im alten Haus reagierte niemand auf Igors Klingeln. Als er sich dem neuen, gemauerten zuwandte, entdeckte Igor Licht in den Fenstern im Erdgeschoss.

Die Tür zu dem Neubau stand offen. Draußen lagen große Plastiksäcke mit Bauschutt.

»He, Stepan, sind Sie da?«, rief Igor, bevor er eintrat.

»Ja, ja, ich komme!«, hörte er Stepans Stimme. »Komm nicht hier rein, es ist staubig!«

Um Stepans Hals hing eine Staubmaske, seine alten Trainingshosen mit den ausgebeulten Knien und das Matrosenshirt waren schmutzig-grau geworden.

Beim Heraustreten klopfte er mit der Handfläche auf sein

gestreiftes Shirt, und ringsum verteilte sich eine Staubwolke in der Abendluft. Dann klopfte er sich auch die Trainingshosen ab, die daraufhin ihre frühere dunkelblaue Farbe wieder annahmen.

»So, ich habe es ausgelesen!« Igor hielt Stepan das Buch hin. »Interessant… besonders das über die Gärtner und Förster…«

In Stepans Blick las Igor Hochachtung.

»Wie geht es deinen Rippen?«, fragte der Gärtner.

»Ich spüre sie kaum mehr.«

»Und du erinnerst dich immer noch nicht, wer auf dich eingestochen hat?« Auf Stepans Gesicht erschien kurz ein Lächeln.

»Doch«, sagte Igor leise. »Ein Förster… Sie haben mir doch versprochen, dass Sie mir zeigen, wie man mit dem Messer richtig zusticht…«

»Was gibt es da zu zeigen?!« Stepan zuckte die Achseln. »Wenn ihr direkt voreinander steht, musst du von unten nach oben stechen, oder geradeaus von deinem Bauch in seinen Bauch. Wenn er dir den Rücken zukehrt, musst du von oben nach unten stechen, in den Rücken oder den Hals… Aber das macht man nicht.«

Igor hob die Hand in Bauchhöhe, umklammerte ein imaginäres Messer und schnellte mit der Hand vor, so, dass sie links von Stepan haltmachte.

»So?«, fragte er.

»So«, antwortete Stepan.

»Und wo ist Aljona?« Igors Blick wanderte über die Schulter des Gärtners zu der hell erleuchteten Türöffnung.

»Sie ist ins Internetcafé gegangen, nach ihren Mails sehen.« Stepan begleitete seine Worte mit einer vagen Geste der rechten Hand, als wollte er die Richtung andeuten.

»Soll ich Ihnen vielleicht helfen?« Igor wies mit dem Kinn auf die Schuttsäcke.

»Komm lieber morgen.« Stepan zog sich die Staubmaske vom Kopf und betrachtete sie. »Für heute reicht es!«

## 27

Die Gärtner und Förster verfolgten Igor bis in die Träume. Sie bereiteten sich eindeutig auf eine Schlacht vor, hatten Positionen beiderseits einer breiten Schneise bezogen, die einen dichten Wald von einem alten Garten trennte. Igor schien es, dass der Ausgang der näher rückenden Schlacht schon im Voraus entschieden war, denn Förster gab es zwei, dreimal mehr. Im Traum regte Igor sich auf, drehte sich von der linken auf die rechte Seite und fühlte, wie ganz leise, gleichsam schüchtern, die fast verheilte Wunde wieder zu schmerzen begann. Er legte sich auf den Bauch und drückte sein Gesicht ins Kissen. Er bekam nicht genug Luft und drehte den Kopf nach rechts, zum Fenster. Der Traum, der ein paar Meter weggerückt war, kehrte an seinen Platz zurück, auf die Leinwand von Igors Phantasie. Nur war der Ton verschwunden. Ton hatte es in diesem Traum kaum gegeben, die Bäume rauschten, Wind wehte, aber jetzt wurde es totenstill und deshalb beunruhigend.

Irgendwo außerhalb seines Traums ertönte ein Klopfen. Zuerst dumpf, als schlüge jemand auf einen Baum, dann klingender, wie mit einem Stöckchen gegen Glas.

»Igor!«, hörte er gleichzeitig mit dem Knarren der Tür die Stimme seiner Mutter. »Da schleicht wer ums Haus! Ich habe Angst!«

Igor öffnete die Augen. Er brauchte eine Weile, um Traum und Wirklichkeit voneinander zu lösen.

Die Mutter stand im langen Nachthemd und barfuß vor seinem Bett.

Widerwillig erhob sich Igor, trat ans Fenster und lauschte. Das Klopfen setzte sich in unregelmäßigen Abständen fort, Scheiben klirrten. Igors Blick, der sich ein wenig an die Dunkelheit gewöhnt hatte, blieb an einem dunklen Gegenstand hängen, der auf dem Weg zwischen der Haustür und dem Gartentörchen lag.

Und da klingelte es an der Tür. Das Klopfen war verstummt.

»Los, sieh nach!«, flüsterte die Mutter hastig. »Nur mach nicht auf! Sag, dass wir die Miliz rufen!«

Die Unruhe seiner Mutter hatte sich unweigerlich auf Igor übertragen. Außerdem war ihm kalt, wie er da in Boxershorts und T-Shirt an dem Fenster mit der offenen Lüftungsklappe stand.

Auf Zehenspitzen schlich Igor in den Flur, bog in die Küche ab, drückte sich ans Fenster. Es war wieder still geworden. Er öffnete die Lüftungsklappe, stieg auf einen Hocker und steckte den Kopf hinaus. Von hier aus glich das dunkle Ding auf dem Weg einer großen Einkaufstasche.

»Wer ist da?«, fragte Igor leise. Dann horchte er.

Hinter der Hausecke, aus der Richtung des Schuppens, hörte er ein Knacken, als wäre jemand auf einen trockenen Zweig getreten.

»Wer ist da?«, fragte Igor etwas lauter und spürte an der Taille den warmen Atem seiner Mutter. Sie war ihm vor lauter Angst in die Küche gefolgt und spähte jetzt hinter seinem Rücken hervor durchs Fenster.

An der Hausecke ertönten eilige Schritte. Igor zog den Kopf zurück, reckte sich hinter der Scheibe und konnte gerade noch bis zur Hausecke sehen.

Um die Ecke schlich Koljan. Sein suchender Blick streifte über die dunklen Fenster des Hauses.

»He, was machst du hier?«, fragte Igor erstaunt.

Koljan erkannte nicht sofort, woher die Stimme kam, trat näher und sah endlich seinen Freund.

»Mach auf, schnell!«, bat er. Seine Stimme zitterte wie vor Kälte.

»Komm zur Tür«, sagte Igor und stieg vom Hocker, ohne seinen Freund aus den Augen zu lassen. Denn Koljan rannte direkt zum Gartentor.

Igors Verwunderung legte sich schnell, Koljan war bei seiner Tasche angekommen, schnappte sie und eilte zurück zur Haustür.

Drinnen ließ Koljan sofort die Tasche fallen und drehte hinter sich den Schlüssel im Haustürschloss.

»Ist was passiert?«, fragte Igor ihn.

Koljan nickte wortlos. Am Ende des Flurs entdeckte er Igors Mutter.

»Entschuldigen Sie, dass ich so spät …«, stammelte er.

»Also, ich gehe schlafen«, sagte die Mutter.

»Bring Stühle oder Hocker her«, flüsterte Koljan. »Dann reden wir!«

»Setzen wir uns lieber in die Küche«, schlug Igor vor.

Koljan schüttelte den Kopf. »Ich habe jetzt Agoraphobie… Ich bleib lieber da, wo es keine Fenster gibt…«

Igor rührte sich nicht. Verblüfft starrte er seinen Freund an, der sehr seltsam und für den Herbst zu warm gekleidet war. An den Füßen Winterstiefel, in denen Skihosen steckten. Eine warme Daunenjacke mit bis unters Kinn hochgezogenem Reißverschluss. Und auf dem Kopf eine schwarze Skimütze.

»Was ist?«, fragte Koljan ihn. »Hast du mich gehört?«

Igor nickte und brachte zwei Hocker. Schwer ließ Koljan sich auf einem nieder.

»Vielleicht ziehst du dich aus?«, fragte Igor. »Und ich ziehe mich an, mir ist kalt.«

Er ging in sein Zimmer, schlüpfte in seinen Trainingsanzug und kehrte zurück.

Koljan saß unverändert auf dem Hocker. Nur die Skimütze lag jetzt auf seinen Knien. Er sah hoch zu der von der Decke herunterleuchtenden Lampe.

»Mach sie aus«, bat er.

Igor knipste das Licht aus und setzte sich seinem Freund gegenüber. Die Dunkelheit machte ihn blind.

»Na, was ist?«, fragte er unzufrieden. »Wollen wir uns so unterhalten?«

»Ja«, flüsterte Koljan. »Genau so. Ich habe Angst… Du kannst es dir nicht vorstellen!… Sie hätten mich fast umgebracht!«

»Wer?«, fragte Igor.

»Na, immer noch dieselben.« Koljan zog seinen Reißverschluss auf, und in der Stille klang das Geräusch unheilvoll, wie das Zischen einer Schlange. »Ich habe dir doch gesagt, dass mir verziehen wurde … im Austausch gegen die Dateien und Mails …«

Igor nickte.

»Ich hab alles gemacht, und der, der mir verzeihen wollte, hat mich mit Haut und Haaren dem Feind ausgeliefert. Er hat sich da, stellt sich heraus, einen Spaß mit seinem Ex-Geschäftspartner gemacht …«

»Geschäftsleute bringen keinen um«, sagte Igor, dem es, trotz des Trainingsanzugs, wieder kalt wurde.

»Das kommt drauf an, was für Geschäfte … Ein Scharfschütze hat auf mich geschossen, als ich in meiner Küche saß … Heiliger Bimbam! … Ich lehne mich nur gerade in meinem Stuhl zurück, um den Teekessel vom Herd zu nehmen. Im selben Moment – ein Loch in der Scheibe, und eine Kugel zischt Millimeter an meinem Ohr vorbei! Das Ohr war ganz schön heiß …«

Koljan fasste sich an das linke Ohr. »Fühl mal!«, flüsterte er.

»Wozu?«, fragte Igor verwundert. »Und was machst du jetzt?«

»Ich weiß nicht«, sagte Koljan niedergeschlagen. »Nach Hause – geht nicht. Nach Kiew – geht nicht … Ich kann nirgends hin! Die beruhigen sich nicht … Ich hab mir diese Dateien doch angeschaut, bevor ich sie abgeliefert habe. Da geht es um Geld, um gewaltig viel Geld … Dieser Banker, dessen Computer ich gehackt habe, hat Geld aus seiner eigenen Bank weggeschafft … ins Ausland. Verstehst du? Ich bin ein toter Mann!«

»Na, fürs Erste kannst du bei mir wohnen …«

»Danke«, sagte Koljan bitter. »Bloß wird jeder, der mich

kennt, wenn man ihn an die Wand drückt und ihn nach meinem Versteck fragt, sofort deinen Namen nennen!«

»Vielleicht nicht sofort?!«, sagte Igor hoffnungsvoll.

»Außerdem hab ich auch noch Kopfweh.« Koljan rieb sich die rechte Schläfe.

»Wir müssen einen Ausweg suchen«, flüsterte Igor. »Unbedingt!«

»Such! Ich bin jetzt dein Problem«, sagte Koljan mit der Stimme eines unheilbar kranken Menschen.

»Gehen wir ins Zimmer«, schlug Igor vor.

Koljan antwortete nicht und rührte sich nicht von der Stelle.

»Vielleicht einen Kognak?«

Dieser Vorschlag gefiel Koljan, und Igor ging in die Küche und brachte von dort eine Flasche ›Koktebel‹ und zwei Gläser.

Sie tranken schweigend. Igor sah, dass Koljan sich betrinken wollte, und deshalb nippte er kaum an seinem Glas, während er regelmäßig das Glas seines Freundes neu füllte.

Endlich ließ Koljans Spannung nach. Er war einverstanden, in Igors Zimmer zu gehen, aber bat darum, dass sie sich auf den Boden und möglichst weit vom Fenster entfernt setzten.

Jacke und Stiefel ließ Koljan im Flur.

»Hast du noch was zu trinken?«, fragte er im Zimmer.

»Kognak gibt es keinen mehr, nur noch Mutters Wermutschnaps.«

»Gut, bring her!«

Wieder tranken sie schweigend. Das heißt, nur Koljan trank. Und wurde einfach nicht betrunken.

»Was soll ich machen?«, fragte er irgendwann mit schon leicht schwerer Zunge. »Du kannst dir nicht vorstellen, wie mir seit dem Krankenhaus der Kopf manchmal weh tut…«

»Seit sie dich verprügelt haben«, bemerkte Igor. »Im Krankenhaus wurdest du ja nicht geprügelt, sondern gepflegt!«

Koljan hörte seinem Freund nicht zu. »Wenn ich nur ins Ausland könnte, über irgendeine Grenze. Aber wohin und wie?! Und auch dort können sie mich kriegen… Wie oft hat es das schon gegeben…«

»Du musst über eine Grenze, hinter der sie dich nicht kriegen«, sagte Igor nachdenklich und spürte, dass irgendwo ganz in der Nähe eine Eingebung wartete, wie sein Freund zu retten war.

»Lateinamerika?«, flüsterte Koljan fragend. »Dort sterbe ich an Heimweh. Oder an Tequila.«

Igor schüttelte den Kopf. »Nein, nicht Lateinamerika.«

Wieder hing Stille im Raum. Durch die offene Lüftungsklappe drang das Brummen eines fernen Flugzeugs an die Ohren der beiden Freunde.

Koljans Lippen zitterten. »Sag schon was!«, flüsterte er. »Denk dir irgendwas aus. Meine Stunden sind gezählt… Vielleicht noch ein Tag. Verstehst du, wenn sie mit einem Scharfschützengewehr schießen, heißt das, es war bestellt und bezahlt… Man hat mich in Auftrag gegeben…«

»Komm, ich mache dir ein Bett hier auf dem Boden«, schlug Igor vor. »Du schläfst ein bisschen, und ich denke nach…«

Koljan stimmte zu, und auf der dünnen Matratze, die sie gewöhnlich für die Liege benutzten, schlief er, ohne seine Skihose auszuziehen, sofort ein.

Igor holte Koljans Tasche ins Zimmer und legte sich selbst auf sein Bett. Dann sah er an die Decke, lauschte dem nervösen Atem des unruhig schlafenden Koljan.

›Vielleicht kann man Stepan bitten … dass Koljan fürs Erste in seinem Neubau wohnt?‹, überlegte Igor. ›Er könnte dort wohnen und mithelfen, bis sie das Haus in Ordnung gebracht haben.‹

Er stellte sich vor, wie Koljan einen Sack mit Bauschutt aus dem Haus schleppte. Drinnen strichen Stepan und Aljona etwas an. Und derweil rollte ein schwarzer Geländewagen die Straße entlang bis an ihren Zaun. Mit denen drin, die Koljan suchten … Aber woher sollten sie erfahren, dass er dort, bei Stepan, war?!

Je mehr Igor seine Gehirnzellen anstrengte, desto komplizierter erschien ihm die gestellte Aufgabe. Vor Erschöpfung und Anspannung begann ihn der Kopf zu schmerzen. Er rieb sich die rechte Schläfe und dachte daran, dass auch Koljan im Flur über Kopfweh geklagt und sich genauso die Schläfe gerieben hatte.

›Was tun? Was tun? Denke, Kopf, denke!‹, ermahnte Igor sich, während er schon beinahe vor dem Schlaf kapitulierte. Er gähnte und versuchte noch, die Augen offenzuhalten.

»Eine ferne Grenze …«, flüsterte er langsam und immer leiser.

Seine Augen fielen zu. Und in diesem Moment sah Igor vor sich die rote Walja, in ihrer Angst vor Tschagin. Ihr schönes, aber verstörtes Gesicht. Die Verzweiflung in den großen Augen. Igor hatte in seinem Leben nicht oft Furcht auf einem Gesicht gesehen, nicht oft Furcht in einer Stimme gehört. Aber in letzter Zeit wurde es ein bisschen viel damit.

Und da hoben sich seine Lider, hochgezogen von einem unerwarteten Gedanken.

›Man muss ihn nach Otschakow schicken, ins Jahr 1957.‹ So jäh kam dieser Gedanke, dass Igor kalter Schweiß auf die Stirn trat. ›Genau! Er zieht die Uniform an, ich werde ihm alles erklären …‹

Igor stemmte sich auf die Ellbogen und betrachtete den auf dem Boden schlafenden Koljan. Dann setzte er sich hin und stellte die Füße auf die Dielen.

›Er glaubt mir ja nicht.‹ Der Zweifel, der auf den rettenden Gedanken folgte, war schwach. ›Und was gibt es sonst für Optionen?‹ Igor lächelte schief und vertrieb den Zweifel. ›Keine anderen Optionen!‹

Er stand auf und kauerte sich neben Koljans Kopf nieder. »Steh auf«, flüsterte er.

Doch jetzt, dank Kognak und Wermutschnaps, schlief Koljan tief und fest.

Igor rüttelte ihn an der Schulter, Koljan grunzte zur Antwort und drehte den Kopf auf die andere Seite.

»Steh auf, sonst knipse ich das Licht an!«, sagte Igor fest und beharrlich.

Koljan hob den Kopf ein wenig und drehte sich um.

»Was?«, flüsterte er.

»Steh auf, es gibt eine Lösung!«

Koljan setzte sich auf der Matratze auf und lauschte Igor mit offenem Mund. Sein Kopf neigte sich zur linken Schulter. Die Augen schienen im nächsten Moment wieder zufallen zu wollen.

»Ich werde dir alles erklären, alles erzählen. Du musst nach Otschakow … Dort findest du deinen Platz …«

»Das ist doch völliger Irrsinn«, flüsterte Koljan und seufzte schwer. »Und deswegen hast du mich geweckt?!«

»Du musst es anders betrachten.« Der neue Gedanke brachte Energie und Überzeugung in Igors Stimme. »Sieh es so, du bist schon eine Leiche und du machst dich einfach auf ins Jenseits. Dort sind sie ja auch alle tot, ich meine, von unserem Standpunkt, von der Höhe des Jahres 2010 aus betrachtet. Sie sind alle dort unten …«

»Mhm.« Unerwartet signalisierte Koljan mit einem Nicken, dass er bereit war, weiter zuzuhören.

»Und du wechselst zu ihnen rüber und lebst bis … naja, an dein normales Lebensende. Mit keinem von hier wird dein Weg sich kreuzen, und wenn doch, dann wirst du es nicht wissen …«

Koljan nickte wieder. »Rede weiter«, sagte er.

»Hörst du denn zu?«, fragte Igor zweifelnd.

»Ja. Wenn das die einzige Lösung ist, ja, dann … gehe ich da runter … Ob dieses Jenseits oder ein anderes … Nein, ich meine es ernst … Ich höre zu.« Er sah Igor an.

»Du wirst mir glauben«, sagte Igor mit Überzeugung. »Ich gebe dir Fotos, du wirst diese Leute erkennen … Man wird dich abholen, dir helfen … Mach dich bereit!«

»Wozu?«, fragte Koljan erschrocken.

»In einer Stunde geht der erste Vorortzug nach Kiew. Von meinen Fotos wurden Großabzüge gemacht, ich habe noch nicht alle gesehen. Darauf schaust du dir die Stadt und die Leute an! Und mich mit ihnen, du glaubst es ja noch nicht!«

»Ich glaube es«, sagte Koljan schwach, fast willenlos. »Ich fange an zu glauben … Und wenn sie mich dort umbringen?«

»In Otschakow?!«

»Nein, in Kiew.«

»Killer stehen so früh nicht auf. Für den Rückweg nehmen wir ein Taxi. Ich rufe jetzt den Fotografen an, er wird es mir nicht abschlagen! Da bin ich sicher!«

Fünf Minuten lang tönte das Freizeichen aus Igors Handy. Ein paarmal gab das Telefon es zwischendurch selbst auf, dann wählte Igor von neuem die Nummer des Fotografen.

»Wer ist da?«, erklang endlich dessen verschlafene Stimme.

»Hier ist Igor, wegen der Ausstellung.«

»Wie spät ist es?«

»Entschuldigen Sie, es ist wirklich noch früh... Aber ich habe eine dringende Bitte... Sie haben doch die Abzüge gemacht?«

»Die Großformate? Ja. Sie trocknen.«

»Wohnen Sie weit vom Fotostudio entfernt?«

»Nein, in der Nachbarstraße.«

»Ich habe hier einen Freund, ich muss ihm dringend die Bilder zeigen, in anderthalb, zwei Stunden. Geht das?«

»Jaaa...«, sagte gedehnt der Fotograf, dem es eindeutig noch schwerfiel zu folgen. »Das geht, nur...«

»Wenn wir da sind, rufen wir an«, sagte Igor.

»Gut«, konnte der Fotograf nur noch sagen.

## 28

Den betrunken-mürrischen Koljan aus dem Haus zu bekommen erwies sich als schwierig. Igor versuchte es mit Bitten und Argumenten. Am Ende brachte er Koljans dicke

Winterjacke ins Zimmer und zwang ihn, sie anzuziehen und die warme Kapuze mit dem Kunstpelzrand bis auf die Öffnung für die Augen zuzuzurren. Danach brachte Igor aus der Hausapotheke ein Fläschchen Jod, nutzte die plötzliche Kapitulation oder Apathie seines Freundes und bemalte dessen Brauen mit der leuchtend roten Lösung.

»Man wird denken, du bist ein Säufer und bist verprügelt worden«, sagte Igor und half Koljan beim Aufstehen, damit er sich im Spiegel anschaute.

»Ich hätte dich nicht erkannt! Ich schwöre!«, sagte er und sah in die dumpfen, leuchtend rot umrandeten Augen im Wandspiegel, die aus der Tiefe der Antischneesturm-Kapuze herausblickten.

»Jaaa«, machte sein Freund nur. Es klang niedergeschlagen und willenlos. Da erkannte Igor, dass er den Moment nutzen und Koljan nach draußen ziehen musste, bevor der wieder neue Kräfte gesammelt hatte, um sich zu wehren und aktiv vor der unvermeidlichen Zukunft zu fürchten.

»Und die Tasche? Da drin ist der Computer!« Koljan sah sich noch einmal um, als Igor ihn zum Gartentor schob.

»Wir kommen in zwei, drei Stunden wieder! Ihr passiert nichts!«

Den Rest des Weges schwieg Koljan. Zuerst schritt er fast munter aus. Nur die Art, wie er die Gesichtsöffnung der Kapuze festzurrte, verriet seine Furcht. Aber dann, wohl weil es unter der Jacke unerträglich heiß war, lockerte er immer öfter die Schnur, weitete die Gesichtsöffnung und sog gierig die kalte, feuchte Luft ein.

Der erste Vorortzug war beinah leer. Sie hatten einen ganzen Waggon für sich. Und als sie sich auf die hölzerne

Bank gesetzt hatten, zog Koljan für ein paar Augenblicke die Kapuze ab. Sein Gesicht war, dank Igors bisher verborgenem künstlerischen Talent, tatsächlich nicht wiederzuerkennen. Es hatte sich in die universelle Visage des Alkoholikers verwandelt, der nur einen Weg vor sich hat – den unter die Penner und dann weiter, in die winterliche Ewigkeit, in den Schneesturm, aus dem man nicht mehr zurückkehrt. Der Kognak und der Wermut, die Koljan getrunken hatte, halfen da nur. Igor lächelte selbst darüber, was seine Hände und das Jod geschaffen hatten.

»Hör mal, du bist dir gar nicht ähnlich!«, flüsterte Igor, der sich nicht zurückhalten konnte, seinem Freund ins Ohr.

»Ich werde mir nie mehr ähnlich sein«, sagte Koljan düster.

Langsam schien er nüchterner zu werden. Aber Ausnüchtern dauert. Und auch der Fußmarsch vom Bahnhof zur Proresnaja versetzte Koljan noch nicht ganz in den Zustand eines normalen und nüchternen Menschen zurück.

Als sie an der Oper vorbeikamen, rief Igor den Fotografen an und teilte mit, dass sie in zehn Minuten beim Fotostudio sein würden.

Der Fotograf erwartete sie schon im Hof, vorm schmiedeeisernen Eingang. Dabei gähnte er. Seine Augen wehrten sich gegen das Licht des beginnenden Tages. Er sah Koljan erschrocken an, aber bei einem Blick zu Igor wurde er weicher, entspannte sich und öffnete die Tür.

»Es ist alles fast fertig«, sagte der Fotograf. »Möchten Sie vielleicht einen Kaffee?«

»Der wird keinem von uns schaden«, stimmte Igor zu.

Igor der Fotograf hängte seinen wasserdichten Jägerparka

an einen Kleiderhaken neben dem Eingang und verschwand hinter der Küchentür.

Igor winkte Koljan zu sich. Sie betraten das große Zimmer. Igor streckte die Hand zur Wand aus, der Schalter knackte und gleich darauf überflutete Licht den Raum. Vor ihnen gerieten, wie im Wind, die mit Plastikklammern an Leinen hängenden Fotografien in Bewegung.

»Was ist das?«, murmelte Koljan.

»Gleich, warte, setz dich schon mal!«, befahl ihm Igor, während sein Blick von einem Bild zum anderen eilte.

Die Ordnung, in der sie hingen, taugte nicht zu einer virtuellen Exkursion durch Otschakow.

Igor setzte sich zu Koljan auf das Sofa. »Gleich«, brummte er und fühlte, wie das Gewicht der Erschöpfung ihm auf die Schultern sank. »Wir trinken Kaffee, und dann zeigt er uns alles!«

Die erzwungene Pause half Igor, sich zu sammeln und herauszufinden, was er wie sehen wollte.

Der Herr über das Fotostudio war erst von dem Kaffeeduft, dann auch von dem Getränk selbst munter geworden und erfasste die Lage schneller als seine beiden Besucher.

»Zeigen Sie sie uns der Reihe nach«, bat Igor ihn. »Als Serie, wie sie in der Ausstellung hängen werden …«

Der Fotograf trank seinen Kaffee aus, tat seine Tatbereitschaft mit einem entschlossenen Nicken kund und begann zwischen den Aufnahmen an den Leinen umherzugehen.

»Wir müssen mit dem Anfang beginnen, die ersten Bilder sind schon fertig«, sagte der Fotograf.

Er raschelte eine ganze Weile hinter dem Schirm, dann kam er wieder hervor und legte auf den Sofatisch vor Igor und Koljan einen Stapel schwarz-weißer, großformatiger Fotos.

»Schauen Sie sich erst mal das hier an, die sind so geordnet, wie sie dann hängen werden«, sagte er. »Und ich nehme inzwischen die übrigen ab, sind schon trocken.«

»Guck es dir genau an und präge es dir ein«, flüsterte Igor Koljan zu, froh, dass der Besitzer des Fotostudios nicht mehr neben ihnen stand. »Hier, siehst du, das ist Otschakow. Das ist die Straße, in der Wanja Samochin mit seiner Mutter wohnt. Hier sind sie beide, und das bin ich mit Wanja. Da ist das Haus von Tschagin, hier stehen sie vor der Tür, Josip und Fima ... Die brauchst du nicht. Wenn du die siehst, wechsle auf die andere Straßenseite ... Da! Da ist der Markt, schau! Walja! Sie ist rothaarig, das sieht man hier nicht! Eine Schönheit! Wild!«

Igor wiegte träumerisch den Kopf. Er bemerkte, dass Koljan die Frau hinter dem Marktstand, auf dem Flundern und Grundeln lagen, mit seinem Blick verschlang.

»Für so eine geht man überallhin«, ergänzte Igor, der sich freute, dass das Foto bei seinem Freund Interesse geweckt hatte. »Ob in die Vergangenheit oder in die Zukunft!«

Auf den Tisch senkte sich ein neuer Stapel Fotos.

»So, das ist der zweite Teil!«, sagte der Fotograf und machte es sich neben ihnen im Sessel bequem.

Als er ein weiteres Bild beiseitelegte, erstarrte Igor. Er hatte schon die Finger zu dem nächsten Großformat-Bild von Walja ausgestreckt, aber dass vor ihr auf dem Foto Fima Tschagin stand, erschreckte ihn. Aus Tschagins Gesicht sprach unverhohlene Drohung, und Waljas Augen und Miene waren starr vor Angst, wirklicher Angst.

»Was ist mit den beiden?«, fragte Koljan fast gleichgültig. »Sind sie zusammen?«

»Sie hat einen Mann, einen Fischer. Sie verkauft seinen Fang. Ich glaube nicht, dass sie zusammen sind ...«

Koljan schielte seltsam zu Igor herüber und zog die offene Kapuze der Daunenjacke hoch.

»Sag mir etwas anderes«, bat Igor völlig ernst. »Siehst du, dass das alles wirklich ist?«

Koljan nickte. Und sah zu dem Fotografen hinüber, der ihrem Gespräch lauschte.

»Wirklich, wirklich«, flüsterte der Herr über das Fotostudio, während er Koljans Blick erwiderte. »Nur sagt er hier«, er wies mit dem Kopf zu Igor, »nicht, wie ihm das gelungen ist ...«

»Irgendwann sage ich es«, versprach Igor, und auf seinem Gesicht lag ein listiges Lächeln.

»Das hoffe ich«, sagte der Fotograf. »Es wäre eine Revolution in der Fotografie. Das heißt, sie ist ja schon da, nur ...«

»Haben Sie schon kleine Abzüge der letzten Filme?«, fragte Igor plötzlich.

»Ja, Kontrollabzüge habe ich gemacht. Soll ich sie Ihnen mitgeben?«

»Ja!«

Zurück, bergab zum Bahnhof, gingen sie schnell. Seinem Gang nach zu schließen, war Koljan vollständig nüchtern geworden. Er hatte die Kapuze auf, in der Gesichtsöffnung sah man nur Augen, Nase und ein wenig Jod. Passanten gab es fast keine, und zu ihrem Glück fiel jetzt auch noch ein leichter Regen und schob den Anbruch des Morgens hinaus.

Am Bahnhof nahmen sie für hundert Griwni ein privates Taxi, einen alten Schiguli Kombi, der sie nach Irpen fuhr.

Die Scheibenwischer des Kombis strichen laut zischend die Regentropfen von der Windschutzscheibe. Igor saß neben dem Fahrer, Koljan schlief, ohne die Kapuze abgenommen zu haben, auf dem Rücksitz.

»Lange ausgewesen, ja? War's gut?«, fragte freundlich der Fahrer, ein Mann um die sechzig.

»Sehr gut«, antwortete Igor. »Er«, er wies mit dem Kopf nach hinten zu seinem schlafenden Freund, »kommt nicht so bald wieder zu sich!«

»Vor Freude oder vor Kummer?«, erkundigte sich der Fahrer.

»Vor Freude«, sagte Igor nachdenklich, und so zweideutig klang seine Antwort, dass sie die Gedanken des älteren Fahrers gleich auf sein eigenes Schicksal und dessen Hakenschläge lenkte.

## 29

Die Mutter war schon in der Küche zugange, machte Frühstück, als sie das Haus betraten. Koljan zog im Flur Schuhe und Jacke aus, ging ins Bad und wusch sich lange das Jod aus dem Gesicht. Dann setzte er sich in Igors Zimmerecke auf die Matratze, auf der er am Ende doch nicht hatte ausschlafen können.

»Nimm, schau sie dir an, präg sie dir ein!« Igor hielt seinem Freund einen Stapel kleiner Fotos hin.

»Mitgeben willst du sie mir nicht?«

Igor überlegte. »Ein paar gebe ich dir«, antwortete er. »Wozu brauchst du alle?«

Koljan machte sich wieder ans Studieren der Fotos und kniff die Augen zusammen, als hätte er nicht genügend Licht. Igor zog den Nachttisch mit dem Lämpchen näher zu ihm, richtete die Lampe direkt auf Koljans Hände und knipste sie an.

»Das Frühstück ist fertig.« Elena Andrejewna sah ins Zimmer herein. »Kommt essen!«

»Gehen wir«, sagte auch Igor.

Koljan verzog den Mund. »Ich setz mich nicht ans Fenster«, sagte er störrisch.

»Na gut, ich bring's dir her.«

Gierig verschlang Koljan, fast in der Lotos-Position sitzend, ein Würstchen mit Rührei. So trank er auch seinen Tee.

»Also, wann schickst du mich auf die Reise dorthin?« Koljan wies mit dem Kinn auf die neben ihm auf dem Boden liegenden Fotos.

»Warte.« Igor überlegte. »Es muss alles genau geplant werden. Das ist doch wie Ausland. Auch Dokumente würden da nicht schaden. Wenn man irgendeinen alten Vordruck beschaffen und dir Papiere im alten Stil machen könnte, damit niemand einen Verdacht schöpft …«

»Dokumente?«, wiederholte Koljan. »Was kann es mit Dokumenten heute für Probleme geben? Wir leben im Zeitalter der digitalen Vervielfältigung. Heute bestellt, morgen gebracht. Ob einen Diplomatenpass oder eine Bescheinigung, dass du ein Nachfahre des Hauses Romanow bist …«

»Ja, aber hier geht es doch um alte Dokumente. Ich habe

den alten Ausweis eines Leutnants der Miliz, wir können ihn uns ansehen…«

»Wozu denn ansehen?!« Koljan zuckte die Achseln. Er zog seine auf dem Boden liegende Tasche zu sich her, holte das Notebook heraus, schloss das Kabel an die Steckdose an und steckte das Modem ein, das wie ein USB-Stick aussah. »Jetzt gucken wir uns an, was alles geboten wird!«

»Guck du es dir an, und ich gehe mal weg, ich habe etwas zu tun«, sagte Igor. »Habe einem Bekannten versprochen, ihm zu helfen…«

»Und wann kommst du wieder?«

»Zum Abendessen!«

Igor ließ Koljan im Zimmer zurück und bat seine Mutter, den Freund nicht zu stören, erklärte ihr, der habe eine Depression. Er selbst machte sich auf zu Stepan.

Igor erhielt eine Staubmaske und Arbeitshandschuhe. Sogar ein Overall für ihn fand sich im Haus. Im ersten Stock des Neubaus lagen Bretter und Armaturen, die die Bauleute zurückgelassen hatten, und überzählige, nicht verwendete Heizkörper. Gemeinsam trugen Igor und Stepan alles hinunter. So lange, bis Aljona sie zum Mittagessen rief. Sie hatte den Tisch in dem alten Holzhaus gedeckt, in dem Zimmer, in dem sie bescheiden ihren Kauf gefeiert hatten. Als sie schon beim Tee saßen, machte Igor sich auf einmal Sorgen um Koljan. Er entschuldigte sich, sagte, dass er an diesem Tag nicht mehr mithelfen konnte, und eilte nach Hause.

Er fand seinen Freund noch immer auf der Matratze in der Ecke vor. Nur lag jetzt aus irgendeinem Grund Igors aufgeschlagener Pass vor ihm auf dem Boden.

»Wozu brauchst du den?«, fragte Igor nervös.

»Alles in Ordnung.« Koljan hob beschwichtigend die Hand. »Ich konnte ja bei einer unbekannten Firma nicht Papiere auf meinen Namen bestellen. Also habe ich sie auf deinen bestellt. Und von mir ein Foto geschickt, ein digitales. Von dir hatte ich keines, und die Papiere sind ja auch für mich ...«

»Was sind es für Papiere?«, erkundigte sich Igor.

»Ein Pass von 1957, der Dienstreiseausweis eines Leutnants der Miliz und noch irgendwelche Bescheinigungen. Die kennen sich da aus. Es ist eine kleine Firma beim Staatsarchiv, die haben nicht nur Beispiele von allem, sondern auch leere Vordrucke. Man braucht nur Geld.«

»Und wie viel kostet das?«

»Fünfhundert Grüne zum aktuellen Kurs. Ich habe schon bezahlt!« Koljan zeigte Igor eine Kreditkarte. »Ich lasse sie dir hier, heb sie gut auf. Vielleicht komme ich in einem Jahr wieder zurück?!« Auf Koljans Gesicht lag ein etwas irres Lächeln.

»Wann bekommst du alles?«

»Du wirst es nicht glauben! Heute abend, per Kurier.«

»Na, ich gratuliere.« Igor sah von dem aufgeklappten Notebook am Boden zu seinem Pass. »Du bist jetzt ich ... Ich bin auch nicht ganz ich ... Ich bin jetzt ich und gleichzeitig Wanja Samochin ...«

»Wir leben interessant!« Koljan lächelte schief.

»Das Land ist interessant, die Zeit ist interessant, du und ich sind interessant.« Igor lächelte auch. »Nur musst du noch ein bisschen hier ausharren. Ein oder zwei Tage ...«

»Wieso?« Das Lächeln verschwand vom Gesicht seines Freundes.

»Ich gehe nochmal nach Otschakow, vereinbare, dass man dich dort abholt … Und verabschiede mich.« Igors Stimme klang ungewohnt fest, und wahrscheinlich deshalb riefen die Worte bei Koljan keinen Protest oder Widerstand hervor.

Ein Motorroller hielt am Gartentörchen und eine ganze Weile später klingelte es.

Die Mutter war als Erste an der Haustür.

»Wer ist da?«, fragte sie.

»Kurier, für Igor Wosnyj.«

»Kind, das ist für dich!«, rief Elena Andrejewna.

Nachdem er von dem Kurierburschen das Päckchen erhalten hatte, kehrte Igor in sein Zimmer zurück und überreichte es Koljan.

Der riss sofort die Verpackung auf und zog eine Plastikhülle mit Dokumenten heraus.

»Möchtest du was trinken?«, fragte Igor. »Es ist doch ein aufregender Moment …«

»Ich möchte neuerdings immer trinken.« Koljan sah hoch. »Her damit!«

Es war fast schon elf Uhr abends. Die erste der beiden Kognakflaschen, die Igor auf dem Rückweg von Stepan gekauft hatte, ging gerade zur Neige. Jetzt tranken sie beide in gleichem Tempo, auch Igor versagte sich nichts.

»Also, du gehst da jetzt hin und kommst wieder zurück?« Koljan blickte nervös zu seinem neben ihm sitzenden Freund.

»Ja, für vierundzwanzig Stunden. Soll ich dir etwas zu lesen hierlassen? Damit dir nicht langweilig wird? Ich kann dir ein tolles Manuskript bringen, zum Thema Essen! Obwohl, nein, es ist schon spät …«

»Nein, ich kann nicht lesen … die Angst lenkt mich ab … Ich werde einfach warten. Lass mir lieber was zu trinken da!«

»Mach ich!«, versprach Igor.

Er brachte aus der Küche die zweite Flasche Kognak und zwei Flaschen Wermutschnaps herüber.

»Reicht das?«, fragte er.

»Das reicht«, sagte Koljan. »Gerade für drei Mal trinken und drei Mal schlafen …«

Schweigend zog Igor die Milizuniform an, schnallte den Gürtel mit dem Halfter um, schlüpfte in die Stiefel, setzte die Uniformmütze auf. Zuletzt kam die Windjacke.

Koljan betrachtete Igors Verwandlung gebannt, staunend. Auch er schwieg.

»So, fertig, bleib sitzen.« Igor warf Koljan einen Abschiedsblick zu und verließ das Zimmer.

Draußen wehte der Wind. Nicht allzu stark, aber kalt. Er wehte ihm von vorn ins Gesicht, als käme er aus der Vergangenheit, in die Igor jetzt unterwegs war.

Die Dunkelheit wurde dichter. Häuser und Zäune zu beiden Seiten des Weges traten ins Unsichtbare zurück. Vor ihm zitterte ein fernes kleines Licht. Ein leichter Regen tröpfelte los. Automatisch versuchte Igor die Kapuze über den Kopf zu ziehen. Die Uniformmütze störte, er nahm sie ab und trug sie in der Hand.

Die Beine führten ihn zu dem Platz vorm Tor der Kellerei. Der Regen hatte aufgehört und eine klebrige Feuchtigkeit in der Luft zurückgelassen.

Aus dem sich öffnenden Tor blickte Wanja und trat gleich darauf heraus, auf seiner Schulter den Weinschlauch.

»Grüß dich«, rief Igor ihm zu.

Wanja blieb stehen und spähte in alle Richtungen.

Igor trat auf den beleuchteten Teil des Platzes. »Ich bin's«, sagte er.

Wanja nickte. »Ich habe Ihre Stimme erkannt. Sie waren ja lange weg… Und hier ist alles Mögliche passiert…«

Sie bogen in die Straße ein, die zu Wanjas Haus führte.

»Was denn?«, fragte Igor unterwegs.

»Waljas Mann hat ein Messer abbekommen…«

»Liegt er im Krankenhaus?«, fragte Igor.

»Auf dem Friedhof… Jetzt ist sie nicht mehr auf dem Markt. Sie hat ein Trauertuch über den Kopf gezogen und sitzt zu Hause und weint.«

Igor seufzte schwer. »Hat man den gefunden, der ihn erstochen hat?«, fragte er finster.

Wanja schüttelte den Kopf, blieb stehen und rückte den Weinschlauch auf seiner Schulter zurecht. »Man hat so zugestochen, dass der Griff abbrach. Und die Klinge blieb zwischen den Rippen…«

Bis zu Wanjas Haus gingen sie schweigend. Drinnen setzten sie sich in die Küche. Wanja schenkte sich und Igor Wein ein und lächelte im Stillen über etwas.

»Sie haben ein Foto von mir bei der Zeitung genommen«, prahlte er. »Ich fotografiere jetzt auch für mich. Ein Freund hat mir die Bilder entwickelt und Abzüge gemacht.«

»Bei welcher Zeitung?«, fragte Igor teilnahmslos.

»Bei unserer, beim *Otschakowetz*.« Wanja trank einen Schluck Wein. »Sie sagen, sie zahlen mir einen Rubel zwanzig. Die Sache gefällt mir, das Fotografieren! Ich habe auch schon ein Fachbuch gelesen: ›Für den angehenden Fotografen‹.«

»Ja.« Igor trank ebenfalls einen Schluck. »Du fotografierst gut ...«

»Ich möchte gern auch selbst entwickeln und abziehen, aber ich muss Fixierschalen kaufen. Und ein Vergrößerungsgerät mit Stativ.«

Igor zog ein paar Hunderter aus der Uniformhose, legte sie auf den Tisch und schob sie hinüber zu Wanja.

»Nimm! Kauf es dir!«

»Oh, danke! Sie ... ich weiß gar nicht, was ich sagen soll.« Der Bursche war ganz verlegen vor überquellender Dankbarkeit.

»Sag nichts«, bemerkte Igor gleichgültig.

»Was haben Sie da eigentlich für eine Jacke? Ist das in Mode?«

»Das ist eine Windjacke. Wenn du willst, schenke ich sie dir.«

»Wirklich?«

Igor zog die Windjacke aus und übergab sie Wanja.

»Besteck habt ihr dort?« Igor deutete mit dem Kinn auf das Schränkchen in der Küchenecke.

Wanja nickte.

Igor ging hin und zog die obere Schublade auf. Sein Blick blieb an einem Küchenmesser mit festem Holzgriff hängen. Er nahm es in die Hand und drehte sich zu Wanja um.

»Hast du eine dünne Feile?«, fragte er.

»Alle Arten.«

»Bring sie her!«

Wanja verließ die Küche, kam mit einer Holzkiste zurück, stellte sie auf den Tisch und klappte sie auf.

»Hier.« Er breitete ein Stück Kunstleder aus, mit Taschen,

aus denen Nadelfeilen und andere, größere Feilen herausguckten.

Neugierig beobachtete Wanja den Gast. Sein Blick begann Igor nervös zu machen. Er schob das Küchenmesser in eine der Feilentaschen und wickelte alles wieder ein.

»Weißt du, beim nächsten Mal kommt an meiner Stelle ein anderer … Milizionär. Hilf ihm, zeig ihm die Stadt, erklär ihm alles.«

»Und Sie?«, fragte Wanja, plötzlich betrübt. »Ich habe mich schon an Sie gewöhnt …«

»Entwöhne dich wieder«, gab Igor nüchtern zurück. »Ich … ich quittiere … den Dienst … verlasse die Miliz …«

»Weil es gefährlich ist?«

»Ja.«

Igor wollte das Gespräch ungern fortsetzen. Er leerte seinen Wein und begab sich in das Zimmer mit dem alten Sofa. Dort knipste er das Licht an, setzte sich auf einen Stuhl, holte eine Nadelfeile und das Messer heraus und begann, die Messerklinge an der Kontaktstelle mit dem hölzernen Griff zu feilen.

Der Stahl ergab sich nur schwer. Schon schmerzte Igor die Hand, und die kleine Vertiefung in der Klinge war erst ein paar Millimeter tief. Igor verschnaufte und ließ das Messer auf die Knie sinken, wedelte mit den Fingern und machte sich wieder ans Feilen. Als Ergebnis seiner, wie ihm schien, ungeheuren Anstrengungen hatte er die Klinge noch anderthalb Millimeter weiter eingekerbt, und schon schmerzten die Finger, die die Feile pressten. Während er Luft holte, sah Igor noch einmal gründlich die Werkzeugsammlung in den Taschen des aufgerollten Kunstlederstreifens durch. Er wählte eine Nadelfeile mit schärferer Kante. Und die Arbeit ging schneller voran.

Als die Klinge gründlich angesägt war und am Griff nur noch dank der verbliebenen zwei, drei Millimeter hielt, hörte Igor auf. Er betrachtete seine schmerzende rechte Handfläche und sah zwei aufgeplatzte Blasen, Ergebnis der ungewohnten und eiligen Anstrengung.

Er dachte an Stepan, erinnerte sich an seine »nützlichen Ratschläge« für das Messerstechen. Interessant, dass der Gärtner sich mit Messern auskannte! Ein Gärtner sollte sich in der Tiefe der Erde, bei den Pflanzlöchern für Blumen und Bäume auskennen und in anderen Feinheiten der Sorge um die Schönheit der Welt. Mit einem Messerstich macht man die Welt nicht schöner!

Müde lächelte Igor seinen eigenen Gedanken zu. ›Aber vielleicht doch?!‹, dachte er plötzlich. ›Denn der eine Messerstich macht das Leben und die Welt schrecklicher, und ein ganz anderer Messerstich, mit demselben Messer, kann die Welt, und das Leben, verschönern …‹

Igor dachte plötzlich daran, wie er jeden Frühling aus dem Erdkeller den Sack Karotten herausholte und sie auf Bitten der Mutter sortierte – er schnitt die fauligen Spitzen und Enden ab und ließ die festen roten Wurzelstöcke zum Essen übrig. Dann machte seine Mutter daraus Karotten auf koreanische Art, die er übrigens sehr mochte.

Komisch, warum fielen ihm diese Karotten ein? Wegen des Messers in seiner Hand?

Igor zuckte die Achseln, stand auf, wandte sich zum Sofa und betrachtete sein Abbild in dem alten, fleckigen Spiegel, der in die hohe Holzlehne eingelassen war.

Dabei fletschte Igor die Zähne, überprüfte gleichsam, wie böse und zornig er aussehen konnte. Er dachte an Fima Tschagins Gesicht in der Dunkelheit auf jenem Pfad, und dann bei Licht, in seinem Haus. Tschagins Gesicht schien wie gemacht, um Feindseligkeit und Drohung auszudrücken. Auf Tschagins Gesicht könnte kein gutmütiges oder heiteres Lächeln erscheinen. Er könnte niemals mit den Augen lächeln. Und wozu auch? Er war für anderes geschaffen. Er war geschaffen als Quelle und Verbreiter von Aggression und Wut. Auch das war ja Energie, fast wie Elektrizität. Und konnte, ebenso wie Elektrizität, töten. ›Und ich?‹, überlegte Igor. ›Wer bin denn ich? Stepan ist ein Gärtner. Tschagin ist ein Förster. Und ich?‹

Der Zweifel bremste Igors Gedanken und ließ ihn erschauern, er tat sich leid wie ein im Wald verirrtes Kind. Er stellte sich dieses Kind sogar vor – vielleicht fünf Jahre alt, in kurzen Hosen und T-Shirt, verängstigt sich umsehend, umgeben von endlosen hohen Kiefernstämmen.

»Wald«, sagte Igor. »Nein.« Plötzlich lachte er über sich selbst und seine Gedanken von eben. »Alles in Ordnung. Ich bin an einem Scheideweg, aber ich weiß, wohin ich muss … Ein paar Stunden verbringe ich noch in diesem Wald, und dann – zurück, in den Garten! Ein paar Stunden tue ich noch so, als wäre ich ein Förster. Und Schluss! Nie mehr einen Fuß in den Wald!«

Das Lächeln auf seinem Gesicht war selbstbewusst und beinah hochmütig. Igor zog den Gürtel zurecht, überprüfte, ob das Halfter zu war, setzte die Mütze auf und ging, in der Hand fest den Messergriff, leise aus dem Zimmer.

Im Haus war es still. Als Igor aus der Haustür trat, schob

er sie nicht bis zum Einschnappen zu. Die Tür sah verschlossen aus, doch konnte man ohne Schlüssel und ohne Geräusch hinein.

Das nächtliche Otschakow atmete tiefen Herbst. Das Laub unter den Füßen raschelte nicht, sondern schmatzte, vollgesaugt mit der Feuchtigkeit der Luft. Kein einziges Licht glimmte in den Fenstern der Häuser, kein Zweig knackte, kein Laut ertönte.

Igor ging ohne Eile und sah kaum auf den Weg. Die Stiefel wussten, wo ihr Besitzer hinmusste. Und brachten ihn zu Fimas Haus. Zum x-ten Mal jetzt blieb Igor unter dem Baum stehen, jenseits der Straße, am Gartentor. Er betrachtete das vertraute Haus. Rechts davon war das Dunkel weniger dicht. Dort hinaus ging das Fenster des Wohnzimmers, jenes Zimmers, in dem man versucht hatte, ihn zu vergiften.

Igor überquerte die Straße, so lautlos er konnte. Ohne Quietschen öffnete und schloss sich das Gartentor.

Er sah um die rechte Hausecke zum Fenster – dort brannte tatsächlich ein schwaches Licht.

»Du kannst nicht schlafen?!«, flüsterte Igor. »Das ist gut! Dann muss ich dich nicht wecken …«

Er kehrte zur Haustür zurück, hob das Messer in seiner Rechten vor die Augen und betrachtete es mit Respekt. Mit der linken Faust klopfte er zweimal an die Tür.

Er hörte Geräusche, Schritte.

»Wer ist da?«, fragte Fima hinter der Tür unfreundlich.

»Josip«, krächzte Igor, der versuchte, die schon ein paarmal gehörte Stimme zu imitieren.

Der innere Eisenriegel ging knirschend auf. Der Metallhaken löste sich mit einem Klicken aus seinem Ring. Die Tür öffnete sich, und Igor trat ein und zwang den verblüfften Fima, einen Schritt nach hinten zu tun. Im Vorzimmer war es dunkel, und Fima erkannte nicht gleich, wer vor ihm stand. Doch selbst wenn er es erkannt hätte, es hätte kaum etwas an seinem Schicksal geändert.

Igor stieß sein Messer mit einer schnellen Aufwärtsbewegung unter Fimas Rippen. Leicht und rasch drang das Messer ein und traf nicht auf den geringsten Widerstand. Igor fürchtete sogar plötzlich, seine Hand würde mitsamt dem hölzernen Griff in diesem seltsamen, wie leeren Leib versinken. Aber da blieb der Griff stecken. Fima stand noch vor Igor, schnappte nach Luft und versuchte das schon Unaussprechbare auszusprechen. Er stand, während Igor den Griff immer stärker presste und spürte, dass das Messer immer schwerer wurde. Fimas Beine knickten ein, langsam, ächzend neigte er sich Igor entgegen. Igor stieß ihn von sich und ließ den Messergriff los. Fima fiel krachend auf den Rücken. Das Dröhnen seines Aufpralls lief über die Wände des Hauses und blieb in der Luft hängen.

Igor verschloss die Haustür, knipste das Licht an.

Fima lag mit ausgebreiteten Armen auf dem Holzboden. Sein Bauch hob und senkte sich, und der Messergriff mit ihm. Igor verfolgte die Bewegungen des hölzernen Griffs. Er wollte, dass der stillhielt. Er war unzufrieden mit ihm. Fima hob den Kopf ein wenig und ließ ihn wieder sinken, seine Augen blieben offen. Igor kauerte sich neben ihn. Tschagins Pupillen waren erstarrt. Igor hob seine von den aufgeplatzten Blasen immer noch schmerzende Hand an Fimas geöffneten Mund. Fima atmete nicht mehr.

Igor packte den Messergriff und zog daran, in der Hoffnung, dass der jetzt abbrechen und die Schneide im Körper zurücklassen würde. Aber der Griff gab nicht nach. Er hing fest an der Klinge.

Igor stand auf. Er blickte zur offenen Tür, hinter der Licht im Wohnzimmer brannte, ging hinein und sah, womit Fima bei seinem Auftauchen beschäftigt gewesen war. Auf dem ovalen Tisch lagen acht Päckchen sowjetischer Hundertrubelscheine, mit Banderolen versehen. Daneben ein weißer Leinenbeutel und ein dicker Kopierstift. Auf dem Beutel war schon mit diesem Stift geschrieben: »J.S.S. Holt es 1961. Er oder sein S …«

»Er oder sein S …«, las Igor laut und versuchte zu verstehen, bei welchem Wort er Fima wohl unterbrochen hatte. »Er oder sein S-S-Sohn!«, erkannte Igor erfreut.

»Sohn … Josip oder sein Sohn? Dafür also hat sein Vater Stepan die Tätowierung gemacht! Eine ganz schön langsame Post! Eine ganz schön langsame Überweisung … Die kriminelle Version von Western Union!«

Igor legte alles Geld in den weißen Beutel und sah sich um. Er fühlte sich fast wie zu Hause. Denn dieses Zimmer kannte er gut. Dort, gegenüber dem Fenster, im Büfett, im oberen Teil hinter der Tür mit den dicken Schmuckscheiben, standen Wasser- und Schnapsgläser. Irgendwo standen auch Flaschen. Aber jetzt wollte Igor nicht trinken.

Was hatte damals die alte Frau in Otschakow gesagt, in deren Hinterhäuschen er und Stepan übernachtet hatten? Dass man Fima erstochen gefunden hatte, und neben ihm zwei Päckchen Geld und einen Zettel: »Für ein prächtiges Begräbnis«?

Igor nahm den Stift, trat ans Büfett und zog die obere Schublade auf. Zwischen allerhand Kleinkram, Postkarten und Schächtelchen mit Angelhaken, sah er drei leere Vordrucke einer »Vorladung zur Miliz«.

»Interessant!«, entfuhr es Igor.

Er nahm einen Vordruck und drehte ihn um. Die Rückseite war leer. Er legte sie vor sich auf den Tisch, beugte sich darüber und schrieb sorgfältig: »Für ein prächtiges … Begräbnis«.

Igor kehrte zu der Leiche zurück, zog zwei Rubelpäckchen aus dem Beutel, legte sie neben Fimas Kopf und den Zettel auf seine Brust.

»Jetzt gibt es einen Förster weniger«, flüsterte er und betrachtete den toten Tschagin ganz ruhig, wie Gras oder einen Stein.

Draußen war es kälter geworden. Auf dem Rückweg schien es Igor ein paarmal plötzlich, als hätte er etwas vergessen, als fehlte etwas in seiner Hand. Und jedes Mal fiel ihm ein, dass das Messer fehlte. Und er beruhigte sich.

Leichtes Bedauern weckte der Griff, der nach dem Zustechen nicht abgebrochen war, aber auch dieses Bedauern wurde letzten Endes von einem einfachen Gedanken ausgewischt: ›Ich habe ihn wie ein Gärtner erstochen, nicht wie ein Förster. Solche Messer, ob angefeilt oder nicht, wird es in meinem Leben nicht mehr geben. In meinem Leben gibt es jetzt nur noch Schönes!‹

Und das Wort »schön« schickte seine Gedanken weiter, zur roten Walja. Er hätte sie gern gesehen, selbst in Trauer. Er hätte sie gern getröstet, denn man hatte sie des Mitleids mit ihrem Mann beraubt, und ihr Mitleid war stärker als jede

Liebe gewesen! Sie war jetzt bestimmt zu Hause, allein. Schlief oder weinte ... Nein, er würde sie nicht wiedersehen! Er würde nicht mehr hierher zurückkehren. Dafür konnte er ihr eine Nachricht oder sogar Geld zukommen lassen! Ja, er würde Koljan bitten, bei ihr vorbeizugehen, sich mit ihr bekannt zu machen. Vielleicht verliebte Koljan sich sogar in sie und ersetzte ihr ihren Mann, ersetzte ihr den Fischer, der ihre Lieblingstätigkeit ermöglichte – den Fischverkauf auf dem Markt! Vielleicht würde sie Koljan nicht weniger bemitleiden als ihren ermordeten Mann. Und Koljan würde es mit diesem starken Mitleid hundertmal besser ergehen als mit ihrer Liebe!!

Igor blieb am Gartentor stehen, trat ein und hinderte es am Zufallen, öffnete vorsichtig die nur angelehnte Haustür und ging in Stiefeln bis in das Zimmer mit dem alten Sofa. Er zog Stiefel und Kleider aus, legte sich hin und deckte sich sorgsam mit der auf dem Hocker bereitliegenden Decke zu.

Beim Einschlafen noch dachte er an Walja und Koljan, ihm war, als müsste, weil er sie in seiner Vorstellung verlobte, alles unweigerlich mit einer Hochzeit enden. Nachdem er das Schicksal der beiden entschieden hatte, rief er sich Aljona, die Tochter des Gärtners, ins Gedächtnis. Und mit dem Gedanken an sie schlief er ein.

## 30

Ein lautes Husten ganz in der Nähe weckte Igor. Er schlug die Augen auf und streckte die Hand zur Lampe auf dem Nachttisch aus.

Ihr gedämpftes Licht stach nicht ins Auge, es schob einfach das frühmorgendliche Grau durch das Fenster nach draußen. Igor lag in seinem Zimmer. In der Ecke, auf der Matratze, schlief Koljan. Er hatte aufgehört zu husten, lag aber unruhig da und röchelte öfter leise. Neben seinem Kopf auf dem Boden stand ein Glas von Elena Andrejewnas Kräuterschnaps. Etwas weiter weg, an der Wand, standen zwei leere Flaschen und eine angebrochene.

Igor setzte sich auf. Sein Kopf dröhnte, aber sobald sein Blick an Koljan hängenblieb, zog sich das Dröhnen zurück. Verworrene Gedanken und deutliches Mitleid traten an seine Stelle. Koljan tat Igor leid. Sehr stark war Igors Mitleid nicht, Koljan verdiente eindeutig mehr Bedauern, größeres Mitgefühl. Sein Hacker-Talent hatte sich als Bumerang erwiesen und ihm zur Erinnerung ein GSHT und echte Lebensgefahr eingebracht. Jetzt musste er sich bereitmachen für den Übergang in eine andere Wirklichkeit, die nicht viel humaner war als diese. Sie war einfach anders. Alles war dort anders, auch die Bedrohungen und Gefahren. Aber Igor verspürte auch leisen Neid. Sehr leisen, der dennoch Aufmerksamkeit verdiente. Wenn das Bild, das Igor von Koljans und Waljas glücklicher Zukunft entworfen hatte, sich in ein Hochzeitsfoto verwandelte, geschossen von Wanja, ihrem Hochzeitsfotografen, dann war ihr Glück am Ende viel süßer als Igors verschwommenes und bisher nur imaginäres eigenes Glück. Sich Koljans und Waljas Glück vorzustellen war viel leichter, an seine Wirklichkeit konnte man mühelos glauben. Das Thema seines eigenen Glücks hatte Igor so gründlich noch nicht ausgesponnen. Vielleicht war es Zeit, damit anzufangen?

Er gab sich einen Ruck, schob das virtuelle Porträt von Walja mit den feurigen, frechen Augen beiseite und stellte sich ein kleines Foto von Aljona vor. Aljona auf seinem Foto war still und wollte nicht mit der resoluten Fischverkäuferin konkurrieren. Aljona gehörte zu den Gärtnern, den Arbeitsamen, Stillen, Bescheidenen. Walja war Försterin. Das half Igor, die beiden Welten in seinem Bewusstsein ins Gleichgewicht zu bringen. Und so benannte er sie für sich ganz leicht und natürlich ›Welt der Förster‹ und ›Welt der Gärtner‹. Der Neid auf Koljan verschwand, genau wie das Mitleid mit ihm. Koljan war auch ein Förster, in der ›Welt der Förster‹ würde es ihm nicht schlechter ergehen als hier!

Als hätte Koljan gespürt, dass man über ihn nachdachte, drehte er sich auf die Seite und wandte Igor sein Gesicht zu. Er hob den Kopf ein wenig, streckte die Hand nach dem Glas aus. Er leerte es und bemerkte, als er es zurückstellte, Igor und die brennende Nachttischlampe.

»Schon wieder da?«, fragte er heiser.

Igor nickte.

»Und wann …?«

»Heute Abend.«

Morgens, nachdem er mit Koljan auf dem Boden gefrühstückt hatte, Buchweizengrütze und Würste, begab Igor sich wieder zu Stepan, um zu helfen. Stepan war guter Laune. Bei der Arbeit sang er marschähnliche Lieder vor sich hin. Aljona kochte ihnen ein leckeres Mittagessen, worauf sie sich wieder im ersten Stock des Neubaus an die Arbeit machten.

»Und was kommt hier rein?«, fragte Igor und wies mit dem Kopf zu den kleinen Zimmern im ersten Stock, die sie schon vollständig von Müll und Baumaterialresten befreit hatten.

Gerade ging Aljona mit Eimer und Putzlappen in eines der Zimmer und begann das neue, aber schmutzige und mit Baustaub bedeckte Parkett zu scheuern.

»Die Schlafzimmer«, antwortete Stepan. »Unten kommt das Café hinein, und oben wohnen die Hausherren.«

»Vier Schlafzimmer?«, fragte Igor erstaunt. »Dann ist da ja noch das alte Haus ...«

»Das alte Haus ist für den alten Hausherrn, für mich.« Stepan lächelte. »Das neue ist für die neue Hausherrin und ihre Familie. Übrigens wollte ich dir ernsthaft etwas antragen ...«

Igor erstarrte und sah dem Gärtner aufmerksam ins Gesicht. Er dachte daran, wie er von seiner Mutter fast eine Ohrfeige bekommen hätte dafür, dass er die verschiedenen Anträge nicht unterscheiden konnte. Dieser hier war gerade »ernsthaft« genannt worden.

»Sie tragen mir an, Cafégeschäftsführerstellvertreter zu werden?«, fragte Igor ein wenig ironisch, wahrte aber eine ernste Miene.

»Nein«, antwortete Stepan ruhig. »Helfer in der Küche.«

»Und wem soll ich da helfen?« Igor verzog sarkastisch das Gesicht, als er sich Nachbarin Olga am Herd vorstellte, daneben sich selbst mit Kochmütze.

»Aljona, meiner Tochter. Sie ist der Koch.«

»Sie würden mich einstellen, mit Eintrag ins Arbeitsbuch?« Igors Stimmung hatte sich abrupt gewandelt.

»Natürlich, alles, wie es sich gehört!«

»Und was schreiben Sie dann hinein? Kochgehilfe?«

»Was möchtest du? Ich kann auch schreiben ›Küchenmanager‹«, sagte Stepan lachend.

»Nein, lieber ›Gärtner‹.« Igor lachte auch.

»Küchengärtner?!«

»Nur so, einfach ›Gärtner‹«, sagte Igor völlig ernst.

»Schlag ein!« Stepan nickte vielsagend und biss sich auf die Unterlippe.

Aljona kam aus dem Schlafzimmer. Hinter ihr glänzte das frischgeputzte Parkett. Vor ihr drückten Igor und ihr Vater sich fest die Hand.

»Was macht ihr?«, fragte Aljona verwundert.

»Wir haben eine Abmachung besiegelt«, antwortete Stepan. »Man muss sie nur noch unterschreiben.«

»Wie soll das Café denn heißen?«, erkundigte Igor sich plötzlich.

»Café Otschakow«, antwortete Stepan.

»Dann bin ich also im Arbeitsbuch der ›Gärtner vom Otschakow‹?!« Auf Igors Gesicht trat ein frohes Lächeln.

»Tja, so sieht es aus.«

»Hervorragend! Ich habe übrigens Fotos vom alten Otschakow, großformatige … Man könnte sie an den Wänden aufhängen.«

»Warum nicht? Auch unsere Rezepte werden ja aus Otschakow, aus dem Buch meines Vaters sein. Nur gesundes und nützliches Essen!«

Igor versank in Nachdenken, stellte sich die Fotografien an den Wänden des Cafés vor – Walja, Wanja, Alexandra Marinowna, Stepans Vater Josip, ja, auch er selbst, Igor. Das würde lustig, wenn Stepan sie sich eines Tages ansah und Igor dort erblickte! Und ihn fragte, was er im alten Otschakow machte. Dann würde Igor ihm alles erzählen, von allen berichten, die er auf den Bildern kannte. Und von Josip auch.

»Hat deine Mutter dir gesagt, dass ich sie gebeten habe, mich zu heiraten?«, fragte Stepan unerwartet.

Igor nickte. »Hat sie mir gesagt.«

»Du bist doch nicht dagegen?«

Jetzt schüttelte Igor den Kopf.

»Sie zieht dann zu mir hierher«, fuhr Stepan fort. »Und dir bleibt das Haus.«

»Das Haus, mit der Waage?«, bemerkte Igor nachdenklich.

»Nein«, sagte Stepan. »Die Waage nimmt deine Mutter mit. Was willst du denn damit?!«

»Ach, nur so.« Igor winkte ab.

Auf dem Heimweg kaufte er eine Flasche Kognak.

»Bleibt dein Freund noch lange bei dir auf dem Boden sitzen?«, fragte seine Mutter halb flüsternd, als sie zu ihm in den Flur hereinsah.

»Nicht mehr lange«, antwortete Igor. »Heute Abend geht er weg.«

»Ich habe Frikadellen gebraten, und Kartoffeln«, sagte Elena Andrejewna und wies mit dem Kopf Richtung Küchentür.

»Danke. Weißt du, Stepan hat mir auch etwas angetragen. Ernsthaft.« Igor lächelte listig.

»Und was wollte er von dir?« Die Augen seiner Mutter funkelten vor ehrlicher Neugier.

»Ich werde sein Kochgehilfe.«

Die Neuigkeit rief keine Begeisterung hervor.

»Und wer wird Koch?«, fragte seine Mutter, ohne besonderes Interesse.

»Aljona.«

Erstaunen erhellte Elena Andrejewnas Gesicht, gemischt mit einer leichten, freundlichen Versonnenheit.

»Ja, und?«, fragte sie sich selbst. »Vielleicht lernst du was dabei! Es ist ein guter Beruf, und sättigend …«

Ihr letztes gemeinsames Mahl begannen Igor und Koljan um halb zehn. Die Mutter schaute im Fernsehen noch die neueste Folge von *Der Ehering* zu Ende. Vor dem Fenster herrschte Finsternis. Koljan zitterte die Gabel in der Hand, aber er aß gierig, als äße er auf Vorrat. Gierig trank er auch.

»Wieso glaube ich dir nur«, brummte Koljan, während er Igor das leere Gläschen hinstreckte, damit der es von neuem mit Kognak füllte. »Früher hab ich an solche Märchen nicht geglaubt, jetzt doch …«

»Früher hattest du auch kein GSHT, du hattest einen Dickschädel, wie die Mehrheit unserer Bürger. Jetzt bist du in der Minderheit, wie ich …«

»Was, du hattest auch ein GSHT?« Koljan sah seinen Freund misstrauisch an.

»Als Kind. Mein Vater hat nicht aufgepasst, und ich bin unter ein fahrendes Karussell gerannt … Weißt du, ich gebe dir Geld mit. Viel Geld. Zwei Packen davon, mit einem Brief, bringst du Walja. Erinnerst du dich, ich habe sie dir gezeigt.«

»Ho!«, rief Koljan vieldeutig. »So eine vergisst man nicht!«

Igor lächelte kaum merklich. »Nur wirf mit dem Geld nicht um dich, dort kommt das nicht gut an …«

Koljan nickte gehorsam.

Gegen elf half Igor Koljan in die Milizuniform. Die Stiefel zog sein Freund sich selbst an. Seine Miene war unbehaglich.

»Ein bisschen klein«, bemerkte er mit einer Grimasse.

»Geh nur mal ein Stück im Zimmer herum!«

»Mach zuerst das Licht aus!«, bat Koljan.

Im Dunkeln durchquerte Koljan ein paarmal das Zimmer in der Diagonalen, dann setzte er sich hin.

»Komisch«, sagte er. »Eben haben sie noch gedrückt und jetzt nicht mehr … Wie geht das?«

»Diese Uniform mit den Stiefeln, das ist die Vergangenheit. Und die Vergangenheit ändert ihre Größe, je nachdem, wer sie sich anzieht …«

»Schön gesprochen.« Koljan schüttelte den Kopf und nahm Igor den Gürtel mit dem Halfter aus den Händen. Er öffnete das Halfter und betrachtete die Pistole.

»Schade, dass sie nicht schießt«, seufzte er.

»Dort schießt sie.« Igor nickte nachdrücklich. Er wartete, während Koljan den Gürtel anlegte, und reichte ihm seine dunkle Tasche, in die er die Hundertrubelpäckchen und einen Briefumschlag für Walja gepackt hatte.

›Und wenn Koljan den Brief liest?‹, dachte Igor plötzlich beunruhigt. ›Na, wenn schon … Dort steht ja nichts Besonderes. Nur die Bitte, ihn möglichst stark zu bemitleiden …«

»Hier, nimm das noch!« Igor übergab seinem Freund die goldene Uhr.

»Ein teures Geschenk«, flüsterte Koljan.

»Sagen wir, wir haben getauscht. Du gibst mir das Notebook, ich dir die Uhr. Die geht dort übrigens ebenfalls. Und zeigt die exakte Zeit.«

Gegen Mitternacht traten sie auf die Straße hinaus, Koljan in der alten Milizuniform mit der dunklen Stofftasche in der Hand und Igor in Trainingsanzug und Lederjacke.

»Mutig voran!«, versuchte er seinen Freund aufzumuntern, dessen Gesicht alles Mögliche ausdrückte, außer Munterkeit und Selbstsicherheit.

Häuser säumten die Straße zu beiden Seiten. Ihre Fenster leuchteten nicht. Igor betrachtete sie wie zum ersten Mal. Vielleicht war es auch wirklich zum ersten Mal? Denn früher hatte er immer nur geradeaus geschaut, nach dem Licht vor dem Tor der Kellerei gespäht und die Zäune und Häuser nur am Rand, aus dem Augenwinkel gesehen. Jetzt aber hatte ihn eine seltsame Freiheit ergriffen – er konnte hinsehen, wo er wollte. Es war Koljan, der im Gehen vor sich geradeaus starrte wie hypnotisiert.

Irgendwann merkte Igor, dass die Dunkelheit dichter wurde und die Häuser verschwunden waren. Er blieb abrupt stehen.

»Weiter gehe ich nicht«, sagte er zu seinem Freund. »Ab jetzt bist du allein!«

Koljan, ein Stück vor ihm, blieb ebenfalls stehen.

»Ab jetzt bin ich allein?«, fragte er zurück.

»Na, nicht ganz. Du wirst bald abgeholt. Von Wanja Samochin. Sag ihm einen Gruß von mir. Ja, und die Hauptsache! Zieh niemals die Uniform aus, die ist jetzt deine zweite Haut. Ohne sie bist du verloren!«

»Wie verloren?«

»Du tauchst sofort wieder hier auf!«

»Ich komme in unsere Zeit zurück?«

Igor nickte.

»Danke, dass du es mir gesagt hast! Vielleicht ist es am Ende dort schlimmer als hier?! Jetzt besteht Hoffnung, und wir sagen uns nicht Lebewohl.«

Ohne ein weiteres Wort nahm Koljan seinen Weg wieder auf, und kurz darauf hatte die Dunkelheit ihn verschluckt.

Igor stand da, horchte und starrte. Dann machte er kehrt und lief mit schnellen Schritten zurück. Es lief sich rasch und angenehm, und ungeheuer leicht. An den Füßen hatte er gewichtslose chinesische Turnschuhe.

›Ob die Chinesen auch so leichte Armeestiefel machen können?‹, ging es ihm durch den Kopf.

Zu beiden Seiten des Weges erschienen wieder Häuser. Licht brannte in ihnen noch immer keines.

Koljan trat auf den erleuchteten Platz vor dem grünen Tor der Otschakower Kellerei. Er blieb unschlüssig stehen und sah sich um.

Plötzlich ging das Tor quietschend auf, und Koljan wich einen Schritt zurück.

Aus dem Tor rollte geräuschvoll ein alter Kleinlaster heraus, bog ab auf die Straße, die man nur im Licht seiner Scheinwerfer erkennen konnte, und begann sich von Koljan zu entfernen. Das Tor ging wieder zu. Eine Weile war es still, aber dann drang wieder das Quietschen der Torangeln an Koljans wachsames Ohr. Nur war es diesmal kürzer. Durch die Öffnung kam ein Bursche mit einer Last auf der Schulter heraus. Das Tor schloss sich, der Bursche ließ seinen seltsamen, offenbar schweren Sack zu Boden gleiten, und der Sack bewegte sich, als läge ein lebendes Ferkel darin.

Koljan fixierte den Burschen und den Sack. »Bist du Wanja?«, rief er aus der Dunkelheit.

»Ja«, antwortete der Bursche.

Koljan ging zu ihm hin. »Viele Grüße von Igor!«, sagte er.

»Danke.«

Koljan seufzte tief. Man musste etwas sagen, den Moment der Begegnung leichter machen.

»Ist er schwer?«, fragte er und wies auf den Sack.

Wanja nickte.

»Ich helfe dir.« Koljan beugte sich zu dem Sack hinunter. Gemeinsam hievten sie Koljan den Weinschlauch auf die rechte Schulter, und sie marschierten die finstere, unsichtbare Straße entlang, dem verschwundenen Kleinlaster hinterher.

»Ich habe eine Nachricht für Walja«, sagte Koljan leise. »Bringst du mich zu ihr?«

»Morgen früh«, versprach Wanja Samochin bereitwillig. »Sie hat es jetzt schwer, aber Uniformierte mag sie. Und jetzt gehen wir zu uns, meine Mutter brät uns Grundeln. Sie schlafen erst mal bei uns. Und dann trinken wir Wein, für einen festen Schlaf!«

»Was für Wein?«, fragte Koljan.

»Na, den hier.« Wanja schlug mit der flachen Hand auf den Schlauch, und der Schlauch schaukelte auf Koljans Schulter. »Weißen, sauren … Ihr Freund mag ihn! Den trinkt man auch so, nicht nur zum Essen. Und dann hat man Träume, die sind besser als jeder Film!«

Andrej
Kurkow
Graue Bienen
Roman · Diogenes

Roman
Aus dem Russischen von Sabine Grebing
544 Seiten
Auch erhältlich als eBook

›Der Milchmann in der Nacht‹ ist dreifache Liebesgeschichte, schwarze Komödie, Krimi und politische Satire zugleich – ein Roman mit so vielen Pointen, Wendungen und Geschichten wie Sterne in der Milchstraße.

Roman
Aus dem Russischen von Christa Vogel
144 Seiten
Auch erhältlich als eBook

Tolja möchte am liebsten Selbstmord begehen, aber er weiß, dass er dafür zu feige ist. Darum vergibt er den Auftrag per Postfach an einen professionellen Killer. Als er aber Lena trifft, will er plötzlich nicht mehr sterben. Doch der Profi ist bereits unterwegs.

Erzählung
Aus dem Russischen von Angelika Schneider
240 Seiten
Auch erhältlich als eBook

Iwan wird Stammkunde in einem kleinen Feinschmeckerlokal, dessen Chefkoch Dymitsch er kennen- und schätzenlernt. Eines Tages ist Dymitsch verschwunden, doch hat er extra für Iwan eine Folge von Gerichten hinterlassen, die ihm seine Nichte Vera kochen und an fünf Abenden hintereinander servieren soll. Alles schmeckt köstlich, doch wieso hat Iwan später winzige Sandkörnchen zwischen den Zähnen? Und was will der Rechtsanwalt, der am fünften Tag zum Abendessen erscheint? Poetisches, Humorvolles und Skurriles aus der Ukraine – vor und nach der ›orangen Revolution‹.